Auf Reisen

Felicitas Nagler

Inhaltsverzeichnis

1. Kapitel - Jasmin   2
2. Kapitel - Max   47
3. Kapitel - Jasmin   72
4. Kapitel - Max   105
5. Kapitel - Jasmin   224
6. Kapitel - Max   341
7. Kapitel - Jasmin   364
8. Kapitel - Max   381
9. Kapitel - Jasmin   407

1. Kapitel - Jasmin

Der ICE 1922 von Hannover nach Berlin rauscht mit hoher Geschwindigkeit durch die Landschaft. Ich sitze auf meinem Fensterplatz. Vor mir steht mein Laptop auf dem kleinen Tisch. Ich arbeite an den letzten Zeilen meiner Rede, die ich am nächsten Tag vor einhundertfünfzig Kollegen über die neuesten Ergebnisse zur Rheumaforschung halten werde. Ich habe so viel Zeit in die Forschung gesteckt und arbeite schon viel zu lange daran. Im März ist mir endlich der Durchbruch gelungen. Ich hatte viel investiert und mir kaum eine Verschnaufpause gegönnt. Täglich bin ich zwischen Labor und meiner Wohnung hin und her gerannt. Zu dieser Zeit habe ich mich gefragt, warum ich überhaupt noch eine Wohnung habe, da ich diese nur noch zum schlafen benutzte. Oft schlief ich einfach in der Kleidung vom Vortag auf der Couch ein, um dann am nächsten Morgen nach einer Dusche wieder ins Labor zu huschen. Ich hatte ohne jeglichen Kontakt zur Außenwelt gelebt. Selbst für die Mahlzeiten nahm ich mir kaum Zeit, da ich mal schnell etwas am Stand um die Ecke oder an der Currybude in mich stopfte. An ein Sexleben war gar nicht zu denken. Mein letzter Freund hatte sich schon vor einem Jahr von mir getrennt, weil er mehr wollte, wozu ich einfach nicht bereit war.

Nun hatte ich es geschafft und alle Bemühungen hatten sich ausgezahlt. Aus diesem Grund hatte ich es mir gestern richtig gut gehen lassen. Ich hatte einen Termin im Kosmetikstudio und beim Friseur gemacht. Meine Kosmetikerin hatte mich nicht verschont. Sie hatte mir alle Haare vom Körper gewachst, meine Haut gepeelt und verwöhnt. Meine Augenbrauen waren gezupft und sie hatte all das getan, was ich in den letzten Monaten vernachlässigt hatte. Beim Frisör hatten meine Haare eine neue Farbe und einen neuen Schnitt bekommen. Jetzt fühle ich mich mit meiner Frisur wohl. Daher habe ich mich auch entsprechend angezogen. Ich habe schwarze Pumps mit einem zwölf Zentimeter Absatz gewählt. Dazu Strumpfhosen mit einer Naht, kombiniert mit einem knielangen Bleistiftrock und einer weißen Bluse. Extra dafür habe ich mir noch neue Unterwäsche gekauft. Ich fühle mich seit langer Zeit mal wieder sexy und genieße die Ruhe im Zug. Mich erstaunt, wie leer das Abteil ist. Normalerweise fahre ich sonst mit dem Auto zu solchen Kongressen. Leider hatte ich erst vor zwei Tagen festgestellt, dass mein TÜV abgelaufen war und so schnell hatte ich keinen Termin bekommen.

    Ein letztes Mal überfliege ich meine Notizen und klappe meinen Laptop zu. Der Zug fährt in den Hauptbahnhof von Wolfsburg ein. Durch den Blick aus dem Fenster kann ich sehen, dass mehr Leute zu-, als aussteigen. Auch in meinen Wagon drängen sich nun mehr Leute. Die Tür des Abteils zischt und geht auf. Hindurch tritt ein Mann. Unsere Blicke treffen sich augenblicklich und ich kann meine Augen nicht von ihm abwenden. Er hält mich im Bann. Mein Puls beschleunigt sich und beruhigt sich erst wieder, als er seinen kleinen Koffer ins Fach über seinen Sitz räumt. Er setzt sich zwei Reihen vor mich, auf die andere Seite. Ihm folgen noch zwei weitere Herren, die er offensichtlich kennt. Sofort unterhalten sie sich weiter. Seine Stimme ist sinnlich und berührt ungeahnte Synopsen in mir. Sein kehliges Lachen lässt mich nach Luft schnappen. Der Zug fährt wieder an und erreicht bald wieder seine Geschwindigkeit. Immer wieder huscht mein Blick zu den Herren. Sein Gesicht ist markant. Er trägt einen sehr gepflegten Dreitagebart. Seine Haare schimmern rötlich und sind zu einem Undercut geschnitten. Seine Hemdsärmel sind nach oben gekrempelt und an seinen Unterarmen kann ich sehen, dass er gut trainiert ist. Nun lächelt er mir zu. Wieder macht mein Puls einen Satz und ich schaue schnell weg und tue so, als hätte ich nur zufällig in seine Richtung geschaut. Ich versuche mich auf etwas anderes zu konzentrieren und nehme das Werbeprospekt der Deutschen Bahn, welches auf dem Tisch liegt. Dieses interessiert mich nicht wirklich. Dennoch halte ich es vor mein Gesicht, als würde ich darin lesen. Über den Rand des Heftes, gleitet mein Blick dennoch hinüber zu den Herren. Die beiden Begleiter sind auch recht ansehnliche Typen. Ihnen fehlt jedoch das Gewisse etwas. Ich versuche zu analysieren, warum ich immer wieder dorthin schauen muss und komme zu keinem Ergebnis. Nun hatte ich mehrere Jahre studiert und promoviert und konnte die Vorgänge in meinem Körper nicht beeinflussen. Vielleicht war ich einfach nur untervögelt? Normalerweise stand ich auf schwarzhaarige Typen und nicht auf so Milchreisbubis, wie der dort drüben. Sein Lachen dringt wieder in mein Ohr und es hinterlässt eine kleine Gänsehaut auf meinem Arm. Schnell striche ich darüber. Ich will diese Emotionen nicht. Ich protestiere gegen meine Empfindungen, will sie nicht wahrhaben und ärgere mich über mich selbst. Am liebsten würde ich mir selbst eine Ohrfeige verpassen, damit mein Körper wieder zur Vernunft kommt. Wieder ertönt dieses Lachen durchs Abteil und wieder bekomme ich eine Gänsehaut, diesmal am anderen Arm. Nein, das läuft hier völlig falsch. Fast wütend schaue ich zu der Gruppe und augenblicklich wendet besagter Herr seinen Blick zu mir und heftet diesen an mir fest. Kurz wandert sein Blick zu meiner Oberweite. Hatte ich wirklich das Prospekt sinken lassen? Er schaut mir kurz darauf wieder in die Augen und er unterhält sich weiter mit den anderen Herren, ohne seinen Blick von mir abzuwenden. Mein Puls schießt in die Höhe und ich laufe knallrot an. Schnell ziehe ich mein Prospekt wieder höher und sinke tiefer in meinen Sitz. Hoffentlich steigen die Herren in Berlin Spandau aus, geht es mir durch den Kopf. Ansonsten sehe ich rot, wenn wir gemeinsam den Zug im Hauptbahnhof verlassen müssen. Ich komme mir wie ein kleines Mädchen vor, nicht wie eine Doktorandin. So etwas hatte ich bisher auch noch nie gefühlt. Bei keinen meiner zahlreichen Exfreunde. Und auch nicht bei meinen vielen Besuchen in diversen Swingerclubs, wenn mein Körper dringend Befriedigung benötigte. Ich nahm es mit der Liebe nicht so ernst und hatte meistens nur Fickbeziehungen über ein paar Monate, bis dann die Männer immer mehr wollten. Für mich stand immer die Karriere an erster Stelle und ich wollte mich nie fest binden, geschweige denn irgendwann nörgelnde Kinder haben. Ich will mein Leben genießen. Wobei das Genießen in den letzten Monaten ziemlich kurz gekommen war. Wahrscheinlich bricht meine vernachlässigte Libido an die Oberfläche und steuert nun meine Empfindungen, die mir überhaupt nicht passen. Anders kann ich mir meine Reaktion auf den Typen schräg gegenüber nicht erklären.

In Spandau steigt nur einer der Herren aus, was mich noch nervöser macht, da ich eine

Vorahnung habe, dass ich diesem Typen nicht das letzte Mal begegnet bin. Der Zug fährt in den Hauptbahnhof ein. Ich stehe auf und hole meinen kleinen Rollkoffer aus dem Gepäckfach über meinem Sitz und stelle ihn neben mich. Dann ziehe ich meinen zum Rock passenden Blazer über und verstaue meinen Laptop in der braunen Aktentasche, die ich von meinem ersten Gehalt gekauft hatte. Diese ist schon ziemlich speckig, aber ich hänge an dem alten Ding. Mit meinem Koffer im Schlepptau laufe ich langsam zum Ausgang. Ich kann schon die ersten Lichter des Bahnsteigs sehen. Ich wähle die vordere Tür des Wagons, so dass ich nicht an den Herren vorbeigehen muss. Auch schaue ich nicht noch einmal zu ihnen, was mir einiges an Disziplin abverlangt. Ich muss mich dazu zwingen, nicht dorthin zusehen. Trotzdem spüre ich seinen Blick in meinem Rücken und schon wieder setzt dieses Kribbeln ein, welches eine Gänsehaut auf meinem Nacken fabriziert. Ich hoffe, dass die Herren den anderen Ausgang benutzen werden.

Mit einem Zischen geht die Kabinentür auf und ich gehe weiter in den kleinen Vorraum. Ich muss mich immer noch zwingen meinen Blick nicht in den Wagon zurück gleiten zu lassen. Der Zug hält und ich verlasse den Zug. In meinem Augenwinkel sehe ich, dass die Herren die andere Tür benutzen. Meine Schritte hallen in der Bahnhofshalle mit einem lautem Tak, Tak,

Tak, Tak wieder. Meine Rollen des Koffers surren. Ich laufe so schnell wie möglich. Nur schnell weg von diesem Blick. Weg, von seinem Blick.

Am Taxistand lehnt ein grimmig schauender Taxifahrer an seinem Auto. Ohne Worte nimmt er meinen Koffer und packt ihn in den Kofferraum. Ich steige auf der Beifahrerseite ein, die er mir aufhält. Als er auf dem Fahrersitz Platz nimmt, fragt er "Wo soll's denn hingehen, junge Frau?" während er den Motor startet. "Zum Adina bitte."

"Dahin können sie doch laufen, ist gleich um die Ecke." mault er mich an. "Ich weiß, aber doch nicht in diesen Schuhen." Ich hatte schon so etwas vermutet und zücke einen Zwanzigeuroschein aus meiner Jackentasche. Ich wedle ihm damit vor seiner Nase herum, was ihn sofort milder stimmt. "Und es macht nichts, wenn es schnell geht." Der Taxifahrer reiht sich in den Verkehr ein und innerhalb von sieben Minuten kommen wir vor dem Hotel an. Das Taxameter zeigt acht Euro an. Ich reiche ihm den Schein. "Stimmt so." Dafür holt er mir noch meinen Koffer aus dem Auto und bringt ihn bis ins Foyer. An der Rezeption checke ich ein. Wie zuvor per Mail bestellt, erhalte ich ein Zimmer mit einer acht. Die Nummer achtundvierzig. Ich liebe achten. Sie entsprechen dem Symbol für die Unendlichkeit und ich habe damit das Gefühl, dass mir die acht Glück bringt. Immer wenn ich ein Zimmer ohne acht bekommen hatte, lief etwas schief. Mit meinem Rollkoffer laufe ich durch die Hotellobby auf den Fahrstuhl zu. Als sich die Fahrstuhltüren schließen, sehe ich die beiden Herren aus dem ICE in die Lobby treten. Für einen Bruchteil einer Sekunde trifft mich wieder der Blick von dem gutaussehenden Rotschopf. Ich kann meinen Blick nicht von ihm abwenden. Mein Puls schießt wieder in die Höhe und ich spüre die Gänsehaut auf meinen Armen. Mit jedem Blick von ihm, bekomme ich mehr davon. Die Fahrstuhltüren fahren zu und für einen kurzen Augenblick bedaure ich es. Energisch schüttle ich meinen Kopf. Ich will diese Emotionen nicht. Ich will mein bisheriges Leben behalten. Unkompliziert und strukturiert. Alles immer unter Kontrolle. Mit schnellen Schritten verlasse ich den Fahrstuhl, laufe über den Flur mit dem dicken Teppich zu meinem Zimmer. Die Tür fällt hinter mir ins Schloss und ich kann endlich tief durchatmen. Sofort laufe ich zur Balkontür und öffne diese. Ich atme die Luft der Großstadt ein und schaue über die Stadt. Dabei bemerke ich, dass ich ziemlichen Hunger habe. Mein Bedarf auf Begegnungen mit der Gattung Mann ist für heute gedeckt, da ich am nächsten Tag meine Rede halten muss. Dafür sollte ich ausgeruht sein, damit ich mich voll darauf konzentrieren kann.

Ich bestelle mir etwas aus der Abendkarte zu mir aufs Zimmer. Währenddessen packe ich einige Sachen aus und fahre meinen Laptop hoch. Nachdem ich mich bei Joyclub.de angemeldet habe, schaue ich mich in Berlins Swingerszene um. Denn ich brauche morgen, angestachelt von der heutigen Begegnung, dringend etwas Hartes zwischen meinen Beinen. Ich spüre, wie die Geilheit in mir wächst. Da wird es auch nicht helfen, wenn ich es mir selber mache. Nur ein harter Prügel zwischen meinen Schenkeln kann mir vollends Befriedigung verschaffen. Viel zu lange hatte ich meine Bedürfnisse unterdrückt. Ich melde mich anonym bei einer Party im Insomnia an, weil ich es nicht mochte, wenn irgendwelche Typen nach der Party mein Postfach zumüllten. Die Party klingt vielversprechend. In die genaue Partybeschreibung werde ich mich erst morgen einlesen. Das was ich überflog, ist nach meinem Geschmack. Der Ideale Ort um meine morgige Rede zu feiern, mich von den satten Techno-Beats treiben zu lassen und mal wieder einen über den Durst zu trinken. Es klopft an der Zimmertür. Schnell angle ich nach meiner Handtasche und hole etwas Trinkgeld heraus. Dann öffne ich die Tür und ein Page rollt den Servierwagen in mein Zimmer. Nachdem ich ihm meinen Obolus in die Hand gedrückt hatte, verschwand er indem er mir guten Appetit und eine angenehme Nacht wünschte. Das Essen schmeckt vorzüglich und der Wein dämpft meine aufgewühlten Gedanken ein wenig. Nachdem ich den Servierwagen wieder vor meine Tür geschoben hatte, gehe ich unter die große Dusche. Das Wasser kribbelt auf meiner Haut und lässt meine Erinnerungen zu den Begegnungen heute wieder aufleben. Schon bei den Gedanken an den Typen bildet sich wieder eine Gänsehaut auf meinen Armen. Da hilft auch das heiße Wasser nichts. Musste er denn unbedingt in diesem Hotel einchecken? Gab es denn nicht genug davon in Berlin? Womöglich würde ich ihm morgen beim Frühstück begegnen und mein Bauch macht einen kleinen Satz bei der Vorstellung ihn wieder zu sehen. Mein Kopf rebelliert und will meine Emotionen nicht wahr haben. Der morgige Abend würde ihn vergessen lassen, wenn mich ein harter Schwanz hart durchvögeln würde. Ich konnte mir dessen sicher sein, den ich fand immer einen Herren der mich wollte. Mit meinen hüftlangen, rotblonden Haaren und meiner femininen Figur hatte ich keine Schwierigkeiten meine Wünsche erfüllt zu bekommen.

Nach der Dusche kuschle ich mich in einen weichen Bademantel. Dann laufe ich noch einmal auf den Balkon. Die Luft hatte sich kaum abgekühlt und das Hupkonzert der Taxis vermischt sich mit den Fahrgeräuschen der

Straßenbahnen. Noch einmal sauge ich den Duft der Großstadt in mich ein und meine Gedanken kommen zur Ruhe. Nach kurzer Zeit öffnet sich die Balkontür des Nachbarzimmers und ich hörte eine männliche Stimme, die ich aus hunderten heraushören würde. Sofort macht mein Herz einen Satz und schlägt etwas schneller weiter. Nein, das darf nicht sein. ER hat das Zimmer neben mir. Ich kann mich nicht bewegen. Eigentlich will ich nicht lauschen und dennoch bin ich nicht fähig meinen Platz am Geländer zu verlassen. Ich kann ihn nicht sehen. Unsere Balkone sind durch eine Milchglaswand getrennt. Seine sonore Stimme lullt mich ein, auch wenn ich nur Teile wie "Akzeptiere es endlich." und "Du willst es nicht verstehen." höre. Es geht mich nichts an, mit wem er dort spricht. Die ganze Zeit über beruhigt sich mein Puls nicht. Mein Verstand befiehlt mir, wieder ins Zimmer zu gehen, doch mein Bauch will dort stehen bleiben. Der Wind trägt einen Hauch von seinem Duft zu mir heran und vernebelt mir die Sinne. Mein Atem geht schneller. Zu schnell. Dann ist es plötzlich still auf der anderen Seite der Balkonabtrennung. Ich sehe, wie sich Unterarme an dem Balkongeländer abstützen, weil seine Hände über den Balkon ineinander verschränkt hinaus ragen. Ganz nah an der Abtrennung. Er hat schöne gerade Hände, die meinen Blick gefangen halten. Und dann sage er: "Das ist aber nicht schicklich andere Leute zu belauschen, Frau Dr. Ay." Ich höre sein Grinsen regelrecht heraus. Woher weiß er, wer ich bin? Die Hitze steigt in mir nach oben und mein ganzer Körper rebelliert. Mein Puls schießt in ungesunde Sphären und mein Mund ist ganz trocken. Ich kann nichts sagen, an nichts denken und bin berauscht von seinem Duft und dem Klang seiner rauen Stimme. Mein Körper gehorcht mir nicht. Ich sollte jetzt in mein Zimmer gehen und die Balkontür hinter mir schließen. Ihn einfach hier stehen lassen, bevor ich etwas Falsches erwiderte. Wo nur ist meine selbstsichere Art geblieben. Wo ist meine Kontrolle. Ich verliere gerade alles hier. Irgendwie kämpft sich mein Verstand zurück durch meine Emotionen. Meine Hände zittern und ich fühle mich, als ob ich auf viel zu hohen High Heels laufe. Ich schaffe es zurück in mein Zimmer und schließe die Balkontür. Wer war das? Wenn ich nur nicht so feige gewesen wäre, hätte ich ihn fragen können wer er ist. Etwas in mir schreit, geh zurück, doch die Sicherheit des Zimmers dämpft meine Emotionen und ich kann wieder klarer denken. Gut er weiß wer ich bin. Das kann er nur an der Rezeption oder aus dem Artikel der medizinischen Fachzeitschrift letzten Monat erfahren haben. Ich hoffe auf die erste Variante, denn wenn er Mediziner ist, so wie ich, dann werde ich ihn morgen wiedersehen und das macht mir Angst. Schnell verschiebe ich den Gedanken in die hinterste Ecke meines Gehirns und laufe in das Bad zurück, um mich bettfertig zu machen. Dann kuschle ich mich in das weiche Bett. Die Bettwäsche duftet herrlich nach Hotelwäscherei, ganz anders als bei mir zu Hause. In Gedanken gehe ich noch einmal meine Rede durch, die ich mittlerweile fast auswendig kann. So habe ich morgen den Kopf frei und kann mich auf das Publikum konzentrieren. Hoffentlich sitzt er morgen nicht in der ersten Reihe, denn das wird mich bestimmt vollkommen aus dem Konzept bringen. Schon wieder drifteten meine Gedanken zu ihm ab. Ich muss unbedingt an etwas anderes denken, damit ich einschlafen kann. Doch das ist leichter gesagt als getan. Ich versuche an etwas schönes, Belangloses zu denken. Ich erinnere mich an meinen letzten Urlaub mit meiner besten Freundin, der schon zwei Jahre zurückliegt. Wir hatten damals tagelang am Pool gelegen und hatten nachts viel Spaß in den Discos. Damals entdeckte ich den zwanglosen, ungebunden Sex für mich. Warum sich lange an einen anderen Menschen binden, wenn man die besten Ficks einfach so bekommen konnte. Meine Hände gleiten zu meinen Nippeln und rollen meine Brustwarzen zwischen meinen Fingern. Sofort spüre ich das Verlangen an meiner pochenden Perle, die danach giert, berührt zu werden. Ich stelle mir vor, wie ich morgen im Club aufreizend tanze und dabei Blickkontakt mit einem dunkelhaarigen Hünen haben werde. Immer wieder würde ich ihn anlächeln und er würde immer näher zu mir heran kommen, bis sich unsere Leiber aneinander reiben würden. Seinen harten Schwanz würde ich durch die Hose sehen und an meinen Hüften spüren. Er würde meine Arschbacken in seinen großen Händen halten und dann würden sich unsere Lippen zu einem sinnlichen Kuss treffen. Danach würde er mich mit sich ziehen und in ein Separee mitnehmen. Gierig würden seine Hände mir mein Kleid vom Leib reißen und mit seiner heißen Zunge meine Schamlippen teilen, während er meine Nippel zwischen seinen Fingern rollen würde. Meine Finger imitieren seine Zunge und meine Warzen werden durch meine eigenen Finger stimuliert. Ich stelle mir vor, wie er mich zum Orgasmus leckt. Ein Rotschopf schleicht sich in meine Gedanken und auf einmal stelle ich mir vor, dass ER es ist. Mein Puls beschleunigt sich auf einmal und berauscht mich noch mehr. Immer schneller gleiten meine Finger über meine glitschige Klitoris und als ich mir vorstelle, dass er kurz vor meinem Orgasmus seinen harten Schwanz in mein gieriges Loch steckt, kommt mein Höhepunkt viel zu schnell. Meine Finger tanzen weiter auf meiner Perle. Ich koste den Orgasmus voll aus. Mein ganzer Körper zuckt und ich spüre das Blut in meinen Ohren rauschen. Kurz bleibe ich so liegen und lausche in die Nacht. Ich höre die Zimmertür des Nachbarzimmers. Seines Zimmers, ins Schloss fallen. Wohin geht er denn jetzt noch? Es sollte mir egal sein. Ich versuche durch gezielte Atemübungen meinen Puls zu kontrollieren. Dies gelingt mir nach einiger Zeit, jetzt wo er sich nicht mehr und meiner unmittelbaren Nähe befindet, ganz gut. Nachdem ich mich auf die Seite gedreht hatte, schlafe ich unter meiner Augenmaske, die ich immer wegen einen nervösen Augenzucken trage, ein.

Am nächsten Morgen stehe ich früh morgens auf. Nach einer ausgiebigen Dusche ziehe ich mir einen String, schwarze Netzstrümpfe, einen engen schwarzen Bleistiftrock und eine weiße Businessbluse an. Ich schminke mich dezent, aber dennoch zum Anlass passend. Schließlich will ich mich nicht vor der angereisten Schar der Mediziner blamieren. Beim Frühstück schlemme ich unbeirrt. Es ist schön, sich einfach bedienen zu können. Ich sollte mir viel öfter eine Nacht in einem Hotel gönnen. Ihn kann ich nirgends entdecken, obwohl ich mich immer wieder umsehe. Das ich ihn suche realisierte ich viel zu spät und zwinge meinen Blick wieder auf meinen Teller. Der Keller gießt mir Kaffee nach. Überhaupt kümmern sich alle rührend um mich, aber das ist nun mal der Job der Hoteliers. Ich könnte das nicht, immer so freundlich sein.

Zurück auf meinem Zimmer suche ich die Unterlagen zusammen, bestelle mir ein Taxi. Dann ziehe ich meinen Mantel über und verlasse mein Zimmer. Vor dem Fahrstuhl muss ich ewig warten. Und ich spüre, dass mein Herz immer heftiger zu schlagen beginnt. Mit jeder Sekunde die ich hier stehe, steigt die Chance, dass er aus dem Zimmer oder mit dem Fahrstuhl nach oben kommt. Endlich öffnen sich die Fahrstuhltüren mit einem Ping. Mein Herz rast und ich glaube zu hyperventilieren. Der Fahrstuhl ist leer und ich betrete ihn mit einem tiefen Seufzer. Mein Puls verlangsamt sich wieder. Ich atme tief durch und zwinge mich dazu, meine Gedanken auf neutrales Terrain zu lenken. Als der Fahrstuhl im Erdgeschoss ankommt und ich die Lobby betrete, herrscht dort reger Betrieb. Ich laufe zur großen Schwingtür, sehe schon mein Taxi davor warten. Als ich mich noch einmal umschaue, blicke ich ihm direkt in die Augen. Er verlässt gerade den Fahrstuhl. Mein Puls schießt direkt in die Höhe. Als er meinen Blick bemerkt, stiehlt sich ein bezauberndes, sexy Lächeln auf seine Lippen. Dieser Mann macht mich wahnsinnig. Schnell wende ich meinen Blick ab, doch ich kann meinen Puls wieder nicht beherrschen. Zum Glück kann er mein rotes Gesicht jetzt nicht sehen, weil ich mich schnell wieder zur Tür drehe und hindurch laufe. Ich greife nach der hinteren Tür des Taxis, steige ein und rufe dem Taxifahrer

"Zum Citycube bitte." zu. Das Taxi reiht sich in den Verkehr ein und ich lehne mich in die kühlen Ledersitze. Ich schaue aus dem Fenster. Die Häuser ziehen an mir vorbei. Insgeheim hoffe ich, dass er nicht auch auf dem Kongress sein wird. Meine Reaktion auf seine Anwesenheit macht mir Angst. Mit den Veranstaltern hatte ich vereinbart, dass ich als erstes dran bin. So hatte ich es hinter mir und konnte mich besser auf die anderen Vorträge konzentrieren.

Nach einer halben Stunde komme ich im Kongresszentrum an. Von allen Seiten strömen schon Teilnehmer dem Eingang entgegen. Ich treffe eine alte Studienkollegin und sofort sind wir in einem Gespräch vertieft. Wir plaudern über belanglose Dinge und erreichen einige Zeit später den großen Saal. Wir verabschieden uns, da mein Platz in der ersten Reihe reserviert ist. Ich laufe zu dem Pult nach vorn, rede mit der netten Organisatorin, um den Ablauf zu besprechen. In der Zwischenzeit füllt sich der Saal immer weiter und ich muss vorher noch unbedingt auf Toilette. Ein Hauch von Nervosität klopft an meinem Ego an und ich versuche mich durch Atemübungen zu beruhigen. Zurück im Saal finde ich meinen Stuhl in der ersten Reihe mit meinem Namensschild darauf und nehme Platz. Die Teilnehmer unterhalten sich ausgelassen, bis auf dem Podium der Vorsitzende des Medizinerverbandes den

Kongress eröffnet. Nachdem er die Tagesordnung verlesen hatte, bat er mich zum Podium. Mit einem Lächeln und klopfenden Herzen steige ich die drei Stufen mit einem galanten Hüftschwung nach oben. Ich lege meine Vortragsmappe auf dem Pult ab. Dann wende ich mich dem Publikum zu und beginne mit meiner Rede. Nur flüchtig bemerke ich, dass der ganze Saal gefüllt ist, bis auf einen leeren Platz, der sich zwei Plätze neben meinem befindet. Das Namensschild auf dem Stuhl kann ich vom Pult aus nicht lesen. Ich suche mir am Ende des Saales, auf dem Kongressplakat einen Buchstaben aus, den ich während meiner Rede immer wieder als ruhigen Punkt anvisiere. So kann mich niemand ablenken und dann beginne ich meinen Vortrag. Ich verfalle in eine Art Trance und es läuft wirklich gut, bis sich kurz vor dem Ende meiner Rede, die Tür des Saales öffnet. Mein Blick huscht unweigerlich dorthin. Herein kommt ein mir sehr vertrauter Rotkopf. Unsere Blicke treffen sich. Auf seinem Gesicht entsteht ein süffisantes, sexy Lächeln. Kurz stocke ich in meinem Vortrag. Mein Puls beginnt zu rasen. Schnell wende ich den Blick ab und finde zu meiner gewohnten Routine und beende meine Rede. Es folgt Applaus und der Vorsitzende bedankt sich für meinen Vortrag. Er überreicht mir einen Blumenstrauß. Danach steige ich die drei Stufen nach unten. Ich blicke wieder in seine Augen. Er hatte nun den freien Platz in der ersten Reihe eingenommen. Ich kann seinem Blick sogar mit einem Lächeln erwidern. Als ich endlich auf meinem Stuhl sitze, kann ich endlich durchatmen. Ich hatte es geschafft. Nach mir halten noch zwei weitere Kollegen Reden, die ich sehr interessant finde, aber nicht mein Gebiet tangieren. Dann kündigt der Vorsitzende Dr. med. Max Schneider an. Mir fällt es wie Schuppen von den Augen und sehe das Bild von ihm in der medizinischen Zeitschrift vom letzten Monat, in der auch mein Artikel veröffentlicht worden war. Max Schneider war der derzeit erfolgreichste Mediziner im Bereich der AIDS-Forschung. Wie konnte mir das nur entfallen? Gedanklich schlage ich mir mit der Hand gegen die Stirn. Dr. Schneider beginnt mit seinem Monolog und der ganze Saal lacht. Viel zu sehr bin ich von meinen Gedanken abgelenkt und starre den Sockel des Podestes an, weil ich in meinem Hirn nach weiteren Anhaltspunkten suche, die mit Dr. Schneider zusammenhängen. Dabei stelle ich fest, dass ich ihm noch nie zuvor begegnet bin. Hoffentlich hatte er nichts von meinem Blackout mitbekommen. Schnell richte ich meinen Blick zu ihm und schaue sofort in seine Augen, welche wieder eine feine Gänsehaut auf meiner Haut entstehen lassen. Kann er denn nicht jede andere Frau hier im Saal anstarren? Ich richte mein Augenmerk auf die

Wand hinter ihm und zwinge mich, ihn nicht mehr direkt anzusehen. Seine Rede ist unterhaltsam. Er spielt mit dem Publikum, baut einen Witz nach dem anderen ein und inszeniert das Ganze regelrecht. Die Damen hängen ihm an den Lippen. Die Herren strahlen ihn süffisant an. Fast wie ein Star kommt er herüber und stellt alle bisherigen Reden, einschließlich meiner, in den Schatten. Er ist so selbstsicher und dominant, fast wie ein Gott. Das ist nicht gerecht. Ich fühle mich irgendwie hintergangen. Meine Rede war nichts gegen diese Showeinlage. Zum Glück ist bald Pause und ich beschließe, nach diesem Vortrag nicht mehr wieder zu kommen. Auf der Bühne bedankt sich der Vorsitzende bei Max. Oh shit, jetzt nennt mein Gehirn ihn schon beim Vornamen. Alle Teilnehmer des Kongresses werden zum Buffet im Nachbarsaal eingeladen. Mehrere Damen stürmen zum Podium und belagern Max mit Fragen. Ich schnappe mir meinen Blumenstrauß, den ich unter meinem Stuhl abgelegt hatte und schaue noch einmal zu ihm, obwohl ich dies vermeiden wollte. Sofort fängt er meinen Blick auf. Eine Dame berührt seinen Arm galant, was seine Aufmerksamkeit von mir abwenden lässt. Ich spüre einen leichten Stich in meinem Inneren. Nein, nein, nein das will ich nicht und schleiche aus dem Saal. Auf dem Weg zum Ausgang erhalte ich von einigen Herren Glückwünsche und es ist allzu offensichtlich, dass ihr Interesse nicht meiner Forschung, sondern meiner Person gilt. Dies finde ich so oberflächlich und entschuldige mich mit einer Unpässlichkeit.

Zurück im Hotel bestelle ich mir Mittagessen aufs Zimmer und stöbere bei Joyclub herum. Ich schaue mir die Anmeldungen der Herren für die Party am Abend im Insomnia an. Den einen oder anderen Herren schreibe ich an, um schnelleren Anschluss am Abend zu finden. Das Konzept der Party finde ich interessant. Laut Beschreibung sollen fluoreszierende Silikonbändchen verteilt werden. Schwarz stand für Dominanz, weiß für das Gegenteil. Es können bis zu drei schwarze oder drei weiße Bänder getragen werden, als Stufen der Dominanz oder Devotheit. Die blauen Bänder stehen für das Interesse an einem Herrn, die roten für das Interesse an einer Frau. Mehrere Bänder bedeuten, dass man Sex mit mehreren gleichzeitig, entsprechend der Anzahl der Bänder haben möchte. Grün steht für schnellen Sex und Gelb für Flirt oder ich will dich erst näher kennenlernen. An und für sich ist das System selbsterklärend. Ich weiß, das ich ein weißes, ein grünes und ein blaues Band tragen werde. Auch bereue ich nicht, dass ich ein passendes sexy Kleidchen mit hohen Stilettos eingepackt hatte. Nach dem Mittagessen mache ich noch ein kleines Schläfchen. Anschließend schreibe ich mich mit einigen Herren per

Clubmail und verabrede mich mit einem, dessen Profil vielversprechend klingt. Ich mache mich für die Party chic und bestelle mir ein Taxi. Meinen kurzen Mantel ziehe ich über mein enges, elastisches, rotes Kleid, ohne etwas darunter. Auf meinen zwölf Zentimeter Absätzen laufe ich gekonnt zum Fahrstuhl der sich kurze Zeit später öffnete. Kurz befürchte ich, dass Max darin stehen könnte, doch ich blicke nur auf die leeren Wände und schaue mich in dem großen Spiegel der hinteren Fahrstuhlwand an. Was ich dort sehe gefällt mir. Meine Haare hatte ich zu einem langen Seitenzopf geflochten. Ich tippe auf den Knopf für das Erdgeschoss und als ich dort ankomme, schreite ich durch die Lobby. Meine Absätze sind in der großen Halle nicht zu überhören und ich spüre die neidischen Blicke der Damen und die begehrenden der Männer. Durch die Tür sehe ich schon mein Taxi stehen. Als ich endlich unter dem Himmel Berlins stehe, sauge ich die Großstadtluft in mich ein. Hinter meinem wartenden Taxi hält ein weiteres. Ich laufe zur hinteren Tür meines Wagens und als ich diese öffnen will, steigt Max gerade aus dem hinteren Taxi aus. Unsere Blicke treffen sich wieder. Ein Lächeln und ein kurzes Nicken lässt auch mich schmunzeln und meine Hand hätte ihm fast automatisch zugewunken. Schnell steige ich in das Taxi ein und weise dem Fahrer an, mich zu besagter Location zu fahren. Während ich mich anschnalle schaue ich aus dem Heckfenster und sehe, dass Max meinem Taxi lange Zeit hinterher schaut. Da ist etwas zwischen uns, was ich nicht leugnen kann. Doch unweigerlich habe ich für eine Beziehung gar keine Zeit und ihm geht es sicher ähnlich. Jetzt denke ich schon an eine Beziehung. Ich war eindeutig untervögelt. Zum Glück kann ich mich heute in die Partynacht stürzen und ich hoffe auf befriedigenden Sex, der mich von ihm ablenken wird. Der Taxifahrer zuckelt durch die Stadt. Sicherlich kann er schneller fahren, aber mir ist es egal. Nach einer knappen halben Stunde komme ich an. Ich bezahle den jungen, durchaus ansehnlichen Fahrer mit einem großzügigen Trinkgeld. Er überreicht mir seine Visitenkarte, damit ich ihn direkt für den Rückweg anrufen kann. Ich schreite durch die Türen des Clubs und werde am Tresen von einem blonden Hünen mit freien Oberkörper und tätowierten Oberarmen begrüßt. Er sieht zum anbeißen aus. Nachdem ich ihm meinen Nicknamen genannt und ihm meinen Obolus entrichtet hatte, reicht er mir meine Bändchen. Ich trage das weiße rechts und das blaue und grüne links. Im Spind verstaue ich nur meinen Mantel, da ich mein Kleid ja bereits anhabe. Danach laufe ich zur Bar, gebe meinen Spindschlüssel ab und bestelle mir einen Bloody Mary. Kurze Zeit darauf werde ich von einem Herren angesprochen.

"Guten Abend Nixe88?" Ich schaue ihn verdutzt an. "Und du bist dann wohl Tim1810?"

"Richtig. Verrätst du mir deinen richtigen Namen?"

"Jasmin und deiner?"

"Tim. Schön dich zu treffen." Ich nicke nur. Real sieht er doch ganz anders aus, als auf den Fotos in seinem Profil bei Joyclub. Er ist viel älter und er hat bereits einen leichten Bierbauch, was überhaupt nicht meins ist. Seine Handgelenke werden von zwei roten Bändern und einem gelben Band verziert. Man kann ihn als Switcher einordnen, da er weder schwarz noch weiß trägt. Er passt somit überhaupt nicht zu mir. Zum Glück wird mir mein Cocktail gebracht und Tim bestellt sich ein Bier. Wir unterhalten uns noch einige Zeit. Als mir seine Annäherungsversuche zu aufdringlich werden, entschuldige ich mich für kleine Mädchen. Anschließend mache ich einen Rundgang durch den Club. Dieser füllt sich immer mehr. Die satten Bässe, des extra für diesen Abend engagierten DJs, wummern durch den Club. Ich gehe an das andere Ende der Lokation, möglichst weit weg von Tim und lasse mich von den Rhythmen treiben. So tanze ich eine Ewigkeit, bis mir der Schweiß in Strömen vom Körper läuft. Nach einem erneuten Drink kehre ich auf die Tanzfläche zurück. Bald werde ich hier und da von einigen Typen angetanzt. Zwei entsprechen optisch meinem Beuteschema.

Sie sind groß, muskulös und strahlen Männlichkeit aus. Einer von den beiden trägt zwei rote Bänder, was bedeutete, dass er mit zwei Frauen gleichzeitig Sex haben will. Dies war dann meistens mit Bi-Spielchen verbunden, was überhaupt nicht meins ist. Er tanzt immer wieder mehrere Damen an. Der Andere trägt ein rotes und ein gelbes Band und es scheint mir, dass er eher nach einer festen Beziehung sucht. Keiner von beiden trägt ein schwarzes Band. Und für guten Sex brauche ich wenigstens ein schwarzes. Der Mann muss beim Sex die Oberhand haben. Ich will benutzt werden und ihm dienen. Nur ein wenig. Nicht so, dass ich vor ihm niederknie.

Der Abend ist noch recht jung und ich habe es nicht eilig, denn ich weiß, dass ich schon auf meine Kosten komme. Nachdem ich wieder einen Halt an der Bar mache, werde ich auch von dem einen oder anderen Herren in ein nettes Gespräch verwickelt. Anschließend laufe ich eine Runde durch den Club, an den Spielwiesen vorbei, wo schon rege gevögelt wird. Ich schaue bei einer Orgie zu und lehne mich dabei an die Wand. Ich spiele an meinen Nippeln und eine Hand gleitet zwischen meine Beine. Dort spüre ich die Nässe. Mein ganzer Körper fühlt sich angespannt an und ich bin so geil. Am Liebsten würde ich es mir auf der Stelle selbst machen. Doch ich will mich noch gedulden. Als ein Herr zu mir kommt und meine Brüste berühren will, verlasse ich den Raum und gehe zurück auf die Tanzfläche. Die beiden Herren sind nicht mehr da, dafür tanzen jetzt andere hier. Ich suche die Tanzfläche ab und finde einen heißen Typen. Groß, männlich, dunkelhaarig. Er trägt jeweils ein Band in schwarz, rot und grün. Das ist mein Mann für diese Nacht. Tanzend bewege ich mich auf ihn zu. Als er mich sieht, taxiert er mich. Zuerst schaut er mir tief in die Augen. Dann wandert sein Blick zu meinen Brüsten und weiter zu meinem Armen mit den Bändchen. Als er langsam meine langen Beine betrachtet, schleicht sich ein süffisantes Lächeln auf seine Lippen. Mein Kleidchen ist schon verdächtig weit nach oben gerutscht, so dass der Ansatz meiner Möse sichtbar ist. Tanzend drehe ich mich langsam im Kreis, damit er mich von allen Seiten betrachten kann. Unsere Blicke treffen sich und dann scanne ich seinen Körper ab. Er trägt ein schwarzes Muskelshirt. Auf der Schulter schaut ein großes Tattoo, wie es auch Dwayne Johnson trägt, hervor. Um seinen Hals baumelt ein Thorhammer an einem Lederband. Seine Beine stecken in schwarzen, hüftigen Wetlookhosen, die nichts von seiner Männlichkeit verstecken. Wir nähern uns immer weiter an. Berühren uns hier und da und spielen miteinander. Ab und an tanze ich ein Stück von im weg, um zu testen, ob er mich im Blick behält und ob er an mir interessiert ist. Er lässt mich nicht mehr aus den Augen. Plötzlich schmiegt sich ein Körper von hinten an meinen. Er tanzt im perfekten Einklang mit mir und der Duft kommt mir vertraut vor. Hände fassen meine. Finger verschränken sich mit meinen und halten meine Hände fest. Ich sehe am rechten, muskulösen Arm zwei schwarze Bänder und am linken ein rotes und ein grünes. Mein Herz schlägt schneller und an meinem Körper bildet sich Gänsehaut. Der andere Typ ist vergessen. Mein ganzer Körper kribbelt und ich drücke mich fester an den Typen hinter mir. Sein Körper passt so perfekt zu meinem. Ich will nachsehen, wer sich da hinter mir befindet, doch ich werde festgehalten. Er haucht in mein Ohr "Heute gehörst du nur mir." Seine Stimme kommt mir so sehr vertraut vor. Mein Puls schießt noch ein Stück in die Höhe. Mein ganzer Körper kribbelt. Mein Hirn arbeitet viel zu langsam, bevor es realisiert, dass es Max ist. Kurz bekomme ich Panik. Er weiß wer ich bin. Wenn er damit an die Öffentlichkeit geht. Ich lese schon die Schlagzeile: Medizinerin als Hobbynutte. Die Presse kennt keinen Unterschied zwischen Swingerei und Milieu. Obwohl das etwas völlig anderes ist. Kurz verkrampfe ich mich. "Lass dich fallen." raunt er mir ins Ohr und sofort verschwinden meine düsteren Gedanken. Wir tanzen noch ein Lied. Dann dreht er mich zu sich um. Meine Augen blicken in seine. Seine Hände legen sich auf meinen Poansatz und meine Hände wandern automatisch zu seinem Nacken. Er drückt mich noch näher an sich heran. Mein Blick huscht auf seine Lippen und wieder zu seinen Augen. Seine schauen mich voller Gier und Lust an. Dann endlich finden wir gleichzeitig zueinander und unsere Lippen prallen aufeinander. Der Kuss ist so leidenschaftlich. So etwas habe ich noch nie gefühlt. Das ist für einen kurzen Fick viel zu sinnlich. Noch während des Kusses nimmt er mich auf die Arme und trägt mich von der Tanzfläche durch die Menge der Leute in einen düster beleuchteten Raum mit einem großen Bett. Im hinteren Bereich steht ein Andreaskreuz mit Hand- und Fußfesseln. In der Ecke befinden sich noch diverse SM-Utensilien. Auf so etwas stehe ich ja überhaupt nicht. Mit dem Fuß kickt Max die Tür zu. Er stellt mich vor dem Bett ab und dreht den Schlüssel im Schloss um. Nun kann ich ihn betrachten. Er trägt schwarze Lederhosen, die verboten knapp auf seiner Hüfte sitzen und ein schwarzes Hemd ohne Ärmel. Er passt damit nicht so recht in einen Club, eher auf eine Fetisch-Party. Er nimmt zwei flauschige blaue Handtücher aus dem Regal neben der Tür und legt diese auf das Kunstleder bezogene Bett. Sein Blick taxiert mich. Ganz langsam kommt er zu mir. Seine Hand fasst mein Kinn und er zwingt mich, ihm tief in die Augen zu sehen. Seine strahlen eine massive Dominanz aus. Er presst seine Lippen grob auf meine. Als ich seinen Kuss leidenschaftlich erwidere, löst er seine Lippen ruckartig von meinen. "Zieh dein Kleid aus und leg dich aufs Bett." befiehlt er mir. Ich gehorche und mein Kleid gleitet fast von selbst langsam von meinem Körper. Ich sehe seinen lüsternen Blick. Danach krieche ich auf das Bett und lege mich hin. Wieder kann ich ihn wunderbar betrachten, da ich meinen Kopf etwas erhöht an das Betthaupt lehne. Max läuft um das Bett herum und dreht mir den Rücken zu. Er schaut sich die SM-Utensilien an. Seine Hände sind in den Hosentaschen vergraben. Jemand rüttelt an der Klinke. "Es war gar nicht so einfach, herauszufinden, wohin dich dein Taxi gefahren hat. Es hat mich einiges an Überredungskunst gekostet. Aber dein Ziel hat selbst mich überrascht." Ich muss schmunzeln. "Ach wirklich. Ich dachte so einen Entertainer wie dich erschüttert nichts. Dafür hast du aber ganz schön lange gebraucht." Er dreht sich ruckartig um. "Dafür sollte ich dir den Hintern versohlen." knurrt er. "Nur zu. Tu dir keinen Zwang an. Obwohl ich auf so etwas nicht stehe." Er betrachtet mich von oben. Unter seinem intensiven Blick laufe ich knallrot an und mein Puls beschleunigt sich. Wieder rüttelt jemand an der Klinke und jetzt höre auch ich das Stimmengewirr aus dem Club. Die lauten Beats dringen in das Zimmer. Sein

Blick bleibt an der Tür hängen, während er sagt "Ich kann das so nicht. Zieh dich wieder an, wir gehen."

"Was kannst du nicht? Hier ficken oder wolltest du nur reden?" kontere ich provokant. "Lass es gut sein Jasmin. ZIEH. DICH. AN." Sein Blick ist nun so düster, dass ich etwas Angst bekomme. Definitiv sind seine beiden schwarzen Bänder gerechtfertigt. Langsam steh ich auf und bücke mich lasziv mit dem Rücken zu ihm, um in mein Kleid einzusteigen und es langsam nach oben zu ziehen. Er zieht scharf die Luft ein. "Provoziere mich nicht, sonst …."

"Was sonst…." lache ich ihn an. Ich spüre auf einmal den Alkohol deutlich. Mit schnellen Schritten ist er bei mir und er packt mich am Oberarm. Viel zu grob für meinen Geschmack. Ich lass es dennoch geschehen. Max zerrt mich zur Tür und schließt sie auf. Seine Hand verschwindet und er nimmt mich nun am Handgelenk. Wir laufen zum Ausgang. Ich bleibe abrupt stehen. Max schaut mich mürrisch an und fragt "Was ist?"

"Ich brauche meinen Mantel. Der ist im Spind und den Schlüssel dafür habe ich an der Bar abgegeben. Bist du so gekommen?" Ich deute auf ihn und er schüttelt mit dem Kopf. Er dreht um und zieht mich nun durch die Massen zur Bar. Es passt ihm überhaupt nicht, dass wir aufgehalten werden. Max wird sofort vom

Barkeeper angesprochen. Er knurrt "Wir brauchen die Schlüssel."

"Welche Nummern?"

"Die Nummer achtundachtzig." sagte Max. Der Barmann schaut mich an. "Die Nummer achtundzwanzig bitte."

"Kommt sofort." Während der Barkeeper nach den Schlüsseln sucht, tippt Max etwas in sein Handy ein. Max nimmt beide Schlüssel an sich und zerrt mich viel zu schnell Richtung Umkleiden. Dabei rempelt mich ein Typ an und dicker Tomatensaft bekleckert mein Kleid von oben bis unten. Mir entweicht ein quieken, weil die kalte Flüssigkeit sofort bis zu meiner Haut vordringt. Ich blaffe ihn an "Kannst du nicht aufpassen?" Der Typ nuschelt etwas und läuft einfach weiter. Max betrachtet mich mit einem schiefen Grinsen. Zum Glück stehen wir grade in Höhe der Toiletten und ich laufe dort hin, um mir den Saft vom Kleid zu wischen. Max erscheint hinter mir. "Zieh es doch gleich aus."

"Das kannst du vergessen. Ich lass mich doch nicht von dir, vor allen, begrapschen."

"Wer sagt das denn, dass ich das will."

"Was willst du dann?"

"Ich will dich für mich allein, ohne das jemand zusieht." raunt er mir ganz nah ans Ohr. Meine Haut quittiert seine zarte Berührung augenblicklich.

"Achja, und was ich will, interessiert dich nicht?" kontere ich, um ihn etwas zu reizen. "Du willst mich doch auch. Ich habe deine gierigen Blicke und deine steifen Nippel gesehen. Du hast es ja noch nicht mal auf dem Kongress ausgehalten und bist einfach noch vor dem Mittagessen verschwunden. Bist du auf dein Hotelzimmer geflüchtet und hast es dir selbst besorgt?"

"Aber klar doch. Gleich sieben Mal." Max grinst mich an. "So unersättlich? Aber sicherlich fehlt dir noch ein harter Schwanz um dich richtig durchzuficken." Ich fasse ihm zwischen die Beine und fühle dort seine steife Latte.

"Na da will ich hoffen, das deiner steif genug ist." Max Blick wird düster. ER packt wieder meinen Arm und zieht mich aus der Tür. Mir gefällt das überhaupt nicht, dass er mich so behandelt. Als wäre ich sein Eigentum. "Du tust mir weh." fauche ich ihn an und befreie mein Handgelenk aus seinem Griff. Max dreht sich zu mir um und streichelt mit seiner Hand über meine Wange. Seine Augen strahlen auf einmal so viel Wärme aus. "Es tut mir leid. Ich wollte dir nicht weh tun. Ich will hier einfach nur weg. Die Menschen, die Musik… das ist alles zu viel für mich." Ich stelle mich auf die Zehenspitzen und küsse ihn sanft. Dann nehme ich seine Hand und ziehe ihn weiter. In den Umkleiden öffne ich meinen Spind und hole meinen Mantel heraus.

Max hilft mir hinein. Dann geht er zu seinem Spind und holt sein Jackett. Gemeinsam, Hand in Hand laufen wir Richtung Ausgang. Ein Taxi hält vor dem Club. Max öffnet die hintere Tür und deutet darauf. Ich steige ein und rutsche weiter, dass er sich neben mich setzen kann. Kurz darauf fühle ich seinen warmen Körper an meinem. Das Taxi fährt los, ohne dass jemand etwas sagt. Der junge Taxifahrer der mich auch auf den Hinweg gefahren hatte, saß hinter dem Steuer. Max legt seine warme Hand auf meinen Oberschenkel und schaut mich von der Seite an. Seine Lippen kommen immer näher und wir versinken in einem Kuss der sanft und fordernd zugleich ist. Auf meiner Haut kribbelt alles und ich freue mich auf seine Berührungen. Seine Hand rutscht höher und ich befürchte, dass der Taxifahrer im Rückspiegel zu viel von meiner Haut sehen kann. Doch Max´ Hände berühren mich weiter und meine Sinne geben sich ihm voll hin. Ich fühle mich wie in Trance und alles um mich herum versinkt in einem grauen Nebel. Es gibt nur noch mich und Max.

Nach einiger Zeit räuspert sich der Fahrer. Das Taxi steht vor dem Hotel. Wir haben gar nicht bemerkt, dass wir angekommen sind. Max bezahlt mit einem großzügigen Trinkgeld und wir verlassen den Wagen. Hand in Hand laufen wir zum Fahrstuhl. Als sich die Türen endlich schließen, fasst Max sofort mein Kinn. Er drückt mich an die Fahrstuhlwand und küsst mich wieder leidenschaftlich. Ich schiebe meine Hände unter sein Jackett und taste seine tollen Körper ab. Max Hände erforschen meinen und streichen über meine hart aufgerichteten Nippel. Mit einem Ping öffnet sich viel zu schnell die Fahrstuhltür. Max zieht mich hinter sich her. Vor seinem Zimmer bleiben wir stehen und er zieht seine Chipkarte durch den Kartenleser an der Tür. Die Tür schwingt auf. Ineinander verschlungen durchschreiten wir die Tür. Sofort streift er mir meinen Mantel von den Schultern und legt ihn auf den Sessel neben der Tür. Auf dem Weg zu seinem Bett zieht er mir schon mein Kleid von den Schultern. Ich steige einfach darüber hinweg. Vor seinem Bett bleiben wir stehen und er schaut mir tief in die Augen. Nur mit zwei Fingern stupst er mich an der Schulter an und ich falle auf sein großes Doppelbett. Max kniet sich auf das Bett, genau über mich und nimmt meine Hände, die nervös auf meinen Bauch miteinander spielen. Er führt diese über meinen Kopf und hält sie fest, während seine Lippen meinen immer näher kommen. Mein ganzer Körper reagiert auf ihn und kribbelt wie verrückt. Ich spüre, wie die Nässe zwischen meinen Schamlippen hervor quillt. Seine Lippen finden meine und unser Kuss wird wilder. Unsere Zungen spielen miteinander. Mein Herz schlägt immer noch viel zu schnell. Seine Lippen wandern nun weiter nach unten und er küsst meinen Hals. Meine Nippel werden hart und sofort wandert seine Zunge darüber. Seine Lippen saugen an meinen Knospen und Max´ Hände wandern langsam an meinen Armen entlang. Ich richte mich etwas auf und knöpfte sein Hemd auf. Seine Brustmuskeln sind wohlproportioniert und hart. Er zieht sich das Hemd aus und wirft es von sich. Auf seiner linken Seite unter dem Arm befindet sich ein Äskulapstabtattoo. Ich streiche mit meinen Fingern darüber und auch auf seiner Haut werden meine Berührungen augenblicklich sichtbar. Er reagiert auf meine Berührungen genauso, wie ich auf seine. Er lächelt kurz. Danach nestle ich an seinem Gürtel herum und er lässt es geschehen. Es folgt der Hosenknopf. Ich spüre schon seinen harten Ständer unter dem Bund. Max steht vom Bett auf und zieht einfach seine Hose aus. Sofort schaue ich auf seine Mitte, auf seinen bretthart aufgerichteten Schwanz. Er hat einiges zu bieten. Sein Lustkolben ist prall geädert, ragt steif auf und ich sehe, wie er pulsiert. Dass er dort unten nicht rasiert ist, verwundert mich ein wenig, da dies unter Swingern eigentlich üblich ist. Vielleicht ist er ja auch gar kein Swinger und er ist mir wirklich gefolgt. Ich lecke mir über die Lippen. Meine Geilheit steigert sich noch ein Stück weiter. Max schaut mich wieder von oben mit gierigem Blick an und er rührt sich nicht mehr. "Was ist los? Du überlegst es dir doch nicht anders?"

"Auf keinen Fall. Ich habe dir doch gesagt, dass du heute mir gehörst. Das wollte ich schon seit unserer ersten Begegnung gestern. Das du es mir so leicht machst ...." knurrt er und schwingt sich über mich, ohne dass sein Körper meinen berührt. Seine Nähe, so ohne Berührung fühlt sich so an, als ob von seinem Körper aus kleine elektrische Impulse ausgehen. Seine Lippen landen wieder auf meinen und meine Hände gleiten über seinen Körper. Ich verwuschle ihm die Haare. Max knurrt wieder genüsslich und senkt seinen Körper auf meinen. Ich spüre seinen steifen, pulsierenden Schwanz an meinem Oberschenkel. Meine Hände halten seine muskulösen Arschbacken fest und ich drücke ihn noch näher an mich. Mein ganzer Körper und meine Seele sehnen sich nach Berührungen. Nach seinen Berührungen. Es ist so magisch zwischen uns. Ich kann kaum noch klar denken, gebe mich ihm völlig hin. Max Lippen wandern weiter nach unten und saugen an meinen hart aufgerichteten Knospen. Sofort spüre ich dieses Ziehen im Unterleib, welches nur fremde Lippen so intensiv auslösen. Ich drücke meinen Körper fester an seinen und als ich es kaum noch aushalten kann, lässt er von meinen Nippeln ab. Er bedeckt meinen Bauch mit Küssen, rutscht tiefer und seine Finger fahren an meiner Spalte entlang. Er kniet sich zwischen meine Beine. Schnell stopfe ich mir beide Kissen unter meinen Kopf, um ihn im Blick zu behalten. Seine Augen funkeln mich nun von unten an. Max streicht mit seinem Fingern über meine Nässe und dann lutscht er seine Finger ab. "Ihr Fotzensaft ist ein Gedicht, Dr. Ay." Ich laufe knallrot an. Seine offensive Art ist mir peinlich. Er genießt meine Verlegenheit und schaut mich weiter an, während sich seine Lippen meiner Mitte nähern. Ich fühle seine heiße Zunge zwischen meinen Schamlippen. Er leckt meine Säfte ab und findet meinen empfindlichsten Punkt. Meine Emotionen fahren Achterbahn und ich muss laut aufstöhnen, als er seine Zunge auf meiner Perle tanzen lässt. Zusätzlich schieben sich zwei seiner Finger in meine Grotte und massieren mich von innen. Meine Hände vergraben sich in seinen Haaren. Ich kann an nichts mehr denken und ich fiebere meinem Höhepunkt entgegen. Noch nie wurde ich so gut geleckt. Es kommt mir so vor, als ob sein perfektes Zungenspiel nur für mich so perfekt ist. Als ob er für mich geschaffen ist. Seine Finger verstärken meine Emotionen noch weiter. Ich stöhne meine ganze Lust heraus. Seine Zunge verschwindet an meiner Perle, während seine Finger mich weiter ficken. Sofort fühle ich diese Leere und bedaure diese Unterbrechung, da führt Max sein Spiel fort. Immer wieder unterbricht er nun sein Tun. Es frustriert mich, dass er meinen Orgasmus hinauszögert und trotzdem macht es mich noch geiler. Während der Pausen an meiner pochenden Klit fickt er mich mit seinen Fingern fester. So hatte ich mich noch nie gefühlt. Mein ganzer Körper sehnt sich nach diesen alles erlösenden Höhepunkt. Er spielt mit mir. Er zieht mich auf, wie einen Bogen und lässt mich nicht kommen. Ich wimmere, da mich der unterdrückte Höhepunkt leiden lässt. Und als ich endlich die ersten Zuckungen meines Höhepunktes verspüre, lässt er von mir ab. Er packt meine Knie von unten und legt sie sich auf seine Schultern. Mit festem Griff an meinen Hüften zieht er mich zu sich heran. Wie in Trance spüre ich seinen harten Kolben zwischen meine Schamlippen vordringen. Mein Körper sehnt sich so sehr nach seinem steifen Phallus, dass alles in mir nur darauf wartet, dass er ihn in mich stößt. Doch er dringt ganz langsam tiefer in mich ein. Viel zu langsam. Als ich durch meine schweren Lider blicke, sehe ich, dass mich seine Augen fixieren. Sein Blick ist lüstern und eisern zu gleich. Seine Brustwarzen sind zusammengezogen und auf seiner Haut bildet sich eine Gänsehaut. Er strahlt so viel Dominanz aus. Seine Kiefermuskeln treten hervor. Ich befürchte fast, dass er meine Grotte wieder verlassen will, als er mir endlich seinen Kolben tief in mein nasses Loch rammt. Mir entweicht ein spitzer Schrei, da ich nicht so viel erwartete hatte. Max lächelt nur süffisant und beginnt mich mit festen Bewegungen zu ficken. Er stößt seinen Schwanz gnadenlos in mich. Sofort spüre ich meine aufgestaute Geilheit wieder und fiebere meinem Höhepunkt entgegen. Immer härter fickt er mich und der Höhepunkt rollt über mich hinweg. Meine ganze Haut kribbelt und ich spüre die Erlösung in jeder Faser meines Körpers. Es ist so, als befinde ich mich in einer anderen Ebene, als würde ich schweben. Ich bin nur noch Lust und Erlösung. Mein Höhepunkt zieht sich ewig hin und am liebsten würde ich mich in seinem vollen Haar festkrallen, doch stattdessen bleibt mir nur das Laken unter mir. Ich werfe meinen Kopf hin und her und kann nur meine ganze Lust heraus stöhnen. Es ist mir fast peinlich mich so gehen zu lassen, aber ich kann gegen diese Emotionen nicht ankämpfen. Noch nie war ich nur durch den reinen Akt gekommen. Sein Kolben füllt mich so perfekt aus und berührt diesen geilen Punkt in mir. Max hebt meine Beine von seinen Schultern und er legt sich nun über mich. Seine Ellenbogen stützen sich neben mir ab. Er streicht mir eine Strähne aus der Stirn. Meine Hände umschlingen ihn wie eine Ertrinkende und er hält in seiner Bewegung inne. Mein Atem beruhigt sich wieder ein wenig und ich blicke in seine wunderschönen Augen, die mich nun sanft anschauen. Seine Lippen kommen näher. Gierig sauge ich an seiner Zunge, was er mit einem Biss quittiert. Ich heiße den kleinen Schmerz willkommen und schlinge meine Beine um seinen Körper. Ich treibe ihn an, damit er seine Bewegungen wieder aufnimmt. Die Sekunden verrinnen, in denen er mich nur ansieht. Fast wie eine kleine Ewigkeit kommt es mir vor. Max gibt meinem Drängen nach und er gehorcht mir. Er nimmt seine Stöße wieder auf und fickt mich nun hart. Unsere Lippen verschmelzen immer wieder miteinander. Ich spüre, wie er Schwung holt und uns herumdreht. Nun liege ich auf ihm. Sofort ziehe ich meine Beine an und richte mich auf. Unsere Hände finden sich und unsere Finger verweben sich ineinander. Es fühlt sich so vertraut an, als würde ich Max schon ewig kennen. Nun kann ich ihn von oben betrachten, während er meinen Körper scannt. Wie ein Gott liegt er unter mir. Seine Muskeln sind wohl proportioniert und seine Haut ist makellos und leicht gebräunt. Mein Blick bleibt wieder an seinem Tattoo hängen. Ich kann mich nicht an ihm satt sehen. Mit langsamen Bewegungen gleite ich auf seinen Steifen und beginne ihn langsam zu reiten. Er steckt so tief und hart in mir, dass ich kurz befürchte, dass es weh tun könnte, doch er passt perfekt in mich hinein und füllt mich aus. Immer schneller werden meine Bewegungen. Ich massiere seinen Schwanz mit meiner Pussy, spüre, wie er noch ein Stück härter wird. Max löst seine Hände von meinen und umfasst meine Titten. Meine Nippel sind ganz hart und als er diese zwirbelt, stöhne ich laut auf. In meiner Mitte spüre ich wieder dieses bekannte Ziehen und meine Geilheit wächst noch ein Stück. Max Hände wandern nun tiefer zu meinen Hüften und treiben mich weiter an. Ich spüre die Erregung in mir wachsen und Max drängt von unten gegen mich. Unsere Leiber klatschen aufeinander. Seine Hände krallen sich an meinen Hüften fest und verstärken meine Bewegungen. Ich spüre wie seine Erregung immer weiter wächst. Seine Augen schauen mich dennoch funkelnd an. Seine Pupillen weiten sich immer mehr und auch meine Ekstase wächst. Wir stöhnen beide kurz vor unserem Höhepunkt. Max presst mit seinen Händen meine Hüften grob auf seine, damit ich meine Bewegung einstelle, doch ich will unbedingt, dass er jetzt kommt. So kurz vor meinem nächsten Höhepunkt und unserer gemeinsamen Erlösung. Als er meinen Widerstand spürt, knurrt er "Nein. Nicht. Lass das."

"Vergiss es." antworte ich ihm unter stöhnen. Ich verstärke meine Bewegungen. Ich kämpfe gegen seine starken Arme an und es gelingt mir, ihn weiter zu reiten. Ich spüre, wie Max versucht seinen Höhepunkt zu unterdrücken, doch ich ziehe meine Beckenbodenmuskeln zusammen, reite ihn noch einige Male heftig und dann kommen wir gemeinsam unter lautem Stöhnen. Er pumpt seinen ganzen Samen in mich, während meine Pussy seinen Schwanz massiert. Ich falle auf seine Brust. Sein Atem geht stockend und sein Herz rast wie wild. Genau so wie meins. Nach einiger Zeit umarmt er mich zärtlich. Meine Gedanken fahren Achterbahn. Ich hatte ungeschützten Verkehr. Mit einem fremden Mann. Wann hatte ich meine letzte Vierteljahresspritze? Ich kann mich nicht erinnern. Aber es war so einzigartig gewesen und jetzt nicht mehr änderbar. Ich schmiege mich an seinen Oberkörper und lausche seinen kräftigen Atemzügen. Er schluckt und küsst meine Stirn. Es kommt mir so vor, als ob wir uns schon ewig kennen. Als ob wir füreinander bestimmt sind. Max Arme umschlingen mich und halten mich fest an ihn gedrückt. Mir kommt es so vor, als ob er mich nie wieder loslassen will. Nach einiger Zeit gleite ich von seinem Körper und wir drehen uns beide zueinander, auf die Seite. Wir schauen uns in die Augen. Keiner von uns sagt etwas. Max streicht mir eine Strähne aus dem Gesicht, was mich lächeln lässt, weil seine Finger eine brennende Spur hinterlassen. Mir ist diese liebevolle Berührung fast zu intim. Ich kenne ihn doch überhaupt nicht. So etwas will ich doch nicht. Ich wollte anonymen Sex im Club und dann von dem Typen nie mehr etwas hören.

Das hier ist anders. Es war von Anfang an anders. Wie hätte ich wissen können, dass es sich so entwickelt. Dass er mich vom ersten Augenblick an wollte und wenn ich tief in mich hinein höre, wollte ich ihn auch vom ersten Augenblick an für eine heiße schnelle Nummer, aber nicht so. Nicht so intim. Nicht in diesem Hotel und nicht in seinem Bett.

Irgendwann müssen wir eingeschlafen sein und mein nervöses Augenzucken weckt mich. Wie ich das verfluche. Aus diesem Grund liebe ich auch den ungezwungenen Sex im Club, weil ich immer allein in meinem Bett schlafen konnte. Max Arm umschlingt mich und sein Rücken ist an meinen gekuschelt. Ich versuche einfach weiter zu schlafen, doch es will mir nicht gelingen. Vorsichtig löse ich Max' Arm und schleiche mich aus dem Bett. Er liegt so unschuldig da. Ich nehme meinen Mantel und ziehe ihn über. Seine Tür lehne ich nur an und dann öffne ich, mit meiner Chipkarte aus der Manteltasche, meine Zimmertür. Meine Augenmaske liegt auf meinem Bett. Diese schnappe ich mir und laufe zurück. Als ich meine Tür ins Schloss ziehe, spüre ich einen Luftzug und Max Tür fällt ins Schloss. Im ersten Moment realisiere ich es nicht richtig und dann steigt Panik in mir hoch. Was wird er wohl von mir denken, wenn er aufwacht und ich weg bin. Und überhaupt hatten wir kaum miteinander geredet. Ich klopfe an Max Hoteltür. Erst ein Mal und dann noch ein Mal etwas lauter. Max schläft jedoch so fest, dass alles Klopfen nichts nützt. Ich gehe zurück in mein Zimmer und kuschle mich mit meiner bescheuerten Augenmaske einsam in mein Bett.

Am nächsten Morgen wache ich viel zu spät auf. Mir bleibt bis zum auschecken nur eine Stunde. Schnell haste ich ins Bad unter die Dusche und wasche mir Max Duft vom Körper. Etwas wehleidig denke ich an den letzten Abend und die Nacht zurück. Jetzt, wenn er nicht mit mir in einem Raum ist, kann ich wieder klarer denken und so besonders war es nun auch wieder nicht gewesen. Danach packe ich meine Sachen zusammen. Das Frühstück muss ausfallen, da in eineinhalb Stunden mein Zug geht. Zum Glück hat er ja das Zimmer gleich nebenan und ich brauch ja nur an seine Tür klopfen und mich verabschieden. Alles Weitere wird sich ergeben.

Als ich dann wirklich mein Zimmer verlasse und vor seiner Tür stehe, ist seine breit geöffnet und eine Putzfrau bezieht sein Bett neu. Das Bett, indem wir letzte Nacht Sex hatten. Ich gehe hinein. Von meinem Kleid und meinen Schuhen ist keine Spur zu sehen. In meinem Herzen spüre ich einen kleinen Stich, der dort rein gar nichts zu suchen hat. Ich versuche meine Empfindungen bei Seite zu schieben und nicht an ihn zu denken. Es war eine einmalige Sache, so wie ich es wollte. Auf dem Absatz drehe ich mich um und laufe zum Fahrstuhl. Darin muss ich augenblicklich wieder daran denken, wie er mich hier an die Wand gedrückt hatte. Ich seufze und schiebe die Gedanken beiseite. An der Rezeption gebe ich meine Chipkarte zurück und bezahle mein Zimmer. Die Rezeptionistin überreicht mir mein Kleid, welches auf einem Bügel hängt und frisch gereinigt aussieht. Die Schuhe stecken ebenfalls in einer durchsichtigen Tüte. Ich bedanke mich bei ihr und frage nach, ob eine Nachricht abgegeben wurde, was sie verneint. Er hatte mein Kleid reinigen lassen, aber keine Nachricht hinterlassen? Was erwarte ich? Alles ist so, wie ich es wollte.

2. Kapitel - Max

Was hat sie sich nur dabei gedacht. Mitten in der Nacht einfach zu verschwinden. Ohne ihr Kleid und ohne ihre Schuhe. Sie musste es wirklich eilig gehabt haben, mich endlich zu verlassen. Aber das Wegrennen scheint ihr Hobby zu sein. Noch nie hatte ich mich so erniedrigt gefühlt. Noch nie hatte ich überhaupt so viel gefühlt, wie bei ihr. Am Morgen ohne sie aufzuwachen, das war wie ein Schlag ins Gesicht. Meine Gedanken an sie und die Erinnerungen an ihre Berührungen lassen mich schon wieder ganz hart werden. Ich darf nicht daran zurückdenken. Sie hat mich gezähmt und ich habe es zugelassen. Es entspricht einfach nicht meinem Naturell, dass eine Frau beim Sex über mir ist, aber bei ihr hatte ich es selbst gewollt. Sogar auf Verhütung hatte ich verzichtet. Wie dumm von mir. Sie als Medizinerin hatte bestimmt vorgesorgt. Aber wie konnte ich mich nur so gehen lassen. Ich hätte es wissen müssen, dass ich ihr so verfalle.

Schon als ich sie im Zug sitzen sah, wusste ich, dass ich sie unbedingt haben musste. Ja klar, ihren Artikel hatte ich gelesen und das Foto von ihr war nicht das vorteilhafteste in diesen Kittel. Aber als sie dann dort im Zug saß, mit der fast zu engen Bluse, die sich um ihre üppige Oberweite spannte und diesen geilen Nylons, die ihre prallen Waden umhüllten, da war es um mich geschehen. Wie sie mich beschämt angesehen hatte und so wunderschön errötete, als sich unsere Blicke trafen. Da wusste ich, dass sie sich meiner Wirkung nicht entziehen konnte.

Das mit dem Hotelzimmer war reiner Zufall. Ich hatte ihren viel zu schnellen Atem hinter der Abtrennung gehört. Ein Hauch von ihrem Duft war zu mir herüber gewabert, der mir allzu gut aus dem Wagon bekannt war. Warum nur hatte sie dort schon die Flucht ergriffen? Danach musste ich erst einmal an die Hotelbar etwas trinken gehen. Sie nur ein Zimmer weiter. Das machte mich wahnsinnig. Viel zu spät war ich, nach viel zu vielen Drinks, in mein Bett gefallen, mit der Gewissheit, dass es nur eine Wand zwischen uns gab, die doch unüberwindbar war.

Am nächsten Morgen fieberte ich unserer nächsten Begegnung entgegen, da ich wusste, dass sie den ersten Vortrag halten würde. Leider war mein Taxi auf dem Weg zum City-Cube in einen Unfall geraten, so dass ich fast ihren ganzen Vortrag verpasst hatte. Aber sie dann dort oben stehen zu sehen, dass stimmte mich wieder zuversichtlicher. Ihr kleines Lächeln, als sie das Podium verlassen hatte, ging mir durch Mark und Bein und mein kleiner Freund regte sich, was ich in dem Augenblick gar nicht gebrauchen konnte. Während meines Vortrags waren meine Blicke immer wieder zu ihr gehuscht. Mir entging nicht, wie sie sich zwingen musste mich nicht anzustarren. Der Höhepunkt der ganzen Farce war es jedoch, dass sie nach meinem Vortrag einfach wieder feige die Flucht ergriffen hatte. Diese Assistenzärztinnen hatten mich nach meinem Vortrag mit sinnlosen Fragen bombardiert, so dass ich ihr nicht hinterher laufen konnte. Mein tiefstes Innerstes wusste, dass sie wegen mir gegangen war, weil sie meinen Blicken nicht mehr stand halten konnte. Und meinem Ego tat es so gut, sie so verwirrt zu sehen, wegen mir. Das konnte sie doch nicht leugnen, dass das zwischen uns etwas Besonderes war. Ohne sie hatte mich alles genervt. Die Vorträge am Nachmittag langweilten mich und auch das Abendessen mit einem alten Schulkumpel hatte mich nicht froher gestimmt. Daher hatte ich mich am frühen Abend von ihm verabschiedet und bin wieder ins Hotel gefahren, in der Hoffnung sie an der Bar zu treffen. Doch ich hatte nicht mit ihr, bereits vor dem Hotel gerechnet. Ihre Anwesenheit hatte mich vollkommen aus dem Konzept gebracht. Was hatte sie sich nur dabei gedacht, als sie in ihr Taxi stieg. Ich konnte für eine Millisekunde ihre Schenkel bis fast zu ihrer blanken Möse sehen, die sie unter ihren kurzen Mantel zu verstecken versuchte. Sofort hatte ich das Verlangen in meinen Lenden gespürt. Ich wollte sie besitzen. Ich wollte ihr das Gehirn heraus vögeln.

Es hatte mich einiges an Nerven gekostet, herauszufinden, wohin sie ihr Taxi gefahren hat. Zuerst hatte ich meinen Taxifahrer gefragt, ob er ihren anfunken kann. Er hatte sich geweigert, aber über die Zentrale hatte ich einfach ihr Taxi zu mir an das Hotel bestellt. Und dann hatte ich den Taxifahrer gefragt: "Wohin haben sie die Dame, die sie um 20 Uhr gefahren haben, hingebracht?"

"Das unterliegt dem Datenschutz. Wenn die mich dabei erwischen, werde ich gefeuert."

"Dann fahren sie mich einfach dort hin."

"Das wird ihnen nichts nützen. Sie werden diese Location nicht betreten können, ohne Anmeldung."

"Was für einen Anmeldung.?" Er machte so ein Zeichen von verschlossenen Lippen. Erst als ich ihm die nötige Anzahl Schiene vor die Nase hielt, lockerte sich seine Zunge. "Ich habe sie ins Insomnia gefahren."

"Und was ist das für ein Schuppen?"

"Ein Swingerclub."

"Ein Swingerclub? Wieso muss ich mich anmelden und wo?"

"Das weiß ich auch nicht. Ich habe es von verschiedenen Fahrgästen aufgeschnappt."

"Sie bleiben hier stehen, bis ich wieder herunter komme." Ich musste zu ihr. Die Vorstellung, dass sie ein anderer Typ vögelte macht mich wahnsinnig. Ich war so schnell wie möglich hinauf zu meinem Zimmer gelaufen. Auf dem Weg dorthin suchte ich über mein iPhone die Webseite des Clubs. Kurz hatte ich die Details zur Veranstaltung überflogen und die Anzugsordnung studiert. In meinem Kopf war ich meine Klamotten durchgegangen. Auf meinem Zimmer meldete ich mich dann zu der Party an. In meinem Kopf rasten die Gedanken irre schnell durcheinander. In Windeseile hatte ich mich ausgezogen. Meinen Anzug konnte ich nur schnell auf den Sessel pfeffern. Unter der Dusche rasierte ich meine Achseln nach. Anschließend stylte ich meine Haare und war in meine Lederhose und mein Hemd geschlüpft. Eine Viertelstunde später saß ich wieder in dem Taxi. Der junge Schniebs von Taxifahrer grinste mich über den Rückspiegel an und fuhr los. Mein Bein zuckte nervös auf und ab. Es konnte mir nicht schnell genug gehen. Wenig später hielt das Taxi vor dem Club. Ich wurde immer nervöser. Beim Einlass wollte mich die doofe Tussi nicht rein lassen, da sie ihre Anmeldeliste nicht aktualisiert hatte. Dennoch konnte ich sie überzeugen und ich erhielt diese doofen Bänder, die ich über mein Handgelenk gleiten ließ. Als ich dann in den Club eintrat, wummerten mir die Bässe entgegen. Ich lief durch die Zimmer und suchte nach ihr. Insgeheim hoffte ich, dass ich sie nicht auf den Matten entdeckte. Dennoch überraschte es mich, wie ungeniert die Leute hier vögelten. So etwas hatte ich noch nie gesehen. Da trieb es eine Frau mit drei Kerlen gleichzeitig. Im nächsten Raum knutschen zwei Frauen herum, während die Partner der beiden zusahen und sich die Schwänze wichsten. Ich lief weiter und in einem großen Gruppenfickraum war eine regelrechte Orgie im gang. Dort verweilte ich einige Zeit, weil eine Dame die Jasmin sehr ähnlich sah, sich gleich von zwei Schwänzen gleichzeitig ficken ließ, während ihr Mann, die wesentlich jüngeren Herren anspornte, seine Dame richtig durchzuficken. Ich musste zugeben, dass mich diese Vorstellung heiß machte. Ich ging weiter und fand Jasmin nicht. An der Bar bestellte ich mir einen Whisky, der fade schmeckte. Wo nur konnte sie sein? Ich lief weiter, wo sich unzählige leicht bekleidete Menschen auf der Tanzfläche zu dem wummernden Beat bewegten und dann sah ich sie. Mitten auf der Tanzfläche. Mein Puls schoss in die Höhe. Sie sah so gut aus in ihrem engen roten Kleid, welches so perfekt zu ihren Haaren passte. Sie flirtete gerade mit so einem Typen. Pure Eifersucht floss durch meine Glieder. Als sie sich an ihn schmiegte, stieg Hass in mir auf. Ich lief los. Fast als würde sie mich spüren, löste sie sich von dem Typen und tanzte in meine Richtung. Als ich mich von hinten an sie geschmiegt hatte und sie keinen Widerstand geleistet hatte, spürte ich die Erleichterung durch meinen Körper fluten. Sie war mir hoffnungslos verfallen. Ich hatte es gefühlt.

Aber warum nur wollte sie nicht neben mir aufwachen. Wahrscheinlich war es unter Swingern nicht üblich. Schließlich ging es ja nur um Sex.

Zurück in Wolfsburg in meiner Penthousewohnung im Stadtteil Rothenfelde schrieb ich eine Mail an das Insomnia in Berlin und bat um die Anmeldeliste. Ich musste immer wieder an Jasmin denken und musste herausfinden, wie ich mit ihr in Kontakt treten konnte. Natürlich hatte ich sie schon gegoogelt, aber ich fand nur diesen doofen Artikel aus der Zeitschrift. Ansonsten war sie ein unbeschriebenes Blatt. Sie hatte weder einen Facebook Account, noch war sie bei Instagram aktiv. Auch bei allen anderen sozialen Plattformen fand ich sie nicht.

Nach geschlagenen drei Tagen schrieb mir das Insomnia, dass sie die Anmeldeliste aus datenschutzrechtlichen Gründen nicht herausgab. Aber sie teilten mir mit, dass ein Teil der Anmeldungen bei Joyclub.de einsehbar waren. Ich meldete mich bei Joyclub.de an und begann die Anmeldeliste zu durchforsten. Die meisten Damen, die zu der Party angemeldet waren, zeigten sich in ihren Profilen zwar freizügig, aber bei fast allen konnte man die Gesichter nicht erkennen. Ich stellte mir eine

Liste zusammen, welche Damen nach Größe, Gewicht, Haar- und Augenfarbe in Frage kamen. Als ich die erste Clubmail an eine Dame schreiben wollte, stellte ich fest, dass meine Basismitgliedschaft dafür nicht ausreichte. Nun musste ich zwei weitere Tage warten, bevor mein Account nach dem Zahlungseingang frei geschalten wurde. Ich verfluchte das Alles. Es raubte meine Zeit und nervte mich. Warum musste das alles so kompliziert sein.

Das Klingeln meines Telefons riss mich aus meiner stupiden Recherchearbeit. Mein Bruder Lucas rief an. Meine Schwägerin erwartet das zweite Kind und er überredet mich zu einer Runde Squash. Ich hoffe nur, dass er mir nicht mit der ganzen Baby- und Schwangerschaftskacke in den Ohren lag.

Den ersten Satz gewann ich haushoch und im zweiten war ich mir zu sicher und verlor, weil ich schon wieder mit meinen Gedanken beim Joyclub und Jasmin war. Natürlich bemerkte Lucas das, weil er für gewöhnlich nie gewann. Überhaupt hatten wir in der letzten Woche wenig Kontakt, weil ich all meine freie Zeit in die Suche nach Jasmin investierte. Lucas fragte dann auf dem Weg zu den Umkleiden

"Was ist denn mit dir los Brüderchen. Du hast dich in Berlin doch nicht etwa verliebt."

"Sag mal spinnst du. Ich verliebe mich nicht. Das weißt du doch."

"Ja, die Frau für dich muss erst noch gebacken werden. Mutter liegt mir auch schon immer in den Ohren, ob ich weiß ob du eine Freundin hast. Aber irgendwas ist anders. Du bist so nachdenklich."

"Das bildest du dir nur ein."

"Max ich kenn dich. Wollen wir dann noch ein Bierchen zischen?"

"Von mir aus." erwiderte ich, damit er endlich Ruhe gab. Aber in Wirklichkeit wollte ich nur nach Hause an meinen Rechner und nach Jasmin suchen. An der Bar stießen wir mit unserem Bier an und dann fing mein Bruder tatsächlich wieder damit an. "Nun schieß schon los. Was macht dich so nachdenklich und ungeduldig."

"Aber du hast doch bestimmt selbst schon genug um die Ohren."

"Ach es tut mir auch mal ganz gut, mal etwas anderes zu hören als nur Schwangeren- und Babygeschwätz. Du hast doch eine Frau kennen gelernt oder stehst du jetzt auf Männer? Deinem Bruder kannst du alles erzählen."

"Spinnst du, ich steh doch nicht auf Männer."

"Also doch eine Frau." Was nützte es. Er bekam es ja doch aus mir heraus. Andernfalls würden wir hier ewig sitzen, denn Lucas konnte wirklich hartnäckig sein und da war es besser, wenn ich nachgab. Umso eher konnte ich nach Hause. "Ich habe wirklich jemanden kennengelernt. Aber es ist anders als gewöhnlich."

"Wie denn anders? Lass dir doch nicht alles aus der Nase ziehen."

"Das erste Mal habe ich sie im Zug gesehen. Sie saß da schon, als ich in Wolfsburg zugestiegen bin. Unsere Blicke hatten sich immer wieder getroffen. Dann ist sie in Berlin am Hauptbahnhof ausgestiegen und ich habe sie aus den Augen verloren. Später im Hotel habe ich auf dem Balkon mit Anna telefoniert und da habe ich ihr Parfum gerochen. Es war mir noch sehr vertraut aus dem Zugabteil. Und dann checkte ich, dass sie das Zimmer neben mir hatte."

"Was wollte denn Anna schon wieder von dir? Hat sie es immer noch nicht kapiert? Wie lange ist das denn schon her." fragte Lucas genervt.

"Über zwei Monate."

"Und wie geht es nun mit…. "

"Jasmin. Sie heißt Jasmin." fiel ich ihm ins Wort. Ich sagte es eher zu meinem Glas und ich hatte fast geflüstert. "Und wie geht es nun weiter mit Jasmin? Sie scheint dir ja ganz schön den Kopf verdreht zu haben." Ich ignorierte seine Bemerkung, weil er recht hatte. "Zum Kongress am nächsten Tag kam ich zu spät, weil der blöde Taxifahrer einen Unfall gebaut hat. Aber als ich dort ankam, hielt sie gerade ihren Vortrag. Sie stockte kurz, als sich unsere Blicke trafen, fing sich aber wieder. Noch vor der Mittagspause hatte sie den Kongress verlassen." Ich trank einen Schluck aus meinem Glas. "Und was ist nun daran anders? Wie geht es weiter."

"Sei doch nicht so ungeduldig." Ich trank noch einen Schluck und redete weiter. "Am Abend war ich mit Franz zum Abendessen in der Stadt. Als ich zurück zum Hotel kam stieg sie gerade in ein Taxi. Das Kleid unter ihrem Mantel war irre kurz. Es kostete mich einiges an Überredungskünsten, herauszubekommen wohin sie gefahren ist."

"Und wohin denn? Mensch Max. Mach's doch nicht so spannend." Ich war mir nicht mehr sicher, ob ich es ihm wirklich erzählen sollte. Aber was war denn schon dabei "Sie ist in einen Swingerclub gefahren."

"Und du bist ihr gefolgt?"

"Genau." Ich trank mein Glas leer und bestellte ein neues. Lucas hatte es die Sprache verschlagen. Er bestellte sich auch noch ein Bier. Als wir unsere neuen Gläser vor uns stehen hatten fragte ich Lucas "Und, soll ich dir erzählen wie es weiter geht oder hast du die Hosen schon gestrichen voll?"

"Erzähl ruhig weiter. Auch wenn mein Sexleben momentan auf Eis ist, habe ich für deine Eskapaden immer ein Ohr."

"Eskapaden. Diesmal ist der Begriff wirklich treffend." Wir lachten beide und stießen mit unserem Bier an. Dann erzählte ich weiter. "Bei der Veranstaltung handelte es sich um eine Party mit Herrenüberschuss. Laut dem Taxifahrer musste man sich dafür anmelden. Das tat ich dann auf meinem Zimmer und fuhr zu dem Club. Dann bin ich durch den Club geschlichen. Du glaubst nicht wie viele Frauen dort mit mehreren Männern gleichzeitig vögeln."

"Und dann hast du sie dabei erwischt? Sie ist doch bestimmt auch eine Frau Doktor?"

"Nein, ich hab sie nicht erwischt und ja sie ist auch Ärztin. Sie war auf der Tanzfläche und so ein Typ hat sie gerade angegraben. Da bin ich durchgedreht und habe mich von hinten an sie geschmiegt. Dann habe ich sie auf meine Arme genommen und in ein Zimmer getragen. Sie hat sich nicht gewehrt, auch nicht, als ich ihr sagte, sie soll sich das Kleid ausziehen und auf das Bett legen. Sie hat es einfach gemacht, als wäre es das normalste der Welt. In dem Zimmer war auch so ein komisches Kreuz mit Fesseln und Peitschen…"

"Wow, das nenn ich mal wirklich anders. Und hast du sie ausgepeitscht und dann richtig durchgevögelt?"

"Es hat ständig einer an der Tür gerüttelt und es war so laut dort. So kann ich keinen Sex haben."

"Was, du hattest keinen Sex mit ihr?"

"Doch, aber nicht in dem Club. Ich habe sie mit ins Hotel genommen, auf mein Zimmer. Der

Sex war gigantisch, aber mitten in der Nacht ist sie einfach verschwunden. Noch nicht einmal ihr Kleid und ihre Schuhe hat sie mitgenommen."

"Man, Max, dich hat es ganz schön erwischt."

"Quatsch, es war nur Sex."

"Glaub mir, wenn es nur Sex gewesen wäre, dann hättest du heute nicht gegen mich verloren und dann würdest du mir nicht davon erzählen." Für diese Äußerung hatte ich nur ein Schnauben übrig. "Hast du nach ihr gesucht?"

"Bin noch dabei."

"Aber du hast doch gesagt, dass man sich zu dieser Party anmelden musste, da müsstest du sie doch finden?"

"Ich habe dir doch gesagt, dass ich noch dabei bin sie zu finden. Es gibt da noch eine Plattform, wo man sich zu den Partys in den Swingerclubs anmelden kann. Dort habe ich paar Damen angeschrieben, die in Frage kommen. Ich muss einfach abwarten." Wir quatschten noch unverfangen. Lucas wollte noch allerhand über Joyclub und meinen Erfahrung im Swingerclub wissen. Ich erzählte ihm was er wissen wollte und dann verabschiedeten wir uns. Er kehrte zu seiner schwangeren Frau zurück, die er über alles liebte und manchmal beneidete ich ihn um sein perfektes Leben.

Mittlerweile war eine ganze Woche nach der Nacht mit Jasmin vergangen. Eine weitere Woche später musste ich feststellen, dass keine der Damen, die ich angeschrieben hatte, Jasmin war. Wahrscheinlich hatte sie sich zu der Party anonym angemeldet und somit stand die Chance sie zu finden gleich Null. Trotzdem kostete es mich eine weitere Woche, in der ich irgendwelche Profile durchforstete und gab schlussendlich auf. Ich konnte sie einfach nicht finden.

Dafür machte ich mich mit der Seite immer mehr vertraut. Ich las in den Foren und saugte alles in mich ein. Was hatte ich mir immer für Mühe gehen müssen, wenn ich mal Bock auf Sex hatte. Meistens, wenn mir mein Trieb keine Ruhe ließ, ging ich in eine Bar, baggerte an einer Frau herum und wurde dann allzu oft enttäuscht, weil sie keinen Sex wollte oder einen Freund hatte. Hier in dem Portal schien alles leichter zu sein. Dabei stelle ich fest, dass ich erst einmal abchecken muss, was ich für Vorlieben habe. Einige Begriffe muss ich doch tatsächlich googeln, damit ein mein Profil vervollständigen kann.

Eines Abends schatte ich mit einer, auf den Bildern bei Joyclub.de, ziemlich sportlich aussehenden Brünetten mit langen lockigen Haaren. Sie ist einige Jahre älter als ich und genau meine Kragenweite. Wir verabreden uns für Freitagabend in einem Club in Braunschweig zu einer Herrenüberschussparty. Schon in Berlin hatten sich meine Lenden bei dem Anblick von einer Frau mit mehreren Männern geregt und nun wollte ich herausfinden, wie es sich als Teil einer solchen anfühlt. Mit meinem neuen Audi fahre ich von Wolfsburg Richtung Braunschweig. Seit meinem Clubbesuch in Berlin sind mittlerweile über drei Wochen vergangen und an Jasmin musste ich nur noch selten denken. Zumindest zwang ich mich dazu. Zwischenzeitlich hatte ich mir passende Clubwear im Internet bestellt und auch die Rasur meiner Genitalien gehörte zu meiner morgendlichen Toilette.

Die Autobahn ist leer und somit komme ich innerhalb kürzester am Club an. Ich entrichte meinen Obolus am Empfang und gehe mich in die Umkleide umziehen. Anschließend schlendre ich an die Bar und bestelle mir ein Alster. Nach einiger Zeit spricht mich besagte Dame, Namens Carmen an. Wir plaudern eine Weile. Dann gesellen sich zwei weitere Herren zu uns. Carmen, Uwe und Paul kennen sich schon von früheren Veranstaltungen. Carmen trägt ein weißes, fast durchsichtiges, sehr kurzes Kleid. Darunter kann ich ihre blanke Möse sehen und der Ausschnitt verdeckt ihre Titten nur dürftig. Sie ist auch schon recht geil, weil sie mir und den anderen Jungs ziemlich lüsterne Blicke zuwirft. Paul schaut ihr tief in die Augen und augenblicklich treffen die Lippen der beiden aufeinander. Uwe schaut den beiden zu und kaum dass sich ihre Lippen voneinander lösen, küsst Carmen Uwe genauso leidenschaftlich. Uwes Hand wandert zu Carmens Brüsten und er zwirbelt ihre Nippel durch das Kleid. Carmen entweicht ein kehliges Stöhnen. Uwe lässt von ihr ab und Carmen schaut nun mich an. Als ich nicht reagiere sagt sie "Und was ist mit dir mein Süßer? So schüchtern?" dabei fasst sie mir mit der einen Hand zwischen die Beine und mit der anderen greift sie mir in den Nacken und zieht mich zu sich heran. Unsere Lippen krachen aufeinander. Ihr Kuss ist forsch und sinnlich und ich vergesse für einen Moment, wo ich hier bin. Carmen massiert meinen steifen Schwanz durch die Hose und ich greife ihr an die Titten. Als sich unsere Lippen voneinander lösen, schaut mir Carmen tief in die Augen und sagt in die Runde "Lasst uns ein lauschiges Plätzchen suchen. Unser Neuling hier ist schon ganz heiß." Und dann flüstert sie mir ins Ohr "Ich kann es gar nicht erwarten deinen geilen Schwanz zu lutschen." Ich trinke den letzten Schluck aus meinem Glas und werde schon im nächsten Moment von Carmen an die Hand genommen. Sie scheint zu wissen, wo sie hin will. Wir laufen ins Obergeschoss. Dort steuert Carmen einen großen Raum an. Eine Tür sehe ich nicht. Paul und Uwe beginnen sich sofort auszuziehen, während ich unbeholfen vor dem großen Bett stehe. Carmen setzt sich darauf und zieht mich mit sich, so dass ich vor ihr zum stehen komme. Sofort öffnet sie meine Hose. Dank meiner fehlenden Unterhose wippt ihr mein prall erigierter Schwanz entgegen. Ihr entweicht ein "Olalla" und sie umfasst sofort meinen Schaft. Ihre Hand wichst meinen Ständer einige Male. Dann leckt sie sich über ihre vollen Lippen. Ich beobachte von oben, wie sich ganz langsam ihre Lippen meiner Schwanzspitze nähern. Und dann saugt sie meine Latte ein und umkreist meine Eichel mit der Zunge. Ich vergrabe meine Hände in Carmens vollem Haar. Paul und Uwe robben auf allen vieren von hinten auf Carmen zu. Sie ziehen ihr gemeinsam das Kleid über den Kopf und drängen sich zwischen uns, so dass Carmen meinen Schwanz nicht weiter verwöhnen kann. Sie ziehen Carmen nach hinten. Sie kommt auf dem Bett zu liegt und Paul und Uwe beginnen ihre harten Nippel zu liebkosen und zu küssen. Ich blicke direkt auf Carmens blank rasierte Möse. Sie glänzt herrlich. Selbst ihre Schenkel sind schon von ihrem Fotzensaft ganz nass. Mein Finger gleitet fast schon von selbst zwischen ihre Schamlippen. Ganz tief schiebe ich zwei meiner Finger in sie hinein. Carmen greift nach Uwes und Pauls Schwänzen und beginnt diese zu massieren. Sie saugt abwechselnd erst an dem einen und dann an den anderen. Die beiden Schwänze sind etwas kleiner als meiner, aber dennoch überdurchschnittlich. Carmen scheint auf große Prachtlümmel zu stehen. Deswegen musste ich ihr gestern auch unbedingt ein Schwanzbild von meinem Exemplar schicken.

Ich ficke Carmens Fotze mit den Fingern und mein Daumen umkreist ihre harte Klitoris. Sie wird immer erregter. Bald kann sie sich nicht mehr auf die prallen Latten über ihr konzentrieren. Ich beobachte Carmen genau, um kurz vor ihrem Höhepunkt mein Spiel zu unterbrechen. Ich liebe das, Frauen so leiden zu lassen. Ich sehe, wie sich Paul ein Kondomtütchen aus dem kleinen Körbchen neben dem Bett holt. Er reißt es auf und rollt das Kondom ganz langsam auf seinem Schwanz ab. Mein Daumen umkreist nun wieder Carmens Perle. Augenblicklich beginnt sie wieder zu stöhnen. Kurz überlege ich, sie kommen zu lassen, doch ich entscheide mich dagegen. Nun zieht sich auch Uwe ein Kondom über und legt sich auf das Bett in Erwartung, dass Carmen ihn gleich reiten wird. Sie schauen mich schon genervt an, weil ich so lange brauche und Uwe sagt zu mir "Los, lass die alte Schlampe kommen. Ich will sie endlich ficken." Mich erstaunt, das Carmen gar nicht protestiert, dass Uwe sie als Schlampe bezeichnet, aber ich stelle fest, dass es mir gefällt. Doch selbst solche Worte zu verwenden, dazu fehlt mir noch der Mut. Etwas schneller gleiten nun meine Finger tief in Carmens Möse. Mein Daumen fliegt nun fast über ihre Perle und dann bäumt sie sich auf und stöhnt ihre Lust heraus, als ihr Orgasmus über sie hinwegrollt. Dabei spritzt sie so heftig ab, dass meine Knie nass werden. Uwes Schwanz zuckt. Nachdem sich Carmen etwas von ihrem Höhepunkt erholt hat, steht sie auf und setzt sich auf Uwe. Ich schaue direkt auf ihren prallen Hintern. Sofort schiebt sie sich Uwes Latte in ihr nasses Loch. Sie reitet ihn wild und Paul massiert ihr die Titten. Ich stehe nur da und schaue den Dreien zu. Meine Geilheit hat sich ins unermessliche gesteigert. Paul sagt zu mir. "Komm lass dir von ihr deinen Ständer blasen." Ich gehe auf das Bett und schiebe Carmen meinen Schwanz zwischen die Lippen. Sie saugt sofort fest daran und ich muss aufstöhnen. Paul positioniert sich nun hinter Carmen und dann schiebt er ihr ebenfalls seinen harten Prügel langsam in ein Loch. Von meiner Position aus kann ich nicht sagen, wo hinein. Doch die Vorstellung, dass er sie in den Arsch fickt, lässt mich fast kommen. Paul packt Carmens Haare und zieht ihren Kopf nach hinten. Ich entziehe ihr meinen Lustkolben, weil ich ihr sonst meinen ganzen Samen in den Rachen spritze. Carmen lässt sich von den harten Schwänzen durchficken. Alle drei stöhnen und dann fängt Peter auch noch mit seinen obszönen Sprüchen an "Oh, ja du geile Schlampe. Fick schön meinen

Schwanz. Deine Löcher werden immer enger. Komm du alte Hure." Das lässt Carmen kommen und kurz darauf folgt auch Peter. Er zieht seinen Prügel aus Carmen und sagt zu mir. "Los, fick doch auch ihren geilen Arsch. Sie braucht das jetzt. "Schnell ziehe ich mir ein Kondom auf. Fast mechanisch gehorche ich Peter. Im Nu stehe ich hinter Carmen, setzte meinen Prügel an ihrer Rosette an und schiebe meinen Penis in ihre Hintertürchen. Ganz langsam gleitet mein Schwanz tief in ihren Arsch und Carmen stöhnt laut auf. Sie spornt mich an "Fick mich endlich mit deinem geilem Schwanz." Ich greife mit der einen Hand grob nach ihren Pferdeschwanz und wickle mir diesen einmal um die Hand. Ich ziehe ihren Kopf grob nach hinten. Mit der anderen Hand packe ich ihre üppigen Hüften und dann ficke ich ihren Arsch, fast grob. Carmen stöhnt wie wild und auch Uwe steht meinen Bewegungen nichts nach und fickt Carmen hart von unten. Ich spüre, wie das Fleisch um meinen Schwanz noch enger wird. Carmens Stöhnen nimmt ungeahnte Ausmaße an und dann spüre ich ihre Zuckungen als sie erneut kommt und mich und Uwe mitreißt. Mein Sperma schießt aus meinem Lümmel und ich befürchte, dass das Kondom reißen könnte, daher ziehe ich meinen Harten aus Carmen heraus. Ich rolle das Kondom ab und werfe es in den Mülleimer.

Danach suche ich meine Sachen zusammen und verlasse den Raum. Unter der Dusche wasche ich mir den Schweiß und Carmens Säfte vom Körper. Das war ein geiler Fick. Dennoch war es nur ein Fick. Zwischen mir und Jasmin war es ganz anders gewesen. Schon wieder denke ich an sie, dabei wollte ich sie doch vergessen. Aber die Art und Weise wie Paul mit Carmen umgegangen ist, hat mich richtig geil gemacht. Ich stelle mir vor, dass ich so Sex mit Jasmin haben wollte und es machte mich augenblicklich wieder hart.

Nach der Dusche schlendre ich zur Bar und trinke noch ein Alster. Etwas später kommen auch Carmen, Paul und Uwe wieder. Sie setzen sich etwas weiter von mir in eine Nische. Uwe holt Getränke an der Bar. Carmen und Paul knutschen miteinander und er flüstert ihr irgendwelche Sachen ins Ohr, welche sie erröten lassen.

Nachdem ich mein Alster geleert habe, schlendere ich durch den Club und bleibe beim SM-Zimmer hängen. Dort hat ein Herr seine Gespielin an das Andreaskreuz gebunden. Ihre Augen tragen eine Augenbinde. Es stehen schon einige Herren im Raum. Der Herr beschimpft seine Gespielin mit bösen Worten "Na du geile Schlampe, hast du unzüchtige Gedanken?" Die Gespielin antworte "Ja mein Herr."

"Wenigstens bist du ehrlich. Was stellst du dir denn vor?" besagte Gespielin antwortet nicht sofort und bekommt dafür von ihrem Herren einen Schlag mit der Gerte auf ihre Möse. Sie zuckt zusammen und beginnt "Ich stelle mir vor …" bricht aber ab. "Ja was stellst du dir denn vor? Ich bin mir sicher die unzähligen Herren hier im Raum interessiert das brennend." Es folgte ein erneuter Schlag auf ihre Möse. "Ich stelle mir vor, wie mich alle Herren hier im Raum benutzen." Zwischen ihren Beinen sehe ich die Feuchtigkeit glitzern. "Du kannst es wohl gar nicht erwarten gefickt zu werden."

"Nein, kann ich nicht." haucht sie. Der Herr holt einen Magic Wand aus seiner Tasche. Das Summen ist durch den ganzen Raum zu hören. Er hält den Stab zwischen ihre Beine. Sie zuckt sofort zurück, aber ihr Herr hat kein Erbarmen und drückt ihn auf ihre Klitoris. Sie beginnt sofort zu stöhnen und windet sich unter dem Stab. Sie zerrt an den Fesseln. Er entfernt den Stab wieder und fragt "Willst du mehr?"

"Ja, ich will alles." stöhnt sie. Der Herr lacht laut auf senkt den Stab wieder auf ihre Scham. "Sie ist unersättlich meine kleine Nutte." ruft er in den Raum. Das Stöhnen der Gespielin wird immer lauter. Viele Herren im Raum stehen mit heruntergelassen Hosen in der Nähe des Paares und auch ich nähere mich weiter an und öffne meine Hose. Viele Männer wichsen sich ihren

Schwanz. Mir ist das irgendwie zu peinlich, selbst Hand an mich zu legen. Der Typ der Gespielin ruft mir zu "Los, du da, zieh dir ein Kondom auf." Ich hole mir einen Überzieher aus dem Schälchen. Dann entledige ich mich meiner Hose und rolle das Kondom langsam auf meinen harten Ständer ab. Ich gehe auf die beiden zu. Der Herr drückt mir den Magic Wand in die Hand und ich stimuliere nun die Gespielin damit. "Lass sie nicht kommen." gibt er mir die Anweisung, während er die Fesseln von ihr löst. Er nimmt mir den Magic Wand wieder ab und begleitet seine Gespielin zu einem Bock. "Beug dich vor." Sie gehorcht augenblicklich. Ich sehe nun ihren prallen Arsch und ihre glänzende Fotze. In meinen Lenden spüre ich dieses bekannte Ziehen. Meine Geilheit steigert sich. Der Herr drückt nun von unten den Magic Wand gegen ihre Perle und sagt zu mir. "Worauf wartest du? Fick sie endlich." Ich fahre mit meiner Hand zwischen ihre Schamlippen und stoße zwei Finger tief in sie hinein. Sie ist eng. Ich kann es nicht erwarten endlich diese enge Grotte zu ficken. Meine Hände lege ich auf ihre Arschbacken und setze meine Schwanzspitze an ihrem Loch an. Dann stoße ich grob zu. Mein Lümmel gleitet tief in sie hinein. Ihre Möse umfängt meinen Schwanz mit dieser wohligen Wärme und das Gefühl ist einfach nur geil. Meine Hand saust auf den geilen Arsch vor mir nieder.

Ich spüre das Brennen auf meiner Hand und dann ficke ich die Schlampe vor mir durch. Ihr Herr setzt den Magic Wand wieder von unten an ihre Klitoris an und sie stöhnt immer heftiger. Ihre Scheidenwände massieren meinen Schwanz. Ich spüre, wie meine Erregung wächst. Das Summen unter mir, an ihrer Möse, spüre ich selbst an meinen Lenden. "Na, fickt er dich geil?" höre ich dumpf den Herren fragen. Als sie nicht antwortet verschwindet das Summen. "Ja, er fickt mich super geil." Ruft sie nun unter mir. Ich blende das alles aus und ficke nur noch tief das Loch vor mir, immer fester. Ich spüre den Orgasmus herannahen und auch das Fleisch um meinen Schwanz wird immer enger. Umso enger es um mich wird, umso fester stoße ich zu. Und dann bricht der Orgasmus über sie herein und reißt mich mit. Ich pumpe meinen Saft in das Loch. Ihr Herr hält immer noch den Magic Wand an ihre Perle und ihr Orgasmus zieht sich ewig hin. Als ich mein Glied aus ihr herausziehe, wartet bereits der nächste Schwanz mit einem Kondom darüber, darauf sie ficken zu können. Ich verlasse den Raum und gehe erneut duschen. Wieder war es nur ein Fick gewesen. Mehr nicht. Ohne Emotionen. Ohne kribbeln. Ohne alles. Einfach nur Befriedigung meiner Triebe. Danach ziehe ich mich um und fahre nach Hause. Ich muss das Erlebte verarbeiten. Nach diesem Abend hat sich mein Horizont definitiv erweitert. Jetzt weiß ich was ich will und mit wem.

3. Kapitel - Jasmin

Zurück in Hannover gehe ich meinen gewohnten Tagesaktivitäten nach. Ich stürze mich in die Arbeit und chatte ab und zu über Joyclub. Natürlich habe ich nach Max gegoogelt und habe ihn in den sozialen Plattformen gesucht und nicht gefunden. Überhaupt war er nirgends zu finden. Der Sex mit ihm war wirklich gigantisch gewesen, obwohl er gar nicht so dominant war, wie ich gedacht hatte. Aber dennoch musste ich immer wieder mal an ihn denken. Warum nur hatte er keine Nachricht hinterlassen, wenn er schon mein Kleid reinigen lassen hatte. Um ihn aus meinen Kopf zu bekommen musste ich unbedingt mehr Sex haben. Ich fühlte mich wie eine ausgetrocknete Tomate und durch den Sex mit Max war ich nur noch geiler geworden. Ich wollte mehr davon.

Es ist Samstagmittag, als mein Telefon klingelt. Auf dem Display sehe ich, dass es meine Freundin Annica ist und nehme das Gespräch an "Hallo Anni, na wie geht's dir?"

"Hallo Jessy, alles Bestens. Du hast dich nach Berlin gar nicht mehr gemeldet. Hast du mir gar nichts mehr zu erzählen? Du hattest doch bestimmt einen geilen Fick. In welchem Club warst du denn?" Meine beste Freundin Anni weiß als einzigste, dass ich seit unserem Urlaub damals, in der Swingerszene aktiv bin und sie nahm nie ein Blatt vor dem Mund. Sie hatte seit einem Jahr einen festen Freund und war unverschämt glücklich, so dass ich es fast gar nicht ertragen konnte. "Lass uns das bei einem Kaffee besprechen. Heute Nachmittag in unserem Lieblingscafé?"

"Klar doch, so um zwei?"

"Ja Okay. Dann bis später?"

"Na dann bis später. Ich bin ganz aufgeregt." Anni war immer aufgeregt, wenn ich etwas Neues zu berichten hatte. Ich legte auf. Vielleicht hatte sie ja eine Idee, warum Max keine Nachricht hinterlassen hatte. Derweile surfte ich im Internet herum und landete wieder bei Joyclub. Ich melde mich zu einer Party in dem angesagtesten Club von Hamburg für den Abend an und buche ein Zimmer im angrenzenden Hotel. Dann mache ich mich auf den Weg zu unserem Café. Wie immer kam Anni zu spät. Sie schaffte es nie pünktlich. Als ich sie dann durch das Fenster sah, in ihrer fröhlichen Art und mit den Schuhen mit den verschiedenfarbigen Schnürsenkeln, konnte ich ihr überhaupt nicht böse sein. Wir begrüßen uns herzlich und bestellen unseren Lieblingslatte.

"Los, Jessy, was ist so aufregend, dass du es nicht am Telefon erzählen kannst. Hast du endliche den passenden Deckel gefunden?" Sie ging mir damit schon eine ganze Weile auf die

Nerven. Nur weil sie ihren Tim gefunden hatte, musste sie das ja nicht immer auf mich projizieren. Und dann erzähle ich ihr die ganze Geschichte mit Max. Als ich ende prustet sie los "Mensch Jessy, so hab ich dich noch nie von einem Mann reden hören. Du bist verliebt."

"Ach quatsch, das war nur Sex."

"Und warum wurmt es dich dann so, dass er keine Nachricht hinterlassen hat? Mensch Jessy, versetzt dich doch mal in seine Lage. Du verschwindest mitten in der Nacht, ohne dein Kleid und deine Schuhe mitzunehmen. Für ihn sieht es wie eine Flucht aus. Und wenn es für ihn halbwegs so war wie für dich, dann ist er echt gekränkt. Und zudem scheint er von der ganzen Swingerszene keine Ahnung zu haben." So hatte ich es noch gar nicht gesehen. Ich hatte nur immer meine Seite betrachtet. Es änderte aber auch nichts daran, dass ich ihn nicht innerhalb einer Woche gefunden hatte und er ja auch nicht nach mir suchte. Es war besser, wenn ich ihn vergaß und den Anfang dafür werde ich heute Abend machen. "Wenn es so sein soll, werden wir uns bestimmt noch einmal über den Weg laufen und bis dahin amüsiere ich mich. In den letzten Monaten habe ich viel zu wenig gelebt."

"Glaubst du, das ist jetzt das Richtige?"

"Soll ich traurig zu Hause sitzen und ihm hinterher heulen?"

"Nein das nicht. Aber ich weiß mir auch keinen Rat. Du könntest ihn doch bestimmt über sein Forschungsinstitut finden?"

"Daran habe ich auch schon gedacht, aber mir ist noch keine richtige Idee eingefallen. Und außerdem, vielleicht will er ja gar nichts von mir wissen, sonst hätte er ja eine Nachricht hinterlassen."

"Du immer mit deiner Nachricht. Vielleicht ist das Ganze nur ein Missverständnis zwischen euch."

"Wenn ich ihn dann erreiche und es für ihn nur Sex war, dann stehe ich doof da."

"Aber dann weißt du's und brauchst dir nicht mehr darüber den Kopf zerbrechen." Wenn ich eins scheute, dann eine Erniedrigung und Zurückweisung. Das war ja das Schöne beim swingen. Es war Sex ohne Verpflichtungen und ohne Reue. "Lass es gut sein. Ich hätte es dir nicht erzählen sollen."

"Ach Jessy, ich wollte dir nur helfen." Wir verabschiedeten uns nach zwei weiteren Latte und nachdem sie mir wieder von Tim vorgeschwärmt hatte, wie toll es mit ihm war. Ich vermisse unsere Frauenabende. Das um die Häuser ziehen mit ihr. Aber seit Tim, sind unsere gemeinsamen Abende passè.

Zurück in meiner Wohnung schenke ich mir ein Glas Prosecco ein und lege mich in meine Badewanne. Das warme Wasser umschmeichelt herrlich meinen Körper und ich muss an das Gespräch mit Anni zurückdenken. Sie dachte immer so pragmatisch, dabei war es mit ihr und Tim am Anfang auch nicht einfach gewesen und ich hatte ihr auch immer mit meinen Ratschlägen zur Seite gestanden. Sie will mir nur helfen. Dennoch bleibt irgendwie ein fader Beigeschmack zurück. Man kann Erlebnisse nicht einfach aus dem Hirn löschen und das will ich auch gar nicht. Wenn ich an Max zurückdenke, spüre ich schon wieder diese Gänsehaut auf meinem Körper. Ich hatte damit umgehen gelernt und ich weiß genau, dass diese Empfindungen bald Geschichte sind.

Am frühen Abend packe ich meine Sachen zusammen und steige in mein frisch getüvtes Auto und fahre nach Hamburg. Ich checke ein und beziehe mein Zimmer. Dann brezle ich mich für die Party auf und laufe in den Club. An der Bar bestelle ich mir ein Glas Sekt und schlürfe so vor mich hin. Ich beobachte die Leute, die nun nach und nach in den Club kommen. Es sind mehr Solomänner als Paare und Solofrauen, da es sich um eine Herrenüberschussparty handelt. Normalerweise ist das nicht meins, da ich immer nur Sex mit einem Mann will. Der DJ spielt schon coole Beats, doch auf der Tanzfläche ist keine Menschenseele zu sehen. Daher entschließe ich mich, den Club näher in Augenschein zu nehmen. Ich laufe jeden Winkel ab und analysiere, welche Liegewiese die für mich Optimalste ist. Anschließend schlendre ich wieder zur Bar und bestelle mir noch ein Sektchen.

Nach einiger Zeit gesellt sich ein wirklich gutaussehender, junger Typ zu mir "Na, schöne Frau. Ganz allein hier?" Seine Stimme klingt samtig und kehlig. Ich betrachte ihn genauer, während ich noch einen Schluck aus meinem Glas nehme. Das was ich sehe gefällt mir. Er trägt lange schwarze Bundhosen und ein weißes Hemd mit einem roten Einstecktuch. Sein gepflegter Dreitagebart unterstreicht sein kantiges Gesicht. Seine Nase ist gerade und seine braunen Augen lächeln mich verführerisch an. Die dunklen Haare trägt er zurück gekämmt. Mit einem Lächeln antworte ich ihm "Ja, ich bin ganz allein hier, weil ich schon ein großes Mädchen bin."

"Hat das Mädchen auch einen Namen?"

"Ja, das Mädchen hat einen Namen, soll ich ihn dir verraten?"

"Nur wenn das Mädchen es möchte." Wir prusten beide los und müssen lachen. Dann sage ich "Ich heiße Jasmin und Du?"

"Ich bin der Alex." Um im Gespräch zu bleiben, frage ich "Und du bist auch ganz allein hier?" Ganz nah an meinem Rücken antwortet ein anderer Herr mit fast derselben Stimme "Nein, er ist nicht allein hier. Er ist mit mir hier." Ich drehe mich auf meinem Hocker um und schaue in ein Gesicht, welches Alex´ ziemlich sehr ähnelt. Die Klamotten und die Frisur der beiden sind gleich. Dann blicke ich wieder zu Alex. Da stehen doch zwei Kerle in den gleichen Klamotten einmal rechts und einmal links von mir. So viel habe ich doch noch gar nicht getrunken, geht es mir durch den Kopf. "Hallo, ich bin der Felix." stellt sich nun der andere Typ vor. "Seid ihr Zwillinge?" Frage ich. "Nein?" antwortet Felix.

"Brüder?"

"Auch nicht." sagt nun Alex. "Was denn dann?"

"Einfach nur allerbeste Freunde." Die beiden sehen wirklich aus wie Brüder oder Zwillinge oder irre ich mich da, weil mein Kopf leicht vom Alkohol dröhnt. Aber so richtig kann ich das nicht glauben. Freunde hin oder her. Wenn die beiden nicht Brüder sind und trotzdem die gleichen Klamotten anhaben, können beiden doch nur noch schwul sein. Aber wer ging als schwules Paar schon in einen Swingerclub?

"Alles klar. Meine allerbeste Freundin ist gerade auf Toilette." kontere ich und trinke mein Glas aus. Die beiden sind aber trotzdem richtig heiß. "Du hast keine Freundin dabei. Wir haben dich beobachtet. Du allein reichst uns völlig." kommt es von Alex.

"UNS? Wer sagt denn, dass ich EUCH überhaupt will."

"Warum solltest du sonst hier sein? Auf einer Herrenüberschussparty?"

"Das heißt ja nicht gleich, dass ich es mit mehreren gleichzeitig treiben möchte."

"Ach nicht? Aber wir sind doch fast wie nur einer." kontert Felix. Er ist der frechere von beiden, weil er bereits seine Hand auf meinen Oberschenkel abgelegt hat und mit dem Daumen meine Haut streichelt. Ich lass es geschehen, da sich ein sanftes Kribbeln auf meiner Haut bildet. "Möchtest du noch ein Glas?" haucht mir Alex ganz nah in mein Ohr. "Ja gern." antworte ich im Flüsterton. Er bestellt drei Gläser Sekt und nachdem wir diese in den Händen halten, stoßen wir an. Felix sagt "Auf einen geilen Abend." und ich antworte mit Alex zusammen "Auf einen geilen Abend." Dann trinken wir aus den Gläsern. Bisschen mulmig ist mir schon. Wollen die beiden gemeinsam mit mir auf die Matte? Ich denke schon wieder zu viel nach. Alex gibt mir einen sanften Kuss auf meine Schulter und sofort spüre ich die Gänsehaut meinen Rücken hinunter laufen. Ich spüre, wie mir die Röte in die Wangen schießt. Felix rutscht mit seiner Hand auf meinem Oberschenkel noch ein ganzes Stück nach oben. Ich trinke wieder aus meinem Glas. Aus Verlegenheit. Ich muss im Gespräch bleiben schießt es mir durch den Kopf "Macht ihr das immer so?"

"Was machen wir immer so?" antwortet mir Alex. "Na zu zweit. Das hier." Ich deute in den Raum. "Was denn?" fragt Felix scheinheilig. "Na das hier. Gemeinsam in einen Club gehen und an einer Frau rumfummeln?"

"Wir machen alles gemeinsam. Schon immer." kommt es nun wieder von Alex. "Heiratet ihr dann auch irgendwann ein und dieselbe Frau?"

"Nanana, wer redet denn da gleich von heiraten. Wir wollen eigentlich nur unseren Spaß haben. Spaß mit dir." flüstert mir Felix ins Ohr. Seine Stimme und seine zarte Berührung mit seinen Lippen an meinem Ohr verursacht ein Ziehen in meinem Unterbauch. Meine Nippel sind schon ganz hart und ragen deutlich unter meinem engen Kleid hervor. Ich trinke noch ein Schlückchen und kann kaum noch denken. Der Sekt berauscht zudem meine Sinne immer mehr. "Nehmt ihr euch denn immer eine Frau gemeinsam?" frage ich, nur damit mein Hirn beschäftigt bleibt, sonst würde ich den Verstand verlieren. Ich wüsste auch nicht, für welchen der beiden ich mich entscheiden würde, wenn ich es müsste. "Wie schon gesagt, wir machen alles gemeinsam. Außerdem gibt es hier heute keine Alternative, die für uns in Frage kommt." Dass ich Sex mit beiden haben würde, macht mich noch heißer. Zwischen meinen Beinen läuft der Saft aus mir heraus. Mir ist es fast peinlich, so geil zu sein.

Alex leckt nun an meinem Hals entlang und dann schauen wir uns für einen kurzen Moment in die Augen. Unsere Lippen treffen sich und wir versinken in einen leidenschaftlichen Kuss. Als wir uns voneinander lösen, fordert Felix nach Revanche und sofort landen seine Lippen ebenfalls auf meinen. Er küsst wesentlich forscher als Alex. Als auch er sich von mir löst, fragt er "Na, hast du dich entschieden, mit wem du gehen möchtest?" Ich schaue von einem zum anderen und kann mich nicht entscheiden. "Sie kann sich nicht entscheiden." bestätigt Felix meine Gedanken mit einem siegessicheren Lächeln. Ich zucke nur mit den Schultern. "Dann wirst du wohl doch uns beide nehmen müssen." Ich schaue betreten von Alex zu Felix und dann von Felix zu Alex. "Ich hab das noch nie gemacht."

"Was denn?" fragt mich Felix. "Na mit zwei Männern gleichzeitig."

"Mach dich mal locker Süße. Du wirst es lieben. Nachher willst du nichts anderes mehr. Stell dir das mal vor. Zwei Münder, die dich lecken, vier Hände die dich streicheln und zwei Schwänze, die dich gleichzeitig verwöhnen. Das ist der Traum einer jeden Frau." Bei seinen Worten ist Felix immer leiser geworden und meinem Ohr immer näher gekommen. Seine Worte machen mich noch heißer und mein ganzer Körper kribbelt wie verrückt. Ein Funken

Vernunft drängt an die Oberfläche und lässt mich antworten "Das ist nicht normal."

"Was ist schon normal hier." antwortet mir Alex und hebt mein Glas an, so dass ich daraus trinken muss. "Komm. trink aus, wir zeigen dir wie es ist, nicht normal zu sein." Seine Stimme klingt nun samtig und verrucht, als will er mich allein mit ihr verführen. Ich drehe mich auf meinem Barhocker um und stelle das Glas hinter mir auf den Tresen ab. Die beiden machen es mir nach und dann nehmen sie meine Hände.

"Auf in die unnormale Welt." sagt Felix. Mir hat es irgendwie die Sprache verschlagen. Wir gehen Hand in Hand in ein kleines Separée und Alex schließt die Tür hinter uns. Vor uns im Raum steht ein großes Bett mit einem barocken Baldachin. Die Jungs stellen sich so hin, dass Alex vor mir ist und Felix hinter mir. "Du bist so schön, Jasmin." raunt mir Alex ins Ohr und küsst mich. Unsere Zungen spielen miteinander. Seine Hände wandern langsam von meinem Hals zu meinen Brüsten. Er streift meine Nippel, als wäre es ein Zufall. Alles läuft wie in Zeitlupe ab. Felix Hände streicheln an meinen Seiten entlang, während er kleine Küsse auf meine Schultern verteilt. Er flüstert "Du riechst so gut." Dann findet er den Reißverschluss meines Kleides unterhalb meines linken Armes und zieht ihn nach unten. "Bist du bereit?" fragt Felix und ich kann nur nicken. Dann gleiten seine Hände ganz langsam von meinen Schultern entlang meiner Arme. Seine Finger hinterlassen eine Spur aus Empfindungen und alles kribbelt in mir. Felix Finger verschränken sich mit meinen und dann zieht er meine Arme nach oben. Alex fasst den Saum meines Kleides und zieht es mir langsam über den Kopf. Da ich keine Unterwäsche trage, stehe ich nun nackt zwischen den Männern. Ich schaue in Alex Augen, die mit gierigen Blicken meinen Körper abscannen, dann entweicht ihm eine gehauchtes "Du bist wie ein Lottogewinn." Sofort streichen vier Hände über meinen Körper. Alex spielt mit meinen Nippeln und rollt diese zwischen seinen Fingern. Ich spüre das wohlige Ziehen in meinem Unterleib. Mir bleibt keine Zeit, es zu genießen, da Felix beginnt, meinen Rücken zu küssen, während sich Alex´ Lippen um meine hart aufgerichtete Knospen legen. Seine Zunge flattert über meine rechte Knospe während er meine linke zwischen seinen Fingern rollt. Meine Empfindungen fahren Achterbahn und mein Kopf schaltet sich einfach ab. Ich bestehe nur noch aus Lust und Geilheit. Alles um mich versinkt wie im Nebel, als falle ich in eine Trance.

Etwas später finde ich mich auf dem großen Bett wieder. Je einer der beiden an meinen Seiten. Sie lecken über meine Haut. Felix küsst mich innig und als sich unsere Lippen voneinander lösen, schauen sich die Jungs, über mir, je einer an meiner Seite kniend, tief in die Augen. Ihre Münder kommen sich immer näher und dann küssen sich Alex und Felix vor meinen Augen. Wo bin ich denn hier gelandet? Als sich die Lippen der beiden voneinander lösen, küssen sie jeden Zentimeter meines Körpers. Meine ganze Haut kribbelt und ich bekomme überall Gänsehaut. Meine Augen fallen mir zu. Kurz darauf kann ich nicht mehr sagen, wer mich wo berührt oder küsst, da ich mich den beiden völlig hingebe. Alex rutscht dann, mich küssend tiefer. Er spreizt meine Schenkel. Mir ist meine Nässe fast peinlich und es wird auch nicht besser, als Alex sagt "Das ist eine geile nasse Fotze." Seine Finger streichen über meine geschwollenen Schamlippen. Meinen ganzen Saft verteilt er auf meiner Möse. Dann leckt er meine Nässe ab. Alex knurrt dabei genüsslich. "Und sie schmeckt auch noch. Willst Du auch mal?" Felix nickt. Alex steckt zwei seiner langen Finger in mich und zieht sie wieder heraus. Er richtet sich auf. Felix rückt auch ein Stück näher und dann schiebt Alex seine Finger in Felix Mund. Er saugt sofort gierig daran und leckt meinen ganzen Saft ab. Anschließend sagt er "Mmh. Hab ich dir doch gleich gesagt, das es vorzüglicher Saft sein wird." Alex beugt sich noch ein Stück weiter nach vorn und leckt Felix noch einen Rest von meinen Saft vom Mund und die beiden küssen sich stürmisch und dennoch leidenschaftlich. Sie lösen sich voneinander und küssen mich anschließend genauso sinnlich. Alex rutscht nun wieder zwischen meine Beine und schiebt seine Finger tief in meine Grotte und findet diesen geilen Punkt in mir, der mich immer weiter hinauf trägt. Immer schneller flattert seine Zunge über meine Perle und seine Finger ficken mich tief. Felix beobachtet uns dabei gespannt und stimuliert meine Nippel. "Oh ja, leck sie schön. Sie kommt gleich. Ich sehe es." Der Höhepunkt, der fast wie auf Kommando kommt, überwältigt mich und ich stöhne meine ganze Lust heraus. Als ich meine Augen nach meinem Orgasmus öffne, sehe ich den nackten Felix, der seinen Schwanz vor meinen Kopf wippen lässt. Ich greife danach und ziehe ihn ein Stück zu mir heran. Sofort sauge ich seine Eichel in meinen Mund und wichse seinen Schwanz mit meiner Hand. "Uuuh, das ist geil. Du bläst so gut." entweicht es Felix. Nebenbei bemerke ich, wie sich auch Alex entkleidet. Ich bekomme im Augenwinkel mit, wie er sich ein Kondom über seinen Schwanz zieht. Er packt mich an den Hüften und dreht mich grob um. Dann zieht er mich zu sich heran. Ich spüre seine Schwanzspitze an meiner Grotte und dann stößt er langsam in mich hinein. Alex füllt mich vollkommen aus und ich genieße seine Härte tief in mir. Felix vor mir rückt näher an mich heran und stößt seine Lanze in meinen Mund. Zwei

Schwänze fordern mich. Alex Bewegungen werden immer schneller. Und seine Hände krallen sich in meine Arschbacken. "Fick sie schön tief." höre ich Felix sagen und dann "Und wie ist es? Fühlt es sich gut an?"

"Ja voll geil. Ich kann sie bis zum Anschlag ficken." antwortet Alex und dann höre ich ein Klatschen und eine Millisekunde darauf spüre ich den Schmerz auf meinen Arschbacken. Mir entweicht ein spitzer Schrei und ich heiße den Schmerz willkommen. Alex Hände halten mich an meiner Hüfte fest und er fickt mich immer härter. Ich stöhne meine ganze Lust heraus und spüre, dass ich nicht mehr lange bis zum nächsten Höhepunkt brauche. Auf Felix harte Latte vor mir kann ich mich nicht mehr konzentrieren. Stattdessen rutscht Felix neben mir etwas weiter Richtung Alex. Ich glaube, die beiden küssen sich wieder. Felix Hand streicht mir den Rücken entlang, bis hin zu meinem Hintertürchen. Daraufhin landet ein warmer, feuchter Haufen Spucke zwischen meinen Arschbacken. Bevor ich protestieren kann, verschwindet auch schon ein Finger in meinem Arschloch. Er gleitet ganz einfach rein und raus und fickt mich im Einklang mit Alex Schwanz. Alex stößt mich weiter hart. Als sich ein weiterer Finger von Felix in mein Arschloch drängt, spüre ich die Enge um meinen Beckenbodenmuskel. Ich genieße das neue Gefühl in meinen Löchern und spüre, dass es mich unendlich geil macht. Der Orgasmus rollt viel zu schnell über mich hinweg. Ich stöhne wieder meine ganzen Empfindungen und meine Lust heraus. Felix' Finger verlassen meinen Arsch. Alex hält nach meinem Höhepunkt inne und zieht seinen Schwanz aus mir heraus. "Komm, dreh dich um, ich will dir in die Augen sehen, wenn ich komme." Ich gehorche und drehe mich um. Ich sehe zum ersten Mal Alex' Prachtexemplar und ich kann verstehen, dass er es mir so gut besorgen kann. Sein Körper ist so gut trainiert. Seine Brustmuskeln sind deutlich proportioniert und er hat einen geilen Waschbrettbauch. Ich lecke mir über die Lippen und kann es kaum erwarten, bis er wieder in mir steckt. "Na, möchtest du einen Nachschlag?" fragt mich Alex. Er rührt sich nicht von der Stelle. Ich reagiere nicht sofort und beide schauen mich an. "Na los, mach's mir. Steck ihn endlich wieder in mich rein." sagte ich in den Raum, weil ich Alex dabei nicht in die Augen schauen kann. Augenblicklich kommt Alex wieder näher. Seine Hände stützen sich neben meinem Kopf ab. Er schaut mir tief in die Augen und sagt "Ich fick dir gern deinen Verstand aus dem Hirn." Sein Prachtstück versenkt sich in meine klatschnasse Fotze. Ich schlinge meine Beine und Arme um seinen Körper, treibe ihn an, dass er noch tiefer in mich stößt. Sein Blick ist fesselnd, da er mich unentwegt anschaut. Im

Augenwinkel bekomme ich mit, wie Felix sich ein Kondom auf seinen Schwanz abrollt. Wo will er mir den denn jetzt rein schieben , geht es mir durch den Kopf. Ich kann jedoch meinen Gedanken nicht länger nachhängen, weil mich Alex so tief stößt. Ich sehe schon ein Flackern in seinen Augen. Felix verschwindet aus meinem Sichtfeld. Aus den Bewegungen auf dem Bett heraus schließe ich, dass nun Felix hinter Alex sein muss. Plötzlich stützt sich Alex auf seine Ellenbogen ab. Unsere Körper berühren sich. Ich schlinge meine Arme um seinen Hals und wir küssen uns. Wir versinken ineinander und Alex Bewegungen werden immer langsamer, bis er still in meiner Grotte verweilt. Felix streichelt über meine Beine. Er kniet nun hinter Alex. Dann passiert für einen Moment nichts. Ich schaue einfach in Alex Augen und sein Gesichtsausdruck strahlt so viel Geilheit aus. Sein Blick verschleiert sich und dann fallen ihm seine Augen zu. In seinem ganzen Gesicht sehe ich eine ungemeine Erregtheit. Sein Kopf sinkt neben meinen und dann stöhnt er laut neben meinem Ohr auf. Seine Hände halten meinen Kopf. Ich spüre, wie sich Felix langsam hinter Alex bewegt, dann erscheinen Felix Hände auf Alex Schultern und ich sehe, wie Felix tief in Alex eindringt, indem er Alex immer wieder zu sich heranzieht und hart zustößt. Erst jetzt realisiere ich, was die beiden machen. Felix fickt Alex in den Arsch. Alex richtet sich nun wieder ein Stück auf und schaut mir wieder in die Augen. Wir küssen uns sinnlich. Auch Alex nimmt seine Stöße wieder auf und treibt seinen harten Schwanz in mein Loch. Die Vorstellung, wie Felix Schwanz tief in Alex steckt, macht mich unheimlich an. Alex Kolben wächst noch ein Stück in mir und auch meine Erregung steigert sich weiter. Meine ganze Lust stöhne ich heraus und auch Felix entweichen lustvolle Laute. Wir sind nur noch Lust. Felix kommt unter lautem Stöhnen und die harten Stöße von Alex treiben mich in ungeahnte Höhen. Dann spüre ich den Orgasmus herannahen. "Oh Gott, du wirst so eng." stöhnt Alex in mein Ohr "Oh ja, ich komme gleich." rufe ich. Kurz darauf kommen wir alle drei gleichzeitig zum Höhepunkt. Mein Puls rast und mein Atem geht viel zu schnell, genauso, wie bei Alex. Er sinkt wieder auf mich und ich höre seinen schnellen Atem ganz dicht an meinem Ohr. Ich schlinge meine Arme noch etwas fester um ihn. Felix fällt auf das Bett neben mich und küsst mich auf die Stirn. Als ich mich mit Alex etwas beruhigt habe und Alex nun auf meine andere Seite rutscht, kommt mir Felix noch ein Stück näher. Wir schauen uns tief in die Augen. Seine Hand streichelt sanft über meinen Körper und dann treffen seine vollen Lippen auf meine. Sein Kuss ist sinnlich. Seine Lippen sind weich und seine Zunge drängt zwischen meine. Sofort tanzen unsere Zungen ein wildes Spiel. Ich spüre eine Hand an meinem Kinn, die mich versucht von Felix zu lösen. Nach einigen Drängen gebe ich nach und sofort senkt Alex seine Lippen auf meine. Ich fühle mich ein wenig überfordert. Aus diesem Grund löse ich mich auch von Alex. Mein Hirn arbeitet jetzt auf Hochtouren und erst jetzt realisiere ich, was passiert ist. "Nur mal kurz für meinen Kopf. Was ist das hier? Seid ihr schwul?" Beide fangen an zu lachen und drehen sich auf die Seite. Sie stützen ihre Köpfe mit den Händen ab. "Eh Süße, wir sind doch nicht schwul. Ein bisschen Bi vielleicht, aber nicht schwul."

"Das nennt ihr ein bisschen Bi?" Ich drehe meinen Kopf zu Felix. "Du hast ihn gerade in den ... naja du weißt schon gebumst." wieder lachen beide auf. "Ja, ich habe Alex in den Arsch gefickt und er genießt das, wenn sein Schwanz in einer Fotze steckt. Gebumst, das sagt doch heute kein Mensch mehr." Da muss auch ich lachen. Meine Denkweise ist immer ziemlich ordinär, es auszusprechen fällt mir doch schwer. "Wie muss ich Das dann verstehen?" Beide streicheln sanft meinen Körper und ich halte die Hände fest, weil ich mich sonst nicht auf das Gespräch konzentrieren kann. Dann rede ich weiter. "Also ihr seid nicht Schwul, obwohl ihr die gleichen Sachen an habt und auch sonst seid ihr nur Freunde?"

"Ja, ganz normale Freunde. Jeder von uns hat sein eigenes Leben und wir gehen nur ab und zu gemeinsam in einen Club."

"Und dann sucht ihr euch immer so eine wie mich?"

"Nicht immer. Manchmal nehmen wir auch zwei Mädels oder wenn Sie auf Männerüberschuss steht auch mal einen zusätzlichen Mann." Das muss ich erst einmal sacken lassen. Alles was die beiden miteinander treiben geht über meinen Horizont hinaus. Bisher kam für mich Sex mit mehr als einem Mann gar nicht in Frage. Aber was spricht denn dagegen? Selbst der Finger in meinem Arsch hatte mir gefallen. Das muss ich erst einmal sacken lassen. "Wollen wir an die Bar etwas trinken gehen?" fragt mich Alex. Dabei merke ich, wie durstig ich bin und ich muss dringend auf Toilette. "Gute Idee. Ich brauche auch eine Dusche."

"Na dann los." Wir stehen alle gemeinsam auf. Die Jungs werfen die Handtücher in den Korb neben der Tür und entsorgen die Kondome in den Mülleimer. Ich nehme mein Kleid und ziehe meine Schuhe über. Nach der Toilette gehe ich duschen. Alex und Felix stehen in der großen Gemeinschaftsdusche neben mir. Verstohlen schaue ich mir die Jungs in der hellen Beleuchtung an. Sie sehen wirklich heiß aus. Die Bodys sind ein Traum. Das Wasser läuft über ihre Körper, wie bei einer Duschgelwerbung. Trotzdem fange ich mich an zu waschen. Felix seift mir mit seinen schönen Händen den Rücken ein und lässt diese dann weiter über meine Brüste gleiten. Meine Nippel richten sich sofort wieder auf. Trotzdem spüre ich den Durst und verscheuche seine Hände. Ich dusche mir den Schaum vom Körper. Nach dem Abtrocknen begleiten mich die Jungs zur Bar. Wir plaudern unverfangen und ich erfahre, dass die beiden aus der Nähe von Dresden stammen, aber erst vor einigen Jahren dorthin gezogen sind. Sie schwärmen mir von einer Party vor, die nur alle drei Monate stattfindet und die schon Monate im Voraus ausverkauft ist. Überhaupt kann man sich super mit ihnen unterhalten, obwohl die Gespräche sehr oberflächlich bleiben. Sie fragen weder nach meinem Profilnamen noch danach, woher ich komme. Ich sitze auf meinem Barhocker und lehne mich an der Bar an und trinke mein großes Wasser aus. Anschließend bestelle ich ein Zweites. Alex hat seinen Arm lässig auf dem Tresen hinter mir abgelegt und krault meinen Nacken, während Felix meinen Oberschenkel streichelt. Die Jungs haben noch durchaus Interesse an mir, da sie keine andere Frau anschauen. Das ehrt mich schon ein wenig, da ich von anderen Frauen und Paaren neidvolle Blicke bekomme. Beide Jungs wippen im Takt der Musik mit, da der DJ wirklich coole Beats auflegt. Und auch ich schwinge mit meinem Fuß. Felix fragt dann "Wollen wir eine Runde tanzen gehen?"

"Ja, warum nicht." Ich leere mein Glas und dann heben mich die Jungs vom Hocker. Je einen der beiden an meiner Hand, laufen wir zur Tanzfläche. Sofort gebe ich mich den Rhythmen hin. Auch Alex und Felix tanzen durchaus ansehnlich. Ich schaue ihnen gern zu, denn ich liebe es, wenn Männer tanzen können und es nicht aussieht wie ein Hampelmann auf den Jahrmarkt. Bald kommt mir auch Felix wieder näher und schmiegt sich von hinten an meinen Rücken. Seine Arme legt er auf meinen Bauch. Wir tanzen im Einklang zur Musik. Seine Lippen küssen meinen Hals. Sofort spüre ich wieder das Kribbeln auf meiner Haut und ich muss unweigerlich an Max denken. Es fühlt sich ähnlich an, aber bei Max war es viel intensiver gewesen und mein Puls war bei ihm völlig ausgerastet. Ich vermisse das irgendwie und schiebe meine Gedanken schnell beiseite. Max war Geschichte. Aus diesem Grund gebe ich mich Felix hin und drehe meinen Kopf zur Seite und küsse ihn. Er zieht mich noch näher zu sich heran. Seine Hände rutschen ein Stück höher und streichen über meine Brüste. Meine Nippel werden ganz hart und er zwirbelt diese zwischen seinen Fingern. Mir entweicht ein wohliges Stöhnen und ich spüre zwischen meinen Beinen, dass ich mehr will. Alex legt seine Hände auf den Po und er schmiegt sich von vorn an mich. Dabei spüre ich seinen harten Kolben an meinem Oberschenkel. Auch Felix drückt sich so fest an mich, dass ich sein bestes Stück an meinem Arsch spüre. Wir tanzen zu dritt im Einklang und auch Alex Hände erkunden meinen Körper. Alles ist so sinnlich, weil die Jungs tausende Küsse auf meinen Körper verteilen. Felix zieht bereits wieder meinen Reißverschluss nach unten. Mitten auf der Tanzfläche. Ich stoppe seine Bewegung indem ich meine Hand auf seine lege und schaue ihn über die Schulter an. Er grinst mich verschmitzt an, wie ein kleiner Junge der etwas ausgefressen hat. "Lass dass." flüstere ich ihm ins Ohr. "Wollen wir uns nicht ein ruhiges Plätzchen suchen." raunt mir Alex ins Ohr. Ich nicke und kurz darauf laufe ich Hand in Hand mit den Jungs durch den Club. Wir finden einen freien Raum, der allerdings nicht abschließbar ist und eine große Spielwiese in der Mitte hat. Im Nu ziehen mir die Jungs das Kleid aus und legen mich auf die große Matte. Wieder küssen mich die Jungs am ganzen Körper. Meine Haut kribbelt und ich genieße dieses Gefühl von vier Händen berührt und von zwei Mündern geküsst zu werden, mittlerweile so sehr. Daran kann ich mich gewöhnen. Felix Finger wandern entlang meines Bauches weiter Richtung meiner klatschnassen Möse und er taucht sofort darin ein. "Mmh, du kannst es ja gar nicht abwarten, so feucht wie deine Fotze schon wieder ist." Er reibt mit seinen Fingern über meine harte Perle und es fühlt sich unheimlich gut an. Ich stöhne dabei auf. Alex' Mund saugt sich an meinen Nippel fest und er lässt seine Zunge darüber flattern. Felix Finger werden immer schneller, während meine Ekstase immer weiter wächst. Ich stöhne all meine Emotionen heraus. Kurz vor meinem Orgasmus unterbricht Felix sein Tun und ich brumme ihn an. Noch so einen Tortour wie bei Max wollte ich nicht noch einmal durchstehen. "Mach weiter. Lass mich kommen." fordere ich energisch und sofort macht Felix dort weiter, wo er aufgehört hatte. "Du bist ein kleiner Nimmersatt. Kannst wohl nicht genug bekommen." raunt mir Felix ins Ohr. Der nahende Orgasmus berauscht mich und ich bin nur noch pure Lust. "So ist es gut. Lass dich gehen und schrei deine ganze Lust heraus." Ich bäume mich unter seinen Fingern auf und dann bahnt sich mein Höhepunkt durch meinen Körper. Ich spüre die Zuckungen bis in die kleinste Zelle meines Körpers. Meine Schreie hallen im Raum wieder und etwas weiter hinten im Raum höre ich, wie eine andere Frau mit dem Stöhnen beginnt. Allzu oft hatte ich schon bei solchen Orgien zugeschaut, aber nie war ich Teil einer. Ich hoffe, dass mir die Jungs den Rücken frei halten. Alex Lippen pressen sich auf meine und verscheuchen meine Gedanken. Langsam komme ich wieder zu Atem und mein Puls beruhigt sich wieder. Ich sehe, dass die Jungs noch vollkommen angezogen sind und richte mich auf und beginne zuerst Felix auszuziehen. Er steigt von der Liegewiese herunter und ich knöpfe ihm sein Hemd auf. Er hilft mir dabei indem er seine Ärmel aufknöpft. Als ich seine Hose von seinen knackigen Hintern schiebe, springt mir sofort sein harter Schwanz entgegen. Ich ergreife den harten Phallus und wichse ihn einige Male. Dann stülpe ich meinen Lippen über seine Eichel und sauge daran. Felix stöhnt auf und sagt "Oh ja, saug schön meinen harten Schwanz. Du machst das so gut." Dann lecke ich einmal mit der Zunge um seine Eichel und meine Zunge gleitet zu seinen Eiern, die ich genüsslich ableckte. Felix stöhnt auf "Du Luder" Ein zweiter Schwanz erscheint neben meinem Kopf und als ich nach oben schaue sehe ich in die Augen von Alex. Sofort ergreife ich auch seinen harten Lümmel und meine Zunge gleitet darüber. Auch Alex stöhnt bei meinen Berührungen auf. Dann sauge ich abwechselnd an den Schwänzen. Felix Prachtexemplar ist etwas dünner und kürzer als Alex seiner, aber dennoch ein Prachtexemplar. Ich schaue zu den Jungs nach oben und sehe, dass sie sich küssen, während ich ihre Schwänze sauge und lecke. Ihre Leidenschaft macht mich an. Sie lösen ihren Kuss und schauen zu mir. Beide beugen sich nach unten und ziehen mich zu sich nach oben. Alex küsst mich zuerst. Dabei rollt er meine Nippel zwischen seinen Fingern. Dann drängt sich Felix zwischen uns. Er nimmt mich voll ein und umarmt mich, als wöllte er mich nie wieder hergeben. Dann flüstert er mir ins Ohr "Ich will dich tief ficken und es dir so richtig besorgen." Seine Worte treiben meinen Puls nach oben und die Röte ins Gesicht. Dann kribbelt es von meinem Ohr bis zu meinen Knien. Seine offenen Worte beschämen mich und machen mich trotzdem so an. Er sieht meinen Reaktion "Es gefällt dir, wenn ich versaute Sachen zu dir sage." Er löst unsere Umarmung und küsst meine Schultern. Alex' Finger wandern an meinem Rücken auf und ab. Dann lässt er sie zwischen meine Beine gleiten. Ich spreize meine Schenkel automatisch und dann tasten sich seine Finger tiefer in meine Grotte vor. Mit der anderen Hand drückt er mich nach vorn. Felix weicht zur Seite und ich sehe, wie er zu der Schale mit den Kondomen geht und eins über seinen harten Prügel zieht. Alex schiebt seinen Finger tiefer in mich hinein und es fühlt sich so unsagbar gut an. Ich stöhne meine ganze Lust heraus. "Oh ja, besorg's ihr richtig." höre ich Felix sagen und dann "Ob die auch spritzt?"

"Ich denke schon. Soll ich es ausprobieren?" antwortet Alex. "Na da bin ich gespannt, ob du es schaffst." Alex beginnt mich mit seinen Fingern fester zu ficken. Er trifft diesen geilen Punkt in mir, der mich so sehr anturnt. Ich vergesse für einen Moment, wo ich bin und spüre, wie mich Alex' Finger weiter hinauftragen. Immer fester stößt er gegen diesen Punkt in mir und dann spüre ich, wie es über mich kommt und mir der Saft an den Beinen herunter läuft. Das Gefühl ist unbeschreiblich erfüllend. "Sag ich doch." höre ich Alex. Eine Zunge leckt an meinen nassen Beinen entlang. "Los mach noch mal. Ich will den geilen Saft direkt in meinen Mund." Dann wiederholt Alex die Prozedur. Wieder schreie ich meine Lust in den Raum und ich höre Felix schmatzen. "Ist das geil. So viel Saft." Felix leckt meine Haut ab, während Alex erneut beginnt und kurze Zeit darauf noch ein Schwall meine Fotze verlässt. Felix leckt alles von meiner Haut und kommt unter mir hervor. Dann spüre ich schon seinen harten Schwanz an meiner Grotte. Er schiebt ihn bis zum Anschlag in mich rein und fickt mich einige Male hart. Dann klatscht er mir mit seiner Hand auf den Arsch. Ein spitzer Schrei entweicht mir. Felix Hände krallen sich in meinen Hüften fest und er zieht mich erbarmungslos zu sich heran. Unsere Leiber klatschen laut aufeinander. Ich genieße seine harten Stöße und spüre die Geilheit im ganzen Raum. In jeder Ecke des Raumes wird nun gevögelt. Es stört mich überhaupt nicht, dass uns mehrere Herren wichsend zusehen. Dann wickelt sich Felix meinen Pferdeschwanz um die Hand und er zieht erst vorsichtig und dann fester daran. Mein Kopf wird überstreckt und Alex schiebt seinen Schwanz zwischen meine Lippen. Ich sauge sofort daran, was Felix natürlich nicht unkommentiert lässt. "Ja saug schön an seinem Schwanz." Alex hält meinen Kopf in Position und fickt meinen Mund genauso wie Felix von hinten in mich stößt. Mein Orgasmus rollt viel zu schnell über mich hinweg und Alex löst sich von meinem Mund. Er geht zu seinen Sachen und kramt in seiner Hosentasche herum. Dann legt er sich auf die große Liegewiese und winkt mir zu. "Los komm zu mir. Ich will, dass du mich reitest." Felix schiebt von hinten nach und wir laufen die zwei Schritte noch miteinander verbunden bis zu der Liegewiese. Ich steige darauf. Alex trägt nun so ein komisches Teil um seinen Penisansatz mit einem Höcker an der oberen Seite. Ich senke mich sofort auf Alex kondombestückten Phallus nieder. Sofort umfassen seine Hände meine Arschbacken und er drückt mich fest auf seine harte Latte. Dabei drückt der kleine Höcker des Ringes genau auf meine Klitoris. Seine Hände auf meinen Hüften dirigieren den Rhythmus. Er fickt mich so tief, dass er in mir anstößt. Es ist mir egal, weil es mich so unsagbar geil macht. Ich schaue in sein Gesicht und sehe dort diese pure Erregung, die sich immer weiter steigert. Ich halte kurz in meiner Bewegung inne, damit er nicht zu früh kommt. Das ruft natürlich Felix auf den Plan, der mir mit seiner Zunge die Rosette leckt. Es ist mir peinlich. Noch nie hatte mich einer dort mit der Zunge berührt. "Lass dich gehen. Denk nicht so viel." flüstert Alex unter mir und lässt seinen Hände von meinen Hüften aufwärts gleiten. Er zieht mich ein Stück näher nach unten und streichelt meinen Rücken. Wir küssen uns kurz und dann liegt mein Gesicht neben seinem. Felix Zunge dringt nun in meine Rosette ein und Alex wiegt mich sanft auf seinen Schwanz auf und ab. Er kommt mir von unten ein Stück entgegen. Felix Zunge wird durch einen Finger ersetzt, was mich kurz steif werden lässt. Es ist nicht unangenehm aber ich ahne, wohin das hier führen wird. Ich bin mir nicht sicher ob ich DAS will. Alex bemerkt meinen Widerstand und auch Felix verharrt in meinem Hinterteil. Alex flüstert mir das unvermeidliche ins Ohr. "Er will deinen süßen Hintern ficken." Ich schüttle meinen Kopf. "Ich will das nicht." flüstere ich zurück. "Hast Du es schon mal probiert?" Wieder schüttle ich mit dem Kopf. Mir war das peinlich. "Dann solltest du deinen Horizont erweitern. Du wirst es lieben. Zwei Schwänze, die in dich stoßen und dann noch das hier." Alex holt etwas unter seinem Rücken hervor. Der kleine Höcker unter mir beginnt auf einmal zu vibrieren. Er liegt genau in Höhe meiner Lustkugel. Sofort spüre ich wie es mich erregt. Alex' Hände wandern zu meinen Brüsten und zwirbeln meine Warzen. Felix widmet sich nun wieder meinem Hinterteil und stimuliert meine Rosette mit seiner Zunge. Zusammen mit Alex Schwanz in meiner Fotze und der Vibration an meiner Perle, kann ich kaum noch denken. "Wenn du es nicht möchtest kannst du es jederzeit unterbrechen." flüstert nun Alex wieder. Es ist so unsagbar geil. Auch noch, als Felix erneut einen Finger in meine Rosette schiebt. Alex steigert die Vibration noch ein Stück. Seine sanften Stöße von unten tun ihr übriges, so dass ich glaube zu kommen. Der Höhepunkt ist so nah und ich stöhne meine Lust heraus. Doch kurz bevor es soweit ist, verstummt die Vibration. Ich schaue Alex frustriert an. Er lacht hinterhältig. "Los, schalt's wieder ein." motze ich ihn an. "Wer ist denn hier so kratzbürstig?" fragt er scheinheilig. Meine Erregung rutscht in den Keller. Dennoch tut er mir den Gefallen und schaltet das Summen wieder ein, allerdings in einer viel zu niedrigen Stufe. Meine Geilheit schaut langsam wieder hinter dem Berg hervor und ich spüre, dass ich wieder in Fahrt komme. Zwischen meine Arschbacken trifft ein großer warmer Spuckeklecks. Felix schiebt seinen Finger wieder tief in mein Hintertürchen. Alex's Schwanz drängt sich wieder fest in meine Fotze und das Summen an meiner Perle nimmt zu. Meine Erregung wächst innerhalb kürzester Zeit zur ursprünglichen Form und es stört mich auch nicht mehr, dass Felix nun einen weiteren Finger in meine Rosette schiebt. Ich genieße es mittlerweile und bin für mehr bereit. Alex legt wieder seine Hände auf meine Hüften und drückt mich fest auf seinen Schwanz. Mein ganzer Körper kribbelt, weil so viele Emotionen auf mich einprasseln. Als ich all das so richtig genieße, verschwinden Felix Finger und sofort spüre ich die Leere. Alex lenkt mich ab und flüstert mir ins Ohr "Du bist so sexy. Deine Möse fühlt sich so geil an." Die Vibration an meiner Lustkugel wird noch ein kleines bisschen intensiver. Dann spüre ich wieder Druck auf meiner Rosette und im Nu dringt Felix Schwanz in mich ein. Es fühlt sich ganz anders an, als die Finger. Er beginnt mich im gleichen Rhythmus wie Alex zu ficken und die beiden Jungs stoßen tief in meine Löcher. Es macht mich noch geiler. Die Vibrationen an meiner Perle nimmt noch weiter zu oder bilde ich mir das nur ein, weil ja Alex Hand an meiner Hüfte ist? Felix Hände wandern über meinen Rücken nach oben und dann hält er meinen Schultern fest, genauso, wie er es bei Alex gemacht hatte. Er schiebt mich mit seinen Händen nach unten auf seinen Schwanz, während Alex von unten in meine Möse fickt. "Man ist das geil." ruft Felix hinter mir in den Raum. Dann wickelt sich Felix meinen Pferdeschwanz um die Hand und zieht leicht daran. Unweigerlich muss ich meinen Mund etwas öffnen. Zwischen meine Lippen drängt sich ein weiterer Schwanz. Ich schaue erschrocken auf. "Los, blas ihn." ruft Felix hinter mir und ich gehorche und sauge an dem fremden Lümmel. Alex kann mir von unten direkt zusehen, wie ich den dritten Kolben lutsche und beginnt immer mehr zu stöhnen. Auch ich kann mich kaum noch zurückhalten. Das Summen an meinem Lustknopf geht nun in ein Pulsieren über und zögert nun meinen Höhepunkt etwas heraus. Die zwei Schwänze in mir, füllen mich aus und ficken mich so tief, dass ich das Summen nicht mehr brauche. Als es vollkommen verstummt, rollt meine Höhepunkt über mich hinweg. Der Schwanz vor mir ist mir egal. "Oh Schit wird das eng." schreit Alex unter mir und kommt ebenfalls. Felix stößt noch zwei Mal tief in meinen Arsch und kommt auch mit einem lauten Stöhnen. Schwer atmend halten wir inne und warten kurz darauf, dass sich unsere Pulsschläge etwas normalisieren. Danach lösen wir uns voneinander und ich lege mich neben Alex. Felix lässt sich neben mich auf die andere Seite fallen und küsst mich auf die Stirn. "Das war so geil, wie lange nicht." sagt Alex während wir uns in die Augen schauen. "Und bereust du es?" flüstert er dann. Ich schüttle mit dem Kopf. Das Erlebnis mit den zwei Schwengeln in mir war einfach nur geil. "Man, bin ich durstig." reißt uns Felix aus dem

Augenblick. Er steht auf und beginnt sich anzuziehen. "Na dann sollten wir vielleicht auch mal? Ich habe auch einen riesigen Durst." Alex reicht mir mein Kleid und ich laufe in ein Bad, um duschen zu gehen. Als ich mein Hinterteil wasche, spüre ich dort eine leichte Wundheit an meiner Rosette. Ich muss schmunzeln. Warum nur hatte ich das nicht früher schon mal probiert? Klar, der ein oder andere Lustmolch, den ich als One Night Stand hatte, wollte auch mal mein Hintertürchen erobern, aber bis heute hatte ich da niemanden reingelassen. Zurück an der Bar trinke ich noch etwas mit Alex und Felix und verabschiedete mich dann.

Am nächsten Tag wache ich in meinem Hotelzimmer auf. Die Sonne steht schon hoch am Himmel und der Wind bläht die Gardinen auf. Ich spüre immer noch diese leichte Wundheit zwischen meinen Beinen und meiner Rosette und muss unweigerlich an den gestrigen Abend denken. Alex und Felix hatten es mir ganz schön besorgt und meinen Horizont gewaltig erweitert. Unweigerlich muss ich wieder an Max denken. Was würde er wohl dazu sagen, dass ich an einer Orgie teilgenommen hatte. Klar war es etwas Besonderes mit den beiden Jungs, aber mit Max war es doch anders gewesen. Mit ihm war der Sex gigantisch, weil mein ganzer Körper auf ihn reagierte. Ich vermisste ihn plötzlich so sehr.

4. Kapitel - Max

Nach meinem geilen Erlebnis in dem Club in Braunschweig kehre ich mitten in der Nacht entspannt in mein Loft in Wolfsburg zurück. Ich schlafe am nächsten Morgen bis Mittag. Das schrille Klingeln meines Telefons reißt mich aus meinen Träumen. Ich suche verschlafen nach meinem Smartphone. Ich finde es in der Hosentasche meiner Jeans und als ich auf das Display schaue, sehe ich, dass es meine Mutter ist. Genervt gehe ich ran "Hallo Mum."

"Hallo mein Mäxchen, du klingst so verschlafen? Hast du vergessen, dass wir heute alle zusammen Mittagessen wollten? Lucas und Tina sind schon da."

"Nenn mich nicht immer Mäxchen. Du weißt dass ich es hasse. Gib mir eine viertel Stunde." Mein Bruder reißt das Telefon an sich. "Na Brüderchen, warst wohl wieder mal unterwegs letzte Nacht?"

"Quatsch nicht rum Lucas. Bis gleich." Ich drückte auf die rote Taste und schmeiße das Smartphone auf das Bett. Ich gehe sofort unter die Dusche und bin innerhalb kürzester Zeit fertig geduscht und angezogen. Anschließend steige ich in meinen Audi und fahre die kurze Strecke zu meinen Eltern. Vor dem Haus steht der Kombi von Lucas und ich parke dahinter ein. Die Haustür öffnet sich noch bevor ich die letzte Stufe hinauf gesprintet bin. Meine Mutter umarmt mich kurz und begrüßt mich freundlich. Auch mein Vater freut sich, dass ich doch noch gekommen bin. Im Esszimmer ist der Tisch festlich gedeckt und das ganze Haus duftet herrlich nach meinem Lieblingsessen. Mein Bruder begrüßt mich mit einem Handschlag und Tina lächelt mich an. Mein kleiner Neffe Emil rennt mir um die Beine und ich hebe ihn hoch und werfe ihn in die Luft. Emil quiekt dabei vergnügt. Nach einer Runde Smalltalk finden wir uns um den großen Tisch im Esszimmer ein. Wir kommen als Familie so einmal im Monat zusammen. Dabei dreht sich das Thema vorerst um Tinas Schwangerschaft. Meine Eltern freuen sich riesig auf ihr zweites Enkelkind und unweigerlich kommt es wieder zur Sprache, wann ich denn endlich die passende Frau finden würde. Doch ich war so weit von einer festen Beziehung entfernt, wie lange nicht, da ich jetzt erst einmal meine Erfahrungen sammeln wollte. Unweigerlich muss ich an die letzte Nacht denken und sofort zieht es wieder in meinen Lenden und mein Schwanz wird ein Stück hart. Zum Glück kann das niemand unter der Tischdecke sehen. Die Erfahrung mit Carmen war schon speziell, aber auch der Fick mit der Gespielin hatte mich enorm angetörnt. Wie ihr

Herr sie behandelt und beschimpft hatte, gefiel mir enorm. Mir war es gar nicht so bewusst, dass ich auf Dirty Talk stand, denn jedes obszöne Wort aus den Mündern der anderen machte mich mehr an. Ich musste unbedingt an etwas anderes denken. Meine Mutter riss mich aus den Gedanken. "Hallo Max, wo bist du nur mit deinen Gedanken? So habe ich dich lange nicht gesehen. Steckt da nun eine Frau dahinter?"

"Was? Nein keine Frau." wiegel ich ab. Wenn die wüssten an wie viele Frauen ich gerade gedacht hatte. Bei der Gespielin, die ich gefickt hatte, kannte ich noch nicht einmal den Namen. Ich brauche noch Zeit das zu verarbeiten. "Na was denn dann. Mensch Max lass dir doch nicht alles aus der Nase ziehen." wendet sich nun Lucas an mich." Ich schaue ihn böse an, da er von Jasmin weiß. Seit dem hatten wir nur kurz telefoniert. "Ich war einfach nur in Gedanken versunken, weil ich in meinem Leben etwas ändern muss." In dem Augenblick wird mir klar, dass es nicht nur eine Ausrede ist. Ich muss auch beruflich einen anderen Weg einschlagen. Das letzte Jahr hatte ich viel zu oft und lange im Labor verbracht. Nun wollte ich das nicht mehr. Irgendwie hatte sich in meinem ganzen Wesen etwas geändert. Ich war nicht mehr der Mann, wie vor Jasmin und ihrer Welt. "Du willst doch nicht etwa deine Forschung aufgeben, jetzt wo du den großen Durchbruch geschafft hast."

wendet mein Vater ein. Er konnte es ja auch nicht verstehen, dass für ein Leben neben der Forschung gar kein Platz war. Erst recht nicht, um die richtige Frau zu finden und meine Mutter drängte mich, endlich eine mit nach Hause zu bringen. Mit meinen siebenunddreißig Jahren wurde es ihrer Meinung endlich Zeit. Man musste Prioritäten setzen. "Ich habe es so satt, tagelang im Labor zu sitzen und auf irgendwelche Ergebnisse zu warten. Ich will das nicht mehr. Zumindest brauche ich eine Auszeit. "Aber was willst du den dann machen?" fragt mein Vater weiter "Keine Ahnung. Wahrscheinlich erst einmal Urlaub und der Rest wird sich schon ergeben."

"Du willst einfach in den Tag hinein leben und hoffen dass es sich ergibt?" Mein Vater konnte so nervig sein und mein Bruder lächelt dümmlich vor sich hin, als wüsste er, warum ich aussteigen möchte. Dabei ist der Gedanke noch so jungfräulich. Ich hätte erst selbst darüber nachdenken müssen, bevor ich diesen hier äußere. Mein Bruder stärkt mir dann den Rücken "Lass ihn doch, mal eine Auszeit nehmen. Er hatte das letzte Jahr doch kaum Freizeit. Bevor er ein Burnout bekommt sollte Max wirklich mal Urlaub machen und wer weiß, vielleicht findet er dann auch die richtige Frau und Mutter ist endlich glücklich." Damit war das Thema beendet. Umso mehr ich darüber nachdachte, umso besser gefiel mir der Gedanke.

Nach dem Mittagessen verabschiede ich mich. Zurück in meiner Wohnung packe ich meine Sportsachen zusammen und fahre ins Fitnessstudio. Dort trainiere ich so hart, wie lange nicht. Anschließend ist mein Kopf klar und ich weiß, dass eine Auszeit genau jetzt, das Richtige ist. Es ist noch so früh am Abend und ich beschließe, einfach auf dem Rückweg vom Studio bei meinem Bruder vorbei zu fahren. Lucas ist vier Jahre älter als ich und er hatte schon immer den klareren Kopf von uns beiden. Als ich vor seinem neu erbauten Eigenheim stehe und Lucas die Tür öffnet, schaut er mich überrascht an. "Hallo Brüderchen, was verschlägt dich an einem Sonntagabend zu mir."

"Ich muss mal mit dir reden."

"Klar komm rein." Wir gehen in das Wohnzimmer. Tina lümmelt mit ihrem dicken Bauch auf der Couch und sieht schon ziemlich müde aus. Emil ist wahrscheinlich schon im Bett. Ich begrüße Tina mit einer Umarmung, nachdem sie sich mühsam aufgequält hatte. "Wie geht es dir? Was macht der Racker in dir?"

"Langsam wird's beschwerlich. Es spielt gerade Fußball, willst du mal fühlen?" Sie nimmt ohne meine Einwilligung meine Hand und legt diese auf ihren Bauch. Sofort spüre ich die Tritte gegen meine Hand. Das zu fühlen ist unbeschreiblich und weckt Emotionen, die ich schon längst vergraben hatte. Verlegen ziehe ich meine Hand zurück. "Ganz schön aktiv. Ist das immer so?"

"Meistens am Abend. Hoffentlich wird sie keine Nachteule."

"Ach, es wird ein Mädchen?"

"Ja, wir wissen es seit dieser Woche. Sonst hatte sie sich ja immer geziert."

"Das freut mich für Euch."

"Möchtest du ein Bier?" unterbricht Lucas unsere Plänkelei. "Ja gern." antworte ich. "Wir freuen uns auch riesig, dass es ein Mädchen wird." sagt nun Tina wieder. Lucas reicht mir mein Bier und wir stoßen gemeinsam an. Nach dem ersten Schluck fragt Lucas "Tinamaus möchtest du auch noch etwas trinken?"

"Nein, ich werde ins Bett gehen. Ich bin schon ziemlich müde und ihr wollt sicherlich noch ein paar Männergespräche führen, nach der Neuigkeit heute Mittag und das auch noch bei euren Eltern." und dann fährt sie an mich gewandt weiter "Aber Max, ich finde es gut, dass du dir eine Auszeit nehmen möchtest. Man hat dich ja kaum noch gesehen im letzten Jahr."

"Ja, es wird endlich Zeit. Ich fühle mich völlig ausgepowert, das ist mir heute erst bewusst geworden." Tina macht sich auf dem Weg ins Obergeschoss, da nimmt Lucas sie zärtlich in den Arm und die beiden Küssen sich. Es sieht so harmonisch aus. Tief in mir spüre ich eine Sehnsucht, nach so einer kleinen Familie. Schnell schiebe ich den Gedanken beiseite, denn ich wollte jetzt erst einmal mein Leben genießen. "Dann schlaf schön, mein Schatz." sagt Lucas zu Tina. "Macht nicht so lange." sagt Tina zu uns. Wir warten, bis sie im Schlafzimmer verschwunden ist. Dann fragt Lucas natürlich sofort nach "Schieß los, was verschlägt dich zu mir?"

"Das kannst du dir doch denken. Das heut Mittag hatte ich gar nicht geplant. Das war eine spontane Entscheidung und es fühlt sich so gut an."

"Ich finde das richtig geil, dass du den Mut hast, genau jetzt auszusteigen. Willst du die Forschung ganz an den Nagel hängen?"

"Am liebsten ja. Ich habe so die Nase voll, wenn ich nur an das Labor denke, kommt's mir hoch."

"Dann wird's wirklich Zeit. Was willst du dann machen?"

"Auf alle Fälle erst einmal Urlaub."

"Weißt du schon wohin?"

"Nein, ich habe keine Ahnung. Hauptsache weg."

"Ich habe einen Mandanten, der hat ein Reisebüro. Bei der letzten Prüfung hab ich dem den Kopf gerettet. Er ist mir somit noch einen Gefallen schuldig. Soll ich mal fragen, ob er was für dich finden kann?" Lucas ist Steuerberater und hatte viele Kontakte zu Wolfsburger Gewerbetreibenden. "Das wäre natürlich klasse. Es würde mir die nervige Recherche ersparen. Dazu habe ich gerade wirklich keine Lust."

"Irgendwelche Vorlieben oder Budgetbegrenzungen?"

"Das ist alles egal. Hauptsache weg, warm und schnell."

"Das lässt sich einrichten. Bekommst du so schnell frei?"

"Ich habe noch den ganzen Urlaub von zwei Jahren stehen und wenn ich sage, dass ich eine Auszeit brauche, sollte das kein Problem sein."

"Okay. Das sollte ich hinbekommen." Wir trinken beide aus unserem Bier. Lucas fragt nun weiter

"Hast du Jasmin gefunden?"

"Nein, aber ich war in einem Club in Braunschweig. Ich sage dir, da ging die Post ab."

"Jetzt machst du mich aber neugierig." Ich erzähle meinem Bruder alles haarklein und er wird bei meiner Erzählung ganz ruhig. Teilweise läuft er sogar rot an. Als ich mit meinem Bericht ende, atmet er tief durch. "Man Max, wo du dich da hinein reitest. Da kommst du doch nie mehr raus. Du findest doch keine Frau, die so ein Leben akzeptiert. "Doch, genau eine." antworte ich ihm fast im Flüsterton. Nämlich diese Frau, die mir diese Welt gezeigt und eröffnet hatte.

Jasmin. Ich bekam sie einfach nicht aus dem Kopf. Auch wenn ich das Swingerleben genoss, war es nur ficken und nicht das, was ich mit ihr erlebt hatte. "Aber wie willst du sie denn jemals finden?"

"Ich hoffe, dass ich sie irgendwann auf einer Party wieder treffe. Der Herr wird's schon richten."

"Als ob du an Gott glaubst." Wir flachsen noch ein wenig herum. Es tat gut sich mit meinem Bruder zu unterhalten. Ich brauche seine Absolution nicht, aber durch unser Gespräch haben sich meine Gedanken geklärt.

Am nächsten Morgen gehe ich auf Arbeit und bei der Dienstbesprechung erkläre ich, dass ich so schnell als möglich meinen Urlaub nehmen möchte. Mein Chef sagt mir diesen spontan zu. Meine Forschungsarbeiten delegiere ich an meinen engsten Mitarbeiter. Mittlerweile spüre ich in jeder Faser meines Körpers, wie mich die Arbeit hier nur noch anödet. Dienstagmittag, als ich gerade in der Kantine allein in einer Ecke sitze, ruft mein Bruder an. Ich gehe raus auf die Terrasse und nehme das Gespräch an. "Hallo Lucas, hast du Neuigkeiten?"

"Und ob. Ich habe meinen Mandanten erreicht und er hat mir gerade drei Angebote zugemailt."

"Schick sie einfach an mich weiter."

"Okay, kommt sofort. Hast du schon mit deinem Chef gesprochen, ob du frei bekommst?"

"Ja, das geht klar. Ich kann jederzeit los." Mein iPhone zeigt mir an, dass eine Mail angekommen ist. "Bei dem einen Angebot solltest du dich bis spätestens übermorgen entscheiden, weil es schon Samstag los geht."

"Ich schau es mir an und melde mich sobald ich mich entschieden habe."

"Mach das. Dann bis später." Schnell betätige ich den roten Button und scrolle durch die Mail. Die erste Reise geht in zehn Tagen nach Dubai, die zweite in vierzehn Tagen nach Thailand und die dritte ist eine Transatlantik-Kreuzfahrt in einer großen Suite mit Balkon und Blick aufs Meer ab Hamburg und das schon am Samstag. Auch ist diese Reise die längste mit einer Reisedauer von drei Wochen. Sofort ist mir klar, dass ich das Schiff buchen werde. Sofort rufe ich meinen Bruder zurück "Ich nehme die Kreuzfahrt."

"Das habe ich mir schon gedacht. Dann leite ich alles in die Wege und das Reisebüro schickt dir die Bestätigung und alles weitere."

"Danke dir Lucas."

"Keine Ursache. Ich freu mich für dich." So nun ist es amtlich. Bei meinem Chef nehme ich ab Donnerstag Urlaub. So bleibt mir für die endgültige Übergabe noch ein Tag. Zu Hause schaue ich mir die Kreuzfahrt noch einmal an. Die Kabine ist riesig mit einem eigenen großen Bad mit Badewanne und einem begehbaren Kleiderschrank. Dazu gibt es einen getrennten

Wohn- und einen Schlafbereich. Als ich die Überweisung für die Kreuzfahrt veranlasst habe, stellt sich mir die Frage, was ich allein mit so einer großen Suite machen soll? Dabei habe ich eine spontane Idee und erstelle bei Joyclub ein Date. >Suche weibliche Begleitung für eine Kreuzfahrt ab Samstag. Du solltest ungefähr in meinem Alter, aufgeschlossen und humorvoll sein. < Ich mache mir keine Hoffnung, dass ich jemand passendes finden würde, aber einen Versuch war's wert. Nach einer Stunde bekomme ich die erste Nachricht von einer Solodame aus München. Wenn das so schnell geht, warte ich mal ab.

Am nächsten Morgen sind weitere acht Antworten in meinem Postfach. Das überwältigt mich dann schon. Das Beste wäre es wohl, wenn ich mit den Damen telefonieren würde, aber ich habe Bedenken, meine Nummer preiszugeben. Also rufe ich meinen Bruder an. "Hallo Lucas, ich hab da ein Problem und wenig Zeit. Kannst du dich heute Nachmittag freischaufeln?"

"Da muss ich erst einmal in meinen Terminplan schauen. Mmh, ja, ab 16 Uhr ginge es."

"Ok, ich komme zu dir in die Kanzlei."

"Dann bis später." Der Nachmittag zieht sich ewig hin und als ich dann endlich bei Lucas ankomme, bin ich meinem Problem keinen Schritt näher gekommen, außer, dass noch zwei weitere Damen hinzu kommen. Lucas begrüßt mich professionell als wäre ich ein Mandant. In seinem Büro kommt er natürlich gleich zum Punkt "Was gibt's denn so dringendes?"

"Also, ich habe mir die Kabine auf dem Kreuzfahrtschiff angeschaut. Dabei ist Kabine echt untertrieben, denn es ist eine riesige Suite. Da habe ich mir gedacht, dass ich mir eine Begleitung suche." Lucas lächelt mich an. "Und du denkst da an eine ganz bestimmte Person?"

"Schön wäre es, aber ich glaube nicht, dass sie mich angeschrieben hat. Ich habe nämlich bei Joyclub ein Date erstellt und nun habe ich elf Antworten. Natürlich weiß ich jetzt nicht, für welche Dame ich mich entscheiden soll. Am liebsten würde ich ihnen meine Telefonnummer schicken, habe da allerdings Bedenken."

"Die sind auch begründet. Dein Brüderchen hat dafür eine Lösung." Lucas zieht eine Schublade des Schreibtisches auf und holt ein altes Telefon heraus. "Das habe ich immer für spezielle Fälle hier. Es ist ein Prepaidhandy und niemand kennt die Nummer. Dieses können wir verwenden."

"Für welche speziellen Fälle du das verwendest, will ich gar nicht wissen." scherze ich. "Keine Sorge, das ist alles legal. So, nun kommen wir mal zum Punkt. Lass mal schauen wer die Damen sind." Ich hole meinen Laptop aus der Aktentasche und fahre ihn hoch. Dann logge ich mich ein und lese mir mit Lucas die Nachrichten und Profile durch. Wir entscheiden uns für drei Damen aus dem nahen Umkreis, denen wir die Prepaidnummer mitteilen. Nach einer halben Stunde klingelt das Telefon. Ich telefoniere mit Sarah und verabrede mich mit ihr für den darauffolgenden Abend. Kaum habe ich aufgelegt, klingelt das Telefon erneut. Mit Ina mache ich zum Mittagessen am nächsten Tag ein Treffen aus. Beide Frauen stehen auf einen gepflegten Herrenüberschuss und haben einiges an Erfahrung, da sie schon seit mehreren Jahren im Joyclub angemeldet sind. Zudem gefallen mir die Profilbeschreibungen. Ina hat zudem eine leicht devote Ader, was mir besonders gefällt. Mein Bruder ist von dem ganzen Portal begeistert und schaut sich lüstern die freizügigen Fotos der Damen an. "Man Lucas, lass das nicht Tina sehen."

"Ich schau doch nur. Ob das auch was für uns ist, wenn die Kinder aus dem Gröbsten raus sind."

"Also Tina würde ich die nächste Zeit nicht darauf ansprechen."

"Wohl nicht." Ich klappe den Laptop zu und verabschiede mich von Lucas. Er gibt mir das Telefon mit.

Am Abend gehe ich ins Fitnessstudio und trainiere wie besessen, schließlich möchte ich am nächsten Tag bei Ina und Sarah einen guten

Eindruck machen. Nach dem Training sehe ich eine unbekannte Nummer auf dem Display von diesem Billigteil. Ich beschließe die Nummer erst zu Hause zurückzurufen. Als ich dann beim Abendessen auf meinem Sofa sitze, tippe ich die unbekannte Nummer an. Am anderen Ende meldet sich Nadine. Sie klingt ziemlich schüchtern und ich muss ihr jedes Wort aus der Nase ziehen. Auch war sie erst seit einem halben Jahr bei Joy angemeldet. Wir verabreden uns für Freitag zum Frühstück. Somit habe ich drei Dates. Eine passende Begleitung sollte sich da wohl finden. Ich schaue mir die Profile der Damen noch einmal ausgiebig an und irgendwie gefällt mir Inas am besten.

Am nächsten Vormittag gehe ich einkaufen, da ich in meinem Kleiderschrank viel zu alte Klamotten habe. Um einige hundert Euro erleichtert, werfe ich die Tüten in meinen Audi Kofferraum und fahre zu meinem ersten Date mit Ina. Ich muss dafür durch die ganze Stadt, aber es macht mir nichts aus. Mit einigen Minuten Verspätung komme ich bei der kleinen Pizzeria an. Als ich eintrete, sehe ich Ina schon im hinteren Teil sitzen. Als ich mich dem Tisch nähere, steht sie auf und schaut mich mit einem schüchternen Blick an. Sie ist einen ganzen Kopf kleiner als ich und sieht süß aus mit ihren blonden, französischen Zöpfen. Sie trägt enge ¾ Jeans, ein enges weißes Top und darüber eine schwarze Häkelweste die wie ein Netz aussieht. Ihre Füße stecken in Jeanssandalen mit einem mittleren Absatz. Ihr Gesicht ist schmal, fast noch kindlich. Kaum zu glauben, dass sie schon zweiunddreißig Jahre alt sein soll. Ich reiche ihr meine Hand und begrüße sie mit einem Lächeln auf den Lippen "Du musst wohl Ina sein."

"Und du Max?"

"Genau richtig. Wartest du schon lange?"

"Nein, nicht wirklich." Wir setzen uns an den Tisch gegenüber und schauen uns in die Augen. "Sag mal, meinst du das mit der Kreuzfahrt ernst oder ist das nur so ein Masche Frauen kennen zu lernen?"

"Ich meine das Absolut ernst. Ich habe gestern eine große Kabine gebucht, die für mich allein viel zu groß ist. Und du kannst dir einfach drei Wochen frei nehmen?"

"Da gibt's es ein Problem. Ich arbeite in einer Bar und die wird gerade Renoviert. Allerdings ist in knapp zwei Wochen Wiedereröffnung und da muss ich wieder zurück sein. Ich kann es verstehen, wenn du dich für eine andere entscheiden möchtest."

"Bestimmt findet sich dafür auch eine Lösung. Würdest du denn überhaupt mitkommen? Ich meine, könntest du dir das vorstellen, schließlich kennen wir uns kaum?" Ina beginnt zu lächeln. Eine Kellnerin erscheint an unserem Tisch. Wir bestellen Getränke, Salat und Pizza. "Du siehst nicht wie ein Serienkiller aus und der erste Eindruck ist besser als deine Bilder." Ich hatte für mein Profil nur ein Paar mit meinem Handy geschossen. Das war gar nicht so einfach, so dass man mein Tattoo und mein Gesicht nicht erkennen konnte. Ich hatte ihr ein Bild von meinem Gesicht per Mail geschickt. "Wusste gar nicht dass meine Bilder so schlecht sind."

"Glaub mir, es gibt noch schlechtere. Was ich schon alles in den Jahren gesehen habe. Dein Profil ist noch recht jung. Hast du mit dem Swingen gerade erst angefangen?" Wieso fragt Sie das jetzt? Viel zu hart antworte ich. "Ja, habe ich." Es entsteht eine kurze Pause und ich muss unweigerlich wieder an Jasmin denken, die mir erst diese sinnliche Welt gezeigt hat. "Ich wollte dir nicht zu Nahe treten." versucht Ina die Situation wieder zu retten. "Ist schon Okay. Heißt das jetzt, dass du interessiert bist und mitkommen würdest?"

"Würde ich sonst hier sitzen?"

"Wohl kaum. Hast du irgendwelche Vorstellungen, wie das Ablaufen soll?"

"Ich denke du bist der dominante Part dieser Vereinbarung."

"Also eine Vereinbarung wird es nicht geben. Wir gehen das locker an, ganz ungezwungen frei nach dem Motto: Alles kann nix muss." Unsere Getränke werden gebracht und wir bedanken uns für den Service. "Wann geht's denn los?"

"Am Samstag um dreizehn Uhr."

"Und wie ist das mit den Kosten? Also ich habe zwar bisschen gespart, aber ich glaube kaum, dass ich meinen Anteil voll bezahlen kann."

"Das brauchst du nicht. Ich trage alle Kosten. Du bist eingeladen."

"Da erwartest du doch bestimmt ein paar Gegenleistungen?"

"Ich möchte dich zu nichts zwingen. Aber, wenn ich nur eine Begleitung gesucht hätte, dann hätte ich mich wohl bei einer Partnervermittlung umgeschaut." Ina lächelt mich an und ihr Lächeln ist süß. "Da hast du wohl recht. Schließlich wollen wir alle etwas Spaß haben." Wir plaudern noch unverfangen weiter und ich muss feststellen, dass wir uns gut verstehen. Nach zwei Stunden sind wir uns schon ziemlich vertraut und tief in meinem Inneren keimt ein kleiner Funke auf. Ganz Spontan frage ich Ina "Würdest du es auch ohne Kondom machen?" Sie schaut mich etwas betreten an "Ich mache es immer mit Kondom. Ist das jetzt ein Test?"

"Nein, das ist kein Test. Ich stelle mir nur gerade vor, wie wir nebeneinander im Bett liegen und ich mitten in der Nacht aufwache und Lust auf Sex bekomme. Dann ständig einen Gummi überzuziehen ist doch nervig. Was hältst du davon, wenn wir einen AIDS-Test machen?"

"Das geht doch nicht so schnell."

"Ich habe Beziehungen zu einem Institut, da kann man einen Schnelltest machen." Diesen Schnelltest hatte ich selbst mit entwickelt, allerdings ist er noch nicht auf dem Markt. "Von mir aus, aber das muss ich mir dann trotzdem noch mal überlegen."

"Das ist Okay. Können wir uns dann morgen noch mal treffen, wegen dem Test?"

"Das sollte gehen, ich habe ja sowieso schon Urlaub." Wir vereinbaren einen Termin für den nächsten Tag und verabschieden uns nach drei Stunden. Ich war mir ziemlich sicher, dass ich Ina mitnehme. Eigentlich könnte ich die anderen Dates absagen. Ach, warum sich noch mit denen rumärgern. Zurück in meiner Wohnung rufe ich Sarah und Nadine an und sage die Treffen ab.

Am nächsten Tag treffe ich mich noch einmal mit Ina wegen dem Test. Anschließend fahre ich ins Institut und werte den Test selbst aus. Ich hatte nichts anderes erwartet, als dass Ina einen negativen Befund hat. Anschließend teste ich mich selbst und erstelle für die beiden Proben die Auswertungen. Meine Kollegen haben natürlich wieder unzählige Fragen an mich, so dass ich erst wieder nach zwei Stunden das Institut verlassen kann. Langsam wird die Zeit knapp. Auf dem Weg nach Hause muss ich noch zum Friseur. Zum Glück komme ich gleich dran und muss hier nicht auch noch ewig warten. Das

Fitnessstudio muss heute ausfallen. Zurück in meiner Wohnung telefoniere ich mit meinen Eltern und anschließend beginne ich mit dem Packen. Irgendwann fällt mein Blick auf das Telefon von Lucas. Darauf finde ich von Ina acht Nachrichten. Na das ging ja schon gut los. Als ich diese studiere, stelle ich fest, dass es alles berechtigte Fragen sind, die sich alle um den Urlaub drehen. Sie schreibt mir, ob es ein Problem ist, wenn sie kein Abendkleid hat. Braucht man so etwas auf einem Kreuzfahrtschiff? Was soll's, zur Not würden wir eben eins kaufen. Dann schicke ich ihr meine richtige Handynummer, weil mich das Schrottteil von meinem Bruder nervt. Als ich mein Joyclubprofil checke, stelle ich fest, dass ich neben weiteren Zuschriften von Solofrauen auch eine Zuschrift von einem Paar erhalten habe. Ich klickte diese an und lese >Hallo Anguis, wir sind auch ab Samstag auf Kreuzfahrt. Fährst Du auch um 13 Uhr ab Hamburg? Falls ja, vielleicht hast Du und Deine Begleitung Lust auf ein Treffen zu dritt oder viert? Dann meld Dich mal. < Na so etwas hatte ich gar nicht auf dem Plan, aber es war durchaus interessant. Ich schreibe zurück >Hallo Ann-Jan, ja, ich fahre auch mit diesem Schiff und freue mich auf ein Kennenlernen mit Euch. Alles andere können wir ja dann auf dem Schiff besprechen. < Anschließend lösche ich mein Date und beginne meine Sachen zu packen. Mein Koffer ist schon fast voll, da klingelt mein iPhone. Als ich sehe, dass es Lucas ist, muss ich schmunzeln "Hallo Lucas, na was gibt's? Bist wohl neugierig, welche Tussy ich mitnehme?"

"Klar bin ich neugierig. Ich tippe mal, dass du Ina mitnimmst?"

"Du kennst mich halt zu gut Brüderchen."

"Hast du dich auch mit den Andern getroffen?"

"Hab ich nicht. Mit Ina hab ich schon drei Stunden zu Mittag gegessen. Sie ist es, das habe ich gleich gemerkt. Warum sich dann noch mit den anderen Treffen und ihnen Hoffnung machen."

"Hast du dich schon wieder verliebt?"

"Ach quatsch, Ina fährt nur als Begleitung und natürlich für den Sex mit."

"Mensch Kleiner, wenn ich Tina nicht hätte, ich würde dich beneiden."

"Wo hat dein Mandant eigentlich jetzt noch, mitten in der Saison, so eine geile Reise hergezaubert?" Lucas am anderen Ende lacht auf. "Tja, das war einfach nur Glück. Ein anderer Kunde musste diese absagen."

"Da hat er sozusagen doppelt verdient. Erst an der Stornogebühr und dann an mir?"

"So kannst du das nicht sehen. Du hast dafür einen super Rabatt bekommen." Über den Preis konnte ich mich nicht beschweren. Der war wirklich günstig für diese All-inclusiv-Reise.

"Wie geht es Tina?" wechselte ich das Thema.

"Ganz gut. Wir waren heute zur Kontrolle. Wir wollten dich eigentlich persönlich fragen, ob du Pate werden möchtest. Aber da du jetzt erst mal auf große Reise gehst, bleibt uns vielleicht keine Zeit."

"Das muss ich mir erst einmal durch den Kopf gehen lassen. Momentan fühle ich mich noch nicht dazu bereit."

"Dafür hast du ja jetzt Zeit und vielleicht bist du es ja danach. Kleiner ich wünsche dir einen erholsamen Urlaub."

"Danke Großer und pass auf deine Familie auf." Wir verabschiedeten uns und irgendwie verfalle ich in eine melancholische Stimmung. Wie wird es wohl werden mit dieser Frau, die ich kaum kenne? Was würde ich dafür geben, wenn mich Jasmin begleiten könnte. Aber Jasmin ist Geschichte. Irgendwann vielleicht einmal, würden wir uns wiederfinden. Es liegt in der Hand des Schicksals.

Am nächsten Morgen fahre ich nach dem Frühstück in die Drogerie und decke mich mit einer Großpackung Kondomen ein. Besser man ist vorbereitet. Dann trage ich meinen Koffer nach unten in mein Auto und fahre zu Ina. Sie steht schon mit ihren zwei Koffern vor ihrem Haus. Sie hat ein enges Shirt an, so dass sich ihre Nippel darunter abzeichnen. Darüber trägt sie eine Kunstlederjacke. Ihre Beine werden von einem knielangen, weit schwingenden Rock und Sneakers umhüllt. Sie ist völlig aufgeregt und hat rote Flecken am Hals. Als sie endlich neben mir am Auto sitzt und wir in Richtung Hamburg auf der Autobahn unterwegs sind, frage ich Ina "Du bist ganz schön aufgeregt?" sie nickt nur "Ich kann es noch gar nicht richtig glauben. Hast du dich eigentlich noch mit anderen Frauen getroffen?" Die Frage überrascht mich. "Ich hatte es vor, aber nach dem Treffen mit dir, hatten sich die anderen erledigt."

"Warum das denn? Und wieso ich?"

"Nach dem Treffen mit dir, hatte ich einfach keinen Bedarf mehr auf weitere, weil ich denke, dass es mit uns passt oder bist du da anderer Meinung?"

"Ich denke auch dass es mit uns passt. Sonst würde ich jetzt ja nicht hier bei dir im Auto sitzen."

"Hast du dir das noch mal mit dem Kondomen überlegt? Unsere Tests sind negativ und auch sonst bin ich sauber. Wie sieht's das bei dir aus? Verhütest du eigentlich sonst noch?" Klar hatte ich ungeschützten Verkehr mit Jasmin, aber es war nicht anzunehmen, dass sie irgendwelche Krankheiten hatte. "Ich habe eine Spirale drin und habe auch sonst keine Krankheiten, denn ich war letzte Woche beim Arzt und hatte seitdem keinen Sex."

"Ach, eine ganze Woche keinen Sex? Da bist du bestimmt richtig ausgehungert?" scherze ich. Ina lächelt mich an. "Ich brauche nicht jeden Tag Sex oder du etwa?"

"Wenn ich so eine schöne Frau, wie dich an meiner Seite habe, hoffe ich doch, dass wir jeden Tag Sex haben werden."

"Na dann hoffe ich doch, dass du dein Versprechen hältst." Wir plaudern noch unverfangen weiter und eine reichliche Stunde vor Auslaufen des Schiffes erreichen wir den Kreuzfahrthafen. Meinen Audi stelle ich in einem Parkhaus in der Nähe ab. Dann laufen wir mit unseren Rollkoffern zum Check in. Kurze Zeit später betreten wir die Kabine. Ina bleibt mit offenem Mund stehen. Ich genieße ihre Reaktion. Schließlich hatte ich in letzter Zeit nur gearbeitet und kaum Geld verbraucht. Zudem hatte ich für meinen Forschungsdurchbruch einen ordentlichen Bonus bekommen. "Gefällt es dir." frage ich Ina, obwohl ich es an ihrer Mimik sehen kann, dass sie überwältigt ist. "Gefällt ist übertrieben. Die Kabine ist der Hammer. Die kostet doch bestimmt ein Vermögen. Bist du etwa Millionär?" Ich muss wieder lachen, weil sich Ina wie ein kleines Mädchen freut. "Nein, ich bin kein Millionär, aber fast." und das war noch nicht einmal gelogen. Ina läuft zum Balkon und öffnet die Schiebetür. Dann läuft sie auf den Balkon und schaut nach unten. "Max komm doch mal. Das ist hier irre hoch." Die Kabine befindet sich im obersten Stock. Auf dem Balkon befinden sich unter dem Vordach zwei gepolsterte Liegen. Ich laufe zu Ina und schlinge meine Arme um ihren Körper. Unser Balkon ist von keinem anderen einsehbar. Ina versteift sich kurz, wird aber sofort wieder entspannt. Ich lege meinen Kopf auf ihrer Schulter ab. Wir schauen beide über den Hafen und sehen wie die Leute klitzeklein dort unten herumlaufen. Ihre Hände streichen über meine, fast schüchtern wirkt sie. Wie sie wohl küsst? Ich hebe meinen Kopf und drehe sie herum. Wir schauen uns in die Augen. Meine Hand streicht über ihre Wange. Mit der anderen ziehe ich sie näher zu mir heran. Meine Lippen treffen auf ihre. Vorsichtig tastet sich meine Zunge nach vorn und teilt ihre Lippen. Nur zögerlich kommt mir ihre Zunge entgegen und spielt verhalten mit meiner. Für den Anfang gar nicht schlecht, geht es mir durch den Kopf und dann gibt das Schiffshorn laut Signal und wir müssen beide lachen, weil wir zusammen gezuckt sind. "Nur damit du es weißt, ich möchte nicht, dass du irgendwelche Sachen tust, die du nicht möchtest, nur weil du denkst, dass du es musst, weil ich dich mitnehme." Ich wollte, dass sie es auch will und nicht mir zuliebe tat, weil sie sich verpflichtet fühlt. "Keine Angst, ich bin ein großes Mädchen und kann schon sagen, was ich will und was nicht."

"Und was willst du?" Ihre Augen funkeln mich lüstern an. Ihre Zunge leckt über ihre Lippen.

"Auf alle Fälle will ich dich. Früher oder später. Das hängt ganz von dir ab. Und ich mag es, wenn du richtig schön dominant bist."

"Was spricht denn dann gegen früher?"

"Naja, ich würde schon gern sehen, wie das Schiff ausläuft."

"Ach ja, sollte ich mich davon stören lassen?" Ich ziehe Ina wieder näher zu mir heran und atme ihren Duft ein. Ich küsse sie nun wild. Meine Hände gleiten über ihren Körper und streifen ihre Jacke ab, die ich einfach neben mich werfe. Meine Finger finden ihre harten Nippel und ich zwirble diese durch ihr enges Shirt. Inas Augen werden schwer. Meine Lippen gleiten an ihrem Hals entlang. Meine Finger tasten nach ihrer Haut unter dem Shirt. Darauf bildet sich eine feine Gänsehaut. Wieder ertönt das Schiffshorn. Inas Hände tasten verhalten meinen Körper ab. Es kitzelt ein wenig und es nervt mich etwas. Deswegen drehe ich Ina Richtung Reling um und raune ihr ins Ohr "Du wolltest doch sehen wie das Schiff ausläuft. Schau hin, wenn du kannst." Dabei drücke ich sie etwas nach unten, so dass sie ihre Unterarme auf dem Geländer abstützen muss. Mit meinen Händen erkunde ich weiter ihren Körper. Mit einem Fuß zwinge ich ihre Beine weiter auseinander. "Noch weiter" befehle ich und sie gehorcht. Es sieht herrlich aus, wie so mit den weit gespreizten Beinen vor dem Geländer steht. Mit einem gekonnten Griff öffne ich ihren BH und dann schiebe ich ihr Shirt einfach nach oben. Sofort umfasse ich ihre baumelnden Titten mit meinen Händen und wiege sie. Dabei presse ich ihr meinen harten Ständer an den Arsch, der meine Hose nun viel zu eng macht. Dann zwirble ich ihre Nippel und als sie nicht reagiert drücke ich fester zu, was ihr ein leises Stöhnen entlockt. Meine Hände gleiten wieder über ihren Körper bis hin zu ihrem Arsch, den ich knete. Ich schlage ihren Rock einfach nach oben. Darunter trägt sie einen Ministring, den ich einfach beiseite schiebe. Meine Finger tasten sich zu ihrer Spalte vor und sofort spüre ich dort die glitschige Nässe. Ohne zu zögern schiebe ich zwei meiner Finger tiefer in die feuchte Grotte. Ina stöhnt auf. Das Schiffshorn ertönt ein letztes Mal und dann setzt sich das Schiff in Bewegung. "Schau hin." raune ich Ina ins Ohr. Meine Finger verteilen ihre glitschige Nässe auf ihren Schamlippen. Dann finde ihre harte Perle. Ihr Lustknopf ist schon stark geschwollen. Mit meiner anderen Hand öffne ich meine Hose und ziehe meine Boxershorts ein Stück nach unten. Mein harter Schwanz schwingt von hinten gegen ihre prallen Arschbacken. Immer schneller gleiten meine

Finger über ihre Klitoris. Ina beginnt unterdrückt zu stöhnen. Dass sie sich zu beherrschen versucht, macht mich an. Sie legt nun ihren Kopf auf ihrem Unterarm ab und genießt meine Berührungen. Ihre Beine beginnen leicht zu zittern und ich spüre, dass sie nicht mehr lange bis zu ihrem Höhepunkt braucht. Das geht mir zu schnell. Sie soll noch nicht kommen, daher fasse ihren Oberarm und ziehe sie nach oben, drehe sie grob um und küsse sie kurz. Dann drücke ich sie energisch nach unten. Sie schaut an mir herunter. Ihre Augenbrauen zucken nach oben und dann gibt sie meinem Drängen zögernd nach. "Los, blas meinen Schwanz." Sie beugt sich nach vorn und reckt ihren Hintern weit heraus. Sie umfasst meinen steifen Schaft und leckt mit der Zungenspitze über meine Eichel. Mit ihrer zierlichen Hand umfasst sie meinen Lümmel und wichst ihn einige Male. Dann saugen ihre Lippen meinen Harten ein. Mit der anderen Hand streichelt sie sich selbst weiter, was eigentlich nicht mein Plan war. Sie geht in einen saugenden, wichsenden Rhythmus über und macht das so gut. In meinen Lenden spüre ich das Ziehen und ich kann nur noch daran denken, endlich meinen Schwanz in ihre enge Fotze zu schieben. "Genug jetzt." knurre ich. Mit meiner Hand fasse ich ihren Pferdeschwanz und ziehe sie zu mir nach oben. Wir küssen uns gierig und leidenschaftlich. Dann drücke ich ihren

Oberkörper wieder nach unten auf das Geländer. Meine Finger finden wieder den harten Punkt zwischen ihren Schenkeln und reiben darüber. Mit meiner anderen Hand positioniere ich meinen Lustkolben vor ihrem nassen Loch und schiebe ihn auf einen Rutsch tief in sie hinein. Ina keucht laut auf. Dann beginne ich wieder mit meinen Fingern ihre Perle zu massieren. Dabei ficke ich sie mit langsamen Bewegungen bis das Fleisch um meinen Schwanz immer enger wird. Meine Finger verrichten gekonnt ihren Dienst und Ina stöhnt mit zusammengebissen Zähnen, um keine Aufmerksamkeit zu erregen. Ich spüre wie sie bald kommt und es um meinen Schwanz immer enger wird. "Los komm für mich. Melk meinen Schwanz." fordere ich energisch und Ina stöhnt unter ihrem Orgasmus fast zu laut auf. Ich verpasse ihr einen Klatscher auf dem Arsch. "Sei leiser." fordere ich und dann fasse ich ihre Hüften mit beiden Händen und schiebe meinen harten Schwanz in sie hinein. Ich ficke sie tief in einem schnellen Rhythmus. Ina umfasst das Geländer mit beiden Händen, um meine Stöße abzufangen. "Oh ja, fick mich hart durch." bringt Ina unter stöhnen heraus. Ich fasse wieder ihren Pferdeschwanz und ziehe ihren Kopf nach hinten. Immer härter stoße ich meine Lenden an ihren Arsch und meinen Schwanz tief in ihr Loch. Meine Erregung schwillt immer weiter an. Ich kann kaum noch an etwas denken und dann steigert sich das Ziehen in meinen Lenden. Mein Puls rast. Mein Penis pulsiert. Ich spüre wie er noch ein Stück wächst und sich Inas Loch enger um meinen Schwanz zieht. Der Orgasmus rauscht über mich hinweg und Ina folgt mir augenblicklich. Ihr Orgasmus melkt meinen Schwanz erbarmungslos. Dann pumpe ich unter Stöhnen mein ganzes Sperma in Inas Loch. Wir verweilen ruhig für einen Moment. Ina keucht genauso wie ich. Ich schaue in die Weite der Landschaft. Der Hafen liegt weit hinter uns. Dann löse ich mich von Ina. Sie richtet sich auf und schaut mich verlegen an. "Alles Okay?" frage ich. Sie nickt nur und hält sich am Geländer fest. "Mir ist etwas schwindelig."

"Du musst etwas trinken." Ich ziehe meine Hose nach oben und laufe in die Kabine. Mit einer Flasche Wasser kehre ich auf den Balkon zurück und reiche sie Ina. An ihren Beinen läuft mein Sperma nach unten. Es sieht geil aus. Sie bemerkt meinen Blick und errötet. Dann reibt sie ihre Schenkel aneinander. "Nein, lass dass. Es sieht geil aus. So schön benutzt und schmutzig. Ich steh drauf." Sie lächelt mich an und ich reiche ihr die Wasserflasche. Gierig trinkt sie die halbe Flasche leer. Ich frage sie direkt "Wie war es für dich?" Ina wird noch ein Stück röter. "Gut. Nein gut trifft es nicht. Es war richtig geil."

"Das reicht mir nicht. Ich will wissen, was dir gefallen hat und was nicht. Schließlich verbringen wir ganz paar Tage zusammen und da möchte ich schon wissen, was dir gefällt und was nicht."

"Es war alles super so."

"Man Ina. Hat es dir gefallen, dass ich dir am Pferdeschwanz gezogen habe." Ina nickt mir mit strahlenden Augen zu. "Hat es dir gefallen, dass ich dir auf den Arsch gehauen habe?" Ina nickt wieder. "Da steh ich drauf, aber nicht zu viel und nur beim Verkehr." Ich rolle mit den Augen. Warum sagt sie das so? "Also beim ficken?" wieder nickt Ina. "Hat es dir gefallen, dass du meinen Schwanz blasen musstest?"

"Ich musste das nicht. Ich blase gerne Schwänze, auch mal bis zum Schluss und bei deinem Prachtexemplar, um so lieber." Ah, das war gut zu wissen. "Und war ich nicht zu grob?"

"Alles super. Ich mag das so."

"Hast du was gegen Dirty Talk, wenn ich dich bisschen obszön beschimpfe?"

"Nein, das stört mich nicht."

"Na dann ist wirklich alles super." Inas Vorlieben und ihr Profiltext bei Joyclub stimmten somit mit meiner Erfahrung überein. "Wollen wir uns nun die Kabine anschauen und die Sachen auspacken?"

"Darf ich vorher noch ins Bad." Sie deutet auf ihre Mitte. Ich lächle sie an.

"Ausnahmsweise." Ich meine das zwar ironisch, aber tief in mir drin spüre ich, dass es durchaus ernst gemeint ist.

In der Zwischenzeit schaue ich mich in der Kabine um. Neben der Kabinentür ist eine kleine Bar. Ich schenke mir einen Whisky ein und schlüpfe aus meinen Schuhen. Im großzügigen Wohnbereich gibt es ein Sofa mit einem Glastisch davor. Links und rechts davon stehen die passenden Sessel. An der Wand gegenüber befindet sich ein großer Flachbildschirm. Daneben führt ein Durchgang in die Schlafkabine. Ich schlendere mit dem Glas in der Hand zur Balkontür des Schlafbereichs. Ich höre das Wasser laufen. Ina hat die Badtür nur angelehnt. Ich betrete den Balkon, der über die gesamte Kabinenlänge geht, so dass man auch über den Balkon ins Bad gelangen kann. Ich schlürfe, lässig an das Balkongeländer gelehnt, meinen Whisky. Ina winkt mir aus dem Bad zu und öffnet dann die Schiebetür. Barfuss kommt sie auf mich zu. Ihr Blick gleicht dem eines scheuen Rehs und sie nimmt mir das Glas aus der Hand. Sie trinkt einen Schluck daraus. Danach gibt sie mir das Glas zurück. "Das Bad ist jetzt frei, wenn du magst."

"Meinst du?" Ich lächle Ina an, weil sie sich irgendwie komisch verhält.

Beim auspacken der Sachen schaue ich Ina über die Schulter. Ihr Kleiderstil ist irgendwie eigenartig. Allerdings will ich mich nicht schon am ersten Tag darüber beklagen. Als wir damit fertig sind, schlage ich vor "Wollen wir uns das Schiff etwas ansehen gehen?"

"Ja gern." Hand in Hand schlendern wir über die Decks, schauen uns die Läden, den Wellnessbereich und die Pools an. Dann legen wir uns für eine Zeit lang auf die Liegestühle auf das Sonnendeck und plaudern miteinander. Ein Kellner versorgt uns mit Getränken. Ina erzählt mir viel über ihr bisheriges Swingerleben. Sie hatte tatsächlich für einige Monate als Sub bei einem Dom gelebt. Ich will alles darüber wissen und Ina erzählt es mir bereitwillig, auch wenn sie hier und da um den heißen Brei herumredet und des Öfteren errötet. Ich sauge alles in mich auf. Natürlich versucht Ina auch hier und da mehr über mich zu erfahren und ich verbiete ihr weiteres Nachfragen. Als die Sonne schon tief am Himmel steht, kehren wir in unsere Kabine zurück und ziehen uns für das Dinner um. Ina hat einen blau geblümten knielangen Rock und ein weißes Shirt ausgesucht. Als ich sie so sehe sage ich "Das geht so nicht. Du siehst aus wie deine eigene Oma. Hast du nix anderes? Einen kürzeren und engen Rock vielleicht und eine Bluse?" Ina schaut an sich herunter.

"Ist es so schlimm?"

"Schlimmer. Darf ich mal durch deine Sachen schauen?"

"Ja, mach." Ich prüfe ihre Sachen und finde einen schwarzen Rock und eine weiße Bluse ohne Ärmel. "Was hältst du davon?"

"Okay. Dann eben die biedere Variante."

"Das ist doch nicht bieder. Was du jetzt an hast ist bieder." Sie streift ihre Sachen ab. Darunter trägt sie einen String und einen fast durchsichtigen BH. "Das hier." ich schnipse mit dem Träger ihres BHs "und das" ich wiederhole es mit dem Bündchen ihres Strings "lässt du bitte weg."

"Ich das eine Anordnung?"

"Das ist ein Befehl."

"Oh. Gibt es jetzt doch eine Vereinbarung?"

"Sagen wir es mal so. Ich bin noch in meiner Findungsphase und es wäre nett, wenn du nicht zu viele meiner Entscheidungen in Frage stellst."

"Wie du willst. Ich kann damit umgehen und werde mich dementsprechend verhalten, um es dir so angenehm wie möglich zu machen."

"Danke und jetzt zieh dich um." Ina wechselt mit flinken Bewegungen ihre Klamotten und ich beobachte sie. Unweigerlich muss ich wieder an Jasmin denken, die an dem Abend, als ich ihr in den Swingerclub gefolgt bin, auch nichts unter dem Kleid an hatte. Ja, Jasmin ließ mich noch immer nicht los. Bei den Erinnerungen an sie wird mein Schwanz unweigerlich hart. Ich beuge mich, in meinem Sessel sitzend, nach vorn, damit Ina das nicht mitbekommt. Sie lenkt mich ab, indem sie mit zwei Paar Schuhe hinhält. Ein Paar schwarze High-Heels und ein Paar cremefarbene Sandalen. "Welche soll ich anziehen?" Ich deute auf die High-Heels. "Diese hier."

"Habe ich mir schon fast gedacht. Gilt das mit der Unterwäsche für die gesamte Kreuzfahrt?" Ich muss schmunzeln. Es spricht für ihre Erfahrung, dass sie mich von selbst darauf bringt. "Wenn du es schon so vorschlägst." Ina schluckt und schlüpft in die Schuhe. "Würdest du für mich noch deine Haare öffnen?" Ina schaut mich irgendwie komisch an. "Klar, kein Problem." Ina zieht ihren Haargummi heraus und bürstet ihre Haare durch, die ihr jetzt in sanften Wellen über die Schultern fallen. Mein Schwanz hat sich auch wieder beruhigt, so dass ich aufstehe, Ina an die Hand nehme und mit ihr die Suite verlasse.

Als wir beim Dinner unseren Tisch zugewiesen bekommen, kann ich sehen, dass dort bereits zwei Herren sitzen. Als wir darauf zu schreiten, bemerke ich, wie dem einen bei Inas Anblick, der Mund offen stehen bleibt. Auch Inas Blick bleibt gebannt an besagtem Typen hängen. Die beiden stellen sich als Stefan und Tobias vor. Sie müssen in Inas Alter sein. Tobias hält bei der Begrüßung Inas Hand etwas zu lange fest, während sie den Blick nicht voneinander lösen können. Auf Inas Arm bildet sich eine

Gänsehaut. Erst als ich mich räuspere finden beide ins hier und jetzt zurück. Dabei läuft Ina charmant rot an. Wir plaudern unverfangen. Als mein Blick durch den Saal gleitet, stelle ich fest, dass es sich um ein recht junges Publikum handelt. Ich hatte viele Rentner erwartet. Vielleicht speisten diese einfach nur in einem anderen Saal oder zu einer anderen Zeit. Tobias und Stefan bestätigen, dass auf der Kreuzfahrt eher jüngeres Publikum anzutreffen ist.

Nach dem Dinner gehen wir noch in eine gemütliche Bar und ich stelle fest, dass sich Ina und Tobias so verstehen, als würden sie sich schon ewig kennen. Inas hat ihre Bluse so weit offen gelassen, dass der Ansatz ihrer festen Titten zu sehen ist. Dass sie nichts drunter trägt, ist für jeden sichtbar. Inas Selbstbewusstsein lässt sich davon nicht beirren. Sie trägt diese Klamotten trotzdem mit stolz. Ihre Hüften schwingt sie beim laufen lüstern hin und her. Es stört mich kein bisschen, dass sie mit Tobias flirtet. Im Gegenteil, in meinem Kopf tauchen Bilder auf, in denen Ina von Tobias und Stefan durchgevögelt wird und mein bestes Stück regt sich dabei. Ich ziehe Ina näher zu mir heran und streichle ihr über die Hüften. Dann knabbere ich an ihrem Nacken herum und auf Inas Hals bildet sich eine Gänsehaut. Tobias wirft uns einen skeptischen Blick zu oder ist er etwa schon eifersüchtig? Ich genieße die neidischen Blicke der Jungs. Ina ist schon ein Hingucker, in den Klamotten, die ich ihr ausgesucht habe.

Etwas später dränge ich zum Aufbruch. Auf dem Weg zu unserer Suite gehen wir über das Deck, um die kühle Abendluft zu genießen. Dann drücke ich Ina von hinten an die Reling. Ihre Hände greifen unweigerlich nach dem Handlauf. Weit und breit ist keine Menschenseele auf dem Deck zu sehen. Die Luft ist lau und der Wind weht Ina durchs Haar. Das Schiff pflügt durch die Nordsee und wir sehen in weiter ferne die Lichter der Küste. Unter uns rauscht das Wasser. Meine Hände wandern unter Inas Bluse und streicheln ihre weiche Haut. Ich atme tief ihren Duft ein. Ich raune Ina ins Ohr "Ist dir aufgefallen, dass Tobias ganz scharf auf dich ist?" Ina dreht sich ein wenig, um mir in die Augen sehen zu können. "Wirklich, das habe ich gar nicht bemerkt." dabei errötet sie charmant. "Ach Ina, tu doch nicht so schüchtern. Hast du ihm erzählt, was du für eine kleine Schlampe bist?" Dabei gleiten meine Hände unter ihre Bluse bis zu ihren harten Nippeln. Ich zwirble ihre Knospen grob und sehe die Lust in ihren Augen. "Stell dir das mal vor: Du unter Tobias und Stefan. Nackt. Und ich weise die Jungs an, was sie mit dir machen sollen. Na, wie gefällt dir das?" Ina schluckt. In ihren Augen sehe ich das Verlangen und die Erregung. Ich erkenne, dass ich ihr allein, in den nächsten zwei Wochen nicht genug sein werde. Ich zwinge Ina wieder in die Position dicht vor mich, so dass sie auf das Meer hinausschauen muss. Für diesen Abend gehört sie mir. Mit meinen Füßen dränge ich ihre Beine weiter auseinander. Meine andere Hand schlüpft unter Inas Rock. Ich streichle über ihren Arsch und dann weiter an ihren Beinen entlang. Ganz langsam nähere ich mich ihrer Mitte. Die Nässe zwischen ihren Schenkeln überrascht mich nicht. Ina scheint immer willig und bereit. Mit meinen Lippen liebkose ich ihren Hals, während ich ihre harte Brustwarze zwischen den Fingern rolle. Ina stöhnt unter meine Liebkosungen auf. Meinen harten Schwanz drücke ich ihr gegen den Po, während ich mit der anderen Hand beginne, ihren Lustknopf zu streicheln. Ich reibe mich an ihr. Ina beißt sich auf die Lippen. Die Röte in ihrem Gesicht und ihr schneller Atem verraten mir, dass sie kurz vor dem Kommen ist. Ohne meine Finger von ihrer Mitte zu nehmen, schiebe ich ihren Rock mit der anderen Hand weiter nach oben. Dann öffne ich meinen Hosenschlitz, befreie meinen Lümmel, aus der viel zu eng gewordenen Hose und drücke Inas Becken ein Stück nach hinten. Dann versenke ich meinen Harten blitzschnell in ihr und stoße fest zu. Inas Nässe umfängt mich und bringt mich an den Rand des Höhepunktes. Nach zwei harten Stößen spüre ich die Enge um meinen Schwanz. Vorsorglich halte ich ihr den Mund zu, während der Orgasmus sie überrollt. Ina beißt mir auf den Finger, was mich noch härter zustoßen lässt. Meine andere Hand greift in ihre Haare und zieht ihren Kopf nach hinten. Die Angst entdeckt zu werden macht mich noch geiler, so dass ich, nach wenigen harten Stößen meinen Saft in Inas Loch pumpe. Kurz verweilen wir noch auf dem Deck. Unser Atem geht viel zu schnell. Dann hören wir Stimmen von weiter hinten und richten hastig unsere Klamotten zu Recht. Hand in Hand machen wir uns lachend auf dem Weg zu unserer Kabine. Ina hat es eilig, da ihr mein Sperma an den Beinen nach unten läuft. Umso mehr sie jedoch drängt, umso langsamer laufe ich. Ina wirft mir böse Blicke zu, was mich schmunzeln lässt. In der Suite angekommen, will Ina sofort ins Bad. Bei der Vorstellung, wie Inas vollgewichste Möse aussieht, werde ich schon wieder ganz hart, erst recht, wenn ich mir vorstelle, dass es fremder Saft sein könnte. Hinter der Kabinentür halte ich sie auf "Du gehst jetzt nicht ins Bad. Komm zu mir." Ich nehme ihre Hand und setze mich auf die Lehne des Sessels. Ihr fragender Blick lässt mein bestes Stück zucken. Dennoch gehorcht sie mir und stellt sich vor mich hin. "Zieh deinen Rock aus." Ina öffnet den Reißverschluss ihres Rockes langsam. Dann gleitet ihr der Rock nach unten. Dabei schaut zu mir, die ganze Zeit über provokant, in die Augen. "Spreiz deine Beine." Ina gehorcht augenblicklich. Mein Blick bleibt in ihrer Mitte hängen. Mein Sperma klebt ihr bereits angetrocknet zwischen den Schenkeln. Ich kann den Blick nicht von ihrer Fotze abwenden. "Was wird das jetzt?" fragt mich Ina genervt. "Ich schau mir deine vollgewichste Fotze an." Mit meinen Fingern streiche ich von ihrem Knie nach oben zu ihrer Mitte und schiebe diese tief in Inas Loch. Sofort läuft mir mein Saft über die Hand. Mein Schwanz giert nach Aufmerksamkeit. Mit meiner anderen Hand öffne ich langsam meine Hose und befreie meinen Phallus aus dem engen Stoff. Ina blickt von oben gierig auf meine Mitte. Meine Finger erkunden weiter ihre Enge und ich beginne mit sanften Fickbewegungen, die ich immer weiter intensiviere. Inas Augen fallen zu und ihre Erregung wächst. Immer tiefer und schneller gleiten meine Finger in ihre nasse Mitte. Mit meiner anderen Hand massiere ich langsam meinen Steifen. Inas Möse schmatzt verführerisch. Dann stehe ich auf und fiste Inas Fotze mit schnellen Bewegungen, bis sie immer heftiger atmet und beginnt zu stöhnen. Als sie kommt, spritz mir ihr ganzer Saft gegen die Hand. Unverzüglich drehe ich Ina um und beuge sie über die Sessellehne. Ich ramme ihr meinen steifen Schwanz in ihr geiles Loch. Als mein bestes Stück bis zum Anschlag in der Grotte steckt, stöhnt Ina auf. Mit schnellen, harten Stößen ficke ich Inas Fotze. Immer schneller stoße ich in die geile nasse Grotte vor mir. Mein Blick bleibt an der blank rasierten Rosette unter mir hängen. Nachdem ich einen Spuckekleks auf ihre Rosette verteilt habe, schiebe ich erst einen, dann zwei Finger in ihr Hinterstübchen. Dann ficke ich Ina gleichzeitig mit meinen Schwanz und meinen Fingern. Ina stöhnt immer mehr. Auch meine Erregung wächst immer weiter. Die Vorstellung, Ina in den Arsch zu ficken, lässt mich fast kommen. Doch als ich dann meinen Harten zwischen Inas Arschbacken schiebe, Ina dabei immer lauter stöhnt, und ich sie mit harten Stößen in den Arsch ficke, kann ich auch meinen Orgasmus schwer zurück halten. Inas Rosette um meinen Schwanz wird immer enger und sie kommt viel zu laut zum Höhepunkt. Ich folge ihr unverzüglich und pumpe ihr meinen Saft in den Arsch. Dann sind wir beide still. Nur unser Atem geht noch schnell. Mein Herz pumpt wild in meiner Brust. Ich streiche über Inas Rücken und ziehe mich vorsichtig aus ihr zurück. Dann laufe ich ins Bad. Nach meiner Dusche gehe ich, nur mit einem Handtuch um die Hüften, zurück in den Wohnraum. Ina sitzt mit einem leeren Glas im Sessel. Natürlich wäre es gentlemanlike gewesen, wenn sie zuerst ins Bad gedurft hätte, aber ich wollte einfach nur meinen Schwanz waschen und schließlich übernahm ich ja hier den zahlenden Part. Sie schaut mich etwas wehleidig von unten an und fragt "Darf ich jetzt auch ins Bad?"

"Ja, klar. Solange du willst."

"Danke."

"Dafür nicht." Ina schleicht an mir vorbei. Ich laufe weiter auf den Balkon. Von weiter unten höre ich dumpf Musik. Die Luft ist frisch und weht mir leicht durchs Haar. Die Sterne leuchten am Himmel. Der Mond spiegelt sich im Meer. Das Wasser rauscht. Auf einmal kommen mir Zweifel. Was tue ich denn hier? Was gäbe ich dafür, jetzt hier mit Jasmin zu sein und nicht mit Ina. Warum nur bekomme ich Jasmin nicht aus dem Kopf? Die Bilder in meinem Kopf, wie sie damals im Zug saß und wie sie sich mit diesem engen roten Kleid auf der Tanzfläche bewegt hatte, wollen einfach nicht mehr verschwinden. Die laufen immer wieder vor meinem inneren Auge ab. Und bei jedem Fick sehe ich Jasmin vor mir und nicht die Frau, in der ich meinen Schwanz gerade versenkte. Aber Jasmin war nun mal nicht da und wird es wahrscheinlich nie sein, denn so viele Zufälle gibt es nicht im Leben, dass ich ihr je noch einmal begegnen werde.

Ich höre leise Schritte, die kurz hinter mir verstummen. Irgendwie ist mir das zu viel gerade, deswegen bleibe ich einfach stehen und schaue weiter auf das Meer hinaus in die Dunkelheit. Ina rührt sich hinter mir nicht und sagt auch nichts. Sie soll einfach nur weg gehen.

Nach einer gefühlten Ewigkeit, höre ich leise Schritte und mir wird wohler dabei. Nach einiger Zeit drehe ich mich um und sehe durch die Balkontür, dass sich Ina ins Bett gelegt hat. Mir wird langsam kalt und dann schleiche ich ins Bad und anschließend ins Bett. Irgendwann fragt mich Ina "Hab ich was verkehrt gemacht?"

"Nein, hast du nicht."

"Warum bist du dann so komisch?"

"Es ist alles in Ordnung. Es hat nichts mit dir zu tun."

"Mit wem denn dann?"

"Es geht dich nichts an. Schlaf schön."

"Du auch."

Am nächsten Morgen wache ich auf und Ina ist nicht mehr da. Auf dem kleinen Sekretär in der Ecke liegt ein Zettel. >Bin beim Yoga-Kurs. Ina< Auch gut, denke ich mir und beschließe eine Runde auf dem Deck joggen zu gehen. Als ich zurück in der Suite bin, höre ich das Wasser rauschen. Ich betrete das Bad und sehe die beschlagenen Scheiben. Kurz überlege ich, zu Ina in die Dusche zu steigen, aber es fühlt sich irgendwie falsch an. Es wäre mit Ina falsch. Also schleiche ich zurück und warte im Wohnbereich, bis Ina fertig ist. Sie begrüßt mich mit einem freundlichen "Guten Morgen. Hast du gut geschlafen?"

"Guten Morgen. Wie ein Stein."

"Wie war der Yoga-Kurs?"

"Super. Warst du joggen?"

"Ja, war ich. Hast du heute schon was geplant?"

"Nein noch nicht."

"Aber ich. Nach meiner Dusche gehen wir frühstücken und wenn wir in Southampton einlaufen, gehen wir schoppen. Ich bezahle."

"Das musst du nicht. Ich habe auch einiges gespart."

"Ohne mich wärst du nicht hier und müsstest nichts einkaufen. Also zahle ich. Das ist eine Anweisung.

Am Nachmittag schauen wir vom Balkon aus zu, wie das Schiff im Hafen einläuft. Nachdem ich etwas halbwegs Ansehbares aus Inas Klamotten herausgesucht habe, brechen wir zu unseren Landausflug auf. In einem Shoppingcenter verfrachte ich Ina in die Umkleide und bringe ihr allerhand Klamotten. Meiner Wahl stimmt sie dabei nicht immer zu. Da ich aber in diesem Urlaub bestimme, was sie anzieht, kaufe ich alles, was mir an ihr gefällt und das sind ausschließlich sexy, feminine Sachen. In einem kleinen Bistro trinken wir Kaffee und essen Kuchen. Wir plaudern über belanglose Dinge. Am frühen Abend kehren wir auf das Schiff zurück. Sobald wir die Kabine betreten haben, klagt Ina "Och, meine Füße tun so weh." Sie lässt sich auf das Sofa fallen. Ich knie vor ihr nieder, ziehe ihr die High-Heels aus und beginne ihre

Füße zu massieren. Dabei stöhnt Ina genüsslich auf und streckt sich auf dem Sofa weiter aus. "Möchtest du vielleicht in die Badewanne gehen?"

"Auf so einem Schiff muss man doch sicherlich Wasser sparen?"

"Meinst du nicht, dass das Wasser aus dem Meer gewonnen und aufbereitet wird? Und wozu sollten die sonst eine Wanne einbauen, wenn man sie nicht benutzen darf?"

"Das ist naheliegend."

"Also, möchtest du in die Wanne?"

"Kommst du auch mit?"

"Nein. Ich muss noch etwas besorgen."

"Schade. Wir waren doch heute schon den ganzen Tag schoppen?"

"Aber wir haben ja nur Sachen für dich eingekauft."

"Oh."

"Ich lass dir das Wasser ein."

Nachdem Ina mit ihren Kopfhörern auf den Ohren endlich im heißen Wasser liegt, verlasse ich die Kabine. Auf dem Decksplan hatte ich einen kleinen Shop entdeckt, der mein Interesse geweckt hat. Ich erreiche ihn nach einer Fahrt im Aufzug und einigen Irrläufen auf dem vierten Deck. Die Scheiben sind mit weißer Folie beklebt. Als ich eintrete begrüßt mich eine Blondine mit Irokesenfrisur. Im ersten Moment kann ich meinen Blick nicht von ihr abwenden.

Sie lächelt mich einfach nur an, ohne mich zu bedrängen. Ich schaue mich in dem Laden um und entscheide mich schlussendlich für einen Magic Wand, einen Analplug mit Fernbedienung und eine kleine Tube Gleitgel. Das die Verkäuferin mit mir flirtet schmeichelt mir, interessiert mich aber nicht wirklich. Mit meiner neutralen Papiertüte gehe ich unverzüglich auf mein Deck zurück. Als ich die Kabine betrete, höre ich Ina in der Wanne lauthals und schief singen. Es hört sich so lustig an, dass ich mich auf das Bett lege und ihr durch die angelehnte Tür eine Weile zuhöre. Doch bald stelle ich fest, dass man solche Klänge nicht lange ertragen kann. Ich packe die Sexspielzeuge aus und laufe mit dem Analplug und dem Gleitgel ins Bad. Ina bemerkt mich nicht. Sie hat ihre Augen geschlossen und summt gerade vor sich hin. Am Waschbecken wasche ich den Plug ab. Anschließend gehe ich zum Kopfende der Wanne und ziehe Ina den Kopfhörer von den Ohren. Ina schaut mich verdutzt an. "Hast du Lust auf etwas Spaß?"

"Kommt drauf an, was für Spaß?" Ihre provokante Gegenfrage nervt mich.

"Solcher Spaß, der uns beiden gefällt. Dafür bist du doch hier?"

"Ich dachte, ich bin in erster Linie hier, um dich auf der Kreuzfahrt zu begleiten und nicht um deine persönliche Nutte zu sein." Und nun wird sie auch noch schnippisch. "Ich dachte eigentlich, dass du bisher auch deinen Spaß hattest." Mich nervt das jetzt hier, dass Ina beginnt zu diskutieren. Was hat ihr auf einmal so auf die Stimmung geschlagen? Wahrscheinlich hatte sie mit einer Freundin telefoniert, die ihr ein schlechtes Gewissen eingeredet hatte. So lief das bei Frauen doch immer. Meine Laune ist jedenfalls auf dem Tiefpunkt angelangt. Bevor Ina weitere abtörnende Sachen sagen kann, verschwinde ich aus dem Bad und rufe ihr aus dem Schlafzimmer zu "Falls du es Dir doch noch anders überlegst, ich gehe in die Sunshine Bar." Den Analplug lege ich zusammen mit dem Gleitgel auf das Bett. Ich ziehe mich für das Abenddinner um, stecke die Fernbedienung ein und dann verlasse ich die Kabine. So früh am Abend ist in der Bar noch nicht viel los. Ich bestelle mir einen Scotch. Warum nur hatte Ina so reagiert? Frauen werde ich nie verstehen. Ihr hatte es bisher doch auch gefallen, was ich mit ihr gemacht habe. Wie kam sie dann auf den Gedanken, dass sie meine persönliche Nutte sein sollte? Vielleicht war ich zu fordernd oder bestimmend gewesen. Kurze Zeit später stoßen Tobias und Stefan zur mir. Nach einer kurzen Begrüßung fragt Tobias "Wo hast du denn deine Freundin gelassen?"

"Sie ist nicht meine Freundin. Ina begleitet mich nur auf dieser Kreuzfahrt."

"Wie? Ihr seid nicht zusammen?"

"Nein, sind wir nicht."

"Und schlaft in einem Bett?"

"Wir schlafen da nicht nur." Ich grinse ihn verschmitzt an, so dass er weiß, worauf ich anspreche. Ich bestelle zwei Drinks für die Jungs und dann plaudern wir unverfangen über Fußball und unsere Jobs. Plötzlich schaut Tobias zum Eingang der Bar. Dort steht Ina in einem atemberaubenden, roten Cocktailkleid mit hohen silbernen High-Heels. Sie schaut mir in die Augen und läuft langsam auf mich zu. Ihr Gang ist irgendwie komisch. Als sie endlich vor mir steht, flüstert sie mir ins Ohr "Jetzt habe ich Lust auf Spaß."

"Jetzt wirst du dich aber gedulden müssen. Es ist Zeit für das Dinner." flüstere ich zurück. Ich lege meine Hand auf ihren Poansatz. Inas Augen funkeln mich lüstern an. Ina begrüßt Tobias und Stefan, wobei sie bei Tobias wieder rot anläuft und bei seiner Berührung eine Gänsehaut bekommt. Sie versucht es zu überspielen und bemüht sich, ihn nicht zu sehr anzustarren. Nachdem wir unsere Gläser geleert haben, gehen wir zum Abendessen. Ina rutscht dabei immer wieder auf ihrem Stuhl hin und her. Ihre Wangen sind bereits leicht gerötet. Ich sehe, die Erregung in Inas Blick und in mir keimt der Gedanke auf, dass Ina den Analplug tragen könnte. Warum sonst sollte sie so zappelig sein?

Unauffällig lasse ich meine Hand in meine Hosentasche gleiten. Ina greift gerade nach dem Weinglas, als ich auf die kleine Taste mit dem Plus drücke. Durch Ina geht ein unmerkliches Zucken. Daraufhin stellt sie das Weinglas wieder auf den Tisch und schnappt nach Luft. Das ist ganz nach meinem Geschmack. Ich drücke noch zwei Mal auf die Taste und beobachte Ina dabei genau. Sie schnappt wieder nach Luft und schließt dann kurz die Augen. Ihr Gesicht wird dabei immer röter, so dass ich die Vibration wieder ausstelle. Ina schaut mich mit einem grimmigen Blick an. "Was ist? Du wolltest doch Spaß haben?" raune ich ihr ins Ohr. "Aber doch nicht hier in der Öffentlichkeit?" flüstert sie mir zurück. "Du musst dich nur beherrschen. Außerdem hast du deiner Chance ja in der Kabine gehabt, aber da warst du ja zickig."

"Es tut mir leid. Ich weiß auch nicht, was mich da geritten hat." Während des Dinners betätige ich den Knopf in meiner Hosentasche nicht mehr. Nach dem Essen schlagen Tobias und Stefan vor, noch in eine Disco zu gehen. Als ich zusage, schaut mich Ina mit einem Flunschmund an, was mich sofort daran erinnert, ihr ein klein wenig Kribbeln in den Arsch zu zaubern. Ina krallt sich an meinem Arm fest und atmet tief durch. Dann flüstert sie "Könntest du das bitte lassen?"

"Es macht aber so einen Spaß, deine Reaktionen zu beobachten."

"Wenn du nicht willst, dass ich hier vor allen komme und damit meine ich laut komme, dann lässt du das."

"Na gut, wie du willst. Benimm dich und es summt nicht." Ina schnaubt und lächelt mich falsch an. Es sieht so witzig aus. Sie hängt sich in meinem Arm ein und wir folgen Tobias und Stefan in die Disco. Bald fordert Tobias Ina zum tanzen auf und sie wirft mir einen fragenden Blick zu. Erst als ich ihr zunicke, sozusagen als Erlaubnis, gehen die beiden Hand in Hand zur Tanzfläche. Es stört mich kein bisschen, dass die beiden eng Umschlungen tanzen. Stefan ist nicht gerade gesprächig, so dass ich mich nach dem dritten Song beginne zu langweilen. In meiner Tasche erinnert mich die Fernbedienung daran, dass Ina noch etwas Spaß haben sollte. Ich stelle nur eine ganz minimale Vibration ein und es dauert keine zehn Sekunden, da steht Ina neben mir. "Was habe ich denn jetzt wieder falsch gemacht?" Tobias drängt hinter mir an die Bar und bestellt Getränke. "Was meinst du?" frage ich Ina scheinheilig. "Na das da? Das Summen." flüstert sie und zeigt nach unten auf ihre Mitte. "Oh, habe ich den Analplug etwa angeschaltet?" antworte ich im normalen Ton, so dass es auch Tobias und Stefan hören können. "Ja, hast du. Und du hast es absichtlich getan.

Tu nicht so scheinheilig. Bist du etwas eifersüchtig?"

"Ich doch nicht." schnaufe ich sie an und blicke auf die Tanzfläche. Ich denke natürlich nicht daran, die Vibration auszuschalten. Nicht wenn sie in diesem Ton mit mir spricht. Als Ina bemerkt, das für mich die Diskussion beendet ist, hackt sie sich in meinen Arm ein und lächelt mich an "Würdest du bitte den Plug ausschalten?" fragt sie zuckersüß. Dieser Bitte kann ich nicht widerstehen und ich gebe ihrem Drängen nach.

Nach einigen weiteren Drinks verabschieden wir uns von unseren Begleitern und laufen mit gemächlichem Schritte zu unserer Kabine. Nachdem wir den überfüllten Fahrstuhl, nicht ohne leichte Schwingungen in Inas Arsch hinter uns gelassen hatten, schalte ich die Vibration auf die zweite Stufe. Ina krallt sich an meinem Arm fest. Sie kann ein leises Stöhnen nicht unterdrücken und beschleunigt ihre Schritte. "Na du hast es ja ziemlich eilig und kannst es wohl gar nicht abwarten?" In der Kabine angekommen stelle ich die Vibration noch ein wenig höher. Ina stöhnt wieder auf. "Ich kann es gar nicht erwarten, das Ding endlich los zu werden." raunt sie.

"Das kannst du vergessen. Fühlt es sich so schlecht an?"

"Nein es macht mich so unendlich geil." Ich schalte die Vibration noch eine Stufe höher. Ina stellt die Beine weiter auseinander, schließt die Augen und lässt ihren Kopf in den Nacken fallen. Ich schleiche um Ina herum und flüstere in ihr rechtes Ohr "Warum willst du es dann los werden?" Ich ziehe den Reißverschluss ihres Kleides am Rücken nach unten. Dann streife ich Ina den Stoff von den Schultern und streiche über Ihren Po. Ich spüre die Vibration an meinen Fingerspitzen. Ina hebt den Kopf. Ich küsse ihre Schulter und schleiche um sie herum. Ina blickt mir in die Augen. Langsam komme ich ihren Lippen näher und wir verschmelzen zu einem sinnlichen Kuss. Meine Hand wandert weiter zu ihren Brüsten. Inas Nippel sind hart. Ich zwirble ihre harten Knospen. Ina stöhnt erneut auf. Dann gleiten meine Finger tiefer. Erst ganz langsam über ihren Bauch, weiter zu ihrem blank rasierten Venushügel. Ich schaue ihr wieder in die Augen. Als ich meine Finger zwischen ihre Schamlippen schiebe, umfängt mich ihre glitschige Nässe. Ina stöhnt erneut und als ich ihre harte Klitoris umkreise, beginnt sie zu wimmern. Das wimmern geht in Stöhnen über, während meine Finger über den harten Knopf gleiten. Ina schwankt leicht und ich trage sie in das Schlafzimmer und lege sie auf das Bett. Dort spreize ich ihre Beine und versenke meine Zunge zwischen ihren Schamlippen. Ich umkreise Inas Lustspender mit meiner Zunge. Die Vibration in Inas Hintern spüre ich auf meiner Zunge. Ina kann es kaum noch aushalten und bäumt sich unter Stöhnen auf. Dann rauscht der Orgasmus über Ina hinweg. Die Vibration verlängert Inas Höhepunkt ins unermessliche. Mein Schwanz ist steinhart und bei der Vorstellung auf das enge, vibrierende Loch vor mir, zuckt mein Phallus in Vorfreude. Ich nehme Inas Beine und drehe sie einfach auf den Bauch um. "Los, heb deinen Arsch ich will dich ficken." Ina gehorcht unverzüglich. Ihr runder Arsch mit dem Plug sieht so geil aus. Dann ziehe ich meine Hosen nach unten, positioniere meine steife Latte zwischen Inas Schenkeln und stoße zu. Bis zum Anschlag fährt mein Fickbolzen in das nasse Loch. Ina stöhnt auf, doch ich verweile einen Moment in ihr. "Was soll ich machen? Soll ich dich ficken?"

"Ja fick mich richtig hart durch. Ich will das. Los mach." Ich verpasse ihr einen Klatscher auf dem Arsch. Meine Hände krallen sich in ihren Hüften fest. Meine Stöße sind hart und ich spüre die Vibration deutlich an meinem Schwanz. Das geile Kribbeln lässt mich fast kommen, so dass ich zwischen meinen Stößen immer wieder kurze Pausen mache. Inas Ekstase wächst erneut und ich spüre, wie es um mein bestes Stück enger wird. Mein Blick bleibt an dem Plug hängen. Ich streiche darüber und dann ziehe ich vorsichtig daran. Der Plug flutscht aus Ina heraus. Einige Male schiebe ich ihn gleichzeitig mit meinem besten Stück in sie hinein. Dabei kommt Ina unter lautem Gestöhne zum Höhepunkt. Ihr Fleisch nimmt mich in die Zange und ich kann nur mit Zwang meinen Orgasmus unterdrücken. Dann entferne ich den Plug und schiebe meinen Schwanz in Inas Arsch. "Oh ja, fick meinen Arsch, du Hengst." ruft sie mir zu. Ihre vulgären Worte spornen mich noch mehr an und ich schiebe meinen Lümmel immer wieder in ihr Loch. Ficke sie hart, bis meine Lenden an ihren Arsch anklatschen. Meine Hände krallen sich in ihre prallen Pobacken und ich ziehe ihren Arsch noch weiter auseinander. Die Enge um meinen Harten nimmt zu. Ina stöhnt ohne unterlass. Ich spüre, dass mein Orgasmus naht. "Ich komme gleich und pumpe dir meine Sahne in den Arsch."

"Mach, spritz mir alles in meinen Arsch. Das ist so geil ich komme gleich." Und dann rollt der Orgasmus schon über mich hinweg. Mit den letzten Stößen kommt auch Ina noch einmal. Mein Saft flutet Inas Arschloch und ich schreie meine Befreiung hinaus. Dann ist es still. Mein Schwanz steckt noch tief in Inas Arsch. Sie lässt sich mit dem Oberkörper auf das Bett gleiten, dann folgt auch ihr Hinterteil, so dass ich mein Schwanz aus ihr heraus flutscht. Ich laufe ins Bad. Dort entkleide ich mich und gehe unter die Dusche. Als ich ins Schlafzimmer, nur mit einem Handtuch um die Hüften, zurückkehre, ist Ina bereits eingeschlafen. Draußen auf dem Balkon ist die Luft kühl. Meine Triebe sind befriedigt. Die

Sterne leuchten wieder magisch. Das Schiff pflügt durch das Wasser Richtung New York. Für die sechs folgenden Tage auf See muss ich mir etwas einfallen lassen, sonst wird es mir sicherlich zu langweilig mit Ina. Ich schaue zu ihr, wie sie dort im Bett liegt. Tief in meinem Inneren fühlt es sich mal wieder so falsch an. Es ist die falsche Frau dort in dem Bett. Mal wieder schiebt sich Jasmin in meine Gedanken. Was sie wohl jetzt macht? Ob es ihr gut geht? Am liebsten würde ich jetzt eine rauchen, obwohl ich schon vor Jahren damit aufgehört habe. Ich genehmige mir an der Hausbar einen Drink. Aus einem wird dann ein Zweiter, Dritter und Vierter bis meine Gedanken endlich Ruhe geben und ich mich neben Ina ins Bett lege.

Am nächsten Tag werde ich viel zu spät, allein in dem großen Bett wach. Ina wird sicherlich wieder beim Yoga oder sonst wo sein. Mir ist es egal, bin sogar froh, dass ich meine Ruhe habe. Beim Frühstück treffe ich auf Stefan und er schlägt mir vor, gemeinsam eine Runde Squash zu spielen. Auch als ich mich auf der Kabine umziehe, ist Ina nicht da. Die Abwechslung tut mir gut. Nach dem ersten Satz, führe ich haushoch. Stefan fragt dann "Tobias findet deine kleine Maus ja ziemlich heiß."

"Sie ist nicht MEINE Maus. Das habe ich Euch doch schon erzählt." So ein Mist auch, jetzt hat Stefan einen Punkt gemacht, weil ich abgelenkt war. "Was ist sie dann?"

"Meine Begleitung auf dieser Reise."

"Dafür war sie gestern aber ziemlich anhänglich." Die Erinnerung daran, lässt mich schmunzeln. "Ja, das war sie wirklich."

"Bezahlst du sie dafür?" Die Frage schockt mich nicht, aber dennoch bin ich so perplex, das Stefan wieder einen Punkt machen kann. "Nein, natürlich nicht, außer ein paar Klamotten vielleicht. Aber diese würde ich nicht als Bezahlung bezeichnen, eher als Investition." Ich pfeffere den Ball mit so einer Wucht nach vorn, dass er ihn auf keinen Fall bekommen kann. Dass es Stefan noch nicht einmal ärgert, nervt mich noch mehr. "Als Investition in was?"

"In eine schöne Zeit. Eine schöne Frau sollte auch schöne Klamotten tragen."

"Okay. Aber das Plugding von gestern, was hatte das zu bedeuten?" Ich stoppe mein Spiel und schaue Stefan nun direkt an. "Sei mir nicht böse, aber das geht dich nichts an. Da musst du Ina schon selbst fragen. Wollen wir nun Squash spielen oder quatschen?" Es nervt mich, wenn mich jemand in meiner Konzentration stört, erst recht bei einem Ballspiel, dass ich nicht verlieren kann. Ich verlor fast nie und wenn, dann nur weil ich abgelenkt war. "Spielen wir halt und reden später darüber." lenkt Stefan ein,

Nachdem ich den zweiten Satz verloren hatte, gewann ich den dritten wieder und verließ den Court mit einer guten Laune. Stefan schien es nicht zu stören, dass er verloren hat. "Was hast du noch vor heute?" fragt er dann, als wir die Schläger wieder abgeben. "Ich habe nichts geplant. Auf so einem Schiff kann man ja kaum weglaufen."

"Ich habe am Nachmittag einen Termin für das Tontaubenschießen. Wenn du willst, kannst du auch dazu kommen."

"Das habe ich noch nie gemacht. Klingt aber interessant."

"Probier es aus. Um fünfzehn Uhr auf dem Achterdeck?"

"Geht klar." Zurück in der Kabine steige ich unter die Dusche. Von Ina ist immer noch nichts zu sehen und ich beschließe noch ein paar Runden im Pool auf dem Deck schwimmen zu gehen. In Badeshorts, Muskelshirt und in Flipflops, mit einem weißen Handtuch auf den Schultern betrete ich den Poolbereich. Dort entdecke ich Ina in einem furchtbar aussehenden Badeanzug. Das Teil ist geblümt, rundum geschlossen, hat einen furchtbaren Schnitt und sieht einfach nur gruselig aus. Ich gehe zu ihr. "Guten Morgen Ina. Geht's dir gut?"

"Guten Morgen Max. Ja, es geht mir hervorragend, bei dem schönen Wetter." Sie deutet zum Himmel. "Hast du dich eingecremt?"

"Ja, habe ich." Bei dem vielen Stoff, hatte sie auch nicht viel zu tun gehabt. "Würdest du mich kurz mal begleiten?"

"Wohin denn?" Ich hatte keine Lust auf endlose Diskussionen. Warum nur hatte ich dieses hässliche Teil nicht in ihren Klamotten gesehen und warum hatte ich nicht in Southampton daran gedacht, einen vernünftigen Bikini zu kaufen? "Kannst du bitte mal aufhören immer so viele Gegenfragen zu stellen und einfach nur mitkommen?"

"Okay." Das verwundert mich. Hatte Ina dazugelernt? Sie steht auf und steckt ihr Füße in grüne Crocs. Oh nein, geht es noch schlimmer? "Dein Handtuch kannst du liegen lassen, wir kommen gleich wieder." Ich gehe voraus und ich schaue über meine Schulter, ob mir Ina folgt. Sie hat sich ein pinkes Tuch um die Hüften gebunden, was die ganze Sache nur verschlimmert. Auf dem Gang in der Nähe der Shops, wo bei dem schönen Wetter kaum Leute unterwegs sind, nehme ich ihre Hand und lächle ihr aufmunternd zu. Ina schaut mich immer noch fragend an. Als wir den Shop für Badebekleidung erreichen, sehe ich einen umwerfenden knallroten Bikini im Schaufenster. Auch Ina schaut verdutzt zu der Puppe im knappen Stoff. Wir betreten den Laden. Ich gehe sofort zu der Verkäuferin. Diese flötet mir entgegen "Wie kann ich ihnen helfen?"

"Wir möchten den roten Bikini aus dem Schaufenster."

"Der ist aber sehr teuer?" Sehe ich aus, wie ein Typ aus einer Innenkabine, der sich so etwas nicht leisten kann? "Das soll aber nicht ihr Problem sein." antworte ich ihr in einem energischen Ton. Bei dem Aussehen von Ina kann ich verstehen, das diese Tussi davon ausgeht, das wir jahrelang auf die Kreuzfahrt gespart haben. "In Größe S müsste er wohl passen?" Ina nickt. Die Verkäuferin dackelt nach hinten und kommt mit einer kleinen Schachtel wieder. Auf dem Deckel prangt das Chanel Logo. Ina bekommt große Augen. "Wollen sie ihn probieren?" fragt die Verkäuferin Ina.

"Ja, will sie." antworte ich und dränge Ina Richtung Umkleide. Auf dem Weg dorthin nehme ich die Schachtel. Ina zieht zuerst das Höschen über den Badeanzug. Dann schlüpft sie aus den Ärmeln und zieht das Oberteil an. Inas Brüste kommen wunderbar zur Geltung. Sie strahlt ihr Spiegelbild in der Kabine an und dreht sich hin und her. Die Verkäuferin kommt näher und schaut mir neugierig über die Schulter. Ich drehe mich zu ihr um "Wir nehmen das Teil. Haben sie auch noch ein Paar passende Latschen oder Sandaletten oder so was ähnliches? Nicht so etwas was sie gerade an hat?" Und zu Ina rufe ich. "Zieh den Bikini bitte gleich an."

"Sie meinen etwas Eleganteres? Welche Größe?"

"Was Elegantes wäre toll. Größe achtunddreißig." Die Dame geht zu einem Regal mit Schuhen und Latschen. Sie kommt mit einem silbernen Paar Zehentrenner mit einem leichten Absatz zurück. Auf dem Riemchen sind kleine Steinchen eingearbeitet. Ich nicke ihr zu und nehme ihr die Latschen ab. Ina schlüpft hinein und strahlt mich an. Ina tritt aus der Kabine. Sie sieht heiß aus. "Ich geh schnell meine Karte holen. Hätten sie eine Tüte für die alten Sachen?" frage ich zu der Verkäuferin. Sie reicht mir eine und ich halte diese Ina hin. Mit der Tüte gehe ich in die Kabine und hole meine Kreditkarte. Nachdem ich eine horrende Summe für diese zwei Teile bezahlt habe, kehre ich mit Ina an den Pool zurück. Sofort drehen sie nahezu alle Männer zu Ina um. Als wir uns nebeneinander auf den Liegen niederlassen sagt Ina "Das hätte doch nicht sein müssen."

"Doch. Das musste sein. Wenn ich hier mit dir am Pool liege, dann möchte ich doch die heißeste Schnitte neben mir haben. Und Kleider machen Leute. Als wir gegangen sind hat dir niemand hinterher geschaut, aber als wir wiedergekommen sind."

"Danke. Kommst du mit ins Wasser?"

"Das war eigentlich mein Plan, als ich hergekommen bin. Konnte ja nicht ahnen, dass du so einen Lumpen an hast." Ina steht auf und springt Kopfüber in den Pool. Das Wasser spritzt mich nass. Ich ziehe mein Shirt über den Kopf und springe hinterher. Als ich Ina schnappe, quiekt sie laut auf. Sie strampelt, bis ich sie wieder loslasse. Wir schauen uns für einen Moment lang tief in die Augen und bevor die Sache zu brenzlich wird, lass ich von Ina ab und schwimme unzählige Bahnen. Als ich auf meine Liege zurückkehre, ist es schon gegen vierzehn Uhr. "Was hast du heute noch vor?" frage ich Ina. "Och, ich habe nichts geplant. Und du?"

"Bin in einer Stunde mit Stefan zum Tontaubenschießen verabredet."

"Auch schön."

"Geht es dir gut? Wegen gestern meine ich?"

"Ja, alles Bestens. Warum fragst du?"

"Ich will es einfach wissen, nicht, dass du dich später wieder beschwerst."

"Dafür gibt es keinen Grund."

Eine halbe Stunde später verlasse ich den Poolbereich und gehe mich umziehen. Beim Tontaubenschießen ist Stefan einfach nicht zu schlagen. Hinterher erzählt er mir, dass er Sportschütze ist. Nach einem gemeinsamen Drink und sinnlosem Geplänkel verabschieden wir uns. Er fragt nicht mehr weiter nach, in welchem Verhältnis ich zu Ina stehe.

Das Schiff pflügt durch die See. Ich gönne Ina eine Sexpause und sie ergreift auch nicht die

Initiative. Auf dem Weg Richtung New York wird es immer wärmer. Daher finde ich Ina zwei Tage später nackt auf dem Balkon auf einer Liege dösend. Sie hat ihre Beine leicht gespreizt, was mich schmunzeln lässt und meine Erinnerung an den Magic Wand wird geweckt. Ich hole das Teil, schalte die Vibration in eine leichte Stufe und halte das Teil direkt auf Inas Klitoris. Sie zuckt zusammen und schaut mich mit aufgerissenen Augen an. "Lust auf eine kleine Spielstunde?" Ina schaut auf den Magic Wand und nickt. Ich setze mich auf die Kante meiner Liege und lächle sie an. Dann drücke ich den Vibrationsspender wieder auf ihre Lustperle. Ina entspannt sich und sinkt tiefer in den Liegestuhl. Es dauert gar nicht lange, bis sie beginnt leicht zu stöhnen. Ich drücke ihr meinen Finger auf die Lippen, was sie verstummen lässt. Zu beobachten, wie ihre Erregung wächst, fasziniert mich. Inas Hände krallen sich an den Lehnen des Liegestuhls fest. Ich schalte die Vibration noch ein Stück höher. Ihr unterdrücktes Stöhnen geht in ein Schnaufen über. Das Schnaufen wird immer schneller und Inas Gesicht wird ganz rot. Sie bäumt sich unter ihrem Orgasmus auf, der viel zu schnell durch ihren Körper tobt. Dann schiebt sie den Magic Wand von sich und sinkt wieder in den Liegestuhl. Ihr Atem geht schnell. Viel zu schnell. Ich lege mich auf meine Liege, mache meine Augen zu und döse eine Weile, bis sich Ina wieder vollkommen beruhigt hat. Nach einiger Zeit wiederhole ich mein Vibrationsspiel bis Ina erneut zum Höhepunkt kommt. Anschließend lege ich mich wieder auf meine Liege. Nachdem Ina zum dritten Mal das Stöhnen ihres Orgasmuses unterdrückt hatte, ergreift sie meinen Arm, schaut mir in die Augen und sagt "Fick mich." Als ich mich nicht rühre fordert sie lauter "Bitte fick mich. JETZT!!!" Ihr Blick ist so flehend und ich sage "Dafür musst du dich schon selbst anstrengen." Ich lege mich auf meine Liege und verschränke meine Arme hinter dem Kopf und harre der Dinge die da kommen. Ina steht langsam von ihrer Liege auf. Die Nässe zwischen ihren Beinen ist nicht zu übersehen. Ich muss schmunzeln, weil ihr Blick so ernst und gierig zugleich ist. Sie kommt näher, beugt sich zu mir herunter und zerrt mir meine Shorts nach unten. Um ihr zu helfen, hebe ich meinen Po an. Die Hose fliegt Richtung Kabine. Ina streichelt meinen halb erigierten Schwanz, umfasst ihn und dann senken sich Inas Lippen auf meinen Kolben. Sie saugt heftig daran, so dass er schnell hart wird. Sobald er seine volle Größe erreicht hat, steigt Ina darauf. Ich gleite mühelos in sie hinein. Ina stöhnt genüsslich und verharrt einen kurzen Moment auf mir sitzend. Als sie sich leicht löst, schmatzt es laut. Dann beginnt mich Ina zu reiten. Erst sanft, dann immer heftiger. Inas Titten hüpfen dabei immer wieder auf und ab. Sie muss ihr Stöhnen schon wieder unterdrücken und auch in meinen Lenden braut sich der nahende Orgasmus zusammen. Meine Hände umfassen ihre Hüften und ich beschleunige ihre Bewegungen, bis wir gleichzeitig zum Höhepunkt kommen. Mein Saft schießt in Inas Fotze und kaum, dass wir uns etwas beruhigt haben, beginnt Ina mit einem erneuten Ritt. Allerdings brauche ich nach einem Höhepunkt etwas Zeit, so dass ich sie unterbreche und von mir herunter hebe. Ina zieht einen Flunsch. "Was ist? Ich kann nicht so schnell zweimal hintereinander."

"Aber ich bin noch so geil. Ich brauch jetzt noch was." Ich deute auf den Magic Wand. "Nimm doch den?"

"Nein, das meine ich nicht. Ich will ficken."

"Da musst du halt warten oder ich versuche es mit der Hand?"

"Wie mit der Hand?" Ich gehe zu ihr, hebe Inas Bein auf die Liege, versenke zwei Finger in ihr und ficke sie damit. Sofort kehrt ihr Stöhnen wieder. Bald sinkt ihr Kopf auf meine Schulter. Meine Finger gleiten immer schneller in Inas Lustloch bis sie ihr Stöhnen kaum noch unterdrücken kann und sie von ihrem Orgasmus überwältigt wird. Dabei spritzt sie heftig ab. "Besser?" Ina nickt, aber ich kann sehen, dass sie noch mehr vertragen könnte. Ihr ist es wahrscheinlich peinlich so geil zu sein. Aber ich denke gar nicht daran, mich weiter mit ihr zu beschäftigen, da mir nach dieser Aktion der Schweiß vom Körper rinnt. Nach einer kühlen Dusche kehre ich auf den Balkon zurück und Ina nimmt das Bad in Beschlag. Als sie zurückkehrt fragt sie "Ich bin später mit Tobias zum Billard verabredet. Hast du was dagegen?"

"Nein, mach nur. Treffen wir uns zum Abendessen?"

"Ja, ich ziehe mich vorher noch um." Ina zieht etwas von ihren eigenen Sachen an und verlässt die Kabine. Ich surfe bis zum Abendessen im Internet und suche nach freien Stellen. In Berlin finde ich eine Projektleiterstelle, die mein Interesse weckt. Bei dieser würde ich mit Studenten arbeiten können und müsste nicht immer im Labor hocken. Für das Bewerbungsfoto muss ich noch unbedingt Fotos machen lassen. Danach schaue ich bei Joyclub rein. Das Paar hatte mich bereits angeschrieben und ich schlage vor, dass wir uns nach dem Abendessen in der Sunshine Bar treffen könnten.

Ina kommt fröhlich mit roten Wangen von ihrem Treffen mit Tobias zurück. Sie schaut mir über die Schulter "Wie war es mit Tobias?"

"Nett."

"Nett ist die kleine Schwester von Scheiße."

"Nein, so meinte ich das nicht, es war wirklich ein schöner Nachmittag."

"Bist du verknallt? Du strahlst so und siehst aus wie eine Tomate?"

"Naja, er ist schon heiß."

"Ich etwa nicht?" necke ich sie. "Mit dir das ist anders. Irgendwie beginnt mein Herz zu rasen, wenn ich ihn sehe. Ich weiß doch auch nicht."

"Dann mach etwas daraus und versau es nicht."

"Wer weiß, ob überhaupt etwas daraus wird. Vielleicht hat er ja ganz konservative Ansichten."

"Hast du ihm erzählt, was ich für dich bin? Er hat doch bestimmt nachgefragt?"

"Ich habe gesagt, dass ich deine Sekretärin bin und mitfahre, weil sich deine Freundin vor kurzen von dir getrennt hat."

"Na du bist ja erfinderisch."

"Hast du ihm von deinen Swingererfahrungen erzählt?"

"Bist du verrückt? Da kann ich eine Beziehung ja sofort vergessen, wenn ich gleich mit der Tür ins Haus falle."

"Ahja, Beziehung. So weit ist es schon?" Ich schmunzle Ina an und sie schaut wieder auf den Bildschirm. "Was hast du denn da?"

"Mich hat ein Paar, noch vor der Reise angeschrieben und ich habe vorgeschlagen, dass wir uns heute Abend mal treffen. Aber nur wenn du willst."

"Zeig mal." Ich drehe den Laptop ein Stück zu Ina und sie schaut sich das Profil des Paares an. Nach einiger Zeit sagt sie "Hört sich doch alles gut an." Im nächsten Moment geht eine Mail von dem Paar ein und sie bestätigen das Treffen. "Dann zieh dir mal was Heißes an für das Abendessen."

"Bin schon weg." Ina verschwindet für eine Ewigkeit im Bad und schlüpft dann in ein kurzes, schwarzes Kleid, welches mit Swarowski Steinen bestickt ist. Dazu wählt sie passende High-Heels. Sie sieht umwerfend aus.

Beim Abendessen im gewohnten Kreis, werfen sich Ina und Tobias immer wieder Blicke zu und ich kann sehen, dass Tobias ähnlich für Ina empfindet, wie Ina für ihn. Die Gespräche über lustige Urlaubserlebnisse steigern die Stimmung in einen heiteren Modus. Zu viert gehen wir nach dem Abendessen lachend in Richtung Sunshine Bar. Ina ist immer noch lachend in ein Gespräch mit Stefan und Tobias vertieft, so dass ich zuerst durch die Tür trete. Mein Blick wird von der Dame an der Bar magisch angezogen. Ich erkenne sie anhand der Fotos. Sie ist ein wahrer Klunkerhase, da sie drei Ketten, fünf Armbänder und an jedem Finger einen Ring trägt. An ihren Ohren baumeln lange Ohrringe. Ihr Bein wippt im Takt zur leisen Musik und sie macht einen nervösen Eindruck. Ihre dunklen, lila schimmernden Haare sind zu einem strengen Dutt frisiert. Sie lächelt mich an, als ich auf sie zulaufe. "Hallo, ich bin Max. Schön euch kennenzulernen."

"Hallo Max. Uns freut es auch. Ich bin die Anne und das ist mein Mann Jann." Erst jetzt nehme ich Jann überhaupt wahr. Er hat weiße Hosen und ein oranges Poloshirt an. Auf dem Kopf hat er kaum noch Haare und sein Gesicht ziert eine große Hakennase. Wir begrüßen uns mit einer flüchtigen Umarmung. Dann betreten meine anderen drei Begleiter lachend die Bar. Ina schaut von mir zu Anne und Jann. Ich übernehme die Vorstellung und kläre das Pärchen über den derzeitigen Stand auf. Da Tobias und Stefan bisher noch nichts von dem Swingerleben erfahren hatten, erkläre ich Anne und Jann, dass wir die beiden erst auf der Kreuzfahrt kennengelernt haben, in der Hoffnung, dass sie den Wink mit dem Zaunpfahl versteht.

Wir unterhalten uns eine ganze Weile über die Kreuzfahrt. Nach einigen Drinks wechseln wir in die Disco und Anne und Ina plaudern ohne Punkt und Komma. Anne ist überhaupt nicht mein Typ. Sie hat ein ausgeprägtes Geltungsbedürfnis und muss immer im Mittelpunkt stehen. Durch ihr aufgesetztes, lautes Lachen zieht sie die Blicke der umherstehenden Herren auf sich. Jann zeigt kein besonderes Interesse an Ina, sondern streichelt immer wieder abwesend Anne, während er sich mit Tobias und Stefan unterhält. Mir kommt es fast so vor, als wäre Jann Annes Schoßhündchen. Oder er stand bei ihr so unter dem Pantoffel, dass er keine andere Frau anschauen durfte. So richtig wurde ich aus den beiden nicht schlau. Ich beteilige mich an den Gesprächen nur sporadisch und beobachte die tanzende Meute. Ich langweile mich. Ina und Anne sind schon ganz schön betrunken, als ich zum Aufbruch dränge. In der Kabine fällt Ina auf das Bett und schläft ein. Ich muss ihr Mühevoll das Kleid ausziehen.

Auf den Balkon genieße ich die Kühle der Nacht und sinniere über den Job nach. Kam ein Umzug nach Berlin für mich überhaupt in Frage? Berlin, die Stadt in der ich Jasmin verführt habe. Berlin wird dadurch immer etwas Besonderes bleiben. Ich spüre den Ruf regelrecht in meinem Inneren. Alles in mir ist in freudiger Erwartung auf meine Zukunft. Irgendwie spüre ich, dass sich alles verändert. Nach einer Stunde auf dem Balkon, lege ich mich neben Ina. Sie brabbelt irgendwas Unverständliches.

Am nächsten Tag surfe ich nach dem Frühstück im Internet und beantworte Mails von meinen Mitarbeitern. Dann gehe ich auf den Balkon, genieße die Sonne und lese einige Zeit. Ina schläft bis Mittag und wird mit einem riesigen

Kater wach. Wir bestellen uns etwas zu Essen auf die Kabine. Nach unserem Snack legt sich Ina nackt neben mich, auf die Liege in den Schatten, unter das Vordach. Ich hole ihr eine Kopfschmerztablette, die sie dankbar mit Wasser runter spült. "Saufen wie die Großen, aber vertragen wie die Kleinen."

"Ich weiß auch nicht, was mich da geritten hat. Anne verträgt aber auch wirklich viel. Sie hat das gleiche getrunken wie ich und war noch nicht mal beschwipst."

"Wahrscheinlich ist sie Alkoholikerin."

"Meinst du wirklich?"

"Man sieht es den Leuten nicht an. Du hast dich ja super mit ihr verstanden. Werdet ihr jetzt beste Freundinnen?"

"Glaub ich nicht. Anne ist sehr einnehmend. Man kann sich ihr nicht entziehen. Die quatscht einen Taub und säuft jeden unter den Tisch."

"Wie findest du Jann?"

"Es gibt hübschere. Den kannst du außerdem vergessen. Anne hat mir erzählt, dass er ihr hörig ist. Er macht alles was sie sagt. Wenn ich ihn haben will, muss ich es nur sagen. Das ist nicht mein Ding, so eine Femdomsache." Ich schaue Ina fragend an. Sie erklärt es mir von sich aus "Na Femdom, weibliche Dominanz. Sie bestimmt was er machen soll und darf. Bei manchen Paaren kriechen die Männer selbst als Ferkel oder sonst was verkleidet auf allen Vieren an einer Leine den Frauen hinterher. Manche tragen sogar Windeln. Du glaubst nicht was es da alles gibt."

"Aber das stand doch gar nicht im Profil?"

"Es gibt einige, die das nicht im Profil veröffentlichen. Meistens erkennt man solche Sachen nur aus den Vorlieben. Oder es hat sich diese Neigung erst entwickelt und das Profil wurde einfach noch nicht aktualisiert." Bei dem Gedanken fiel mir wieder ein, dass Ina meine Fotos bemängelt hatte und ich mich darum kümmern sollte. Da ich nicht mehr antworte fragt Ina "Gefällt dir denn Anne?"

"Sie ist schon rein äußerlich nicht mein Typ. Ich stehe nicht so auf Klunkerhasen, eher so auf natürliche Typen mit dem gewissen Etwas."

"Sie findet dich übrigens mega heiß und sie will dich auf der Kreuzfahrt unbedingt noch flachlegen."

"Das hat sie dir erzähl?"

"Klar hat sie. Die lässt doch nichts anbrennen. Da muss ich noch aufpassen, dass sie Tobias und Stefan nicht verführt."

"Dazu gehören immer noch zwei. Ich glaub nicht, dass ich mit ihr jemals im Bett landen werde."

"Im Bett nicht, aber vielleicht an der Reling oder im Fitnessraum oder im Kino... Es gibt unzählige Möglichkeiten auf so einem Schiff."

"Oder auf der Terrasse hast du vergessen."

"Och nein, die Terrasse gehört mir." Ina schaut mich lüstern an. Ihre Zunge leckt über ihre Lippen. Die Nippel stehen steil nach oben. "Was ist? Hast du etwa Lust auf Sex?"

"Na wenn ich schon mal angefickt bin, bin ich immer dauergeil."

"Aha, dauergeil? Warum sagst du das nicht eher." Ich beuge mich zu ihr hinüber und drehe an der harten Brustwarze. Ina saugt scharf die Luft ein. "Was willst du? Spielen oder gleich hart ficken."

"Etwas spielen wäre nicht schlecht. Könntest du noch mal den Magic Wand holen?"

"Der hat's dir wohl angetan?" Ina beißt sich auf die Lippe und nickt mich an. Ich gehe in die Kabine und hole das gewünschte Teil. Zum Glück hatte ich es nach dem letzten Mal gleich wieder aufgeladen. Ina schaut über ihre Schulter, direkt auf meine Shorts. Als ich wieder bei ihr ankomme, ergreift sie den Bund meiner Hose und zieht mir diese nach unten. Ihre zierlichen Hände greifen nach meinem Schwanz. Inas Lippen öffnen sich und ich trete ganz nah an ihre Liege heran. Gierig leckt Inas Zunge über meine Schwanzspitze, während ihre Hände sanft meine Eier massieren. Und schon im nächsten Moment steckt mein ganzer Kolben in ihrem Mund. Sie saugt und wichst ihn kräftig, während ihre kleine Zunge immer wieder über meine Eichel leckt. Es ist viel zu gut, so dass ich ihr mein bestes Stück entziehe. Noch immer den Magic Wand in der Hand beuge ich mich zu Ina und betätige das kleine Drehrädchen. Das Kribbeln in meinen Fingern bestätigt mir, dass der Spaß beginnen kann. Ich berühre Inas Nippel mit dem Kopf des Spielzeugs. Ihre Brustwarzen ziehen sich augenblicklich zusammen. Dann lasse ich das Teil nach unten wandern, über ihren Bauch bis hin zu ihrer Mitte. Ina beißt sich auf die Lippen, als ich das summende Teil auf ihre Klitoris drücke. Ich drehe das Rädchen noch ein Stück höher, so dass die Vibration noch etwas stärker wird. Ina entspannt sich und gibt sich ganz der Ekstase hin. Ihr Stöhnen ist unterdrückt und ich genieße ihre Erregtheit. Sehe, wie ihr Gesicht immer röter wird, sich ihre Hände an den Lehnen der Liege festkrallen und sie dann ihre Beine durchdrückt. Ich spüre, dass die kurz vor dem Kommen ist und regle die Vibration nach unten. Dann nehme ich das Teil immer wieder von ihrer Mitte, zögere ihren Orgasmus ins unermessliche hinaus, bis sie dann nur mit einer klitzekleinen Berührung zum Höhepunkt kommt und den Magic Wand wegschiebt. Ihr Atem geht viel zu schnell und ich lege mich entspannt auf meine Liege. Ina kennt das Spiel ja schon und wartet darauf, bis die zweite Runde beginnt. Nachdem ich sie zum dritten Mal zum Orgasmus gebracht hatte, beginnt sie wieder zu wimmern. "Bitte fick mich jetzt. Ich bin so geil."

"Ich habe aber einen anderen Plan. Zieh deinen Bikini an, wir gehen an den Pool."

"Das ist jetzt nicht dein Ernst?"

"Doch ist es." Als Bestätigung meiner Anweisung gehe ich in die Kabine und ziehe mir meine Badeshorts an. Ina hat sich immer noch nicht gerührt und schaut mir ungläubig zu.

"Los komm. Beeil dich mal ein bisschen." Wie in Zeitlupe erhebt sich Ina und kommt zu mir in die Kabine. Sie greift in meinen Schritt und massiert meinen Schwanz durch die Shorts. Dabei schaut sie mich mit einem lüsternen Schlafzimmerblick an. "Bitte, lass uns gleich hier ficken." fleht sie mich an. So viel Hartnäckigkeit sollte bestraft werden, geht es mir durch den Kopf und sofort weiß ich auch wie. "Na dann bück dich." Ina gehorcht sofort und lehnt sich über den Bettpfosten und streckt ihren Hintern heraus. "Schließe die Augen." Ich kann nicht überprüfen, ob mir Ina gehorcht, aber ich hole den Analplug und das Gleitgel. Als Ina den Plug spürt, stöhnt sie kurz auf. Durch leichten Druck ist er im Nu in Inas Arsch platziert. Als ich keine Anstalten mache, Ina mit meinem Lümmel zu beglücken, fordert sie energischer "Los fick mich jetzt."

"Nix da. Wir gehen erst an den Pool und wenn du weiter so zickig bist, schalte ich den Plug ein." Ihr Mund verzieht sich zu einem Flunsch. Ich halte ihr den Bikini vor die Nase, den sie wütend nimmt. Als sie in das Höschen schlüpft und der Stoff ihre zarte Fotze berührt, zuckt sie leicht zusammen und ihr entweicht ein leiser Zischlaut. Ich muss so darüber lachen. Ina boxt mich in die Seite. Mit unseren Handtüchern bewaffnet gehen wir zum Aufzug. Zu meinem Glück stürmen nach uns noch zwei Jugendliche in den Fahrstuhl, so dass sich Ina wieder beherrschen muss. Am Pool finden wir zwei freie Liegen nebeneinander und ich fläze mich genüsslich darauf. Ina tut es mir gleich. Als ich den Blick schweifen lasse, sehe ich Anne und Jann uns gegenüber auf den Liegen und sie haben uns schon entdeckt. Ich winke kurz hinüber. Anne wirft mir eine Kusshand zu. Auch die nächste Zeit lässt mich Anne nicht aus den Augen. Ina ist lammfromm neben mir. Dann läuft Ina auf einmal knallrot an. Als ich ihren Blick zur Poolbar folge, sehe ich, dass dort Tobias und Stefan auf den Barhockern Platz nehmen. Ina schaut schnell wieder zu mir. Ich grinse bis über beide Ohren. Ina beginnt nervös auf ihrer Liege herum zu wackeln. Auch Annes Blick huscht nun zwischen mir und den Jungs hin und her. Als sich die Gläser an der Bar immer weiter leeren, neige ich mich zu Ina hinüber "Geh doch zu den Jungs rüber und mach sie etwas heiß. Dann bist du ganz mutig und zeigst ihnen unsere Kabine. Ich komme dann nach." Mein Tonfall lässt eigentlich keine Zweifel offen. "Das ist doch nicht dein Ernst?"

"Doch, mach es, bevor sich Anne die beiden schnappt." Inas Blick zu Anne ist von blanker Wut und Eifersucht gezeichnet. Langsam steht sie auf und läuft mit schwingenden Hüften langsam um den Pool, direkt auf Tobias und Stefan zu. Dabei wirft sie Anne Blicke zu, die ich nicht deuten kann. Aber ich kann es mir lebhaft vorstellen. Das Spielchen gefällt mir. Die Jungs begrüßen Ina mit Umarmungen und bei Tobias presst sich Ina einen Moment länger an ihn, als bei Stefan. Die beiden laden Ina auf ein Getränk ein und Ina reibt immer wieder ihren Hintern an Tobias Hüfte. Dann streicht ihre Hand über Tobias Arm und die beiden schauen sich tief in die Augen. Ina flüstert Tobias etwas ins Ohr und er schaut sie irgendwie überrascht an. Tobias Hand liegt mittlerweile auf Inas Poansatz. Ich verlasse meine Liege und schleiche etwas näher an die drei heran. Dann betätige ich die Fernbedienung des Plugs und Ina schnappt nach Luft. Sie schaut sofort zu meiner Liege und sucht dann den Poolbereich ab. Als sich unsere Blicke treffen, deute ich ihr an, dass sie endlich mit den Jungs abzischen soll und halte die Fernbedienung winkend nach oben. Ina schüttelt unmerklich den Kopf. Tobias Hand auf Inas Po scheint von der Vibration nichts zu bemerken. Ob das auch noch so ist, wenn ich die Vibration höher schalte? Als ich meinen Finger provokativ auf die Taste lege, so dass es Ina sieht, drängt Ina Tobias und Stefan zum Aufbruch. Sie läuft in der Mitte und hat rechts und links die Jungs untergehakt. Ich schaue zu Anne und sehe, wie sie verdattert den Dreien hinterher schaut. Ich genehmige mir einen Drink, sammle dann unsere Handtücher zusammen und schlendere Richtung Kabine. Als ich die Tür mit meiner Karte öffne, sehe ich als erstes Stefan auf dem Balkon stehen. Er schaut in die Weite. Da ich Ina und Tobias nicht entdecken kann, gehe ich durch den Wohnbereich zu Stefan "Warum bist du hier draußen?"

"Na schau dir das doch mal an. Die knutschen da rum." Er sagt es verächtlich, als wäre er sauer. "Und, was ist daran so schlimm? Hast du keine Lust, etwas mitzuspielen?" Stefan schaut mich fragend an. "Los, komm mit." Ich gehe in das Schlafzimmer. Ina und Tobias stehen vor dem Bett. Sie streicheln und küssen sich. Bei jeder Berührung von Tobias bildet sich auf Inas Haut eine Gänsehaut. Ich kenne diese Reaktion nur zu gut von mir und Jasmin. Da haben sich zwei gefunden. Aber es stört mich kein bisschen, da ich vermute dass es wohl unser letztes gemeinsames Spielchen sein wird. Um ein wenig Stimmung in die Bude zu bringen, zeige ich Stefan die Fernbedienung und schalte die Vibration des Plugs gleich zwei Stufen höher.

Ina stöhnt dabei auf. Dann drücke ich Stefan das Teil in die Hand und laufe langsam zu Ina und Tobias. Mit flinken Fingern öffne ich Inas Bikinioberteil und zwirble ihre Warzen. Dann stöhnt Ina wieder auf und ich blicke zu Stefan, der nun lüstern zu uns hinüber schaut und auf der Fernbedienung herum drückt. Meine Lippen küssen Inas Hals, während Tobias Hände sanft Inas Nippel liebkosen. Immer wieder küssen sich die beiden, als bekommen sie nicht genug voneinander. Tobias Hände wandern weiter über Inas Haut und dann umschließen Tobias Lippen, Inas linke Brustwarze. Als er zur anderen wechselt, fährt Ina ihm in die Haare und stöhnt erneut auf. Einige Zeit später zwinge ich Ina mit sanftem Druck tiefer. Sie versteht mich und sinkt auf die Knie. Ihre Hände umfassen Tobias Shorts. Während sie zu Tobias nach oben schaut, zieht sie ihm die Hose nach unten. Tobias Hand streichelt sanft über Inas Gesicht und ich kann die Magie darin förmlich spüren. Die harte Latte von Tobias wippt Ina vor das Gesicht. Ina blickt fasziniert darauf, als hätte sie noch nie einen harten Ständer gesehen. Als ob sie jeden Millimeter in sich aufsaugen will. "Los, blas den Schwanz." fordere ich nun. Ina umfasst die Lanze, fast ehrfürchtig und zart. Tobias stöhnt bei der Berührung auf. Ich kann sehen, wie auch seine Brustwarzen hart werden. Ina wichst einige Male den Harten, bevor sie ihre

Lippen um die pralle Eichel schließt. Unter Inas Künsten stöhnt Tobias immer mehr. Ich genieße das Spielchen vor mir und auch Stefan ist nicht mehr abgeneigt, denn seine Hand hat sich seiner Mitte bereits genähert. Es dauert nicht lange, dann beugt sich Tobias zu Ina herunter. Er sagt zu meiner Überraschung "Das reicht jetzt." und umfasst Ina unter den Armen und wirft sie mit Schwung auf das Bett. Ein Wolf im Schafspelz schießt es mir durch den Kopf. Tobias legt sich ebenfalls auf das Bett und schnappt sich Ina wieder. Fast zu grob, so scheint es mir. Doch Ina beschwert sich nicht. "Setz dich auf mein Gesicht, ich will deine geile Saftfotze lecken". Auf seine Redensart stehe ich und es macht mich noch mehr an. Auch Ina gehorcht ihm sofort und begibt sich in die sechsundneunziger Stellung. Tobias umfasst Inas Hintern und zieht ihr Becken weiter nach unten. Seine Zunge pflügt durch Inas Ritze und kurz darauf beginnt Ina mit Stöhnen. Ich setze mich an das Kopfende unseres Bettes und schaue dem Treiben zu. Ina verwöhnt Tobias Schwanz ausgiebig. Die Erregung im Raum steigt immer weitere an. Stefan bedient den Analplug inzwischen gekonnt und lässt das Summen immer wieder verstummen, damit sich Inas Orgasmus hinauszögert. Irgendwann explodiert Ina unter lautem Gestöhne. Ihr Orgasmus zieht sich ewig hin. Aus dem Nachttisch hole ich die Kondomschachtel und halte Ina eins hin. "Zieh ihm das über und dann reite ihn." Ina öffnet das Tütchen mit flinken Fingern und rollt das Kondom ab. "Oh ja, ich kann es gar nicht erwarten, dass deine geile Möse meinen Ständer massiert." sagt nun Tobias unter Ina. Sie dreht sich um und im Nu ist der Lustkolben an Inas Grotte positioniert. Langsam gleitet Ina tiefer bis Tobias Lanze ganz in ihr steckt. Ina stöhnt auf. Ihre Nippel sind hart und ragen steil in die Höhe. Dann schiebt sich Ina immer fester auf den Harten und beide stöhnen um die Wette. Das muss ich mir von hinten ansehen und somit stehe ich auf und gehe um das Bett herum. Der geile Schwanz von Tobias und der Analplug in Ina machen mich bretthart. Ich siehe meine Shorts aus, entferne den Plug aus Inas Hintern und setze meinen Prügel an das geweitete Loch an. Meine Hände umfassen die Hüften vor mir und dann schiebe ich meinen Schwanz tief in Inas Hintern. Sie stöhnt erneut laut auf. "Oh, das ist geil. Es wird so eng." ruft Tobias unter Ina. Stefan schaut uns gebannt zu und wichst sich den Schwanz. "Lass ihn dir doch blasen. Ina macht das bestimmt gern." wende ich mich an Stefan. Nur zögerlich kommt er näher. Ich verpasse Ina einen Klatscher auf den Arsch. "Sag ihm, dass du seinen Schwanz blasen willst." Ina schaut zu Stefan. "Na komm schon her. Lass mich deine geile Latte lutschen." Stefan rutscht auf den Knien näher heran. Ina beugt sich ihm entgegen, nimmt Stefans Luststab in ihre Hand und im Nu schiebt er ihn zwischen Inas geschwollene Lippen. Zu dritt stoßen wir Inas Löcher. Die Erregung im Raum steigt weiter an und Ina spornt uns bei einer Pause bei Stefan an. "Fickt mich härter. Ich will eure Schwänze tief in mir." Dann bläst sie wieder Stefans Lümmel unter stöhnen weiter. Ich spüre, wie Inas Loch immer enger wird. "Pass auf ich komm gleich." ruft Stefan. Doch Ina lässt sich nicht beirren und melkt Stefans Sahnespender weiter. Unter lautem Aufstöhnen flutet Stefans Saft in Inas Fickmaul. "Schluck alles schön und leck ihn sauber." fordere ich von Ina. "Das war unfassbar geil." meldet sich Stefan zu Wort, doch dafür hat Ina gar keine Zeit, da wir unsere Schwänze immer härter in Ina treiben. Sie küsst Tobias innig, der seine Arme nun liebevoll um ihren Körper schlingt. "Das ist so geil mit Euch." ruft Ina und dann "Ja, los. Ich komme gleich." Die Enge um meinen Riemen nimmt weiter zu. Meine Erregung wächst und das Ziehen in meinen Lenden steigt voran. Tobias unter Ina stöhnt mittlerweile immer heftiger. "Ich wichs dir gleich meinen Saft in deinen Arsch." warne ich Ina vor. Sie ruft in ihrer Ekstase "Ja, wichs mich voll. Pump mir deine Sahne in den Arsch. Ich komme." antwortet sie und stöhnt unter ihrem Höhepunkt auf. Tobias ruft. "Oh Gott, du bist so geil." dann stöhnt auch er laut, bäumt sich auf und drückt Ina hart auf seinen Schwanz. Mit den nächsten zwei Stößen komme auch ich zum Höhepunkt und mein Sperma flutet in Inas Arschloch. Dann ist es still in der Kabine. Stefan sitzt an das Kopfende unseres Bettes gelehnt da. Ich gehe ins Bad duschen. Als ich in meinen Shorts zurückkehre, liegen sich Tobias und Ina eng umschlungen in den Armen. Ihre Küsse sind leidenschaftlich und sinnlich und erst beim zweiten Blick bemerke ich, dass sie sich ganz sanft bewegen und immer noch miteinander ficken. Stefan steht auf dem Balkon und schaut in die Ferne. Er trägt auch wieder seine Shorts. "Alles klar?" frage ich ihn. "Ja" antwortet er gedehnt. "Klingt aber nicht so."

"Bin etwas irritiert."

"Warum?"

"Kann das nicht so richtig einordnen, was da drin passiert ist."

"Hattest du noch nie einen Dreier mit deinem besten Kumpel?"

"Nein, so etwas hatte ich noch nie. Außerdem waren wir ja nicht drei, sondern vier." Ich muss lachen. "Da hast du wohl recht, zählen ist nicht meine Stärke. Obwohl, einer mehr oder weniger? Darauf kommt es doch nicht an." Versuche ich die Lage etwas aufzulockern. Stefan schaut mich überrascht an. "Und jetzt erklärst du mir bitte, was das hier ist. Ist Ina gekauft?"

"Nein, ist sie nicht. Das habe ich dir schon mal gesagt."

"Was ist es dann?"

"Es gibt da so ein Portal im Internet, wie eine Partnervermittlung, nur eben nicht für die Liebe, sondern für Sex. Und es gibt da Frauen, die auf Sex mit mehreren Männern stehen."

"Sie macht das freiwillig?"

"Sah es für dich so aus, als ob ich sie zwinge?" Dabei drehe ich mich um und deute auf Ina und Tobias, die gerade in der Doggystellung heftig ficken. Stefan schaut ebenfalls hin

"Eigentlich nicht. Ihr seid sozusagen Swinger?"

"Ja, so nennt man uns. Übrigens Anne und Jann sind es auch und ich glaube, sie hat auch ein Auge auf euch geworfen."

"Bei der habe ich es mir schon gedacht, so wie die dich und uns angeschmachtet hat. Ihr Typ scheint das auch noch zu dulden."

"Ist doch nicht schlimm, jeder wie er mag." Stefan lacht auf und schüttelt mit dem Kopf. "Du kennst sie sozusagen schon länger, seit aber kein Paar?"

"Nein, ich habe sie extra für die Kreuzfahrt kennengelernt."

"Wie macht man denn so etwas? Hast du einen Artikel in der Zeitung Veröffentlicht?"

"So in etwa. Nur nicht in der Zeitung, sondern im Internet, in dem Portal eben."

"Da haben doch bestimmt mehrere geantwortet. Warum ist es Ina geworden."

"Sie hat schon einige Erfahrung und weiß was sie will. Sie ist natürlich und wir haben uns von Anfang an super verstanden." Stefan schaut wieder ins Schlafzimmer, wo sich nun Tobias und Ina in den Armen liegen und sich einfach nur verträumt anschauen.

"Sie ist schon eine heiße Schnitte. Kein Wunder, dass Tobias voll auf sie abfährt."

"Ina steht auch voll auf ihn, glaub ich." Wir schauen den beiden einige Minuten zu. Die Sonne steht auch schon tief am Himmel. "Wollen wir die beiden mal allein lassen und was trinken gehen?" schlage ich vor.

"Ja, lass uns hier abhauen. Wir sollten uns noch umziehen. Wie lange brauchst du?"

"Bin in zehn Minuten fertig. Treffen wir uns in der Sunshine Bar?"

"Ja. Dann bis später." Stefan verlässt die Kabine und ich schleiche in das Schlafzimmer, hole mir ein paar Sachen zum anziehen und gehe weiter ins Bad. Eine viertel Stunde später kehre ich in die Bar ein, in der Stefan schon auf mich wartet. Nach einiger Zeit frage ich dann "Habt ihr eine gemeinsame Kabine, du und Tobias?"

"Ja, zwei Decks unter Eurer. Natürlich nicht so ein Luxus Ding wie eure."

"Wie kommt es, dass ihr zusammen auf Kreuzfahrt seid?" Stefan schnauft vor sich hin und starrt in sein Glas. "Eigentlich hatte ich die Kreuzfahrt für mich und meine Freundin gebucht. Und eigentlich wollte ich ihr zu Weihnachten einen Heiratsantrag machen und dann hier auf dem Schiff heiraten. Sie liebt diese Filme, wo diese Paare auf einem Kreuzfahrtschiff heiraten. Doch sie hat es vorgezogen mit meinen Bruder ins Bett zu hüpfen."

"Ist es etwas Ernstes? Also, zwischen deinem Bruder und deiner Freundin?"

"Nein, sie arbeiten in derselben Firma. Auf der Weihnachtsfeier waren beide angetrunken. Er hat sie nach Hause gebracht und sie hat ihn auf einen Kaffee eingeladen und dann ist es wohl passiert. Sie können sich eigentlich nicht ausstehen."

"Ziemlich viele eigentlichs. Also wo ist das Problem? Es war nur ein Fick. Sie sind nicht verliebt ineinander?"

"Nein Mann. Sie hat mich Monate lang angefleht und jetzt ist sie nur noch eine Bohnenstange und raucht zu viel. Mein Bruder liegt mir in den Ohren, ihr endlich zu verzeihen. Sie war die Liebe meines Lebens. Wir waren füreinander bestimmt." Stefan trinkt sein Glas in einem Zug leer und bestellt ein Neues. Ich überlege einige Zeit, dann muss ich meinen Senf dazu geben. "Wo ist dann dein Problem, wenn es nur Sex war? Und wenn sie das so mitnimmt, dann liebt sie dich doch auch? Warum schmeißt du dann dein Glück weg?"

"Na sie hat mich betrogen."

"Und weiter? Es hatte doch nichts zu bedeuten. Dafür schmeißt man doch nicht sein Leben weg. Es ist doch nur dein gekränkter Stolz, der dich so reagieren lässt. Du solltest ihr verzeihen."

"Das kann ich jetzt nicht mehr."

"Klar kannst du. Erst recht jetzt. Du hast genug Zeit vertrödelt oder willst du warten, bis sie einen neuen Freund hat?"

"Das könnte ich nicht ertragen."

"Man, dich soll einer verstehen. Würdest du das heute denn als fremdgehen bezeichnen?"

"Na da bin ich doch irgendwie hineingeraten."

"Du hättest aber auch gehen können. Vielleicht war es ja bei ihr ähnlich." Stefan grübelt eine ganze Weile vor sich hin. Ich gebe ihm die Zeit und dann irgendwann sagt er

"Vielleicht hast du recht."

"Klar hab ich recht. Ruf sie doch gleich mal an, jeder Tag zählt."

"Ich weiß nicht. Muss das erstmal sacken lassen und drüber schlafen."

"Apropos schlafen. Kann ich heute bei dir pennen, falls die Turteltäubchen meine Kabine blockieren?"

"Ja, klar aber ich denke eher, dass ich mich bei dir einquartieren muss."

"Schauen wir mal, wie sich das entwickelt."

Wir bleiben noch einige Zeit in der Bar und gehen dann zum Abendessen. Dort treffen wir auf Tobias und Ina. Als ich ihr in die Augen schaue läuft sie rot an und schaut beschämt weg. Den Abend verbringt sie an seiner Seite und ich freue mich für die beiden. Als Ina zur Toilette geht, laufe ich ihr hinterher. Als sie mich bemerkt, spüre ich ihre Unsicherheit "He, mach dir keine Sorgen, es ist alles in Ordnung. Du brauchst kein schlechtes Gewissen haben." Ihre Augen werden so groß, wie die eines scheuen Rehs. "Du bist nicht sauer?"

"Nein, warum denn? Du hast dich verliebt?" Ina nickt. "Wie soll es denn jetzt weitergehen?" Ina zuckt mit den Schultern. "Ich weiß es doch auch nicht."

"Ich nehme mal an, dass du denkst, dass du mir etwas schuldest, weil ich dich mit auf die Kreuzfahrt genommen habe, aber dem ist nicht so. Ich kann es voll verstehen, wenn du jetzt nicht mehr mit mir ficken willst."

"Wirklich? Es käme mir vor, als würde ich Tobi betrügen." Ich nehme Ina in den Arm. Im ersten Moment ist sie total steif, aber als sie spürt, dass es eine freundschaftliche Geste ist, erwidert sie die Umarmung. "Wo wollt ihr heute schlafen?" Frage ich Ina dann. Sie löst sich von mir. "Darüber wollte ich mit dir auch noch reden. Wenn es für dich in Ordnung ist, dann ich bei dir und Tobi bei Stefan. Wir wollen es langsam angehen lassen. Und es sind ja nur noch sechs Tage, dann muss ich eh wieder nach Hause fliegen."

"Okay, damit habe ich jetzt nicht gerechnet. Ich verspreche dir, dass ich auch brav auf meiner Seite bleiben werde."

"Das weiß ich doch. Und Max, Danke. Danke für Alles."

"Keine Ursache und jetzt geh auf die Toilette, bevor du dir ein machst." Inas Lachen ist wieder befreit. Ich laufe zurück zu Stefan und Tobias, der mich betreten anblickt "Eh, schau nicht so. Es ist alles gut. Ich rühre Ina nicht mehr an. Sie gehört dir." In seinem Gesicht kann ich sehen, wie ihm ein Stein vom Herzen fällt. "Danke."

"Keine Ursache. Das ist doch selbstverständlich." Ina kommt von der Toilette zurück und hat nur Augen für Tobias. Mal wieder wird mir bewusst, wie kostbar es ist, eine solche Liebe zu finden. Meine Gedanken driften wieder einmal zu Jasmin ab. Und wieder einmal trinke ich viel zu viel.

Am nächsten Morgen werde ich neben Ina wach und es fühlt sich irgendwie komisch an, nicht mehr über sie herfallen zu können. Aber im Prinzip hatten wir alles miteinander erlebt. Meine

Fantasien waren erst einmal befriedigt. Nach dem Frühstück verabschiedet sich Ina zum Treffen mit Tobias und ich habe endlich Zeit, mich um die Stelle in Berlin zu kümmern. Ich bereite meine Bewerbungsunterlagen auf meinem Laptop vor. Mehrmals schreibe ich alles wieder um, so dass ich fast einen ganzen Tag dafür benötige. Nur an der Stelle für das Foto, bleibt ein leerer Fleck. Ich erinnere mich dunkel daran, irgendwo auf dem Schiff einen Fotografen gesehen zu haben. Nach einiger Zeit finde ich diesen, jedoch ist der nächste freie Termin erst in acht Tagen. In acht Tagen war Ina längst wieder in Deutschland.

Die nächsten zwei Tage verbringen wir in New York und auf See Richtung Halifax. Tobias und Stefan öffnen sich immer mehr und auch ich erzähle Anekdoten aus meinem Leben, so dass wir mit der Zeit gute Freunde werden. Tobias und Ina sind fast die ganze Zeit über eng beieinander und es ist für jeden offensichtlich, wie verliebt die beiden sind. Selbst ich bin ihrer Liebe wegen ein wenig neidisch.

Wir treffen auch immer wieder auf Anne und Jann. Anne hat verstanden dass Tobias für sie unerreichbar geworden ist. Umso mehr lässt sie keine Chance bei mir und Stefan verstreichen, um uns zu Verführen. Am Anfang sind es nur kleine Berührungen. Mal ein Streicheln über den Arm oder ein Stupser hier oder da. Doch mittlerweile stellt sie sich auch eng neben mich und reibt unauffällig ihre Hüften an meiner oder beugt sich tief nach unten, damit ich in ihr Dekolletee mit dem kleinen silbernen Schlüssel schauen muss. Wofür dieser wohl ist, frage ich mich schon die ganze Zeit. Anne bemüht sich bei Stefan ebenso, jedoch ist dieser nur in Gedanken bei seiner Exfreundin Tabea, die er vor zwei Tagen angerufen hatte.

In Halifax kehren wir alle sechs in eine gemütliche Hafenbar ein. Die Stimmung auch unter den anderen Gästen ist ausgelassen. Und umso später der Abend, umso freizügiger wird die ganze Gesellschaft und im Nu tanzt die erste Hausfrau Oben ohne auf der Theke. Ina und Tobias verabschieden sich und ich bleibe mit Stefan, Anne und Jann zurück in der Bar. Zwei Stunden später und einiges an mehr Drinks, kehren auch wir auf das Schiff zurück. Im Fahrstuhl flötet Anne dann "Wart ihr schon mal nachts auf dem Deck oben? Die Aussicht ist herrlich. Man kann über die ganze Stadt blicken."

"Aber dorthin darf man doch nur Tagsüber." antworte ich ihr. "Wir haben da einen kleinen Schleichweg gefunden. Stimmt's Jann, es ist einfach nur wunderbar dort oben." Anne stupst Jann in die Seite und dieser brummt "Ja es ist schön dort in der Nacht."

"Also, kommt ihr mit hoch. Es lohnt sich wirklich." Wir stimmen Anne zu, da sie sonst sowieso keine Ruhe gibt. "Aber ich muss noch schnell in die Kabine, eine Stola holen. Dort oben ist es recht zugig. Kommt doch einfach mit." Wir laufen Anne hinterher. Bei Stefan ist es schon eher ein Torkeln. Sobald wir in der Kabine sind, verschwindet Anne mit einem "Ich geh mich mal frisch machen" im Bad. Ich schaue mich in der Kabine um. Sie besteht aus einem großen Raum mit einem großen Bett, einem geräumigen Schrank, einer Couchgarnitur mit Beistelltisch und einem kleinen Balkon. Jann fläzt sich in einen Sessel und wir stehen planlos im Raum herum. Anne braucht ewig im Bad, so dass Jann sagt. "Nehmt doch Platz. Wollt ihr etwas trinken?"

"Ein Wasser, wenn du hast." antwortet Stefan. Jann holt aus dem Schrank, der eine kleine Bar enthält ein Glas und füllt es aus einer Karaffe. Ich lehne dankend ab. Stefan setzt sich auf das Sofa. Als er das Glas leer getrunken hat, legt er seinen Kopf nach hinten auf die Lehne. Ich weiß nicht, ob er eingeschlafen ist, da er nicht reagiert, als Anne nur mit einer Büstenhebe, einem durchsichtigen Slip und halterlosen Strümpfen in den Raum zurück kommt. Ihre Nippel stehen steif nach oben. Den Schlitz ihrer Pussy kann ich genau erkennen und auch wie ihre wulstigen Schamlippen daraus hervorquellen. Ich genieße den Anblick. Mein kleiner Freund hüpft in meiner Hose. Anne lächelt mich wissend an, setzt sich jedoch neben

Stefan. Als dieser immer noch nicht reagiert, beginnt Anne mit sanften Streicheleinheiten in Stefans Schoß. Wie in Zeitlupe hebt er seinen Kopf und blickt in Annes grinsendes Gesicht. Dann starrt er auf Annes blanke Titten, bis sein Blick weiter wandert zu der streichelnden Hand in seinem Schoß. Er macht einfach gar nichts, selbst nicht, als Anne ihm die Hose öffnet und den halb erigierten Schwanz daraus hervorholt. Sie streichelt mehrmals über die nackte Haut, wichst den Ständer einige Male und beugt sich dann vornüber, um mit ihren vollen Lippen, Stefans Eichel zu umschließen. Stefan stöhnt dabei auf, was Anne dazu ermutigt, den Lümmel fester zu bearbeiten. Anne kniet sich auf das Sofa, mit dem Hinterteil Richtung Jann und wackelt mit selbigen. Jann zieht ihr den Slip aus. Stefan packt in Annes Haar und drückt sie auf seinen Schwanz, so dass sie fast würgen muss. Dies wiederholt er noch einmal, bevor er ganz von Anne ablässt und seinen Kopf wieder auf der Lehne ablegt. Jann hat sich mittlerweile unter Anne gelegt und leckt an ihrer Pussy herum. Um mehr von dem Schauspiel zu sehen, erhebe ich mich langsam. "Komm ruhig näher, dich will ich heute auch noch vernaschen." trällert mir Anne entgegen, was mir nur ein müdes Lächeln entlockt. Kaum bin ich in ihrer Reichweite, da zieht sie mich an meinem Hosenbund zu sich heran. Sie fummelt in Windeseile meine Hose auf und befreit meinen Willi aus dem Stoff. Trotz reichlich Alkohol ist er bretthart und entlockt Anne ein "Olalla, das nenn ich mal ein Prachtexemplar. Nicht so wie deiner Jann." Jann schaut noch nicht einmal hinter Anne vor, sondert bearbeitet ihre Pussy umso fester weiter. "Oh so ist es gut, mein braver Lecksklave." Anne stöhnt auf und widmet sich dann meinem Fickbolzen zu. Ihr Griff um meinen Schaft ist fest und ihre Lippen saugen meine Eichel ein, während Anne mit der anderen Hand weiter Stefans Schwanz wichst. Kurz darauf stöhnt Anne unter ihrem Höhepunkt laut auf. "Das hast du brav gemacht." Lobt sie Jann. Einem Moment später erhebt er sich, läuft zu dem Nachttischchen und kommt mit einer Packung Kondomen wieder. Er öffnet ein Tütchen, reicht Anne eins und setzt sich wieder brav in den Sessel. Sein Mund ist noch ganz mit Annes Säften beschmiert. Anne rollt das Kondom auf Stefans Schwanz ab, was mich ein wenig verwundert, da ich gehofft hatte, als erster die geile Grotte zu erkunden. Als sich Anne einfach auf Stefans Schoß setzt und den Lümmel in ihr Loch verschwinden lässt, wird er wieder munterer. Stefan schaut Anne etwas komisch an. Als sie dann aber mit dem auf und nieder beginnt, umfasst er ihre Hüften und dirigiert so ihren Rhythmus. "Oh ja, das ist geil. Du hast so einen steifen Schwanz und fickst mich so tief."

Ich wichse meinen Ständer, um ihn bei Laune zu halten. Am liebsten würde ich diesen bei Anne in den Arsch hinein schieben, doch ich glaube mich zu erinnern, dass in ihrem Profil steht, dass sie das nicht so mag. Ich probiere es trotzdem ganz vorsichtig und umkreise mit meinem Finger Annes Rosette. Erst, als nach einer Weile mein halber Finger ihr Hinterstübchen erkundet, schlägt sie dagegen, so dass ich von ihr ablasse. Ganz plötzlich umfasst Stefan Annes Arschbacken und steht mit ihr zusammen auf. Er läuft zum Bett hinüber und dreht davor Anne grob um. "Bück dich, ich will dich von hinten Ficken." *Oh, solch grobe Worte aus dem stillen Stefan*, geht es mir durch den Kopf. Ich umrunde das Bett, setze mich darauf und genieße die Emotionen in Annes Gesicht. Kaum hat sich Anne über das Bett gebeugt, schiebt Stefan seinen Harten wieder in Annes Grotte. Er schließt seine Augen und fickt wie ein Irrer. Wahrscheinlich denkt er an Tabea. Anne stöhnt heftig. "Oh ja, gibt's mir. Fick mich hart durch. Endlich mal ein richtiger Schwanz." Dann kommt Stefan mit unterdrücktem Stöhnen zum Höhepunkt. Er läuft anschließend ins Bad. Jann sitzt immer noch teilnahmslos im Sessel. Anne robbt auf mich zu. "Na, hast du auch Lust auf einen kleinen Fick?" Ihre Hand umfasst wieder meinen Schaft. Ihre Zunge leckt an meiner Eichel, wie an einem Eis. Ich taste nach ihren baumelnden Titten und zwirble ihre Nippel zwischen meinen Fingern. Jann kommt wieder näher und reicht Anne ein neues Kondom. Dieses rollt sie über meinen Lümmel ab und dreht sich auf allen Vieren zu mir um. "Komm mach es mir. Fick mich zur Ekstase ." Sie wackelt provokativ mit ihrem Hintern und ich schiebe meinen Schwanz zwischen Annes pralle Schamlippen. Sie greift zwischen ihren Beinen hindurch und steuert meinen Fickbolzen in ihre Grotte. Bis zum Anschlag ramme ich mein Glied in sie hinein. "Oh das ist gut. Dein Schwanz ist so geil. Fick mich hart durch." Annes Fleisch umschließt fest meinen Schaft und mit harten Stößen beginne ich, in das glitschige Loch vor mir zu stoßen. Anne ist ganz entzückt davon und stöhnt immer heftiger, bis ich inne halte und Anne frage. "Was ist mit deinem Mann. Darf der denn nicht mitspielen?"

"Meinst du er war brav genug."

"Na hör mal, er hat dich vorhin zum Orgasmus geleckt."

"Ja, das macht er immer gut." und an Jann gewandt sagt sie "Na komm schon her. Zieh deine Hose aus." Jann kommt tatsächlich langsam näher, zieht seine Hose herunter und ich kann sehen, dass sein gesamtes Geschlechtsteil in einem Käfig eingehaust ist. An der Seite ist ein kleines Vorhängeschloss. Anne zieht Jann noch ein Stück zu sich heran und schließt dann mit dem kleinen Schlüssel um ihren Hals den Käfig auf. "Na dann werde ich das kleine Würmchen mal auf Touren bringen." Ich beuge mich ein Stück zur Seite und kann sehen, wie Anne mit zwei Fingern Janns Schwanz wichst und wie sie dann, wie an einem Strohhalm, sein Schwänzchen bläst. Ich kann kaum glauben, was ich dort erblicke. Mir fällt der Spruch ein "Wie die Nase eines Mannes, so auch sein Johannes." Das trifft auf Jann überhaupt nicht zu, sondern entspricht genau dem Gegenteil. Als Janns Stängel steht, wendet sich Anne wieder mir zu. "Kuck nicht so. Fick mich, hart und tief." Ich gehorche und beginne mit meinen harten Stößen. Meine Latte stößt tief in Anne an und beschert ihr höchste Lust. Ihr Stöhnen wird immer lauter und intensiver und auch Janns Erregung steigert sich weiter. Ich kralle meine Hände in Annes Hüften, um noch fester zustoßen zu können. Meine Lenden klatschen an ihren prallen Arsch. Anne stöhnt wieder laut "Das ist so geil. So ein geiler Schwanz. Du fickst so tief und gut." In meinen Lenden ballt sich meine Erregung immer weiter zusammen. Jann ruft dann "Pass auf, ich komme gleich." und Anne melkt den Stängel vor sich ab. "Braver Junge." lobt Anne ihren Mann. "Und nun knie dich dicht neben uns hin und schau zu, wie schön mich Max fickt." Für den ersten Moment finde ich es komisch und ich bin etwas irritiert, da

Jann Anne gehorcht. Dann konzentriere ich mich wieder auf die eigentliche Ficksache und stoße wieder fester zu. Jann neben mir blende ich aus. Annes fast schon hysterisches Stöhnen nimmt ungeahnte Ausmaße an. Ich fürchte, dass in den benachbarten Kabinen unser Techtelmechtel nicht unbemerkt bleibt. Meine Gedanken driften immer weiter ab. Ich konzentriere mich wieder mehr auf die Fickerei, schließe meine Augen. Ich denke an Jasmin, was meine Erregung wieder an den Rand zur Explosion bringt. Als Annes Loch um meinen Schwanz enger wird und sie stöhnt "Ja, ja ich komme gleich, ich komme gleich." kann auch ich mich nicht mehr halten und komme unter Stöhnen und in Gedanken an Jasmin zum Höhepunkt. Nachdem ich mich etwas akklimatisiert habe, ziehe ich mich aus Anne zurück. Anne dreht sich um und fummelt mir das Kondom vom Glied. Gleich darauf stülpt sie es um. "Mund auf." sagt sie zu Jann. Jann gehorcht und dann lässt sie mein Sperma in Janns Mund laufen. "Na wie schmeckt das Sperma von so einem richtigen Schwanz. Schluck alles schön hinunter." Jann leckt mein ganzes Sperma auf und brummt dabei "Mmh lecker." Als Anne ihm die Reste vom Mund leckt und ihn fragt "Na, hast du genau hingesehen, wie schön mich der große Schwanz gefickt hat?" suche ich meine Sachen zusammen und ziehe mich langsam an. Janns Stängel steht schon wieder wie eine Eins. Anne schleckt nun meine Spermareste von Janns Mund und die beiden versinken in einen leidenschaftlichen Kuss. Anne wichst Janns Schwanz schon wieder. Als sich die Lippen der beiden voneinander trennen fragt Anne "Na, willst du jetzt schön mein enges Ärschlein ficken? Darauf stehst du doch so sehr und du hast es dir wirklich verdient." Anne dreht sich auf allen vieren um und hält Jann ihren Hintern hin. Dann zieht sie, mit dem Oberkörper auf dem Bett, ihre Arschbacken auseinander. "Stoß zu mein Ficksklave." Im Nu hat Jann seinen Schwanz in Annes Arsch geschoben und beginnt mit einem schnellen Rhythmus. Anne stöhnt genauso, wie bei meinen harten Stößen. Ich schaue den beiden gebannt zu. Sie sind völlig in ihrer Ekstase gefangen. Dann ruft Jann auch schon "Ich komme, ich komme, ich komme."

"Spritz schön alles in mein Arschloch rein." ruft Anne. Jann hält kurz inne und pumpt sein Sperma in Annes Hintern. Zu meiner Überraschung fickt er danach einfach weiter und erst bei seinem dritten Orgasmus, kommt auch Anne unter lautem Stöhnen. Jann zieht sein Glied aus dem Loch. Das Sperma quillt dick aus Annes Arsch und läuft in Richtung Fotze. Jann beginnt damit, das Sperma aufzulecken und ich verlasse die Kabine. Ich habe genug gesehen und habe mal wieder etwas dazugelernt, was die zwischenmenschliche Beziehung angeht.

Stefan hatte nach seinem Besuch im Bad, die Kabine fluchtartig verlassen und ich hoffe nun mal, dass er nicht wieder ein schlechtes Gewissen wegen seiner Freundin hat. Nach einer ausgiebigen Dusche in meiner Kabine laufe ich noch einmal über die Decks, in der Hoffnung auf Stefan zu treffen. Die Sunshine Bar ist mittlerweile geschlossen und so betrete ich die Disco und dränge mich durch die tanzende Menge. Stefan sitzt mit einer Flasche Bier an der Bar. Vor ihm ein leeres Whiskyglas. Der Barhocker neben ihm ist leer und so setze ich mich dazu und bestelle mir und ihm noch ein Bier. "Alles Okay bei dir?" frage ich nach. "Ich hab es schon wieder getan. Ich hab mich einfach nicht im Griff." nuschelt er. Sein Zustand hatte sich gebessert, aber dennoch war er leicht angetrunken. "So darfst du das nicht sehen."

"Ach wie denn dann? Ich wollte mit der gar nicht ficken. Die hat meine Situation einfach ausgenutzt."

"Das sah für mich aber nicht so aus, als wenn sie dich gezwungen hat."

"Hat sie ja auch nicht, denn ich war ja betrunken und habe erst richtig realisiert was passiert, als sie auf mir saß und da war ja alles schon zu spät."

"Warum hast du dann ein schlechtes Gewissen? Du bist solo, hast nix zu verlieren und es war doch nur ein Fick."

"Man, ich habe Tabea angerufen. In zwei Tagen kommt sie in Boston an, um mit mir den Rest der Kreuzfahrt zu verbringen. Ich fühle mich so elendig und habe so ein schlechtes Gewissen."

"Weswegen? Doch nicht wegen dem Fick mit Anne? Du warst betrunken und sie hatte es die ganze Zeit auf uns abgesehen. Besser jetzt, als wenn Tabea schon da wäre. Es hatte doch wieder gar nichts zu bedeuten. Wenn es dich so sehr belastet, erzähl's ihr doch oder ich rede mit ihr und erkläre ihr die Sache als neutrale Person. Sie wird es verstehen und wer weiß, vielleicht findet sie es auch interessant mal was Neues auszuprobieren."

"Ich muss es ihr auf alle Fälle sagen, sonst habe ich keine ruhige Nacht. Das mir so was auch passieren muss." Wir schweigen einige Zeit und trinken unser Bier weiter.

"Wo will Tabea eigentliche schlafen?"

"Na bei mir, Tobias reist doch zusammen mit Ina in Boston ab."

"Wollte Tobias schon von Anfang an in Boston abreisen?"

"Das macht er nur wegen Ina."

"Lass uns schlafen gehen. Morgen siehst du die Sache vielleicht schon relaxter." Es war bereits drei Uhr durch und auch die Tanzwütigen wurden immer weniger. Stefan rutscht von seinem Barhocker und läuft durch die Disco. Ich folge ihm. Wir verabschieden uns vor seiner Kabine und ich gehe weiter zu meiner. Ina liegt eingekuschelt auf ihrer Seite.

Am nächsten Tag schlafe ich bis Mittag. Als ich von meinem Bett aus auf das Meer hinausblicke, sehe ich die Küste von Amerika. Am Nachmittag werden wir Boston erreichen und schon in zweiundzwanzig Stunden wird Ina wieder nach Hause fliegen. Irgendwie entsteht bei dem Gedanken daran ein wehmütiges Gefühl in mir. Ich vertreibe meine Gedanken und springe aus dem Bett. Unter Dusche beschließe ich, für uns vier, einen letzten gemeinsamen Abend zu organisieren. Im Internet finde ich recht schnell ein angesagtes Restaurant im Prudential Tower, dem zweitgrößten Gebäude von Boston. Die Aussicht von dort oben sollte Inas Geschmack treffen. Ein Tisch ist schnell reserviert. Dann mache ich mich auf die Suche nach dem Rest unseres Grübchens. Ina und Tobias finde ich am Pool. "Na ihr Turteltäubchen, habt ihr für heute Abend schon etwas geplant?"

"Es ist unser letzter gemeinsamer Abend an Bord. Wir sind noch am Überlegen was wir machen wollen. Boston ist bestimmt auch schön." antwortet mir Ina. "Wenn ihr Lust habt, würde ich Euch gern zum Essen einladen. Es war eine bewegende Zeit hier an Bord und irgendwie sind wir ja auch Freunde geworden." Ina lächelt mich nun süß an und fragt Tobias "Was denkst du?" Dieser antwortet "Hört sich doch gut an. Aber wir würden dich gern einladen. Du hattest schon genug Unkosten wegen Ina."

"Kommt gar nicht in Frage, ich habe den Tisch schon reserviert und ich bezahle auch."

"Jungs, das könnt ihr ja dann vor Ort klären. Wo ist das Restaurant denn?"

"Das wird eine Überraschung. Wir fahren um neunzehn Uhr mit dem Taxi. Da treffen wir uns kurz vorher in der Lobby. Wisst ihr, wo ich Stefan finde?"

"Beim Tontaubenschießen. Was müssen wir anziehen?" ruft mir Ina im gehen hinterher. "Was schickes, aber es muss kein Abendkleid sein. So dass du dich wohlfühlst." rufe ich ihr zu. Mit einem letzten Winken mache ich mich auf dem Weg zu Stefan. Als ich bei ihm ankomme, beobachte ich ihn einige Zeit und stelle fest, dass er jede Scheibe trifft. Er bemerkt mich nicht und ist völlig in seinem Element versunken. Erst als seine Stunde um ist, schaut er mich verdutzt an. "Wie lange bist du schon hier?"

"Schon fünfunddreißig Tauben."

"Doch schon so lange?"

"Du solltest dich zur Weltmeisterschaft anmelden."

"Wozu? Das ist mir zu viel Stress." Das lässt mich schmunzeln. Stefan war so ein ruhiger Typ, der vermied jeglichen Stress. Deswegen frage ich "Geht's dir wieder besser?"

"Ging es mir denn schlecht?"

"Na ich meine wegen der Sache von gestern? Das mit Anne?"

"Ach das. Kann ja eh nix mehr daran ändern."

"Wirst du Tabea davon erzählen?"

"Weiß nicht. Werde ich entscheiden, wenn sie da ist."

"Wenn du Hilfe brauchst, du weißt, kannst auf mich zählen."

"Werden wir dann sehen." Immer wenn Stefan ein Thema unangenehm war, redete er so abgehakt. Daher bringe ich vor, warum ich überhaupt gekommen bin. "Ich habe einen Tisch zum Abendessen bestellt, als Abschied für Ina und Tobias. Du kommst doch bestimmt auch mit? Wir treffen uns kurz vor neunzehn Uhr unten in der Lobby."

"Kommt Anne und Jann auch mit?"

"Nein, nur wir vier."

"Dann geht's klar."

"Was hast du noch vor heute?"

"Brauch noch Zeit zum Nachdenken."

"Na dann noch viel Spaß." Es war offensichtlich, dass er allein sein wollte. Daher kehre ich auf meine Suite zurück und schaue von meinem Balkon aus zu, wie das Schiff in Boston einläuft. Schon eine Stunde vor dem Treffen mache ich mich fertig, da ich vermute, dass Ina bald das Bad blockieren wird. Als sie in die Kabine rauscht, verlasse ich meine Suite und schlendere auf den Decks entlang, um dann pünktlich in der Lobby einzutreffen.

Zu viert steigen wir in das Taxi. Stefan nimmt neben dem Fahrer Platz, während sich Ina zwischen mir und Tobias auf die Rückbank setzt. Sie kuschelt sich mit dem Rücken an Tobias und legt ein Bein über mein Knie. Wir sind uns in den wenigen Tagen, die wir miteinander verbracht haben, so unendlich vertraut geworden. Dass sich Ina und Tobias ineinander verliebt haben, das hat unsere Freundschaft nur bestärkt.

Als wir mit dem Fahrstuhl nach oben ins Restaurant fahren, ist Ina bereits ganz aufgeregt. Doch als sie dann die Aussicht von unserem Platz am Fenster bewundert, gibt sie mir einen Kuss auf die Wange und bedankt sich bei mir. "Oh, Max, das ist ein wirklich tolles Restaurant. Wie hast du das denn so schnell gefunden?"

"Eine schnelle Recherche im Internet und ein Telefonat und schon habe ich diese tollen Plätze hier ergattert."

"Na dir kann ja auch keiner eine Bitte abschlagen." neckt mich Ina.

"Wie meinst du das denn?" frage ich deswegen nach.

"Na das weißt du ganz genau."

"Was soll das denn wieder heißen? Stimmt, du konntest ja auch nicht anders, weil dich mein Charme so geblendet hat?" Ina boxt mich in die Seite. "Das warst nicht du, sondern die Aussicht auf diese wunderbare Kreuzfahrt."

"Ich fühle mich gekränkt." Ich ziehe einen Flunsch und spiele den Beleidigten. "Und ich dachte, du bist nur wegen mir hier."

"Nein, sie ist wegen mir hier. Es ist vorherbestimmt, dass wir uns gefunden haben." mischt sich nun Tobias in das Gespräch ein. "Ihr glaubt doch nicht wirklich an diesen Scheiß?" frage ich in die Runde und alle drei schauen mich verdutzt an. "Nur weil du deine ominöse Jasmin nicht findest, heißt das noch lange nicht, dass es so eine Liebe nicht gibt." Nun schaue ich verdutzt in die Runde. "Woher weißt du von Jasmin?" frage ich Ina. "Na, du redest im Schlaf ständig von ihr." Nun war ich sprachlos. "Was ist mit dieser Jasmin?" fragt nun Stefan in die Runde."

"Nix. Das geht dich nichts an." Die Kellnerin kommt zu uns an den Tisch und bringt die Speisekarten. In Gedanken bin ich jedoch bei Jasmin. Warum rede ich im Schlaf über sie? Ich habe doch damit abgeschlossen? Anscheinend sah das mein Unterbewusstsein etwas anders. Die Stimmung am Tisch ist nun gedrückt, was nicht meine Absicht war. Irgendwie hatte ein Wort das Andere ergeben. Alle einschließlich mir, verschanzen sich hinter der Karte. Als wir die Getränke und Speisen bestellt haben frage ich Stefan "Bist du schon aufgeregt, wenn du morgen Tabea wieder siehst?" Er schaut mich erstaunt an und sein Gesicht nimmt tatsächlich eine rote Farbe an. "Ehrlich gesagt habe ich davor Angst."

"Warum das denn?"

"Was ist, wenn sie mich nicht mehr will?"

"Da würde sie bestimmt nicht den langen Flug auf sich nehmen. Was hat sie denn am Telefon gesagt?"

"Nicht viel. Ich habe sie darum gebeten, nach Boston zu kommen, weil ich noch mal mit ihr reden möchte. Sie war irgendwie überrascht und sprachlos, dass ich schon den Flug organisiert hatte und dann hat sie nur gesagt, ja ich komme. Sie hat einfach aufgelegt. Ihre Flugtickets liegen am Flughafen." Stefan schaut auf seine Uhr "Sie müsste jetzt bald zum Flughafen losfahren."

"Das hört sich doch gut an. Du wirst sehen, es wird sich alles finden."

"Wann landet Tabea denn?" fragt nun Tobias. "Wenn sie keine Verspätung hat, dann gegen 11 Uhr." antwortet Stefan.

"Wir fliegen um 14 Uhr ab. Vielleicht könnten sich die Mädels in der Zwischenzeit kennen lernen?"

"Ich weiß nicht. Es wird sowieso schon komisch, sie wieder zu sehen. Glaub nicht, dass es eine Gute Idee ist."

"Aber es könnte die ganze Sache mit dem Wiedersehen auch auflockern und ihr könntet euch erst einmal vorsichtig annähern." schlage ich vor. Stefan zuckt mit den Schultern. "Kann schon sein. Dann bin ich nicht so allein, wenn ich ihr mit weichen Knien gegenüber stehe."

"Also machen wir das so und fahren morgen Früh alle gemeinsam zum Flughafen? Ich bin schon echt gespannt, wie Tabea so ist. Wäre doch toll, wenn wir vier uns prima verstehen würden, wo ihr doch so gute Freunde seid." plappert Ina wild drauf los. "Warum soll ich da eigentlich mit? Ihr könnt doch auch zu dritt zum Flughafen?" frage ich in die Runde. "Na hör mal, du bist doch an allem Schuld." wendet Tobias ein.

"Ach ja?" frage ich scheinheilig. "Dir haben wir es zu verdanken, dass ich Ina gefunden habe und Stefan hast du auch komplett umgepolt. Ich rede schon ein halbes Jahr auf ihn ein, dass er sich endlich wieder mit Tabea vertragen soll. Nur du hast es geschafft. Also kommst du auch morgen mit zum Flughafen."

"Na wenn ihr meint." Ich grinse in die Runde und freue mich über meine guten Taten.

Der restliche Abend verläuft entspannt mit lustigen Anekdoten aus unseren Kinder- und

Jugendtagen und kurz vor Mitternacht kehren wir auf das Schiff zurück. Für ihre letzte gemeinsame Nacht an Bord überlasse ich Ina und Tobias meine Kabine und quatsche dann noch die halbe Nacht mit Stefan über das bevorstehende Wiedersehen mit Tabea. Ich freue mich für die beiden, dass ein Happy End vorhersehbar ist. Nur zu meinem eigenen fehlt mir noch das Glück oder der Mut. Aber die Sache mit Tobias und Ina und wie die beiden miteinander umgehen, hat mir irgendwie die Augen geöffnet, dass es doch da draußen die eine Richtige für mich gibt. Tief in mir drin verspüre ich den Wunsch, dass es Jasmin sein muss. Mittlerweile ist es mir auch völlig egal, warum und wieso sie damals das Hotelzimmer mitten in der Nacht verlassen hat.

Am nächsten Morgen werde ich durch eine mir unbekanntes, schrilles Piepen wach. Im ersten Moment weiß ich auch gar nicht, wo ich bin. Dann kehren die Bilder in meinem Kopf zurück. "Wir müssen aufstehen und zum Frühstück. Ich will nicht zu spät kommen, wenn Tabea landet." sagt Stefan und schon ist er aus dem Bett gesprungen und im Bad verschwunden. Ich döse derweile noch etwas. Als Stefan zurück kommt husche ich ins Bad. Als ich aus diesem zurückkomme, steht Stefan immer noch ratlos vor seinem Schrank. "Ich weiß nicht was ich anziehen soll." Jammert er herum. "Dann zieh halt was an, worin du dich gut fühlst oder hast du ein Teil, was dir Tabea geschenkt hat?"

"Nicht direkt. Das hier haben wir mal gemeinsam gekauft, also Bea hat es ausgesucht. Hatte es seitdem nicht mehr an." Er hält ein weißes Hemd mit Schriftaufdruck nach oben.

"Warum hast du es dann mitgenommen?"

"Ich hänge irgendwie daran."

"Wäre doch ein gutes Zeichen, wenn du es heute anziehen würdest."

"Meinst du?"

"Wann dann, wenn nicht heute?" Stefan zieht das Teil etwas skeptisch an und wählt eine leichte dunkle Jeans dazu. Bisher hatte ich ihn immer in legeren Sachen und nie im Hemd gesehen. Beim Frühstück bemerkt selbst Ina "Mensch Stefan, du hast dich ja ganz schön in Schale geschmissen. Da wird Tabea aber Augen machen." Stefan ist es sichtlich peinlich, dass Ina ihn auf sein Outfit anspricht. Er bleibt das ganze Frühstück über eher wortkarg. Auch auf der Taxifahrt zum Flughafen redet er kaum. Als wir dann in der Ankunftshalle auf dem Flughafen stehen und gebannt zu viert auf die Tür starren, knetet Stefan seine Hände. Seine Nervosität sieht ihm jeder an und wir verkneifen uns alle jegliches Kommentar. Immer mehr Menschen kommen durch die Tür. Immer, wenn sich diese öffnet kann man auf das Rollband sehen, wo die Reisenden auf ihre Koffer warten. Schier unendlich ist der Strom der Leute, die schon ihr Gepäck in Empfang genommen haben und durch die Tür kommen. Doch von Tabea ist keine Spur zu sehen. Stefan sagt dann, als nur noch vereinzelte Personen durch die Tür schreiten "Sie ist nicht mitgekommen. Sie versetzt mich. Ich wusste es, dass ich mich hier zum Idioten mache." Er dreht sich zum gehen um und läuft die ersten Schritte, als ich ihn hinterher rufe "Jetzt warte doch erst einmal ab. Es kommen immer noch Passagiere aus der Tür. Vielleicht ist ihr Koffer der Letzte." Er bleibt stehen und ruft wütend "Red doch keinen Scheiß." Doch dann dreht er sich, schon fast mechanisch um, als spüre er eine magische Kraft. Er schaut zu dieser Frau, die mit ihrem großen Rollkoffer durch die Schiebetüren kommt. Sie ist wirklich dünn und zierlich. Ihr Gesicht sieht aus, wie von einer Puppe. Ihre schwarzen Haare trägt sie zu einem langen, geflochtenen Zopf, der ihr über die Schulter hängt. Stefans Mund steht offen und er starrt sie einfach nur an. Auch Tabea kann ihren Blick nicht von ihm abwenden. Jeder Dumme kann sehen, dass die beiden einfach nur zusammen gehören. Dann quiekt Ina laut auf "Schneewittchen bist du das?" Tabea reißt ihre Augen auf und schaut zu Ina. "Dornröschen? Ich glaub es nicht. Was machst du denn hier?" und dann fallen sich die beiden Frauen in die Arme und beginnen wild drauf loszuschnattern. Bei ihrer Erklärung, wie alles zusammenhängt, deutet Ina erst auf mich, dann auf Tobias und dann auf Stefan. Tabea folgt der Erklärung und auf ihrem Gesicht entsteht ein Lächeln. Sie nickt Ina dabei immer wieder zu und dann wird es ruhig zwischen den Frauen. Tabea schaut Stefan wieder an. Dann läuft sie, immer noch mit ihrem Koffer im Schlepptau, auf ihn zu. Es fühlt sich an, als würde die Luft knistern. Als würden tausende Engel mit Amorspfeilen auf den einen Moment warten. Stefan schluckt erst einmal und dann noch einmal, bis Tabea endlich vor ihm steht. Sie lässt den Koffer los und umarmt Stefan einfach. Ihr Gesicht vergräbt sie in seiner Schulter. Erst Sekunden später reagiert auch Stefan und drückt Tabea eng an sich. Er küsst ihre Stirn. Ihr unterdrücktes Schluchzen kann nicht nur ich hören. Tobias und Ina kommen näher und Ina streicht Tabea über den Rücken. "Jetzt wird doch alles wieder gut." sagt Ina. Tabea löst sich und schaut Stefan in die Augen. "Wird es das? Wird jetzt alles wieder gut?" fragt sie schüchtern und Stefan nickt und sagt "Ja das wird es." Ganz zaghaft küssen sich die beiden, als könnte an dem jeweils anderen etwas kaputt gehen oder sich einer in Luft auflösen. Dann nimmt Stefan den Rollkoffer von Tabea in die eine Hand und mit der anderen hält er ihre Hand so, dass sich ihre Unterarme berühren. Er küsst einfach Tabeas Hand und strahlt sie an.

Wir gehen alle gemeinsam in ein gemütliches Café und ich erfahre, dass Ina und Tabea in der Grundschule beste Freundinnen waren und gemeinsam in einer Theatergruppe gespielt haben, daher auch die seltsamen Spitznamen. Sie haben sich aus den Augen verloren, weil Tabea nach der Grundschule mit ihren Eltern nach Hamburg gezogen ist. So klein ist die Welt manchmal. Das Thema, in welcher Konstellation ich mit Ina an der Kreuzfahrt teilgenommen habe, umschiffen wir alle gekonnt.

Als wir dann Ina und Tobias verabschiedet haben, kehren wir auf das Schiff zurück. Ich lasse Stefan und Tabea ihren Freiraum und ziehe mich auf meine Kabine zurück. Erst beim Abendessen sehe ich die beiden wieder. Wie sie miteinander umgehen fasziniert mich. Ihre Berührungen untereinander sind ganz zart und unschuldig. Sie halten sich die ganze Zeit über an der Hand, als könnte der jeweils andere wieder gehen. Dann spricht mich Tabea an "Ich möchte mich bei dir aufrichtig bedanken, dass du Stefan dazu gebracht hast, sich mit mir zu versöhnen. Wie hast du das bloß geschafft?"

"Genau das, sollte dir Stefan selbst erzählen." Sie schaut nun Stefan wieder an, der knallrot anläuft. "Das erzähle ich dir nach dem Abendessen bei einem Spaziergang an Deck." stammelt er. Genau in diesem Moment kommt Anne und Jann an unseren Tisch und begrüßt uns freudestrahlend "Guten Abend. Wo sind denn die anderen Zwei?"

"Abgereist" antworte ich knapp.

"Und wer ist diese reizende Dame?" fragt Anne.

"Darf ich vorstellen, das ist meine Freundin Tabea. Tabea, das sind Anne und Jann. Wir haben uns während der Kreuzfahrt kennengelernt." übernimmt Stefan die Vorstellung. Dabei kommt er schon ziemlich nervös herüber. Tabea reicht Anne und Jann die Hand. "Nett dich kennenzulernen. Vielleicht können wir ja nach dem Dinner ein wenig plauschen? Ich hätte da ein paar heiße Anekdoten zum bisherigen Verlauf der Kreuzfahrt zu berichten." petzt Anne und zwinkert Stefan dabei zu, der knallrot anläuft. "Anne es reicht." gehe ich dazwischen. "Bitte geh an deinen Tisch, wir möchten unser Abendessen ungestört genießen." Beleidigt zieht sie von dannen. Tabea schaut nun Stefan mit panischem Blick an. "Es hat nichts zu bedeuten. Sie will nur immer im Mittelpunkt stehen und sie bekommt fast immer ihren Willen." versuche ich Tabea zu beruhigen. Stefan ist kreidebleich geworden. "Was hat das alles zu bedeuten?" fragt nun Tabea nach. "Genau das will ich dir eben nach dem Essen erklären." versucht Stefan die Situation zu retten. "Sag mir jetzt nicht, dass du mit der was hattest?" fragt Tabea hysterisch. Irgendwie haben Frauen wohl für solche Sachen ein Gespür. Stefan reagiert gar nicht und stiert nur auf die Mitte des Tisches. "Stefan, bitte sag, dass da nix war." fleht Tabea. Als Stefan immer noch nicht reagiert, steht Tabea auf und rennt aus dem Saal. Unsere kleine Auseinandersetzung ist auch Anne nicht entgangen, die nun süffisant lächelt. Ich zeige ihr den Stinkefinger. "Ich kläre das." sage ich zu Stefan und laufe Tabea hinterher. Irgendwie fühle ich mich schuldig, da ich Stefan da mit hineingezogen habe. Aber andererseits wäre es nicht dazu gekommen, dass Tabea nun hier ist. Vom Saal aus gibt es vier verschiedene Möglichkeiten, wohin Tabea gelaufen sein kann. Da sie sich noch nicht so gut auskennt auf dem Schiff, entscheide ich mich für das Deck. Ich renne nach rechts, Richtung Heck. Die Bohlen sind nass, da es angefangen hat zu regnen. Am Ende ist sie jedoch nicht. Also laufe ich nach vorn zum Bug. Schon von weitem sehe ich Tabea auf dem nassen Deck sitzen. Anscheinend ist sie ausgerutscht. Sie weint bitterlich mit dem Kopf auf den Knien. Ich hebe sie einfach auf. Sie fühlt sich federleicht an und nimmt mich gar nicht richtig wahr. Ich laufe mit ihr zum Fahrstuhl. Die anderen Reisenden schauen uns komisch an. Es ist mir jedoch egal. Endlich auf der Etage meiner Kabine, beruhigt sich Tabea ein wenig. Als ich die Tür zu meiner Kabine öffne und Tabea auf die Couch setze, schaut sie mich mit ihren viel zu großen Kulleraugen fragend an. Ich hole an der Minibar ein großes Glas Wasser und reiche es ihr. Sie trinkt gierig in großen Schlucken. "Geht es wieder?" frage ich. Tabea nickt. "Möchtest du es von Stefan hören oder soll ich es dir erzählen?"

"Hatte er wirklich mit DER was?"

"Um das zu beurteilen solltest du erst einmal zuhören. Also, wer soll es dir erzählen?"

"Mach du das. Du bist da sicher die neutralere Person."

"So würde ich das nicht gerade sagen, da ich an dem ganzen Schlamassel nicht unbeteiligt bin. Übrigens wollte dir Stefan alles erzählen. Wenn ich das jetzt tue, lass mich bitte erst ausreden." Tabea nickt wieder und ich erzähle ihr alles. Angefangen davon, wie ich Ina kennen gelernt habe, über unser Zusammentreffen mit Tobias und Stefan und unsere kleinen Orgie. Dann erzähle ich ihr von Stefans Gewissensbissen und dass er mir von ihr erzählt hat. Dass hatte dann dazu geführt, dass ich Stefan dazu gedrängt habe, sie anzurufen, da das auf der Weihnachtsfeier rein gar nichts zu bedeuten hatte. Tabea stimmt mir zu und somit komme ich zu dem Abend mit Anne und Jann. Als ich meine Erzählung beende sagt Tabea nur "Na wenigstens hat er ein Kondom benutzt. Wer weiß was die Schlampe alles mit sich rumschleppt." Da müssen wir beide lachen.

"Solange das deine einzige Sorge ist." merke ich an. "Was soll ich auch machen. Er hat das Gleiche getan, wie ich. Ich kann ihn doch nicht für etwas verurteilen, was mir selbst passiert ist. Es hatte doch rein gar nichts zu bedeuten. Daher hab ich auch nicht verstanden, warum er damals gleich alles beendet hat. Er muss doch wissen, dass wir ohne einander nicht können."

"Ja, das hat er erst hier begriffen und glaub mir, er hat es sich nicht leicht gemacht."

"Ich weiß ja, dass er ein Sturkopf ist und ich liebe ihn trotzdem so sehr." Da klopft es an der Kabinentür. "Wenn man vom Teufel spricht." scherzt Tabea. "Soll ich ihn rein lassen?"

"Ja, mach." Also öffne ich die Tür. "Ist sie bei dir?" fragt Stefan völlig fertig. Ich nickte "Ich habe ihr alles erzählt."

"Was hat sie gesagt?"

"Frag sie doch selbst." Dann öffne ich die Tür weiter. Stefan geht auf Tabea zu und bleibt vor ihr stehen. Ich schließe die Tür. "Es tut mir so leid. Ich wollte das nicht. Ich bin da irgendwie hineingeraten." plappert er drauf los. "Das weiß ich doch. Außerdem waren wir getrennt, da kannst du doch machen was du willst. Es hat alles nichts zu bedeuten. Es ist nur wichtig das wir wieder zusammen sind." beruhigt Tabea ihn. Wahrscheinlich hatte er eine Standpauke erwartet, aber nicht diese Reaktion. Dann fallen sich beide in die Arme und versinken in einen unendlichen Kuss. Erst als ich mich räuspere trennen sie sich wieder. "Oh, es tut uns leid. Wir haben uns vergessen." sagt Tabea. "Ist doch nicht schlimm. Ich wollte nur sicher gehen, dass ihr noch wisst, wo ihr seid."

"Warum? Hast du Angst, dass wir in deiner Kabine übereinander herfallen? Dich sollte das doch am allerwenigsten stören." antwortet Tabea scherzhaft. Stefan schaut sie überrascht an. "Tabea, wie redest du denn?"

"Was denn? Ist doch aber wahr. Für ihn wäre es doch nichts Neues und wer weiß, vielleicht kommen wir auch mal auf den Geschmack." Stefan geht darauf überhaupt nicht ein sondern blickt schon zur Tür. "Lass uns gehen. Max will bestimmt seine Ruhe haben, es ist schon spät."

"Jetzt, wo es gerade interessant wird, könnt ihr auch gerne bleiben." schlage ich eher scherzhaft vor. Natürlich weiß ich, dass es sowieso nicht in Frage kommt.

"Nix da, komm Bea, wir gehen jetzt." Er zieht Tabea zur Tür und sie geht ihm lachend hinterher. "Schlaft schön und treibt's nicht so laut." Stefan läuft wieder rot an. Tabea dreht sich an der Tür noch einmal zu mir um. "Danke Max, dass du mir meinen Tiger wiedergebracht hast."

"Keine Ursache. Ich bin derzeit wohl Amor höchstpersönlich." Tabea lacht wieder laut. "Schlaf schön."

"Ihr auch." Ich schaue Stefan und Tabea noch den Flur entlang hinterher und Tabea winkt mir noch einmal zu, bevor sie hinter der nächsten Ecke verschwinden. Dann trinke ich noch einen Scotch aus der Minibar und genieße den Ausblick auf meinen Balkon entlang der Ostküste. Tobias und Ina sitzen im Flugzeug. Stefan und Tabea fallen sicherlich übereinander her und ich? Ja was ist mit mir? Ich höre in mich hinein und spüre, dass ich gerade einfach nur glücklich bin. Zwar allein aber dennoch glücklich.

In den nächsten Tagen gehen mir Anne und Jann aus dem Weg. Stefan und Tabea sehe ich nur zum Abendessen. Ich genieße die Ruhe in meiner Kabine und probiere die einen oder anderen Angebote aus. Am siebzehnten Kreuzfahrttag gehen viele Passagiere von Bord, um noch einmal New York zu besichtigen. Daher rufe ich meinen Bruder an und erfahre, dass ich erneut Onkel geworden bin. Dass er seine Tochter Jasmin genannt hat, schockiert mich regelrecht. Irgendwie fühle ich mich verraten. Aber Emil und Jasmin klingt wirklich gut und das mit der Taufe bekomme ich auch schon irgendwie hin. Nun wird mich der Name meiner Nichte immer an diese Frau erinnern. Vielleicht gibt es ja doch noch Hoffnung für uns. Aber warum war Lucas zum Ende des Gespräches auf einmal so schweigsam und hatte so komisch reagiert? Dem musste ich noch einmal nachgehen. Auf den Schock mit dem Namen, hatte ich ganz vergessen Lucas von meiner Bewerbung zu berichten. Allerdings hatte dies auch noch Zeit, wenn die Sache ernster wurde.

Am Nachmittag komme ich viel zu früh beim Fotografen an und trete in das Studio ein. Der Fotograf begrüßt mich mit Handschlag "Ah, Herr Schneider, schön, dass sie schon da sind. Die nächsten zwei Passagiere haben ihren Termin verschoben. Wenn Sie möchten, kann ich mir genügend Zeit für sie nehmen."

"Ja, von mir aus."

"Was haben sie sich denn vorgestellt?"

"Ich benötige Bewerbungsfotos, hätte aber auch Interesse an Fotos auf dem Schiff und vielleicht etwas freizügiger."

"Nackt?"

"Da bin ich mir noch nicht sicher."

"Okay, dann fangen wir mit den Bewerbungsfotos an." Diese sind schnell im Kasten. Anschließend gehen wir an Deck. Dort machen wir Fotos an der Reling. Der Fotograf ermutigt mich, mein Hemd zu öffnen. Dieses flattert an der Reling im Wind. Und auch sonst gibt er mir Tipps, wie ich mich richtig in Szene setzen kann. Ein Stunde später kehren wir ins Studio zurück. Dort entblättre ich mich immer mehr, bis ich tatsächlich nackt bin. Der Fotograf macht Fotos in verschiedenen Posen, wobei ich im dunklen stehe und nur von einem Spot angeleuchtet werde. Er besprüht meinen Körper mit Wasser, so dass die Wasserperlen auf meinen Körper glitzern. Er blüht regelrecht auf und ich habe das Gefühl, dass er sich endlich mal verwirklichen kann. Anschließend machen wir einen Termin in dem er mir die besten Resultate präsentieren wird.

Zwei Tage später finde ich mich wieder beim Fotografen ein und bin äußerst überrascht über die Fotos. Ich stelle eine große Auswahl zusammen und bitte den Fotografen noch bei einigen Fotos mein Tattoo zu retuschieren. Er übergibt mir einen USB-Stick mit meinen Fotos und bezahle ihn großzügig. Wann macht man denn je wieder solche Fotos von sich selbst?

Zurück auf meiner Kabine füge ich das Passbild in meine Bewerbungsunterlagen ein und sende diese per Mail ab. Anschließend lade ich die retuschierten Fotos, auf denen man mein Gesicht nicht erkenne kann, bei Joyclub hoch. Es dauert gar nicht lange, da bekomme ich dafür die ersten Komplimente, auf die ich jedoch nicht weiter eingehe.

Als das Schiff fünf Tage später in Hamburg einläuft, fühle ich mich befreit, erholt und für neue Aufgaben bereit. Die Verabschiedung von Tabea und Stefan ist herzlich und wir beschließen in Kontakt zu bleiben.

5. Kapitel - Jasmin

Nach der heißen Nacht im Swingerclub in Hamburg, bei der ich Alex und Felix kennen gelernt habe, kehre ich am nächsten Tag gegen Mittag zurück nach Hannover. Meine Wohnung kommt mir auf einmal so leer vor. Mein ganzes Leben ist leer. So schön wie die Nacht mit Alex und Felix verlaufen ist, so einsam fühle ich mich jetzt. Unweigerlich muss ich an Max denken. Was er jetzt wohl macht? Ob er bereits eine Freundin hat? Und ob er noch an mich denkt, so wie ich an ihn?

Mittlerweile weiß ich, dass man Empfindungen nicht mit Anderen übertünchen kann. Dass alles, was ich nach Max erlebt habe, nur Sex war. Mit Max waren beim Sex die Empfindungen hinzugekommen. Das Kribbeln auf meiner Haut, die Gänsehaut von Kopf bis Fuß und das Herzrasen. All das gab es nur mit Max. Vielleicht sollte ich wirklich noch einmal nach ihm suchen.

Ich fahre meinen Laptop hoch und suche nach ihm. Ich scrolle mich wahllos durch die Bilder, die mir Google anbietet und finde ein Bild von einem Herrn im Anzug, der Max ziemlich ähnlich sieht. Als ich darauf klicke, gelange ich zu einem Steuerberater. Als ich den Namen lese, schießt mein Puls in die Höhe. Lucas Schneider ist anscheinend Max Bruder. Aber was bringt mir das? Ich kann ihn doch nicht einfach anrufen und fragen, ob er einen Bruder mit Namen Max hat. Oder am besten gleich noch nach der Telefonnummer? Peinlicher ging es nun wirklich nicht. Und den Namen Schneider gab es nun wirklich wie Sand am Meer. Ich durchsuche die Webseite des Steuerberaters und sauge den Lebenslauf von Lucas ein. Er muss einige Jahre älter sein, als Max, da er verheiratet ist und ein Kind hat. Aber solange ich scrolle, suche und mir die Augen eckig lese, erfahre ich doch nicht mehr über Max. Frustriert klappe ich den Laptop zu. Ich muss mir diesen Typen aus dem Kopf schlagen. Es gibt bestimmt noch einen anderen Mann, der ein solches Empfindungsfeuerwerk in mir auslöst. Ich muss ihn einfach nur finden. Wie, das lässt das größte Fragezeichen in meinem Kopf entstehen.

Nach zwei Tagen grübeln komme ich zu der Erkenntnis, dass ich ja mal ein Date bei Joyclub, mit einem unbestimmten Termin, erstellen könnte. Frau sucht Mann für Flirt, Beziehung & Partnerschaft: *Suchst Du auch das Kribbeln auf der Haut von Kopf bis Fuß. Herzklopfen und Geborgenheit. Bist Du es auch leid, dass Deine Wohnung ohne Wärme ist und dass Du immer allein zu Hause sitzt? Fühlst Du Dich genauso wie ich? Eine Mail bringt uns vielleicht zusammen….* Mit etwas Glück meldet sich vielleicht so gar Max?

Ich beschließe für zwei Tage mein Postfach nicht zu öffnen, auch wenn mich meine Neugier schier zur Weißglut bringt.

Nach diesen zwei Tagen logge ich mich bei Joyclub ein und in meinem Postfach habe ich gerade Mal fünf Mails. Ich hatte mindestens zehn erwartet. Anscheinend gibt es nur wenige Typen, die etwas mehr wollen als nur Sex. Keine einzige Antwort spricht mich von der Wortwahl an. Ich schaue mir die dazugehörigen Profile an und dabei stelle ich fest, dass keiner der Männer ein klitzekleines Kribbeln in mir auslöst. Bei Max hat schon der erste Blickkontakt ausgereicht. Aber sicherlich lag das auch am Überraschungseffekt, weil ich einfach nicht damit gerechnet hatte. Und vor mir, das sind ja nur Fotos.

Frustriert klappe ich meinen Laptop zu und verfalle in eine seltsame Melancholie. In den nächsten Tagen geht diese auch nicht mehr weg und ich sinke in eine Art Depression.

Im Labor funktioniere ich mehr schlecht als recht, was auch meinem Chef auffällt, da mir hin und wieder Fehler passieren. Nach zwei Wochen spricht er mich an und fragt, ob ich nicht Mal Urlaub machen möchte. Im ersten Moment bekomme ich Panik. Ich befürchte, dass ich abgeschoben werden könnte, aber nachdem ich mich mit dem Gedanken angefreundet habe, spüre ich erst richtig, wie fertig ich eigentlich bin. Es fühlt sich an, als hätte mein ganzer Körper Muskelkater und mein Kopf dröhnt wie verrückt. Somit entscheide ich mich für den Urlaub.

Am nächsten Tag gegen Mittag steige ich in mein Auto und fahre nach Hause. Dort packe ich paar Sachen zusammen, um bei meinen Eltern etwas Abstand zu bekommen. Diese wohnen in einem kleinen Dorf dreißig Kilometer vor Wolfsburg. Dort kann ich bestimmt etwas abschalten und den Kopf freibekommen. An meinen letzten Besuch kann ich mich kaum noch erinnern. Meine Mutter ist bei meinem Anruf völlig aus dem Häuschen geraten. Ich wuchte mein Gepäck in den Kofferraum und setzte mich hinter das Lenkrad. Innerhalb kürzester Zeit befahre ich die Autobahn. Der Verkehr ist dicht und ich muss mich zwingend auf die Straße konzentrieren. Mein Kopf dröhnt immer noch. Das liegt bestimmt auch daran, dass ich die letzte Zeit schlecht geschlafen habe und wenn ich schlafe, dann träume ich wirres Zeug von Max, Alex, Felix und meinem Exfreund.

Gedankenverloren tätige ich den Blinker, um einen LKW zu überholen. Anschließend höre ich einen lauten Knall. Mein Körper wird in den Sitz gedrückt und mein Auto schert im Heck aus und wird in die Leitplanke gedrückt. Der Seitenairbag fängt den Aufprall ab. Mein Auto bleibt quer zur Fahrbahn stehen. Ich sehe, wie ein anderes Auto mit quietschenden Rädern auf mich zukommt. Ich fühle mich wie gelähmt, kann nichts tun und spüre die schlimmste Angst die ich je hatte. Das Auto schlägt in meins ein und ich verliere das Bewusstsein.

Ich werde mit noch stärkeren Kopfschmerzen in einem Krankenhausbett wach. An meinem Arm befindet sich eine Flexüle. Durch den Tropf fließt stetig Flüssigkeit in meinen Arm. Ich kann mich kaum erinnern, doch dann tauchen die Bilder wieder düster in meinem Kopf auf. All das fehlt mir noch zu meinem "Glück". Beschissener kann mein Leben nicht mehr verlaufen. Ich höre, wie sich meine Zimmertür öffnet. Ich linse ein wenig zwischen meinen Lidern hervor und sehe meine Eltern eintreten. Sie sind ganz leise. Meine Mutter weint. Ich schaue sie an und sie beginnt zu reden "Mensch Kindchen, was machst du denn nur?" Na das würde ich auch selbst gern wissen. Als ich versuche zu sprechen, kommt kein einziges Wort über meine Lippen. Meine Mutter reicht mir ein Glas Wasser. Ich trinke gierig daraus. "Was ist passiert?" frage ich. "Du hattest einen Unfall. Kannst du dich erinnern?" Meine Gedanken nehmen quälend langsam ihren Lauf. Nur schemenhaft kann ich mich erinnern und sofort habe ich wieder das, auf mich zu rasende, Auto vor Augen und spürte wieder diese Angst. Mein Puls beginnt zu rasen und meine Hände zittern. Der Kasten neben mir beginnt zu piepen. Eine Schwester stürmt ins Zimmer und drückt an dem Kasten herum. Mein Atem geht viel zu schnell und ich bekomme keine Luft. Sie fummelt an meiner Flexüle herum und mein Puls beruhigt sich sofort. Ich höre dumpf wie sie sagt "Ihre Tochter braucht jetzt Ruhe. Am besten sie kommen morgen wieder. Sie schläft gleich wieder."

Als ich das nächste Mal wach werde, ist das Zimmer nur von einem Nachtlicht beleuchtet. Meine Kopfschmerzen sind nur noch leicht vorhanden und auch sonst fühle ich mich gut. An meiner Hand ist die Flexüle abgeklebt. Der Tropf ist verschwunden. Ich schaue unter meine Decke. Meine Arme stecken in einem Krankenhaushemdchen. Ich taste meinen Körper ab und kann außer einigen schmerzenden Stellen keine Verletzungen feststellen. Auch meine Füße kann ich bewegen. Ob ich allein aufstehen darf? Vorsichtshalber drücke ich auf den roten Knopf an meinem Bett. Kurz darauf erscheint eine Krankenschwester in meinem Zimmer und schaut mich an. "Darf ich auf Toilette gehen?" Sie nickt und kommt zu mir. Ich richte mich auf und schwinge meine Beine aus dem Bett. Mir wird kurz schwarz vor Augen. Die Schwester stützt mich und erklärt mir mit einer Handbewegung langsam zu machen. Ich checke, dass sie taubstumm ist. Nach einer kurzen Zeit rutsche ich vom Bett und die Schwester hält mich am Arm. Meine Beine fühlen sich wackelig an. Nach ein paar Schritten werde ich sicherer und erreiche die Badtür. Als ich auf dem Klo sitze, bemerke ich erst, wie dringend ich eigentlich muss und es ist eine Erlösung. Zurück im Zimmer wartet die Schwester auf mich. Ich krieche wieder in mein Bett und sie verlässt mein Zimmer. Wie lange ich hier wohl schon liege und wie spät ist es eigentlich? Noch einmal denke ich an den Unfall zurück. Dieses Mal bekomme ich nicht so eine Panik. Anscheinend habe ich die Sache schon etwas verarbeitet. Schlussendlich kann ich nichts mehr daran ändern. Mein Körper fühlt sich dennoch schlapp an. Ich schlafe ganz ohne meine Augenmaske ein.

Durch das Füßegetrappel von mehreren Personen in meinem Zimmer werde ich wach. Ich schaue an mein Fußende des Bettes und sehe dort eine Schar weißer Kittel. Sieben Augenpaare schauen mich an. Ein Arzt hält eine Akte aufgeschlagen vor sich und liest darin. Er begrüßt mich "Guten Morgen Frau Dr. Ay. Ich bin Dr. Söden. Sie sind hier im Klinikum Wolfsburg. Können sie sich erinnern?"

"Ja, ich hatte einen Unfall. Allerdings konnte ich keine nennenswerten Verletzungen an mir feststellen."

"Das ist richtig. Sie hatten eine schwere Gehirnerschütterung und mehrere Prellungen erlitten. Sagen wir mal so, ihr Schutzengel hat ganze Arbeit geleistet."

"Wie lange ist der Unfall her?"

"Drei Tage. Wenn alles gut verläuft und die Abschlussuntersuchungen durch sind, werden wir sie morgen entlassen. Eine Schwester oder ihre Familie sollte heute Nachmittag mit ihnen in den Hof gehen und wenn das klappt sollte einer Entlassung nichts im Wege stehen. Wünschen sie eine psychologische Betreuung?"

"Ich denke nicht."

"Gut. Dann wünsche ich ihnen gute Besserung."

"Danke." Die Meute verlässt mein Einzelzimmer wieder und ich bleibe allein in meinem Krankenhausbett zurück. Ich langweile mich. Auf meinem Beistelltisch steht ein Strauß roter Rosen und für einen Moment schießt mir ein, dass er von Max sein könnte. Zum Glück hänge ich nicht mehr an der Überwachung, denn mein Puls macht bei dem Gedanken wieder diesen kleinen Satz, wie immer wenn ich an ihn denke. Vorsichtig stehe ich auf und gehe zum Schrank. Meine Mutter hatte mir ein paar Sachen gebracht und ich ziehe diesen öden Krankenhauskittel aus. Anschließend schlüpfe ich in bequeme Unterwäsche, eine Jogginghose und meinen Lieblingskuschelpullover. Ich schaue aus dem Fenster in einen grünen Innenhof. Eine Krankenschwester betritt das Zimmer und bringt mir mein Frühstück. "Guten Morgen. Na da ist ja jemand wieder unter den Lebenden. Hier ist ihr Frühstück." Sie stellt es auf dem kleinen Tischchen neben meinem Fenster ab. "Guten Morgen. Danke."

"Möchten sie lieber Kaffee oder Tee?"

"Kaffee wäre super, wenn sie auch etwas Milch dazu haben."

"Kommt sofort. Erwarten sie nicht zu viel." Sie schenkt mir die braune Flüssigkeit ein, legt zwei kleine Kaffeesahneschälchen dazu und verlässt mein Zimmer wieder. Ich setze mich an den Tisch. Der Kaffee schmeckt wirklich abscheulich, aber er belebt meine Sinne. Mein Magen knurrt sofort und ich verputze alles, bis auf den letzten Krümel.

Die Abschlussuntersuchung gegen Mittag zeigt keine Komplikationen und ich freue mich auf die frische Luft am Nachmittag. Meine Mutter kommt pünktlich zur Besuchszeit und schließt mich unter Tränen in die Arme. Ich muss ihr mehrmals versichern, dass es mir wieder gut geht. Langsam, weil mir meine Rippenprellung noch ziemlich weh tut, laufen wir in den Hof. Ich atme die schwüle Luft ein und beginne augenblicklich in meinem Pullover zu schwitzen. Es ist mir egal. Wir setzen uns auf eine Bank im Schatten. Meine Mutter erzählt mir alles über den Unfall. Mein Auto hat einen Totalschaden und mir wird eine Teilschuld zugesprochen, da ich versäumt hatte, vor dem Überholen in den Rückspiegel zu schauen. Das ist jetzt auch egal, da den anderen Unfallteilnehmern nichts Ernstes passiert ist.

Ich lass mich von meiner Mutter berieseln und betüddeln und höre schon gar nicht mehr richtig hin. Sie geht in die Cafeteria, um uns ein Eis zu besorgen. Ich lege meinen Kopf auf der Rückenlehne der Parkbank ab und blinzle durch die Blätter des Ahornbaumes über mir. Die Vögel zwitschern und die Bienen summen. Ein Krankenwagen kommt mit Martinshorn näher. Dann höre ich entfernt ein Telefon klingeln und es kommt immer näher. Dann nimmt ein Mann das Gespräch an "Hallo Max, na wie läuft es? Bist du schon seekrank?" Bei Erwähnung des Namens "Max" schießt mein Puls automatisch in die Höhe. Ich hebe meinen Kopf und blinzle. Ein Stück weiter setzt sich ein Mann auf eine andere Bank. Ich kann ihn nicht richtig erkennen, weil mich die Sonne blendet. Er lacht und besagter Max, am anderen Ende, scheint viel zu erzählen zu haben. Als er wieder zu Wort kommt, sagt er "Übrigens, letzte Nacht bist du Onkel geworden. Wir haben eine kleine Jasmin bekommen." Es vergeht ein kurzer Moment und dann spricht der Mann weiter. Er scheint mich, überhaupt nicht wahr zu nehmen. "Ganz einfach, mir hat der Name gut gefallen, als du mir von ihr erzählt hast und Tina fand ihn auch schön. Wir haben so lange nach einem gesucht. Emil und Jasmin klingt doch auch gut zusammen." Mir wird noch heißer und mein Herz hämmert wild in meiner Brust. Dann spricht er weiter "Hast du dir das mit der Taufe überlegt?" Ich wiege meinen Kopf hin und her und versuche den Mann zu erkennen. War es Max´ Bruder? Der Steuerberater? So viele Zufälle kann es doch gar nicht geben? Wenn ich jetzt aufstehe, dann wird er sich bestimmt abwenden. Es gehört sich nicht, das Gespräch zu belauschen, aber ich kann jetzt nicht weghören. Nicht wenn es um Max geht. "Da wird sich Tina aber freuen. Wie klappt es mit Ina?" Wer ist nun Ina wieder? Hatte er nun eine Freundin? Mein Puls schießt durch die Decke und ich spüre die Eifersucht. Der Typ grinst vor sich hin und nickt immer wieder mal. Dann fragt er noch "Wo seid ihr jetzt eigentlich?" und kurz darauf "Ja, New York ist wirklich schön. Du, ich muss Schluss machen. Tina wartet bestimmt schon. Nächste Woche bist du zurück?" Nun stehe ich doch auf, bevor er weg ist und ich nicht mehr prüfen kann, ob es wirklich Max' Bruder ist. Ich sehe meine Mutter aus der Tür der Klinik kommen. Sie ruft mir entgegen "Jasmin, ich habe Eis bekommen". Der Typ schaut zu meiner Mutter und dann dreht er sich augenblicklich zu mir um. Er mustert mich von oben bis unten. Oh je, was wird er von mir denken? Meine Haare kleben mir sicherlich fettig am Kopf und in meinen Schmuddelklamotten sehe ich bestimmt nicht vorteilhaft aus. Ich laufe mit schnellen Schritten meiner Mutter entgegen, direkt an dem Herrn vorbei. Unsere Blicke treffen sich. Ich lächle kurz und erkenne, dass er die gleichen Augen wie Max hat. Vor meinem inneren Auge vergleiche ich das Bild aus dem Internet mit dem realen Typen vor mir und stelle fest, dass das Bild im Netz ein älteres sein muss. Mein Puls rast immer noch. Ihm hat es die Sprache verschlagen. Als ich mich umdrehe, sehe ich, dass er mir hinterher schaut. Erst als ich meine Mutter erreiche und ich ihr das Eis abnehme, spricht er weiter. Leider kann ich nicht mehr verstehen, was er sagt. Als ich durch die Tür der Klinik trete, empfängt mich sofort die klimatisierte Kühle, die mir gut tut.

Nachdem ich mich von meiner Mutter verabschiedet habe und wieder auf meinem Zimmer sitze, denke ich über das Telefonat nach. Auf meinem Smartphone suche ich noch einmal die Internetseite des Steuerberaters Lucas Schneider auf und vergewissere mich, ob es wirklich besagter Lucas ist, der gerade eine Tochter bekommen hatte. Meine Vermutung bestätigt sich. In meinem Kopf ploppen nun immer mehr Fragen auf. Wenn Lucas seine Tochter Jasmin genannt hatte, dann musste Max ihm von mir erzählt haben. Dass er eine weitere Frau mit dem Namen kennengelernt hatte, war unwahrscheinlich, da mein Name nun wirklich nicht alltäglich ist. Dass Lucas und Tina rein zufällig darauf gekommen sind, wollte einfach nicht in meinen Kopf. Und Lukas´ Reaktion darauf, als mich meine Mutter gerufen hatte, war schon ungewöhnlich. Also konnte ich Max doch nicht egal sein? Vielleicht hatte er sogar nach mir gesucht?

Und dann hatte Lucas gefragt, ob Max schon Seekrank ist? Und was machte er in New York? Und vor allem was hatte es mit besagter Ina auf sich? So viele Fragen in meinem Kopf. Fragen, auf die ich keine Antworten fand.

Am Abend rufe ich meine Freundin Annica an. Sie begrüßt mich nach dem zweiten Klingeln mit einem "Hallo Jessy. Geht's dir gut? Deine Mum hat mir erzählt, was passiert ist."

"Mir geht's wieder gut, zumindest rein körperlich. In meinem Kopf ploppen allerdings hunderte Fragen auf. Hast du für mich paar Minuten oder rollt Tim schon wieder mit den Augen?"

"Tim ist noch beim Fußballtraining. Wir haben alle Zeit der Welt. Bist du noch im Krankenhaus?"

"Ja, morgen kann ich aber raus. Meine Mutter holt mich ab und ich bleibe dann paar Tage bei meinen Eltern."

"Und was quält dich so kopfmäßig? Machst du dir Gedanken wegen dem Unfall?"

"Wegen dem Unfall nicht. Es wurde ja Keiner ernsthaft verletzt und wozu gibt's Versicherungen. Es geht mal wieder um Max."

"Ich dachte der ist Geschichte. Bist wohl doch in ihn verliebt?"

"Ach, ich weiß es doch auch nicht. Ich muss ständig an ihn denken und irgendwie ist alles doof. Ich hatte in der letzten Zeit, zu nix mehr Lust. Alles war nur noch öde. Deswegen hat mich mein Chef auch beurlaubt. Ich habe mich total ausgelaugt gefühlt und war aus diesem Grund auf dem Weg zu meinen Eltern, als der Unfall passiert ist."

"Was, dein Chef hat dich gefeuert?"

"Nicht gefeuert, nur beurlaubt. Dafür bin ich dem doch viel zu wichtig."

"Na wenn du dich da mal nicht irrst. Jeder ist ersetzbar."

"Damit will ich mich jetzt nicht auch noch befassen. Ich rufe eigentlich an, weil ich ein Telefonat belauscht habe und jetzt weiß ich nicht mehr weiter."

"Was für ein Telefonat?" und dann erzähle ich Anni die ganze Story und überhäufe sie mit meinen Fragezeichen aus meinem Kopf. Sie überlegt eine ganze Weile und stellt einige Vermutungen an "Wenn der Steuerberater, wie hieß der noch mal?"

"Lucas"

"Wenn also dieser Lucas gefragt hat, ob er schon seekrank ist und Max gerade in New York ist, hast du mal dran gedacht, dass er vielleicht gerade auf einer Kreuzfahrt ist? Meine Kollegin hat das auch letztes Jahr gemacht."

"Ich glaube nicht, dass Max ein Kreuzfahrttyp ist."

"Du kennst ihn doch kaum."

"Ach ich weiß doch auch nicht. Und was ist dann mit dieser Ina?"

"Vielleicht ist es ja seine Cousine oder Schwester oder wer weiß wer. Denk doch nicht immer gleich das Schlimmste."

"Ja klar. Eher, wer weiß wer. Ach Anni. Ich will doch eigentlich nur das Kribbeln und die Gänsehaut zurück. Ich war selbst so frustriert, dass ich bei Joy ein Date eingestellt habe. Aber dort hat sich auch nur Abschaum gemeldet. Ich bin so down. Seitdem ich Max getroffen habe, ist selbst der Sex mit anderen nur noch fader Sex. Alles fühlt sich so leer an."

"Du bist eindeutig verliebt."

"Ich bin nicht verliebt, ich möchte nur Sex mit Kribbeln und Gänsehaut. Das kann doch nicht so schwer sein. Das muss doch auch mit einem anderen Mann möglich sein."

"Glaub mir Schätzchen. Das geht nur mit einem Mann und das ist in deinem Fall Max." Anni kichert und redet weiter "und in meinem Fall ist das Tim. Vielleicht kannst du mich jetzt verstehen."

"Nicht wirklich. Ich hatte mit Max doch nur eine Nacht. Das ist etwas ganz anderes als eine Beziehung."

"Kann das sein, dass du noch nie richtig verliebt warst und gar nicht weißt, was Liebe ist?"

"Was ist schon Liebe. Wenn das die Liebe ist, dann finde ich Die wirklich zum kotzen."

"So ist das nun mal Jessy."

"Aber das bringt mich jetzt auch nicht weiter. Was soll ich denn machen?"

"Versuch doch morgen herauszufinden, auf welchem Zimmer diese Tina liegt und dann frag sie einfach nach Max."

"Ach ich weiß doch auch nicht. Er hat sich doch bestimmt schon mit dieser Ina getröstet."

"Das musst du allein entscheiden. Ich kann dich nicht zu deinem Glück zwingen. Du weißt doch selbst nicht, was du willst."

"Da hast du ausnahmsweise mal recht und so fühle ich mich auch. Es soll wieder weg gehen. Ich will mein altes Leben zurück."

"Vergiss es Jessy, nimm es an und akzeptiere es oder du unternimmst etwas dagegen und hörst auf dich selbst zu bemitleiden."

"Danke, Anni. Du bist wirklich eine enorme Hilfe." Ich drückte einfach auf den roten Button. Ich war sauer auf Anni, obwohl sie so recht hatte, wollte ich die Wahrheit doch nicht akzeptieren.

Warum nur war ich so unsagbar feige. Ich hatte doch nichts zu verlieren und doch fiel es mir so schwer den nächsten Schritt zu tun.

Am nächsten Tag gegen Mittag gehe ich auf die Entbindungsstation und frage nach Tina Schneider. Eine nette Schwester teilt mir mit, dass sie bereits nach dem Frühstück die Klinik verlassen hatte. Somit habe ich meine Chance vertan.

In den nächsten Tagen suhle ich mich im Selbstmitleid und lass mich von meiner Mutter verwöhnen. Meinen Laptop rühre ich nicht an. Bei meinem iPhone ist der Akku schon seit Tagen tot und ich lade ihn auch nicht auf. Durch lange Spaziergänge im Wald bekomme ich nach und nach wieder einen klareren Kopf. Dabei kommt mir immer wieder ein Mann, der mit seinem Hund unterwegs ist, entgegen. Am dritten Tag lachen wir uns schon von weitem an. Er ist ungefähr in meinem Alter und trägt meistens Jeans, die ihm bis über die Knie gehen. Sein Oberkörper umspannt ein enges Shirt und er sieht leicht trainiert aus. Er hat ein längliches Gesicht und kurze blonde Haare. Bei seinem Lächeln bilden sich Grübchen auf seinen Wangen. Am vierten Tag bleibt er stehen und spricht mich an. "Na Hallo, immer so allein unterwegs?"

"Du bist doch auch allein, bis auf deinen Hund natürlich." Der Hund beschnüffelt mich neugierig.

Er reicht mir bis zur Hüfte. Ich tätschle seinen Kopf, was er mit einem Schwanzwedeln quittiert.

"Der Hund ist eine Sie."

"Wie heißt sie denn?"

"Angel."

"Und, ist sie auch wie ein Engel?"

"Ich kann mir keine Andere vorstellen." Ich lache ihn an und er lächelt zurück. "Übrigens ich bin John." Ich reiche ihm meine Hand und ich sage "Jasmin, schön dich kennenzulernen."

"Sehe ich auch so. Können wir dich ein Stück begleiten?"

"Klar warum nicht." Wir gehen nebeneinander her. Bald unterhalten wir uns ungezwungen und zum ersten Mal habe ich nicht sofort den Hintergedanken im Kopf, dass wir irgendwann im Bett landen könnten. Ich erfahre, dass John gerade Urlaub macht und zurzeit in einer einsamen Hütte mitten im Wald lebt. Er hat eine eigene Management Firma und verbringt seinen Urlaub immer hier. Ohne Strom, ohne Telefon, ohne fließendes Wasser. Zurück zum Ursprung nennt er das. Ich möchte alles darüber wissen und John erzählt gern von seinen Urlauben und Trips in die Welt. Wir laufen und laufen und irgendwann weiß ich gar nicht mehr so richtig, wo ich bin. Ich schaue mich um und sehe nur Wald und Wiesen. Die Vögel zwitschern. Auf dem Boden krabbeln Ameisen und Käfer um die Wette. Eine Eidechse huscht vor meinem Fuß entlang. Die Luft ist so rein. Keine Abgase, kein Lärm und kein Beton. Nur die pure Natur. Eine Zeit lang gehen wir schweigend nebeneinander her. Angel trottet mal vorne weg und schnüffelt mal hier und da etwas länger. Sobald John pfeift, ist sie wieder an seiner Seite. Irgendwann frage ich ihn "Weißt du eigentlich wo wir sind?"

"Klar, in ungefähr fünf Kilometern in diese Richtung ist meine Hütte und wenn wir an der nächsten Weggabelung nach links abbiegen, kommen wir nach drei Kilometern nach Brome."

"Du hast ja einen ganz schönen Überblick. In Brome wohnen meine Eltern."

"Das liegt mir im Blut. Ich bring dich auch gern bis nach Hause, wenn du magst."

"Ja, warum nicht." Bei meinen Eltern setzten wir uns in die Hollywoodschaukel auf die Terrasse und trinken ein Bierchen. Für Angel hole ich eine Schüssel mit Wasser aus der Küche. Nachdem sie diese ausgesoffen hat, legt sie sich neben Johns Füße und schläft tief und fest. Am frühen Abend macht sich John wieder auf den Weg zu seiner Hütte. Wir verabreden uns nicht, treffen uns aber im laufe in der nächsten Tage täglich. Dadurch lerne ich die Wälder und die Umgebung immer besser kennen. John ist die Ruhe in Person und auch ich finde so zu meiner inneren Ruhe zurück. Am dritten Tag spricht er mich dann direkt auf meine vertuschten Probleme an.

"Und, wann willst du mir endlich von deinem Problemchen erzählen?"

"Woher willst du wissen, dass ich ein Problemchen habe?"

"Das habe ich schon bei unserem ersten Treffen gespürt. Du warst so gehetzt. Ich kenne das auch. Zum Glück habe ich das auf die Reihe bekommen. Bei dir ist es in den letzten Tagen besser geworden, aber du bist noch nicht mit dir im Reinen.

"Mit mir im Reinen? Du klingst wie irgend so ein indischer Guru. Woher willst du wissen, dass ich nicht mit mir im Reinen bin?"

"Das spüre ich. Du musst es mir nicht erzählen, es war nur ein Angebot." Wir laufen eine Stunde schweigend nebeneinander her, in der ich überlege, ob ich ihm nun von Max erzählen soll oder nicht. Auf der einen Seite geht es John gar nichts an und auf der anderen tat es vielleicht gut, darüber zu reden. Aber was soll das bringen? Mit Anni habe ich auch darüber gesprochen und es hat mich nicht weitergebracht. Er ist ein Mann und sieht die Sache vielleicht von einer anderen Seite. Aber soll ich wirklich einem Wildfremden mein Herz ausschütten? John schaut mich immer wieder mit einem verschmitzten Lächeln an. Irgendwie fühle ich mich nun innerlich gedrängt, obwohl ich weiß, dass es auch Okay wäre, wenn ich es für mich behalte. Was wiederum den nächsten Zwiespalt in mir weckt, nämlich dass mir die Chance für die Lösung meines Problems durch die Finger rinnen könnte.

Wir sind mittlerweile auf einer sanften Bergkuppe mit üppigem Gras angekommen und wir halten Ausschau bis zum Dorf meiner Eltern. John stellt seinen Rucksack im Gras ab und holt eine Decke heraus. Ich schaue ihn verwundert an. "Was? Ich dachte, wir machen heute mal ein Picknick."

"Das hättest du auch gestern sagen können, dann hätte ich auch etwas mitgebracht."

"Ach, ich habe das spontan heute Morgen entschieden. Setz dich doch." Ich strecke meine Beine auf der Decke aus und merke, dass ich ziemlich pflastermüde bin, obwohl das ja gar nicht zutrifft, da wir ja nur durch den Wald gelaufen sind. John legt sich neben mich und verschränkt seine Arme hinter dem Kopf. Angel drängelt sich zwischen unsere Beine, was mich lächeln lässt. Nach einiger Zeit lege ich mich auch hin und schaue in den blauen Himmel. Die Bienen und Hummeln summen um uns auf der Wiese herum. Irgendwann kitzelt mich etwas an der Wange. Ich wische es weg, doch es kommt immer wieder. Als ich aufschaue, sehe ich, dass mich John mit einem Grashalm traktiert. Er dreht sich auf die Seite und stützt seinen Kopf mit dem Arm ab. Ich stoße ihn an und sage "Eh, lass das."

"Warum, es macht gerade so einen Spaß." Wir schauen uns tief in die Augen und ich bemerke zum ersten Mal, dass John Sommersprossen hat. Seine Augen sind grün. Er hat volle Lippen, die unglaublich weich aussehen. Die Stimmung zwischen uns hat sich auf einmal verändert. Ich spüre die Erotik knistern. Mein Kopf ist plötzlich völlig leer. Ich liege einfach nur hier in der Natur und schaue John in die Augen. Normalerweise würde er jetzt näher kommen und mich küssen, aber John tut einfach gar nichts, so dass ich mich frage, warum er es nicht tut. Mir konnte man es auch nicht recht machen. Stattdessen frage ich "Was ist? Was schaust du so?"

"Sag du es mir. Du schaust mich doch genauso an."

"Mir bleibt ja auch gar nichts anderes übrig."

"Ach ja? Du fragst dich bestimmt, warum ich dich nur anschaue und dich nicht küsse."

"Ach ja, woher willst du dass denn wissen?"

"Ich weiß es einfach." Sein Lächeln ist so süß und unweigerlich wandern auch meine Mundwinkel nach oben. "Willst du mir vielleicht jetzt von IHM erzählen?"

"Woher willst du wissen, dass es ein Mann ist? Vielleicht steh ich ja auf Mädchen?" necke ich ihn. "So wie du mich anschaust? Niemals."

"Ach wie schau ich denn?" John lacht noch mehr. "Das weißt du ganz genau. Ihr Frauen seid so durchschaubar."

"Ach, du scherst also alle Frauen über einen Kamm?"

"Nur die Schlimmen."

"Und ich bin so eine schlimme?"

"Eine ganz schlimme." John lächelt jetzt noch mehr und dann kommt er näher zu mir heran. Zwischen unseren Nasen ist kaum mehr Platz. Für den Moment kann ich nur noch daran denken, endlich seine vollen Lippen zu küssen, traue mich aber nicht. Johns Augen funkeln und ich sehe den Schalk darin. Er spielt mit mir. Also kann ich auch mit ihm spielen. Ich überwinde die letzten Millimeter zwischen uns und drücke meine Lippen auf seine. Ich spüre die Wärme und das Kribbeln, welches sofort in meinem Nacken beginnt und meinen Rücken nach unten läuft. John kommt mir entgegen, so dass ich wieder vollkommen auf der Decke liege. Seine Zunge teilt meine Lippen und meine tastet sich vorsichtig nach vorn. Unsere Zungen spielen miteinander. Der Kuss wird intensiver und ich versinke vollends darin. Mit meinen Armen umschlinge ich John's Nacken. Meine Hände fahren durch seine kurzen Haare, die an meiner Handfläche kitzeln. Ich versinke in dem Kuss vollends und vergesse das Drumherum. Mein ganzer Körper reagiert auf ihn und ich will mehr davon. Bin fast süchtig nach mehr. Ich kann mich so unendlich fallen lassen. Ich spüre das Verlangen in meine Lenden und meine Nippel werden ganz hart. John löst den Kuss viel zu schnell und ich schaue ihm in die Augen. Er flüstert "Ich wusste es. Du gehörst zu den schlimmen." und ich flüstere zurück "Du hast es doch provoziert."

"Stimmt."

"Du gibst es auch noch zu?"

"Klar, es macht mir Spaß Situationen zu provozieren und es freut mich, wenn sich herausstellt, dass meine Vermutungen richtig sind."

"Du bist komisch. Und was vermutest du, was als nächstes passiert?"

"Ich hoffe mal, dass du mir jetzt erzählst, was dich so beschäftigt."

"Und du lässt wohl nie locker. Warum willst du das denn wissen?"

"Ich denke, dass alles auf der Welt, nicht ohne Grund passiert. Das wir uns getroffen haben ist Schicksal. Vielleicht soll es so sein und ich bin sozusagen dein seelischer Mülleimer. Probleme zu lösen ist mein Job."

"Also bist du der Problemlöser-Guru? Und weil du so viel Erfolg damit hast, machst du auch in einer einsamen Hütte Urlaub?

"Falsch, ich mache in einer einsamen Hütte Urlaub, weil ich es so will. Ich könnte mir den teuersten Luxusurlaub leisten, aber das will ich nicht, weil es im Luxusurlaub zu viele Menschen gibt, die ich analysiere. Das Analysieren von Menschen ist mein Job und daher mache ich hier Urlaub, weil ich normalerweise hier ganz allein bin."

"Ach, und nun bin ich dir über den Weg gelaufen und da ist dein Analysemodus wieder angesprungen?"

"Genau." John legt sich nun wieder hin und schaut in den Himmel. Ich bin völlig hin- und hergerissen und ich spüre ein leichtes Unwohlsein in mir. Je länger ich jedoch darüber nachdenke, umso mehr entspanne ich mich. John sagt "Komm mal her. Leg dich hier zu mir." Er dirigiert meinen Kopf auf seine Oberschenkel und beginnt meinen Kopf zu kraulen. Ich entspanne immer mehr und dann kommt es von ganz allein aus mir heraus. Ich erzähle John alles von Anfang an. Er hört sich alles an, ohne ein einziges Kommentar. Auch als ich fertig bin, bleibt John ruhig. Ich warte noch einige Zeit, dann frage ich "Und, warum sagst du jetzt nichts?"

"Ich bin noch beim analysieren."

"Wie lange dauert das in der Regel?"

"Solange wie es dauert." Ich bleibe einfach bei ihm liegen. Mein Magen knurrt so laut, dass es auch John gehört hat. Er richtet sich auf, was zur Folge hat, dass ich mich in den Schneidersitz hinsetze. John holt zwei große Dosen und zwei Flaschen Bier aus dem Rucksack. Er setzt sich vor mich, ebenfalls im Schneidersitz hin und reicht mir ein Bier. Dann öffnet er die Dosen. In der einen befinden sich Sandwichs und in der anderen sind Weintrauben. John hält mir die Sandwichbox hin und sagt "Bedien dich." Als ich in das Sandwich beiße entsteht eine Geschmacksexplosion auf meiner Zunge. Ich kaue genüsslich. Noch nie hatte mir ein Sandwich so gut geschmeckt. Man, es war doch nur ein Sandwich. John beobachtet mich und lächelt verschmitzt vor sich hin. "Boah eh, das ist ja sau lecker, wie machst du das?"

"Ist ein altes Familiengeheimnis." Er hält mir die Box hin und ich esse noch ein Sandwich. Danach drücke ich mit meinen zwei Daumen gegen den Bügelverschluss der Bierflasche. Diese ploppt auf. Wir stoßen mit den Flaschen an und ich trinke das halbe Bier aus. Auch John trinkt sein Bier halb leer. Die Stimmung ist irgendwie komisch zwischen uns. Ich weiß nicht so recht, wie ich mich verhalten soll. Wir haben uns geküsst und nun war die Stimmung wieder so, als wäre nichts passiert. John nimmt eine Weintraube und hält sie mir vor dem Mund. Ich schaue etwas skeptisch und öffne dann meine Lippen. John schiebt mir die Traube hinein. Als ich darauf beiße, flutet die süße Säure meinen Mund. John beobachtet mich dabei und isst selbst eine Traube. Meine Gedanken beschäftigen sich mit dem Kuss und Johns seltsamen Verhalten. Warum hatte er den Kuss zugelassen? Wollte er mich nur testen? Und wozu hatte ich ihm die Sache mit Max erzählt, wenn er doch kein einziges Wort darüber verlor? Jetzt hatte ich noch mehr Fragezeichen im Kopf als vorher. John füttert mich weiter mit Weintrauben und sein verschmitztes Grinsen verschwindet nicht auf seinem Gesicht. Angel stupst ihn nun immer wieder an und beginnt zu nörgeln. Ich frage "Was will sie denn?"

"Sie hat Hunger und wahrscheinlich auch Durst."

"Dann sollten wir aufbrechen?"

"Willst du noch mit zu mir kommen?"

"Ich weiß nicht, ob es richtig wäre?"

"Wenn du es nicht probierst, wirst du auch nicht wissen, ob es richtig oder falsch ist. Dafür musst du dich schon dafür entscheiden, um hinterher zu wissen, ob es richtig oder falsch war." Mir schwirrt der Kopf und ich weiß nun wirklich nicht mehr, was ich will. Wieder stupst Angel John an und mir tut der Hund Leid. Was hatte ich schon zu verlieren. Ich stehe auf und sage zu John. "Na los, lass doch deinen armen Hund nicht so leiden." John steht ebenfalls auf und beginnt die Dosen in den Rucksack zu räumen. Zusammen falten wir die Decke zu zusammen. Dann laufen wir schweigend los.

John nimmt meine Hand. Irgendwie fühlt es sich vertraut an und dennoch kribbelt es in meinem Arm. Er weiß, dass ich in mir, mit mir selbst kämpfe und er lässt mir die Zeit, die ich brauche. Nach einer halben Stunde kommt eine Blockhütte in Sicht und ich ahne, dass es sich um Johns Behausung handelt. Ich hatte eine Windschiefe, zugige Kate vor Augen, aber das Haus sieht durchaus robust aus und hat zwei Etagen. Ein Fluss fließt neben uns dahin. Ich schaue zu John und er lächelt mich an. Wir erreichen die Tür und Angel rennt beschwingt in die Hütte. Als ich eintrete höre ich Angels schmatzende Geräusche. Das Wasser spritzt ihr aus der Schnauze. Die Hütte ist gemütlich. Sie besteht aus einem offenen Kamin, einer Sitzecke aus Holz, die mit Fellen überzogen ist und einer Kochnische. In der Ecke geht eine Treppe nach oben.

"Sieht gemütlich aus." sage ich.

"Setzt dich doch. Ich füttere Angel noch schnell."

"Ja, lass dir Zeit." John kümmert sich um Angel und ich gehe ein paar Schritte in der Hütte. Vom Fenster aus schaue ich über eine weitläufige Wiesenfläche. John stellt sich hinter mich und er umarmt mich von hinten. Er streicht meine Haare beiseite und küsst mich auf die Schulter. Seine Berührung ist so sanft, dass ein wohliger Schauer über meinen Rücken läuft.

Seine Hände legt er auf meinen Hüften und dann schaut er über meine Schultern ebenfalls auf die Wiese hinaus. Es herrscht eine absolute Stille hier. Ich genieße den Moment und meine Gedanken machen einfach Pause, als ob in dieser Hütte eine Löschfunktion eingebaut wäre. Ich schmiege mich an Johns Brust. Meine Gedanken fliegen einfach zum Fenster hinaus und ich verstehe nun endlich, warum John hier Urlaub macht. Die Zeit scheint hier egal zu sein. Die Sonne hängt schon ziemlich tief am Himmel. Nach einer Weile drehe ich mich in Johns Armen um und schaue ihm in die Augen. Ich stelle mich auf die Zehenspitzen und hauche ihm einen Kuss auf die Lippen. John packt meinen Kopf und zieht mich fester zu sich heran. Unsere Zungen spielen wieder dieses wilde Spiel miteinander. Ich schiebe meine Hände in seinen Hosenbund und drücke ihn fester an mich. Mir entweicht ein wohliges Stöhnen. Johns Hände wandern von meinem Gesicht über meinen Schultern zu meinen Hüften. Er presst mich so fest an mich, wie ich mich an ihn. In meinen Lenden spüre ich das Verlangen. Ich zerre Johns Shirt aus dem engen Bund, will ihn einfach nur pur fühlen. Meine Finger tasten seine warme, samtige Haut und ich spüre, wie sich unter meinen Fingern diese kleinen Hügel bilden. An meinem Schoß spüre ich John's Verlangen, welches sich hart an meinem Buch drängt. Und dann geht alles ganz schnell. Meine Hände tasten nach seinem Gürtel, den ich unverzüglich öffne. Es folgt der Hosenknopf und im Nu gleiten meine Hände in seine Shorts und tasten nach Johns knackigen Hintern. Ich drücke ihn wieder fest an meinen Venushügel. Johns Finger schieben sich unter mein Top. Ich spüre das Kribbeln an meinem ganzen Körper. Wir lösen unseren Kuss, damit John mir mein Top über den Kopf ziehen kann. Ich tue es ihm gleich und schiebe sein Shirt nach oben. Da er einen Kopf größer ist als ich, übernimmt John den Rest und zieht sich das Stoffteil über den Kopf und wirft es hinter sich. Da ich auf einen BH verzichtet habe, stehen wir uns mit nackten Oberkörpern gegenüber. Meine Augen scannen Johns Körper ab und ich sehe wohl proportionierte Brustmuskeln und einen leichten Waschbrettbauch. Auf seinem Unterbauch kringeln sich kleine Löckchen. Als ich wieder nach oben blicke, sehe ich, dass John mich beobachte. "Gefällt's dir?" Ich nicke. Mein Mund ist ganz trocken und mein Kopf ist völlig leer. "Willst du mit nach oben kommen?" Wieder nicke ich nur. John nimmt meine Hand und geht mit mir zur Treppe. Wir laufen Hand in Hand in das obere Stockwerk. Dort angekommen, sehe ich das große, rustikale Bett aus Holzstämmen. John zieht mich darauf zu und bleibt dann davor stehen. Er schaut mich an und in mir wächst einen leichte Unbeholfenheit. Was soll ich denn jetzt machen? "Du musst dir schon nehmen was du willst."

"Und was du willst, zählt nicht."

"Ich sage oder zeige dir schon, wenn mir etwas nicht gefällt." Vorsichtig berühre ich John's Hand. Dabei schaue ich ihm in die Augen. Mein Finger streicht an seinem Arm entlang. Johns Finger folgt meiner Bewegung synchron an meinem anderen Arm. Er spiegelt meine Bewegungen auf meiner Haut, so dass er mich berührt, wo ich ihn berühre. Ich fahre mit meiner Hand sein Schlüsselbein nach und wandere dann an seiner Seite nach unten und berührte seine weichen Kringel unterhalb seines Bauchnabels. Johns Finger auf meiner Haut an derselben Stelle kribbeln fast unerträglich, so dass ich schnell mit meinen Fingern wieder hinauf zu seinen Brustmuskeln wandere. Ich verlangsame meine Bewegung bis kurz vor dem Stillstand, weil ich die Berührung meiner Nippel noch ein kurzes Weilchen hinauszögern möchte. John verweilt mit seinem Finger ebenfalls unter meiner rechten Brust. Die Stimmung zwischen uns ist magisch. Die Erotik knistert, so dass ich es kaum noch aushalten kann. Dann wage ich mich weiter und streiche über Johns Brustwarze. Diesmal spiegelt John meine Geste nicht, sondern schaut mich einfach nur weiter an. Ich weiß nicht, ob es falsch ist, was ich mache und stoppe in meinem Handeln. John legt seine Hand auf meine und schiebt diese zu seiner anderen Brustwarze und folgt mit seiner anderen Hand unseren Händen. Ich lege meine Hand auf seine andere Brust und dann beginnen unsere Hände unabhängig voneinander den Körper des anderen zu erkunden. John zwirbelt meine Warzen und ich spüre das Verlangen und meine Geilheit augenblicklich. Kurz darauf senkt John seine Lippen auf meinen Nippel und seine Zunge flattert über meinen harten Knospen. Meine Libido fährt Achterbahn, denn das Ziehen in meinem Unterbauch kündigt mir ihre Zustimmung an. Meine Perle pocht und verlangt nach Aufmerksamkeit. Ich schiebe meine Hände wieder in seine Hose und kurz darauf rutscht diese von seinen Hüften. Sein steifer Schwanz zeichnet sich deutlich unter seinem Hipster ab. Johns Hände schieben meine kurzen Jeansshorts ebenfalls nach unten. Diese landet auf meinen Füßen. Johns Hände wandern unfassbar langsam über meinen Körper. Wir haben alle Zeit der Welt, gefangen in unserem Cocon stricheln wir uns gegenseitig. John zieht mich auf das Bett. Wir liegen nebeneinander und blicken uns an. Seine Augen schauen mir tief, bis in meine Seele und ich spüre, dass er mir einfach nur gut tut. Das alles völlig egal ist, was Morgen ist. Es zählt nur das Hier und Jetzt. Wir küssen uns wieder. Seine Lippen sind sinnlich weich. Johns Hände wandern an meinem Körper nach unten und er schiebt diese jetzt energisch in meinen Slip und weiter zwischen meine Schenkel. Ich schnappe kurz nach Luft, da ich mit so einer stürmischen Attacke nicht gerechnet habe. Umso langsamer streicht er mit seinen Finger nun an meiner Spalte entlang und verteilt meine glitschige Nässe auf meinen Schamlippen und meiner Klitoris. Meine Perle pocht hart und giert seinen Berührungen entgegen. Ich bäume mich seiner Hand entgegen und taste mit meinen Händen Johns Körper ab. Dabei schlüpfe ich mit meinen Fingern in seine Shorts und finde seinen harten Schwanz. Johns Finger streichen über meine Lustkugel und sein Rhythmus wird immer schneller. Meine Hand passt sich seinen Bewegungen an, so dass wir gemeinsam in der Ekstase immer weiter hinauf getragen werden. Ich spüre den ersten Lusttropfen, der mir über die Hand rinnt. Ich kann es kaum noch aushalten, bin so kurz vor meinem Höhepunkt. Auf einmal verschwindet die Hand an meinem Lustzentrum. John richtet sich auf. Er rutscht mich küssend tiefer. Meine ganze Haut kribbelt unter seinen Berührungen. Ich fahre mit meinen Händen über die sanften Stoppeln seiner Kopfhaut. Mit seinen Fingern schiebt er meinen Slip nach unten und dieser hinterlässt eine nasse Spur auf meinen Oberschenkeln. John schaut mich von dort unten mit diesem geilen, wollüstigen Blick an. Seine Zunge leckt erst sanft an meiner Spalte entlang und findet meine harte Knospe, die er erst langsam umkreist und dann mit flinken Flattern verwöhnt. Immer schneller werden seinen Liebkosungen. Finger schieben sich tief in mich und massieren diesen geilen Punkt in mir. Seine Zunge trägt mich hinauf, meinem Orgasmus entgegen. In meinen Ohren rauscht es. Mein Körper prickelt und viel zu schnell stellen sich die ersten Zuckungen ein. Johns Zunge verwöhnt mich ohne Unterlass. Dann rauscht der Höhepunkt wie eine Welle über mich hinweg. Durch die geöffneten Fenster höre ich den Hall meines Stöhnens im Wald widerklingen. Der Orkan tobt in mir und ebbt erst ab, als ich John etwas von mir weg schiebe, weil seine Berührungen zu intensiv werden. Ich schaue auf und ihm direkt in seine Iris aus Meer. Er leckt sich die Lippen ab und ich richte mich auf und Küsse ihm leidenschaftlich meine Säfte von den Lippen. Dann drücke ich ihn auf das Laken und schwinge meiner Beine über seinen Körper. Ich drücke meine nasse Fotze auf seine Oberschenkel und senke meine Lippen auf seinen Oberkörper. John stöhnt genüsslich auf. Meine Zunge leckt an seinem Körper entlang und ich genieße das Salz auf seiner Haut. Meine Finger finden den Bund seiner Shorts und ich ziehe sie ihm einfach aus und werfe sie hinter mich. Sein Schwanz wippt mir entgegen. Ich lecke über die pralle Eichel und umfasse seinen

Schaft mit meinen Händen. Während ich seinen Kolben langsam wichse, schaue ich an seinem Körper entlang nach oben, in seine meergrünen Iriden, die mir gebannt zusehen. Er neigt seinen Kopf zur Seite und lächelt mich an. Seine Hände streichen mir durchs Haar. Meine Lippen finden wieder seinen harten Phallus und ich sauge und lecke weiter daran. John stöhnt seine Lust heraus. Nach einer kurzen Zeit kommt auf einmal ein Kondomtütchen in mein Sichtfeld. Dieses nehme ich und reiße es mit Hilfe meiner Zähne auf. Dann drapiere ich die Lümmeltüte auf seiner Eichel, sauge sie wieder an und rolle mit meinem Mund und meinen Händen das Kondom ab. Gleich darauf steige ich auf John, positioniere meine Pussy über seinen Lümmel und gleite ganz langsam nach unten. Als er ganz tief in mir steckt, verweile ich einen Moment. Er füllt mich aus, pulsiert und dehnt mein Innerstes. Johns Hände greifen nach meinen Brüsten und er zwirbelt meine Nippel. Das bekannte Ziehen in meinem Bauch heiße ich willkommen. Ich stütze meine Hände auf seiner Brust ab und beginne, mit sachten Stößen, John zu reiten. Seine Finger gleiten zu meinen Hüften und er unterstützt meine Bewegungen. Immer schneller reite ich den Lustspender in mir. Johns Hände suchen nach meinen und er zieht mich nach unten, so dass wir Haut an Haut aufeinander liegen. Seine Lippen treffen meine. Unsere Zungen tanzen ein wildes Spiel, während unsere Körper so wunderbar vereint einander pure Lust schenken. Ich blicke nach draußen und bekomme nur am Rande mit, dass die Dämmerung schon fast in die Nacht übergegangen ist. Ein Waldkauz ruft über die Wiese und ich sauge die kühle Nachtluft ein. Unsere Ekstase wächst immer weiter. Ich spüre, wie Johns Latte noch ein ganzes Stück wächst und auch meine Lust steigert sich weiter. John stößt mich nun von unten immer heftiger. Ich presse mich ihm immer wieder entgegen, so dass sein harter Kolben tief in mir anstößt. Wir geben uns unserer Lust hin und dann greift John meine Hüften und schiebt mich noch fester auf seinen Körper. Kurz darauf stöhnt er seine ganze Lust heraus. Ich reite ihn weiter, was seinen Orgasmus weiter hinauszögert. Schwer atmend hält er mich fest, bis ich still auf seinem Körper liegen bleibe. So verweilen wir eine gefühlte Ewigkeit. Ich traue mir nicht, etwas zu sagen oder mich zu rühren. Nach einiger Zeit streicht John über meinen Rücken und küsst mich sanft auf die Stirn. Die kühle Nachtluft lässt mich zittern und auf meinem Rücken bildet sich eine Gänsehaut. Meine Magen knurrt laut, was John bemerkt. "Hast du Hunger?" fragt er. Ich nicke. John rollt mit mir zur Seite und richtet sich anschließend auf. Er entsorgt das Kondom und sucht seine Sachen zusammen. Etwas irritiert frage ich "Was machst du denn jetzt?"

"Na etwas zu Essen für uns. Der Pizzaservice kommt leider nicht bis hierher und das nächste Restaurant ist erst in fünf Kilometern." Das war mir auch klar. Ich suche ebenfalls meine Klamotten zusammen. Angel erhebt sich von ihrem Platz und schmiegt sich an Johns Beine. Er tätschelt sie kurz und holt in dem Regal neben der Tür eine große Taschenlampe. Aus einem Schrank etwas weiter hinten in der Hütte holt er einen kleinen Stapel Sachen. "Das kannst du anziehen, wenn du möchtest. Ich mache in der Zwischenzeit ein Feuer draußen." Er verlässt die Hütte mit der Lampe. Nun sitze ich allein hier im Dunkeln. Nur der Mond spendet mir etwas Licht. Es hat sich um einiges abgekühlt, so dass ich die Jogginghosen und das Sweatshirt über meine anderen Sachen ziehe. Sie riechen nach John und ich sauge den Duft ein. Es ist schön mit John. Irgendwie vertraut und ich habe das Gefühl, dass er mir wirklich helfen kann, mein Leben neu zu ordnen. Ich gehe nach draußen. John ist gerade dabei das Feuer auf dem kleinen Platz vor der Hütte zu entzünden. "Kann ich dir helfen?" Er schaut von den ersten zarten Flammen auf und mich für ein paar Sekunden an, als ob er erst überlegen muss, was er antworten soll. "Wenn du willst, kannst du schon mal die Kartoffeln schälen."

"Welche Kartoffeln?" John lacht. "Komm mit." John läuft zurück in die Hütte und ich trotte wie ein Hund hinterher, was mich daran erinnert, nach Angel zu schauen. Sie schnüffelt in der Nähe herum. In der Hütte öffnet John eine Bodenluke und holt einen kleinen Sack Kartoffeln heraus, den er mir in die Arme legt. In der Küchenecke holt er noch einen Topf und ein Messer. Als wir wieder nach draußen gehen, brennt das Feuer schon lichterloh. John stellt den Topf auf dem Feuerholzhaufen ab und holt einen Baumstumpf, den er an das Feuer stellt. "Komm setz dich schon mal. Ich hole noch schnell Wasser." Und dann verschwindet er in der Dunkelheit. Ich setze mich auf den Stumpf und die Erdäpfel setze ich neben meinen Füßen ab. Da er das Messer mitgenommen hat, schaue ich ins Feuer und träume vor mich hin. Hatte ich wirklich mit John gefickt? Es kam mir so irreal vor, aber dennoch fühle ich mich so gut wie lange nicht. Mein Kopf ist so leer und all mein Sorgen sind vergessen. Ich schaue einfach nur ins Feuer. Nach einiger Zeit kommt John zurück. Er hält einen mittelgroßen, bereits ausgenommenen Fisch, am Schwanzende in der Hand, den ich mit offenem Mund anstarre. John bekommt fast einen Lachkrampf als er mich sieht. "Wo hast du denn den her?"

"Aus der Reuse im Fluss. Den habe ich heute Morgen gefangen." Angel schnüffelt nun an Johns Bein nach oben. "Kannst du mal halten." John hält mir den toten Fisch hin. Erst zögere ich, aber dann überwinde ich mich und übernehme das Schuppentier. John läuft wieder davon. Er kommt mit einem Dreibein und einer Pfanne wieder. Er baut beides so auf, dass die Pfanne genau über dem Feuer hängt. Dann reicht mir John das Messer und ich beginne mit dem Kartoffeln schälen. John holt noch Möhren und Lauchzwiebeln. Er schnippelt die Kartoffeln und das Gemüse in kleine Scheiben. Als die Kartoffeln und das Gemüse in der Pfanne fast gar sind, schiebt John diese an die Seite und legt den filetieren Fisch in die Mitte. Alles duftet schon verführerisch. Am Ende gibt John noch einige Kräuter hinzu. Das Feuer ist um einiges heruntergebrannt, als wir mit dem Essen beginnen. Es schmeckt köstlich und der Wein, den John dazu geöffnet hat, passt auch vorzüglich.

Nach dem Essen bekommt auch Angel ein paar Happen ab. John legt noch ein paar Scheite nach. Wir machen es uns am Feuer gemütlich. John zieht mich zu sich heran und ich setze mich vor ihn hin. Unsere Weingläser stellen wir neben uns hin. John schlingt die Arme um mich und wir sitzen so einige Zeit. Dann fängt er mit dem Reden an "Wie war es nun für dich mit uns?" Diese Frage verwundert mich und ich habe ad hoc keine Antwort parat. "Wie meinst du das?" frage ich aus diesem Grund nach. "Na was hast du gefühlt, als wir miteinander geschlafen haben? War es so wie mit Max oder anders?"

"Es war anders. Aber trotzdem schön."

"Geht das auch genauer?"

"Was soll ich denn jetzt sagen? Es ist mir irgendwie peinlich darüber zu reden?"

"Aber es war dir nicht peinlich mit mir in die Kiste zu hüpfen?" Ich schweige. Er hatte ja recht. Mal wieder habe ich mich von meinen Trieben leiten lassen. Dennoch war es anders als sonst. Irgendwie vertrauter. Es lag sicher daran, dass ich ihn bereits näher kannte, bevor es dazu kam. Allerdings war es völlig anders, als mit Max. War ich doch verliebt in ihn?

"Warum soll es mir peinlich sein mit dir zu schlafen? Wir kennen uns doch schon eine Weile. Du wolltest es doch auch. Ich bin es nur nicht gewohnt, hinterher noch eine Doktorarbeit darüber schreiben zu müssen." John lacht. "Klar wollte ich auch mit dir schlafen, aber überwiegend deswegen, um dir weiter zu helfen und das geht nun mal nur, wenn man darüber redet."

"Langsam glaube ich, du bist in Wirklichkeit ein Psychiater. Ein Psychiater, dessen Faible es ist, mit seinen Patientinnen zu schlafen." Wieder lacht John auf. Seine Hände streichen über meine Arme und er überlegt einige Zeit. Dann versucht er es ein weiteres Mal "Jetzt mal Butter bei die Fische. Du hast doch nichts zu verlieren und ich will dir wirklich helfen." Ich schmolle vor mich hin. Aber recht hat er. Ich versuche meine Gedanken zu sortieren und beginne "Also, ich weiß nicht so richtig, wie ich anfangen soll."

"Du sagtest gerade, dass es anders war. Beschreibe doch mal, was anders war?"

"Auf Max habe ich seit der ersten Begegnung mit all meinen Sinnen reagiert. Mein Herz beginnt zu rasen. Auf meiner Haut bildete sich eine Gänsehaut und mein Gehirn versagte seinen Dienst. Selbst wenn ich ihn nur höre. Seine Stimme klingt so gut und er riecht so unverwechselbar. Seine Stimme, seinen Duft, selbst seine Schritte würde ich aus tausenden heraushören. Dabei ist er noch nicht einmal mein Typ. Mein ganzer Körper spielt einfach verrückt und ich kann es mir nicht erklären, warum das so ist."

"Manchmal gibt es so etwas, dass Menschen aufeinander so reagieren. Meines Wissens gibt es dafür noch keine wissenschaftliche Erklärung. Aber du solltest auch in Erwägung ziehen, dass es mehr gibt zwischen Himmel und Erde. Nicht alles ist wissenschaftlich zu erklären."

"Mmh, allzu oft sollte das in meinem Leben aber nicht passieren, sonst würde ich durchdrehen."

"Sei doch froh, dass es dir überhaupt passiert ist. Er ist vielleicht der Richtige."

"Das glaub ich kaum. Ich kenne ihn doch noch gar nicht."

"Noch nicht. Das Schicksal wird euch sicherlich wieder vereinen."

"Das hat meine beste Freundin auch gesagt."

"Wie war dass denn nun zwischen uns? Macht dir der Sex mit anderen überhaupt noch Spaß, nachdem du erlebt hast, wie es mit Max sein kann?"

"Klar macht es Spaß. Es kann auch ziemlich anstrengend sein, wenn der Körper so verrückt spielt, wie bei Max." John küsst mich auf die Schläfe. "Wir sollten mal etwas Holz nachlegen." Ich rücke ein Stück von ihm ab und er geht zum Haus hinüber. Ich laufe hinterher. Gemeinsam tragen wir das Holz zur Feuerstelle. Danach setzen wir uns nebeneinander an die wärmenden Flammen.

"Wie war es denn für dich?" frage ich nach einiger Zeit. John überlegt eine kurze Zeit. Dann dreht er sich zu mir und schaut mir tief in die Augen. Seine Hand streicht über meine Wange. "Für mich war es wunderschön mit dir." haucht er sanft. Ich spüre, wie mir die Röte ins Gesicht schießt. Es ist mir irgendwie peinlich. Nach einigen Sekunden fange ich mich. "Ich sollte jetzt nach Hause gehen."

"Das solltest du vermeiden. Es ist dunkel. Du kennst dich hier nicht aus. Da musst du wohl bei mir übernachten." Mir wird ganz mulmig bei dem

Gedanken, allein durch den Wald laufen zu müssen. Das Bett hatten wir sowieso schon geteilt, da machten ein paar Stunden mehr auch nichts mehr. Ich zucke mit den Schultern. "Da hast du wohl recht." Also bleibe ich einfach sitzen. John fragt mich dann noch "Bist du sonst mit deinem Leben zufrieden?" Ich schaue ihn fragend an "Na, bist du mit deinem Job zufrieden? Wie sieht dein Tagesablauf aus? Gefällt dir deine Wohnung?" Ich überlege einige Zeit. Bis vor kurzem war ich doch mit meinen Leben ganz zufrieden gewesen? Der Unfall, die langen Spaziergänge hier und die Gespräche mit John haben mir jedoch gezeigt, dass es noch mehr auf der Welt gibt als nur Arbeit. Und auf einmal dreht sich bei dem Gedanken an mein altes Leben der Magen um. Nach so viel Luft und Freiheit konnte ich mir plötzlich nicht mehr vorstellen dorthin zurückzukehren. In diese Stadt und in das dunkle Labor von früh bis spät. "Und? Was ist nun mit deinem Leben?"

"Ja, ich lebe noch." versuche ich es mit einem Scherz. "Fragt sich nur wie."

"Es stimmt schon, in den letzten zwei Jahren habe ich nur für die Arbeit gelebt und nach der Zeit hier und nach dem Unfall habe ich erkannt, wie kurz das Leben ist und dass es zu schade ist, das Leben nur mit Arbeiten zu verbringen."

"Das ist doch gut. Hast du schon überlegt, was du dann nach dem Urlaub machen möchtest?"

"Nein, habe ich nicht. Mir ist doch gerade erst klar geworden, dass ich mein altes Leben nicht zurück möchte."

"Du wirst sehen, es ergibt sich alles irgendwie. Vielleicht verschlägt es dich in eine ganz andere Stadt und du machst in Zukunft etwas völlig anderes, als bisher. Wohin dich dein Weg verschlägt, weiß nur Gott allein." Das hatte er so schön gesagt und vielleicht musste ich wirklich das Leben auf mich zukommen lassen.

Die restliche Zeit bis Mitternacht verbringen wir mit belanglosen Gesprächen. Nachdem wir die zweite Flasche Wein geleert haben und ich schon ziemlich beschwipst bin, kuscheln wir uns aneinander in das große Bett.

Am nächsten Morgen wache ich mit den Sonnenstrahlen auf meinem Gesicht auf. Angel liegt im Bett zu unseren Füßen. Ich recke mich. John wird ebenfalls wach und schwingt sofort die Beine aus dem Bett und geht so nackt wie er ist aus der Hütte. Angel folgt ihm. Ich gehe, ebenfalls nackt, hinterher und sehe durch die Büsche hindurch, dass er in den Fluss springt. Am Ufer bleibe ich stehen und als John wieder auftaucht ruft er mir zu. "Komm doch auch rein." Ich halte meinen Fuß in den Fluss und bin überrascht, wie warm das Wasser ist.

Anschließend laufe ich zügig in den Fluss hinein. Das Wasser umschmeichelt meinen Körper und ich fühle mich einfach gut. Viel zu gut. Denn ich fühle mich auf einmal von meiner ganzen Last befreit. Das Wasser trägt mich und ich schwimme auf dem Rücken mit dem Blick zum Himmel. Johns Arme schieben sich unter meine Körper und er hält mich, so dass ich sämtliche Bewegungen einstellen kann. Völlig regungslos verweile ich auf dem Wasser. Angel bellt am Ufer und springt dann ebenfalls in die Fluten. Sie schwimmt um uns herum, bis John sie wieder zurück schickt. Er fragt "Geht es dir gut?"

"So gut wie nie." antworte ich. "Hast du gut geschlafen?"

"So gut wie lange nicht." Die Emotionen fließen durch mich hindurch. Das Glück überschwemmt mich regelrecht, so dass es mir die Tränen in die Augen treibt, aber vor Glück. John hebt mich aus dem Wasser und er trägt mich zur Hütte zurück. Dass er kein Wort sagt, hilft mir ungemein. Er stellt mich auf der Terrasse ab und umarmt mich, weil er weiß, dass ich das jetzt brauche. Alle Worte wären jetzt auch zu viel. John holt in der Hütte Handtücher und hüllt mich in einem ein. "Danke. Danke für alles." Sage ich. "Keine Ursache. Hast du Hunger?" Ich nicke. "Komm, lass uns in die Hütte gehen, damit wir uns anziehen können." In der Hütte suche ich meine Sachen zusammen und ziehe alles über.

Wir gehen wieder nach draußen und John schürt das Feuer auf und legt ein paar Scheite nach. "Möchtest du Kaffee oder Tee?"

"Kaffee wäre toll. Wie willst du das denn machen ohne Strom?" John lacht mich an und läuft wieder zurück in die Hütte. Er holt eine kleine Kaffeekanne, Kaffee und eine Wasserflasche. Er füllt den Kaffee und das Wasser in die Kanne und stellt diese in das Feuer. "Kommst du mit, das Frühstück vorbereiten?"

"Klar." In der Hütte holen wir Toastbrot, Butter, Marmelade, Honig und Quark und zwei komische metallische Klammern. John spannt das Toastbrot in die Klammer und gibt mir diese. "Du musst es an die Flammen halten, aber pass auf, dass es nicht verbrennt." Die Kaffeekanne verströmt einen herrlichen Duft, was meine Magen wieder laut knurren lässt. Das Toast ist in kürzester Zeit geröstet und wir frühstücken entspannt auf der kleinen Terrasse. Danach laufen wir durch den Wald und vor dem Haus meiner Eltern verabschieden wir uns.

Am nächsten Tag treffe ich nicht auf John, was mich am Anfang nicht beunruhigt. Als ich aber an den darauffolgenden zwei Tagen auch nicht mehr auf John und Angel treffe, werde ich stutzig und laufe zu John's Hütte. Diese steht einsam und verlassen im Wald. Als ich durch die Scheiben schaue, erhärtet sich mein Verdacht, dass John nicht mehr da ist. All seine persönlichen Sachen sind verschwunden. Die Möbel sind mit Tüchern abgedeckt. Ich suche eine Nachricht, die ich aber nicht finde. Er hatte sich einfach so aus dem Staub gemacht, ohne sich von mir zu verabschieden. Noch nicht einmal seine Handynummer hatte ich. Wer weiß, ob John überhaupt sein richtiger Name ist. Irgendwie bedauere ich, dass wir nicht mehr Zeit miteinander hatten, aber dennoch hat mir die Zeit mit John einen klaren Kopf beschert. Immer wieder denke ich an die Gespräche zurück und kann nun akzeptieren, dass es wirklich mehr gibt zwischen Himmel und Erde. Alles hat seine Bedeutung und endlich kann ich meine Gedanken abschalten.

Bei meinem Chef beantrage ich zwei weitere Wochen Urlaub. Dann fahre ich mit dem Auto meiner Eltern in verschiedene Autohäuser und kaufe einen neuen Wagen.

Zurück in Hannover gehe ich meine Post durch und stoße dabei in einer medizinischen Fachzeitschrift auf eine Stellenanzeige. Die Technische Universität in Dresden schreibt eine Juniorprofessurstelle aus, die sofort all meine Rezeptoren anspricht. Mir ist augenblicklich klar, dass ich diese Stelle unbedingt haben muss. Endlich raus aus dem Labor, unter junge Leute und raus aus dieser Stadt. Rein in ein neues Leben. Rein in eine neue Wohnung. Noch mal völlig neu anfangen. Mir fällt wieder ein, dass Alex und Felix etwas von einer Megaparty in Dresden erzählt hatten, aber das war jetzt einfach nicht wichtig. Innerhalb kürzester Zeit habe ich meine Bewerbung zusammengestellt und als ich sie dann in den Briefkasten einwerfe, schicke ich ein Stoßgebet in den Himmel, das es klappt, zumal die Bewerbungsfrist in fünf Tagen abläuft. Nun kann ich nur noch abwarten. In meiner Euphorie suche ich nach Wohnungen in Dresden und stelle fest, dass es kein Problem sein sollte eine zu finden. Anschließend scheue ich, seit drei Wochen mal wieder, bei Joyclub rein und finde besagte Party in Dresden, die in zwei Monaten stattfinden soll. Vorsorglich melde ich mich einfach mal an.

In den nächsten Tagen beschäftige ich mich mit gesunder Ernährung und kaufe mir eine Zehnerkarte in einem Fitnessstudio. Ich nehme mein Leben in die Hand und bin glücklich damit. Egal wie es weitergeht. Durch John habe ich kapiert, dass man das Leben zwar beeinflussen kann, es aber so nehmen muss, wie es ist. Die Begegnung mit ihm kommt mir so vor, als hätte er mir eine Gehirnwäsche verpasst. Vielleicht hat er ja auch irgendwelche übernatürlichen Fähigkeiten, die er dazu benutzt hat, meine Gedanken zu ordnen.

Die Einladung zum Vorstellungsgespräch nach Dresden überrascht mich dann nicht mehr, da ich bereits tief in mir drin spüre, dass es so kommen muss. Ein Hotel ist schnell gebucht und so reise ich mit meiner positiven Einstellung und der Hoffnung auf einen Neubeginn ins Elbflorenz. Vom ersten Augenblick an, bin ich von der Stadt fasziniert und sofort fühle ich mich hier wohl. Als ich jedoch in der Abenddämmerung mein Hotelzimmer mit Blick auf die Elbe, die Ausflugsdampfer und die Altstadt betrete, bin ich sprachlos. Ich kann mich überhaupt nicht satt sehen. Schade ist nur, dass mein Zimmer kein Balkon hat, sonst würde ich von hier gar nicht mehr wegfahren. Falls es mit dem Job klappt, möchte ich auf alle Fälle eine Wohnung mit genauso einem Ausblick. Nachdem die Sonne untergegangen ist, bereite ich mich noch etwas auf mein Vorstellungsgespräch vor und gebe die Adresse in mein Navi ein.

Anschließend fahre ich meinen Laptop hoch und logge mich bei Joyclub ein. Ich surfe durch die Clubs in der Nähe und schaue mir die Veranstaltungen in den nächsten Tagen an. Da ich jedoch nichts Interessantes finde, schaue ich mir noch ein paar neue Fotos an. Dabei werde ich auf ein Profil von einem Soloherren aufmerksam. Es sind extrem schöne Fotos, die sicherlich von einem Fotografen gemacht wurden. Dann klicke ich mich in das Profil, welches erst seit kurzem besteht. Ich lese mir die Beschreibung und die Vorlieben durch, die mich sehr ansprechen. Der Name *Anguis* kommt mir schon etwas seltsam vor. Hieß Anguis nicht Schlage auf Lateinisch? Max hatte doch dieses Äskulapstabtattoo auf die Seite. Mein Puls beginnt zu hämmern. *Das kann nicht sein,* schreit es in mir. Schnell schaue ich auf meinen Terminkalender. Wann war der Kongress in Berlin? Genau eine Woche später hat sich dieser Anguis bei Joyclub angemeldet. Dann klicke ich wieder hektisch zu den Fotos. Ich erkenne bei einigen eine Reling und das weite Meer dahinter. Sein Hemd flattert im Wind, fast zum greifen nah. Ich scrolle die Bilder so groß es geht und rücke mit meiner Nase ganz dicht an den Laptop. Jedoch kann ich kein Tattoo bei *Anguis* erkennen. Und hatte Lucas nicht etwas von Seekrank erwähnt? Da passt doch alles zusammen, bis auf das fehlende Tattoo. Aber das konnte man auch retuschieren. Leider zeigt besagter *Anguis* sein Gesicht nicht, aber dies machen nur wenige Swinger bei Joyclub. Die Größe, die Statur und die Haarfarbe stimmen überein. Selbst als ich in sein Profil klicke, steht dort die richtige Augenfarbe. Mein Puls schießt, bei den Gedanken ihn anzuschreiben, durch die Decke. Aber was sollte ich auch groß schreiben >*Hallo hier ist Jasmin, die Tussi aus Berlin, die mitten in der Nacht aus deinem Hotelzimmer gerannt ist, weil*<... ja warum weil? Vielleicht konnte er sich auch gar nicht mehr an mich erinnern. Aber warum heißt dann seine Nichte auch Jasmin? Er bequatschte doch sicherlich nicht jeden One Night Stand mit seinem Bruder? Aber vielleicht irre ich mich auch und verrenne mich wieder in irgendetwas. Erschrocken stelle ich fest, dass ich gar nicht anonym angemeldet bin. Somit sieht nun besagter *Anguis*, dass ich sein Profil besucht habe. Aber vielleicht ist ja genau das der ausschlaggebende Funke. Schnell überprüfe ich die Fotos auf meiner Seite. Würde er mich erkennen? Vielleicht sollte ich das dem Schicksal überlassen, wenn überhaupt Max hinter besagtem *Anguis* steckt. Ganz nüchtern beruhige ich meinen Puls und beschließe abzuwarten. Um am nächsten Morgen ausgeruht zu sein, beschließe ich unverzüglich schlafen zu gehen.

Viel zu früh wache ich von dem Tuten der Schiffe am Anleger auf. Der Blick auf die Elbe bei Tag ist genauso faszinierend, wie in der Dämmerung. Ich öffne das Fenster und die kühle Morgenluft strömt hinein. Auf der Straße herrscht reges Treiben. Ich strecke mich ausgiebig und gehe anschließend ins Bad unter die Dusche. Nach dem Frühstück mache ich mich auf dem Weg zur TU und komme viel zu früh dort an. Ich habe ja nichts zu verlieren und fühle mich entspannt und kein bisschen nervös. Aus diesem Grund läuft das Gespräch auch optimal und ich hege die Hoffnung, dass ich die Stelle bekommen werde. Zurück im Hotel verlängere ich mein Zimmer, um zwei weitere Tage. Das Wochenende steht vor der Tür und ich entscheide mich, den restlichen Freitag mit einer Schiffsfahrt bis zum Schloss Pillnitz und zurück zu verbringen.

Danach legt der Schaufelraddampfer in der Dämmung am Anleger an und ich schlendere noch ein wenig auf den Brühlschen Terrassen entlang. Nachdem ich in einem kleinen Restaurant ein leckeres Abendessen genossen habe, kehre ich auf mein Hotelzimmer zurück. Dort verplane ich mithilfe meines Laptops den nächsten Tag, jedoch bin ich mir nicht sicher, was ich mit dem Abend anstellen soll. Also lande ich unweigerlich wieder bei Joyclub. In meinem Postfach herrscht gähnende Leere. Anguis hatte nicht geschrieben. Dann klicke ich mich noch einmal durch die Veranstaltungen der drei Clubs. Alle Partys haben entweder reine Pärchen- oder Fetischmotti. Soll ich an einem Samstagabend in Dresden etwa allein im Hotel sitzen?

In dem letzten Jahr, bevor ich mich im Labor vergraben habe, bin ich regelmäßig auf Party gegangen und mit der Zeit hatte sich eine Art Verlangen eingestellt. Dieses Verlangen spüre ich auch heute wieder. Es ist eine Art Unruhe in mir, die erst nach meiner Befriedigung verschwinden wird. Dafür kenne ich mich zu gut. Aber wie soll das gehen? *Kein Grund unruhig zu werden. Ganz ruhig bleiben.* Rede ich mir ein. Einfach in eine Bar gehen und einen Typen aufreißen, das kam für mich nicht in Frage. Also durchforste ich die eingestellten Dates. Dabei entdecke ich ein Date mit einem bekannten Gesicht. Nur will mir der Name dazu, ad hoc einfach nicht einfallen. Dann lese ich mir den Text durch >*Hast Du Lust auf ein Blind Date? Du kommst zu uns in eine große Hotelsuite. Vor der Tür schließt Du die Augen. Wir öffnen Dir die Tür und verbinden Dir die Augen. Dann führen wir Dich hinein, nehmen Dir Deinen Mantel ab. Darunter bist du nackt. Erlaubt sind nur Nylons. High Heels sind zwingend. In einer kleinen Runde stellen wir Dir, die von uns ausgesuchten, Beteiligten vor und lernen uns etwas kennen. Aus den Gesprächen heraus, suchst Du Dir Deine Mitspieler aus und erlebst eine unvergessliche Session. In der zweiten Runde werden den Herren die Augen verbunden und Du bestimmst den Verlauf. Dabei solltest Du, Dich verbal auszudrücken wissen, denn nur so werden Dir die Herren gehorchen. Bitte kontaktiere uns nur, wenn Du wirklich Interesse an unserem Date hast. Derzeit haben wir noch einen Platz für eine Solodame oder ein Paar. Entscheide Dich schnell.*< Darunter steht Mann sucht Frau, Paar für Sex. Ich schaue mir das Profil dazu an und dann erinnere ich mich an Felix, den ich im Club in Hamburg, zusammen mit seinem Kumpel Alex kennengelernt hatte. Das Date hörte sich heiß an, noch dazu kenne ich ja Alex und Felix bereits. Somit war das erste Eis gebrochen und ich fühle mich nicht zu einsam. Daher schreibe ich kurzerhand eine Clubmail an Felix >*Hallo Felix, ich bin es, Jasmin. Wir haben uns vor einiger Zeit in Hamburg kennengelernt. Ich hoffe Du erinnerst dich noch. Dein Date klingt interessant und ich möchte gern dabei sein. Ich bin noch bis Sonntag in Dresden und freue mich auf Deine Nachricht. Liebe Grüße an Alex. Jasmin.*< Dann überlege ich noch kurz, ob ich die Clubmail wirklich los schicken soll. Ach was soll's. Ich klicke auf SENDEN und starre gebannt auf meinen Posteingang.

Leider habe ich auch nach einer halben Stunde noch keinen Antwort. Derweile schaue ich mich im Internet nach Eroticshops um, da ich mir mal wieder ein kleines Spielzeug gönnen möchte. Nachdem ich fündig geworden bin und die Öffnungszeiten gecheckt habe, klicke ich mich noch durch die Sexvideos bei Joyclub bis ich eine Clubmail von Felix erhalte >*Hallo Jasmin, natürlich können wir uns noch an die heiße Nacht mit Dir in Hamburg erinnern. Wir freuen uns riesig, dass Du morgen mit dabei bist. Derzeit sind noch ein Paar, eine Solodame und acht Soloherren angemeldet. Wir können Dir erst morgen schreiben, wo unser Zimmer sein wird.*

Dafür wäre es praktisch, wenn wir Dir eine WhatsApp schicken könnten. Natürlich behandeln wir Deine Nummer vertraulich. In welchem Hotel bist Du denn? Wenn Du heute Abend noch nichts vor hast, wir gehen noch eine Runde aus, nur in eine Bar, was trinken und bissel quatschen. Komm doch einfach mit. Liebe Grüße Felix und Alex.< Ich schreibe gleich zurück *>Heute Abend, das klingt gut, denn ich hab noch nichts vor. Ich bin im Hotel am Terrassenufer untergekommen (Smile). Meine Nummer ist: 0178/*******. Könnt Euch ja melden. Bis dann.<* Keine Minute später bekomme ich eine Nachricht über WhatsApp *>Hallo, wir sind es Felix und Alex. Wir holen Dich in einer halben Stunde ab. Ist das OK?<* Ich schreibe einfach *>OK. Ich warte vor der Tür. Bis gleich.<* Ich ziehe mich um, bürste meine Haare und flechte einen langen Zopf. Nachdem ich mein Make Up aufgefrischt habe, verlasse ich mein Zimmer im zehnten Stock und fahre mit dem Fahrstuhl in die Lobby. Als ich durch die Hoteltür trete, stelle ich fest, dass ich viel zu früh dran bin. Daher setzte ich mich auf eine Bank, die unter einer üppig bewachsenen Pergola steht. Wie es wohl sein wird, die beiden wiederzusehen? An den Abend in Hamburg erinnere ich mich allzu gern zurück, hat er doch meine Sichtweise auf die Dinge massiv erweitert. Auch das es nicht nur hetero und schwul gibt, sondern, dazwischen auch noch eine Menge andere Spielarten. Wenn ich nur daran zurückdenke, dass mich die Jungs im Sandwich genommen hatten, da wird mir schon wieder ganz heiß. Wie der Abend wohl morgen werden wird? Sicherlich werde ich mir Alex und Felix für meine Spielchen aussuchen, denn ich werde wohl kaum mit wildfremden Männern, die ich noch nicht einmal vorher gesehen habe, in die Kiste hüpfen. Schon bei den Gedanken daran beginnt mein Herz zu rasen. Mich, auf dieses für mich völlig untypische Abenteuer einzulassen, dass zapft ganz andere Synapsen in mir an, als ich es bisher erlebt habe. Aber irgendwann musste man sich ja weiterentwickeln. Wer weiß, vielleicht entdecke ich auch ganz neue Vorlieben. Man konnte ja erst sagen, ob man etwas mag oder nicht, wenn man es auch ausprobiert hatte. Und Nein oder Stopp sagen, ging ja immer noch.

Vor dem Hotel hält ein weißer BMW. Die Beifahrertür öffnet sich und Felix steigt aus. Er winkt mir zu und ich erhebe mich von meiner Bank. Wir begrüßen uns mit einer leichten Umarmung. Hinter dem BMW hupt ein anderes Auto. Wir gehen zum Auto und Felix hält mir die hintere Tür auf. Ich steige ein und begrüße Alex. Dann steigt auch Felix wieder ein und wir fahren los. "Wohin fahren wir denn?" frage ich die Jungs. "In eine Karaokebar. Allerdings treffen wir uns mit unseren Freunden, die nichts von unserer Swingerei wissen sollen. antwortet mir

Alex. "Was sagst du denen dann, woher wir uns kennen?" Kurz herrscht schweigen Auto. Alex und Felix scheinen zu überlegen bis Felix vorschlägt "Wir können ja sagen, dass du eine alte Schulfreundin von mir bist und dass wir uns in Hamburg wieder getroffen haben und Alex dich ganz heiß findet. Und das ist noch nicht einmal gelogen."

"Mensch Felix, du musst doch nicht immer alles gleich herausposaunen." wendet Alex etwas sauer ein. Es lässt mich etwas schmunzeln. "Und was macht ihr, wenn eure Freunde nachfragen, wo wir angeblich gemeinsam zur Schule gegangen sind?"

"Na dann fällt mir schon ein Ablenkungsmanöver ein." antwortet mir Felix und dreht sich schmunzelnd zu mir um. Mittlerweile parkt Alex in einer Seitenstraße ein. Dann steigen wir alle drei gleichzeitig aus und laufen ein kleines Stück. Dabei legt Alex leicht den Arm um mich. Es stört mich kein bisschen, da wir ja bereits miteinander intim waren. Hoffentlich macht er sich nicht wirklich Hoffnungen. Zur Not, falls es mehr wird, muss ich ihn in die Schranken weisen. Wir erreichen die Bar. Felix hält mir und Alex die Tür auf. Diese Bar ist gemütlich eingerichtet. Im ganzen Raum gibt es mehrere Tische, die von halbrunden, roten Polstergarnituren aus Leder, mit freiem Blick auf die Bühne umsäumt werden. Alex geht voraus, auf eine Gruppe von sechs Personen im hinteren Bereich zu. Er stellt mir Sofie, Marie, Ulla, Ali, Chris und Ben vor. Felix nuschelt etwas von alter Schulfreundin, als er mich mit ihnen bekannt macht. Keiner fragt genauer nach. Alle begrüßen mich, als wenn ich schon ewig dazugehöre. Wir bestellen eine Runde Cocktails. Die Stimmung ist ausgelassen. Alex weicht nicht von meiner Seite und streichelt mich hier und da etwas. Mit der Zeit bekomme ich mit, dass Sofie und Ali sowie Marie und Chris ein Paar sind. Ulla und Ben sind Geschwister, wobei ich bemerke, dass Ulla Felix immer wieder verträumt anschaut. Wir lachen über die missglückten Gesangsversuche der anderen Gäste. Und dann zieht Ulla Felix mit nach vorn und beide singen das Yvonne Catterfeld Lied "Für Dich". Dabei schaut Felix Ulla etwas belustigt an und Ulla singt mit hochrotem Kopf und schmachtet Felix an. Dabei klingt es noch nicht einmal besonders schief. Wahrscheinlich hat Ulla das Lied ewig geübt und Felix scheint ein performancetechnisches Naturtalent zu sein. Nun hoffe ich mal, dass ich nicht auch noch singen muss, denn das endet sicherlich in einer Katastrophe. Als die beiden an unseren Tisch zurückkommen, beschließe ich vorsichtshalber das stille Örtchen aufzusuchen, in der Hoffnung, so erst einmal um eine Gesangseinlage herum zukommen. Als ich bei der Toilette ankomme, merke ich, dass mich Ulla eingeholt hat. Sie wirft die Tür mit einem lauten Knall zu. "Man, das war ja gerade peinlich." sagt sie mehr zu ihrem Spiegelbild als zu mir. "Wieso? Es hat sich doch super angehört."

"Das meine ich doch nicht. Ich bin wieder angelaufen wie eine Tomate und Felix interessiert es überhaupt nicht. So ist es immer. Er grient vor sich hin und ignoriert mich einfach." Ulla dreht sich um und bleibt vor dem Waschtisch mit verschränkten Armen stehen. Sie schaut mich wütend an. "So würde ich das nicht sehen. Er ist vielleicht noch nicht bereit für eine Beziehung." versuche ich die Sache zu schlichten. Wenn Ulla nur wüsste, wie Felix seine Triebe befriedigt. Das konnte ich ihr nicht erzählen. "Wie gut kennst du ihn denn?" fragt sie nach. "Ich erinnere mich kaum noch an die Schulzeit. Wir haben uns erst vor kurzem getroffen." Beides war noch nicht einmal gelogen, deswegen frage ich Ulla gleich weiter "Wie lange kennst du ihn schon?"

"So ein Jahr. Irgendwie kannte einer den Anderen, bis sich so eine Art Clique ergeben hat."

"Und wie lange bist du schon in ihn verschossen?"

"Das hat sich so nach und nach ergeben. Genau kann ich es nicht sagen." Mir gehen die Ideen aus, deswegen frage ich "Müssen denn alle hier in der Bar singen?"

"Müssen nicht. Aber es ist eine Frage der Ehre. Sicherlich werden dich die anderen vier solange nerven, bis du aufgibst."

"Na das hat mir gerade noch gefehlt."

"Sing doch ein Lied mit Alex. Da suchst du dir ein Leichtes aus. Und Alex kann auch super singen."

"Ach ja, und welches soll das sein?"

"Barbie Girl, Mambo Nr. 5 oder bei Sign Your Name von Terence Trent D'Arby brauchst du nur den Background singen. Kennst du das?"

"Ja klar. Da muss ich noch mehr trinken, damit ich lockerer werde."

"Aber Alex ist schon in dich verschossen, oder?"

"Weiß nicht. So gut kenne ich ihn noch nicht."

"Naja, bevor Alex an einer Frau klebt wie an dir, dann muss schon eine Menge passieren und bei euch scheint da ja schon einiges gelaufen zu sein." Ich zucke mit den Schultern und gehe nun doch in eine Kabine bevor das Gespräch noch unangenehmer wird. Wenn sie das schon so sah, dass Alex in mich verschossen ist, dann muss ich ihm unbedingt sagen, dass aus uns nichts werden würde. Sex ja, aber nicht mehr. Ulla scheint auch eine Kabine aufgesucht zu haben, da zwei gackernde Hühner die Toilette betreten und sich lautstark unter Lachen über einen Typen lustig machen.

Als wir zu den Anderen zurückkehren, steht bereits eine neue Runde Cocktails auf dem Tisch. Der Rest der Truppe unterhält sich ausgelassen über eine vergangene Party. Ich setze mich auf die andere Seite der Bank neben Sofie, so dass sich Ulla neben Alex setzen muss. Daraufhin bekomme ich einen fragenden Blick von Alex, den ich einfach weg lächle. Die Stimmung am Tisch wird immer ausgelassener und Sofie und Ali stürmen zur Bühne und singen dort mit einigen schiefen Tönen "Liebe ist Alles" von Rosenstolz. Ihnen folgen Marie und Chris mit "Ich kenne nichts" von Xavier Naidoo. Ihnen ist anzusehen, wie verliebt sie sind und auch ihre Performance bekommt einen tosenden Applaus. Nun fehlten nur noch ich und Alex. Am liebsten würde ich die Bar einfach verlassen, nur um nicht auf die Bühne zu müssen. Eigentlich kann es mir egal sein, was die Anderen von mir halten, denn solche Sachen liegen mir eben nicht. Ehre hin oder her. Felix beginnt dann herum zu sticheln, was zur Folge hat, dass ich lautstark verkünde, dass ich nicht auf die Bühne gehen werde. Zu meiner Überraschung wird das von Allen akzeptiert. Stattdessen geht Alex ganz langsam auf die Bühne. Er singt das Lied "Ohne Dich schlaf ich heut Nacht nicht ein" von der Münchner Freiheit. Dabei schaut er mich immer wieder an. Die ganze Bar ist mucksmäuschenstill. An einigen Tischen sehe ich Feuerzeuge die hochgehalten werden. Er singt wirklich gut und bekommt einen tosenden Applaus mit Pfiffen. Dann verlässt er die Bühne und kommt direkt auf mich zu. Ich muss mehrmals schlucken. Klar mag ich ihn, aber ich empfinde für ihn rein gar nichts, was in Richtung Liebe geht. Als er vor mir steht, zieht er mich einfach in eine Umarmung. Mit etwas Widerstand mache ich ihm deutlich, dass mir das zu nah ist. Er versteht den Wink und setzt sich dann neben mich.

Der restliche Abend verläuft ganz entspannt, ohne dass Ulla weiter Felix bedrängt. Im Gegenteil, sie flirtet mit einem Typen vom Nachbartisch. Weit nach Mitternacht verlassen wir die Bar. Ich steige wieder zu den Jungs ins Auto, wo mich Felix fragt "Und wie fandest du den Abend?"

"Ganz lustig. Eure Freunde sind okay. Ulla ist total in dich verschossen." Felix dreht sich etwas zu mir um. "Ja, ich weiß. Aber was soll ich machen. Liebe kann man nicht erzwingen."

"Wobei wir beim Thema wären." Ich mache eine kleine Pause und rede dann weiter "Es tut mir leid Alex, aber bei mir wird da auch nie mehr sein, als das was es momentan ist."

"Wie ist es denn momentan?" fragt Alex mit einem Blick in den Rückspiegel nach. "Na eine Art Freundschaft Plus."

"Was macht dich da so sicher, dass es sich nicht entwickeln kann?" Ich schaue aus dem Fenster, damit ich ihm nicht mehr in die Augen sehen muss und lasse mir Zeit. Soll ich ihm von Max erzählen, der mich nicht los lässt? Aber für ihn war es wohl das Beste. "Mein Kopf ist einfach nicht frei für etwas Festes. Außerdem gibt es da jemanden in meinem Leben. Ist eine komplizierte Geschichte. Ich möchte nicht drüber reden."

"Aber bei Morgen bleibt es trotzdem?" fragt nun Felix nach. "Ja klar. Warum sollte sich daran etwas geändert haben?"

"Übrigens treffen wir uns im Hotel am Neumarkt. Da kannst du sicherlich hin laufen. Die Zimmernummer schicken wir dir per WhatsApp."

"Wie läuft das denn nun ab. Ich meine ja nur, so völlig blind. Was mache ich, wenn ich mal auf Klo muss?" Felix lacht. "Wenn das deine einzige Sorge ist. Da kannst du natürlich die Augenbinde abnehmen."

"Und dann?"

"Es läuft ganz ohne Probleme ab. Wir plaudern eine ganze Weile. Wir Jungs halten uns dann in der Nähe der Dame auf, die wir am sympathischsten finden. Du kannst auch die Jungs befummeln und die Ware sozusagen begutachten. Dann wählst du einfach aus."

"Aber was ist, wenn eine andere Frau auch einen Typen haben möchte, den ich mir ausgesucht habe oder umgekehrt."

"Da musst du eben schnell sein. Außerdem gibt es dafür ja noch die zweite, dritte und so weiter Runde. Denke nicht so kompliziert. Du wirst sehen, alles ergibt sich irgendwie."

"Habt ihr das schon mal so gemacht?" Felix antwortet mir "Ja, einmal, vor einem Jahr ungefähr. Und der Abend war gigantisch. Am Ende haben sich zwei Frauen gefunden, die dann eine Extrarunde eingelegt haben, als die Jungs schon alle fertig waren. Das hat dann dazu geführt, dass einige doch noch mal geil geworden sind. Erst gegen fünf Uhr sind die letzten gegangen."

"Puh, das war bestimmt anstrengend. So lange halte ich das nicht aus."

"Mach dir keinen Stress. Es wird schon." beruhigt mich nun Alex. Da nun weniger Verkehr auf den Straßen ist, kommen wir viel schneller an meinem Hotel an, als auf dem Hinweg. Wir verabschieden uns und der BMW braust in die Nacht.

Wie es wohl morgen sein wird? Wenn ich daran denke bekomme ich schon wieder ein wenig Herzklopfen. Warum nur musste sich Alex in mich vergucken? Das hemmt mich irgendwie, weil ich immer das Gefühl habe, ich könnte ihn verletzen. Aber wenn ich morgen die Augen verbunden habe, dann habe ich ja keinen bewussten Einfluss auf den Abend.

Die Hotellobby ist fast leergefegt. Durch die offene Tür der Bar sehe ich ein paar Herren am Tresen sitzen. Ihre Blicke folgen mir zum Fahrstuhl. Deswegen beeile ich mich und hoffe, dass der Lift schnell kommt. Als ich dann in meinem Zimmer bin, schaue ich noch einmal über die Stadt. Ich bin immer noch von dem Ausblick fasziniert. Nach einer ganzen Weile gehe ich ins Bad und anschließend ins Bett.

Am nächsten Morgen wache ich erholt und ausgeruht auf. Nach dem Frühstück verlängere ich mein Zimmer für einen weiteren Tag, denn wenn es am Abend wirklich spät werden sollte, habe ich keine Lust, schon am Vormittag übermüdet das Zimmer zu verlassen. Anschließend schlendere ich durch die Dresdner Altstadt bis zu dem Erotikshop. Dort angekommen überrascht mich die Größe des Ladens. Hinter dem Tresen steht eine nette Brünette, die mich freundlich anlächelt. Ich suche mir einen G-Punktvibrator und ein neues Outfit für den nächsten Clubbesuch aus. Dann esse ich in einem kleinen Lokal in einer Seitengasse und kehre in mein Hotel zurück, wo ich noch ein kleines Nickerchen mache. Am Nachmittag kommt eine Nachricht von Felix, in der er mir mitteilt, wo ich am Abend hinkommen soll. Nach fast zwei Stunden im Bad ziehe ich mir halterlose Nylons und High Heels an. Meine Haare flechte ich zu einem langen Zopf. Anschließend ziehe ich mir meinen kurzen Mantel darüber. Im Spiegel an meiner Zimmertür drehe ich mich hin und her und beschließe einen kurzen Rock darunter zu ziehen, da mein Mantel sonst viel zu kurz ist. Schnell verlasse ich mein Zimmer und das Hotel. Laut GoogleMaps kann ich den Weg per Fuß zurücklegen. Da ich noch etwas Zeit habe, muss ich mich nicht beeilen. Am Hotel angekommen, finde ich den Seiteneingang und betätige die Klingel für die Suite sechs Punkt drei. Durch die Sprechanlage höre ich Felix. "Nehmt den Fahrstuhl und fahrt in den sechsten Stock. Dann ist es die zweite Tür links." Der Türsummer ertönt und ich laufe in den kleinen Hausflur. Es sieht gar nicht wie ein Hotel aus. Eher wie ein Wohnhaus. Im Fahrstuhl ziehe ich meinen Rock aus und stopfe ihn in meine Handtasche. Mein Puls rast. Als ich den Fahrstuhl verlasse, kann ich von oben in einen Innenhof schauen. Vor der Tür atme ich noch einmal tief durch. Ich betätige die Klingel an der Tür und schließe meine Augen. Meine Hände sind eiskalt und meine Knie werden weich. Die Zeit scheint nicht zu vergehen. Ich höre Schritte. Meine Sinne sind geschärft. Die Tür öffnet sich. "Hallo Jasmin. Schön, dass du da bist." höre ich Alex Stimme. Ich bringe nur ein leises "Hallo" heraus. "Bist du aufgeregt?" Ich nicke. "Wenn du bereit bist, dann dreh dich um, damit ich dir die Augen verbinden kann. Du kannst auch wieder gehen, wenn du es dir anders überlegen möchtest." Ich schüttle mit dem Kopf und drehe mich um. Dann spüre ich den kühlen Stoff auf meinen Augen und den Druck des Knotens an meinem Hinterkopf. "Ist es zu fest?" fragt Alex und ich antworte "Nein, es geht."

"Bist du bereit?" fragt Alex. "Das solltest du allein herausfinden." necke ich ihn. Ich kann sein Lächeln hören. Er hackt mich am Arm unter und wir gehen durch die Tür. Ich höre verschiedene Stimmen. Die Unterhaltungen sind locker und lustig. "Darf ich dir deine Tasche und den Mantel abnehmen?" Wieder nicke ich nur. Nachdem Alex alles in einen Schrank geräumt hat, hackt er sich wieder bei mir unter. "Ich stelle dir mal die anderen Leute vor. Es fehlen noch vier Herren." Als wir den Raum betreten, verstummen die Gespräche. Alex stellt mich der Runde vor und führt mich zum ersten Herren. Ich spüre seinen frischen Atem, bevor er mir ein Küsschen auf die Wange gibt. Dabei berührt er mich vorsichtig an der Hüfte. Er stellt sich als Uwe vor. Sein Duft ist angenehm und ich lege meine Hand auf seine Schulter, die sich kräftig anfühlt. Wie viel man wahrnahm, wenn man nicht sehen konnte. Alex führt mich weiter zum nächsten Herren und zum nächsten. Alle riechen gut. Bei einem fällt mir die besondere Stimme auf. Bei einem Anderen fühle ich große, aber dennoch zarte Hände. Ich kann mir nicht alle Namen merken, erst recht nicht ohne visuelle Verknüpfung. Dann gelangen wir zu dem Paar und der Solodame. Wir betasten uns vorsichtig. Die Gespräche im Raum nehmen wieder Fahrt auf. "Möchtest du etwas trinken?" fragt mich nun Felix. "Ja gern." Er führt mich in eine Art Küche, ohne dass wir eine Tür passieren. Ich lehne mich an die Arbeitsplatte. Ein Kühlschrank wird neben mir geöffnet. "Ein Sektchen?" fragt Felix. Ich nicke. Die Türklingel ertönt und ich erschrecke mich. Die Herren in meiner Nähe lachen darüber. Irgendjemand sagt "Du bist nicht die Erste, der das passiert." Und dann werden die Gespräche locker fortgeführt. Die Männer fragen mich belanglose Dinge, die ich brav beantworte. Ich bekomme ein Glas in die Hand gedrückt und trinke den ersten Schluck der prickelnden Flüssigkeit. Durch den Alkohol entspanne ich mich immer mehr. Die neu hinzu gekommenen Herren stellen sich mir vor. Jemand kramt hinter mir herum, so dass ich wieder in den Raum hineintrete. Gleich darauf spüre ich etwas Kaltes auf meinen Lippen. "Weintrauben?" fragt mich eine mir unbekannte Stimme. Ich öffne den Mund und werde mit köstlich süßen Früchten gefüttert. Es kommt mir so vor, als ob es das normalste der Welt ist, hier auf dieser Party zu sein. Als ob sich alle schon ewig kennen.

Nach zwei weiteren Gläsern spüre ich die erste sanfte Bewegung. Ein Finger fährt ganz sanft von meiner Poritze, an meine Wirbelsäule entlang, Richtung Nacken. Ich kann nicht sagen, von wem diese Berührung ausgeht. Ich habe mich die ganze Zeit über, mit vier Herren, die ich alle aus dem Gespräch heraus sympathisch finde, unterhalten. Den Stimmen nach sind Alex und Felix nicht darunter. Die Berührung lässt meine Haut, sichtbar für jeden, kribbeln. Meine Nippel ziehen sich zusammen. Mir wird mein leeres Glas abgenommen. Ich bin sowieso schon leicht beschwipst. Ich lausche in den Raum, in dem es verdächtig ruhig geworden ist. Auch die anderen Unterhaltungen sind leiser geworden. Die Luft knistert fast vor Erotik. Jemand nimmt meine Hand und zieht mich näher zu sich heran. Dann wird meine Hand auf eine Männerbrust abgelegt, die sich in Höhe meines Kopfes befindet. Ich fühle den Stoff eines Hemdes. Die Muskeln darunter sind hart und zucken neckisch, als wöllte mir, der Mann dem sie gehören imponieren. In meinem Kopf ploppt sofort ein Bild von Rocky, aus diesen Boxerfilmen auf. Meine Hand streicht fast schon automatisch über das Hemd und sucht nach den Knöpfen. Wieder spüre ich ein Streicheln, diesmal von meinem rechten Knöchel hinauf zu meinem Po. Ich muss leise aufstöhnen. Fast schon, wie von allein knöpfen meine Hände das Hemd auf. Ich streiche über die weiche glatte Haut und fühle harte Brustwarzen. Der Typ vor mir umfasst meinen Nacken und zieht mich noch näher zu sich heran. Er muss sich ein Stück herunterbeugen. Ich spüre es an meinen Händen. Mit sanftem Ziehen an meinem Zopf wird mein Kopf nach hinten gedrückt. Weiche Lippen treffen auf meine. Der Kuss ist sanft. Ich versinke darin. Dann nimmt er meinen Kopf zärtlich in seine großen Hände. Eine forsche Zunge teilt meine Lippen. Ich erkunde weiter den Körper vor mir und fühle die trainierten Muskeln. Auf meinen Rücken spüre ich jetzt mehrere Hände. Jede ist anders. Eine ist rau. Eine andere ist kalt und eine dritte zart und weich. Ich küsse den Mann vor mir immer inniger, bis er den Kuss löst und mich umdreht. Mit großen Händen, die mich wie in ein Kokon einhüllen wird mein Körper an den Leib hinter mir gedrückt. Ich spüre einen Gürtel, weichen Stoff und einen harten Schwanz an meinem Rücken. Die Hände die erst meinen Rücken erkundet haben, berühren jetzt meine Vorderseite. Die Berührungen sind ganz zart. Ich lehne meinen Kopf an die starke Brust hinter mir. Lippen knabbern an meinem Ohr und dann flüstert er mir ins Ohr "Macht dich das heiß, so viele Hände auf deiner Haut?" Ich muss schlucken und kann kaum noch denken. Meine steif aufgerichteten Nippel werden zärtlich liebkost. Es folgen Lippen die sanft darüber lecken. Es bleibt ein kaltes Gefühl darauf zurück. Der Ständer hinter mir reibt sich an mir. "Du machst mich heiß." raunt er in mein Ohr. Ich presse meine Beine fester aneinander, damit meine Geilheit geheim bleibt, denn ich spüre, wie nass es zwischen meinen Schenkeln geworden ist. Der Duft der Männer hüllt mich ein und benebelt meine Sinne. Immer mehr Lippen küssen meinen Körper. Jemand drängt meine Beine auseinander. Ich höre ein Zischen und dann die erste sanfte Berührung an meinen Schamlippen. Kühle Finger verreiben die Nässe um meine pochende Perle, während meine Nippel von zwei Münden und zwei Zungen liebkost werden. In meinen Bauch zieht es fast unerträglich und ich halte es kaum noch aus. Mein Stöhnen hallt im Raum wieder. "Das gefällt dir wohl. Lass dich gehen, meine kleine Schlampe." Bei diesem Wort durchzuckt es mich. Ja, ich bin eine Schlampe, aber ich genieße es umso mehr. Alle Empfindungen zusammen sind fast zu viel. Den harten Kolben in meinen Rücken kann ich nicht mehr ignorieren. In mir drängt immer mehr das Verlangen in mein Bewusstsein, den harten Phallus aus der Hose zu befreien und ihn mit meinen Lippen zu umschließen. Ich drehe mich einfach um und beginne wild die Brust vor mir zu küssen. Dabei sinke ich immer tiefer in die Hocke. Ich bin so geil. Meine Hände nesteln den Gürtel und die Hose auf. Ich taste weiter und fühle sofort nackte Haut. Mein Verlangen nach diesem harten Schwanz ist nicht zu bändigen.

Ich ertaste das harte Stück, wichse den beachtlichen Kolben einige Male langsam und umschließe dann mit meinen Lippen die pralle Eichel. Ich gehe in einen saugenden, wichsenden Rhythmus über und umkreise mit meiner Zunge immer wieder den Schaft. Rocky beginnt zu stöhnen und er legt eine Hand auf meinen Kopf, die mich dazu drängt, den Kolben immer tiefer zu blasen. "Du machst das so geil." bringt er unter keuchen heraus. Dann wird mein Po umfasst und nach oben gezogen, ohne dass ich mein Blaskonzert unterbreche. Meine Beine werden auseinander gedrängt. Ich höre Gürtel klappern und ich befürchte, dass mich gleich der erste Schwanz ficken wird. Doch flinke Finger beginnen von hinten meine pochende Klitoris zu umkreisen, während meine Nippel gezwirbelt werden. Die Empfindungen überrollen mich. Meine Konzentration ist dahin. Rocky umfasst mein Gesicht und zieht mich nach oben. Kurz wird mir schwindelig und ich rette mich an seine Brust. Er sagt "Kommt, wir suchen uns ein freies Zimmer" und nimmt mich einfach auf den Arm, als wäre ich eine Feder. Wir laufen ein paar Schritte über Teppich. Ich höre Gürtel klappern und eine Frau laut stöhnen "Ja, gib's mir, fick mich hart durch." Dann folgt ein klatschen. Vermutlich hat sie für ihre Äußerung eine auf dem Arsch bekommen. Die Geräusche werden wieder leiser und dann werde ich einfach in die

Luft geworfen. Vor Schreck schreie ich laut auf. Dann lande ich in einem weichen Bett. Die Herren um mich herum lachen. Ich horche in den Raum, doch es ist still. Nur die Geräusche der wilden Orgie aus dem Nachbarzimmer drängen an mein Ohr. Die Stille ist komisch und ich frage nach kurzer Zeit "Hallo?" Die werden doch nicht alle zu der anderen Tussy gegangen sein? "Seid ihr noch da?" frage ich in den Raum. Nichts, keine Reaktion. Langsam wird's mir zu doof. Sollte ich aufstehen und gehen? Dann spüre ich eine Bewegung an meinen Füßen. Mir werden beide High Heels gleichzeitig ausgezogen. Erleichtert atme ich aus. An meinen Kniekehlen werde ich nach unten gezogen. Meine Beine werden sanft auseinander gedrückt. Links und rechts von mir gibt die Matratze nach. Dann berühren mich wieder vier Hände. Mein ganzer Körper wird sanft gestreichelt und dann spüre ich den heißen Atem an meiner Scham. Eine Zunge fährt an meiner Ritze entlang und leckt meine Säfte ab. Sie findet schnell meinen harten Lustknopf, der mit schnellen Flatterbewegungen verwöhnt wird. An meinen harten Nippeln saugen nun zwei Münder und ich halte es vor Geilheit kaum noch aus. Ich stöhne meine ganze Lust heraus. Ich fühle an meinen Fingern Haut. Ich taste weiter und finde je zu meiner Seite einen harten Schwanz. Einer davon kommt mir vertraut vor. Es kann nur der von Rocky sein. Ich umfasse beide und beginne mit leichten Bewegungen, soweit es meine Sinne zulassen. Mir wird eine Strähne aus dem Gesicht gestrichen. Diese Geste kommt mir fast zu zärtlich vor. Doch ich kann nicht weiter darüber nachdenken, da die Zunge an meiner pochenden Klit und die Liebkosungen meiner Nippel in meinen Bauch ein Feuerwerk auslösen. Dann schieben sich zwei Finger tief in mich hinein und beginnen mich leicht von innen zu massieren. Meine Ekstase schwillt ins unermessliche an. Ich bin so kurz vor dem Orgasmus, da verschwinden Zunge und Finger einfach zwischen meinen Beinen. Ich stöhne frustriert auf. "Kannst es wohl kaum erwarten, so ungeduldig wie du bist." ertönt eine mir bekannte Stimme aus der Gruppe der vier. "Er soll mich weiter lecken. Ich war so kurz davor." antworte ich frustriert. "Woher willst du wissen, dass es ein Mann war, der dich geleckt hat?" Dem kann ich nichts antworten. "Wir haben noch viele schöne Sachen mit dir vor." sagt nun ein anderer. Dann werde ich an den Armen nach oben gezogen, so dass ich vor dem Bett zum stehen komme. Ich werde einen Moment so gehalten. Ich höre etwas rascheln und vermute, dass es ein Kondompäckchen ist. "Steige auf das Bett." höre ich. Ich versuche mich umzudrehen, werde aber daran gehindert. Meine Beine werden nun gelenkt und ich werde an meinen Oberarmen nach oben gezogen. Nun stehe ich breitbeinig auf dem Bett. "Und jetzt gehst du ganz langsam in die Hocke." höre ich Rocky unter mir. Während meine Arme weiter gehalten werden, senke ich meinen Hintern Richtung Bett ab. Meine Hüften werden von großen Händen umfasst. "Oh ja Baby, dein Arsch sieht so geil aus." Dann spüre ich auch schon etwas Hartes an meiner Pussy. Ich halte kurz inne, doch die Hände drängen mich tiefer. Im Nu werden meine Schamlippen geteilt und ein steifer Schwanz schiebt sich in mein nasses Loch. Die Größe dehnt mich und ich schnappe kurz nach Luft. Rocky unter mir stöhnt auf. "Ich wusste, dass du so eng sein wirst." Dann dirigieren mich seine Hände einige Male auf und ab. Er stößt tief in mir an und es macht mich unendlich geil. Fast schon automatisch reite ich ihn unter Stöhnen immer schneller, bis er mich festhält. "Nicht so schnell mein wildes Kätzchen." Er zieht mich zu sich nach unten, so dass ich mit meinem Rücken auf seiner Brust zum liegen komme. Er umfasst mich mit seinen starken Armen. Er fickt mich von unten sanft weiter, während er meine Nippel zwischen seinen Fingern rollt. An meiner Pussy spüre ich wieder sanft die leckende Zunge, die beginnt ihr Spiel von zuvor fortzuführen. Der Schwanz in mir berührt den geilen Punkt in mir, so dass ich vor Erregung kaum noch klar denken kann. Meine Geilheit wächst stetig. Die Stimme an meinem Ohr flüstert "Du bist so scharf und eng. Ich spüre dass du gleich kommst. Komm für mich Kätzchen." Dann überrollt mich der Orgasmus fast zu schnell. Ich stöhne meine ganze Lust laut heraus und lasse mich vor den Jungs gehen. "Genieße es Kätzchen. Schrei es laut heraus." flüstert er mir wieder ins Ohr. Die Zunge leckt mich unaufhörlich weiter. Es ist zu viel und ich schiebe den Kopf weg. Unverzüglich beginnt der Typ unter mir mit harten Stößen. Er hält mich immer noch fest in seinen Armen. Irgendwie dreht er uns um und zieht mich auf die Knie. "So mein Kätzchen, jetzt besorg ich es dir so richtig." Jemand erfasst meinen Zopf und zieht meinen Kopf nach hinten. Es ist eine sanfte Geste. Die Stöße werden immer härter. Mit seinen Händen umfasst er meine Hüften. Jeder Stoß geht mit dem aufeinander klatschen unserer Leiber einher. Sein harter Fick macht mich immer geiler, so dass ich kaum noch klar denken kann. All meine Sinne konzentrieren sich auf meine Empfindungen. Ich bemerke wieder Bewegungen auf dem Bett und kurz darauf schiebt sich ein harter Schwanz zwischen meine Lippen. Sofort sauge ich gierig daran und der Typ vor mir stöhnt auf und flutet meinen Mund mit salzigem Sperma. "Das sieht so geil aus, mein Kätzchen. Du machst mich so scharf, dass ich gleich komme." Er stößt noch einige Male hart zu, bis der nächste Orgasmus über mich hinweg rollt. Dann wird es auf einmal ruhig hinter mir und der schöne Prachtschwanz verlässt meine Lustgrotte. Ich bedaure dies augenblicklich und fühle sofort die Leere in mir. Auf meinem Arsch landet eine Hand und das Brennen setzt sofort danach ein. "So mein Kätzchen, jetzt sind erst einmal die Anderen dran." höre ich Rocky sagen. Ich bemerke, dass sich jemand neben mich auf das Bett legt und dann sagt eine andere Stimme "Komm steig auf mich drauf, ich will dass du mich reitest." Meine Hand wird vom Laken gelöst und wird auf eine Männerbrust gelegt. Ich taste den Körper mit meinen Händen ab. Er ist drahtig, hat aber dennoch wohlproportionierte Muskeln. Ich fühle eine leichte Behaarung. Es stört mich nicht. Dann fühle ich weiter an dem Körper entlang und finde einen harten, Kondom bestückten Schwanz. Er ist leicht gebogen und hat eine durchschnittliche Größe. Die Eier sind blank rasiert. Eine Hand streichelt an meinem Körper entlang, zieht mich näher heran. "Los trau dich. Setz dich auf meinen Schwanz." Ich gehorche und schwinge meine Beine über den Körper, bleibe aber auf meinen Knien. Er korrigiert meinen Position, nimmt meine Hände, die er mit seinen umfasst und sagt dann "Und jetzt senk schön deinen Arsch nach unten." Langsam sinke ich tiefer. "Oh ja, Kätzchen das sieht geil aus. Reck deinen Arsch schön raus." höre ich Rocky hinter mir. Ich spüre die Schwanzspitze an meiner Pussy. "Mach langsam, ich will jeden

Millimeter genießen." sagt der Typ unter mir. Mit seinen Händen dirigiert er mich. "Ist das geil." stöhnt er jetzt schon. Als ich ganz auf der harten Latte sitze, merke ich, welche ungeahnten Zonen er in mir berührt. Mit seinen Händen zieht er mich wieder höher. Er zwingt mir immer schnellere Bewegungen auf. Unsere Hände lösen sich und er legt seine, auf meinen Hüften ab. Er schiebt mich immer fester auf seine Lanze und er trifft genau diesen geilen Punkt in mir. Meine Erregung wächst schnell. Meine Sinne sind wie benebelt. Ich lege mich einfach auf dem Körper unter mir ab, ohne dass die Stöße in mein Fickloch abreißen. Er stößt nun mehr von unten in mich, als dass ich ihn noch reite. Immer wieder wird mein Lustpunkt stimuliert und mit einem langen Stöhnen rast der Orgasmus über mich hinweg. "Ja, spritz schön ab du kleine Schlampe. Das macht mich an, wenn dein Saft meine Eier flutet." Unermüdlich fickt er mich weiter, bis ich erneut komme und den Typen unter mir mitreiße. Wir bleiben für einige Herzschläge still liegen. Im Raum setzt bedächtiges Gemurmel ein. "Na, Kätzchen bist du schon müde?" fragt Rocky. Ich erhebe mich, rolle mich von dem Körper herunter und bleibe auf dem Bett sitzen. "Hier trink einen Schluck." sagt nun ein Anderer. Mir wird ein Glas an die Lippen gehalten. Mit meinen Händen taste ich danach und trinke gierig daraus, da muss ich wenigstens nicht antworten. Dann höre ich Alex

"Wie weit seid ihr? Die anderen sind schon im Wohnzimmer." Rocky antwortet "Wir kommen auch gleich." Nun klappen wieder Gürtel. Jemand zieht mir meine High Heels wieder an. Dann werde ich nach oben gezogen. Als ich auf meinen Beinen stehe, wird mir kurz schwindelig. Sofort werde ich von einer Männerhand gestützt und in den Wohnraum geführt. Dort angekommen übernimmt Felix wieder das Wort "Super, dass ihr alle wieder hier seid. Ich nehme mal an, ihr hattet alle euren Spaß." Im Raum setzt Gemurmel ein und einige lachen laut. "Wir nehmen jetzt den Damen die Augenbinden ab." Ich spüre, wie mir jemand das Band vom Kopf zieht und muss erst kurz blinzeln, bis sich meine Augen an das Licht gewöhnt haben. Dann schaue ich mich im Raum um. Ich erkenne Rocky sofort und muss leicht schmunzeln, denn mein inneres Bild von ihm bestätigt sich. Ich erkenne den drahtigen Typen, den ich kurz zuvor noch geritten habe. Alle Anderen kann ich nicht zuordnen. Nach einer Dusche entstehen in der nächsten Stunde lockere Gespräche. Ich lerne alle Männer näher kennen und die Atmosphäre ist ungezwungen, fast freundschaftlich. Mit zwei jungen Männern verstehe ich mich recht gut. Ich weiß noch nicht einmal, ob sie in der ersten Runde bei mir dabei waren. Als ich noch einmal nach den Namen frage, stellen sie sich als Peter und Andy vor. Es sind niedliche

Durchschnittstypen, die im Club wahrscheinlich nicht meine erste Wahl wären. Die andere Solodame verbindet gerade ihren ersten Auserwählten die Augen. Es ist Rocky und er muss dafür in die Hocke gehen. Es folgt ein zweiter, dritter und vierter. Die beiden Jungs neben mir schauen ihr interessiert lächelnd zu. "Na, hast du nicht auch Lust auf eine zweite Runde?"

"Ja, schon, aber von mir aus auch ohne Augenbinden?"

"So sind die Regeln. Wir finden es spannend, wenn die Frau mal sagen muss, was sie will. Das löst die Hemmungen. Probier es aus."

"Na gut, dann machen wir das. Wenn ich es nicht gut finde, dann können wir ja weiter sehen." Peter zieht eine Augenbinde aus seiner Hosentasche und reicht mir diese. Langsam verbinde ich ihm die Augen. Gleiches mache ich bei Andy. Dann nehme ich die beiden an die Hand und laufe in ein freies Schlafzimmer. Dort angekommen, ziehe ich mir erst einmal meine Schuhe aus. Andy und Peter stehen einfach im Raum. Ich umrunde beide und berühre sie hier und da ein wenig. Irgendwie fühle ich mich unbeholfen. Es ist nicht mein Ding, die Initiative zu ergreifen. "Du musst schon anfangen oder uns Anweisungen geben, was wir machen sollen." sagt Andy. "Anweisungen gehen auch?" frage ich nach. "Ja, klar." antwortet Peter. "Na dann zieht mal eure Hemden aus." Andy und Peter gehorchen mir. Kurz darauf kann ich auf zwei nackte Männeroberkörper blicken. Andys Brust ist kahl. Bei Peter kringeln sich kleine Löckchen auf den Brustmuskeln. Ich streiche mit meiner Hand darüber. Sofort ziehen sich seine Brustwarzen fest zusammen. Da die beiden nebeneinander stehen, kann ich mich mit meiner anderen Hand Andy zuwenden. Meine Berührung zaubert ihm ein Lächeln auf die Lippen. Soll ich ihnen sagen, dass sie mich streicheln sollen? So recht kann ich mich noch nicht überwinden. Ich umrunde sie und berühre die Rückseiten. Beide zeigen kaum eine Regung. Ihre Hosen sitzen knapp auf den Hüften. Das hier führt zu nichts, wenn ich nicht die Initiative ergreife. Also stelle ich mich wieder vor den Jungs auf. "Streichelt mich. Ich stehe genau vor euch." flüstere ich. "Wo sollen wir dich streicheln." fragt Peter. Ich antworte "Überall." Andy und Peter beginnen meinen Körper sanft zu streicheln. Meine Brüste lassen sie gekonnt aus. Es macht mich wahnsinnig. "Zwirbelt vorsichtig meine Nippel" flüstere ich. Die Jungs gehorchen mir aufs Wort. Peters Lippen sehen unheimlich weich aus. Ich packe in sein volles Haar und ziehe ihn zu mir heran. Unser Kuss ist leidenschaftlich und wild. Ich schiebe ihn tiefer. "Leck meine Nippel und sauge fest daran." Peter rutscht tiefer und macht es genauso, wie ich es mag, so dass ich ein Stöhnen nicht unterdrücken kann. Andys Hose sieht recht eng aus, da sich sein Schwanz deutlich darunter abzeichnet. "Andy, zieh deine Hose aus." Nun kommen mir die Anweisungen schon leichter von den Lippen. Andy gehorcht. Sein steifes Glied steht hart nach oben. Ich greife danach, umfasse seinen Phallus und wichse ihn ein wenig. Währenddessen verwöhnt mich Peter immer weiter, aber nur eben an meinen Brüsten. "Zieh deine Hose auch aus Peter." Auch er gehorcht mir aufs Wort und ich schaue ihm dabei zu. Als Andy und Peter nun nackt nebeneinander stehen, gehe ich in die Hocke. Mit je einer Hand umfasse ich einen Lümmel. Endlich kann ich mal ungeniert die Teile betrachten. Andys Fickbolzen ist prall geädert und beschnitten. Peters ist lang und ziemlich durchschnittlich. Dennoch entscheide ich mich für diesen. Mit meinen Lippen umschließe ich die pralle Eichel und sauge kräftig daran. Dies entlockt Peter ein Stöhnen, dann sagt er "Lutsch schön an meinem Willi. Du machst das geil." Immer heftiger sauge ich an der Latte, bis Peter heftig stöhnt. Dann wechsle ich zu Andy und verwöhne sein Teil ebenso. Als ich von ihm ablasse, weil meine Knie beginnen zu schmerzen, schmeiße ich mich auf das Bett und sage "Los ihr geilen Hengste, kommt zu mir und leckt mir meine Fotze bis ich komme." Peter tastet sich zu mir vor. Wieder werde ich an den

Beinen nach unten gezogen und einen kurzen Moment später spüre ich die weiche, warme Zunge an meiner harten Lustperle. Auch Andy kommt näher. "Verwöhn meine Nippel." sage ich zu ihm. Mittlerweile klappt es ganz gut mit den Anweisungen und ich finde es gar nicht mehr so schlecht. Peter hat eine wahre Wunderzunge, so dass meine Erregung immer weiter wächst. Von meinen Nippeln zieht ein wohliger Schauer nach unten und treibt mich schier in den Wahnsinn. "Los, schieb noch zwei Finger in mich rein." fordere ich und Peter gehorcht mir unverzüglich. Seine Finger massieren mich von innen, die Zunge verwöhnt meine Perle und Andy bearbeitet meine Nippel gekonnt. Die Empfindungen überschlagen sich. Alles kribbelt an und in mir und es ist unheimlich geil, so, dass es gar nicht mehr lange dauert, bis ein gigantischer Orgasmus über mich hinweg rollt. Nachdem dieser verebbt ist, wende ich mich wieder Peter zu. Ich habe ihn zu mir auf das Bett gezogen und küsse ihm meine Säfte von den Lippen. Dann angle ich mir eine Kondom aus dem kleinen Schälchen vom Nachttisch und sinke wieder tiefer. Die Lümmeltüte ziehe ich mit meinen Mund über Peters harte Latte. In Erwartung unserer Vereinigung stöhnt Peter leicht auf. Ich nehme seine Hand und ziehe ihn auf mich, zwischen meine Beine. "Und jetzt fickst du mich richtig schön durch." Schnell ist sein

Lustkolben in mir versenkt. Mit meinen Beinen umklammere ich seinen Körper und dränge ihn, fester zu stoßen. Meine Hände finden seinen festen Arsch, in den ich meine Finger kralle. Der harte Schwanz massiert meine geile Fotze und lässt meinen ganzen Körper kribbeln. Andy sitzt neben mir auf dem Bett und hört unserem Treiben zu. Er wichst seinen Schwanz. "Halt ihn schön bei Laune, du bist auch gleich dran."

"Ich kann es gar nicht erwarten, deiner Pussy einen Besuch abzustatten. Willst Du mich schön reiten. Ich steh da drauf." Währenddessen treibt Peter seinen Schwanz unermüdlich in meine Pussy. Meine Erregung wächst und ich kann den nahenden Orgasmus schon fast fühlen. Noch einmal treibe ich Peter an "Oh ja, mach's mir, ich komme gleich." Peter gibt noch einmal richtig Gas und fickt mich zum Höhepunkt. Kurz danach zieht sich Peter aus mir zurück. Ich krabble weiter auf das Bett, angle mir eine Kondom und ziehe es Andy über. Als er das bemerkt entweicht ihm ein Zischen "Oh ja Baby. Das machst du geil." Ich küsse ihn, damit er endlich die Klappe hält und schwinge mich dabei auf seinen Schoß. Ich greife nach seiner steifen Latte und dirigiere ihn an meine Grotte. Andy sitzt mit dem Oberkörper an das Betthaupt gelehnt da. Während ich langsam nach unten gleite und der harte Kolben mein Fleisch dehnt, umfasse ich Andys Nacken mit meinen Händen.

Andy legt seine auf meinen Hüften und drückt mich hart auf seinen Schoß. "Du fühlst dich geil an. Los beweg deinen Arsch, reite meine Prachtlatte." Ich erfülle ihm seinen Wunsch und beginne mit zarten auf und ab Bewegungen. Immer energischer versucht mich Andy auf seinen Schoß zu schieben, wenn ich mich nach oben bewege. Ich küsse ihn wild. Unser Fick ist ein Machtkampf und ich genieße die harten Stöße in mein gieriges Loch. Ich gebe mich völlig meiner Gier und Befriedigung hin, so dass ich viel zu spät bemerke, dass sich Peter hinter mir positioniert hat. Er schiebt erst einen und dann zwei Finger in meine Rosette. Noch einmal verstärken sich meine Empfindungen. Meine ganze Haut kribbelt und ich keuche auf. Auch Andy ist das nicht entgangen "Das wird eng Baby. Los Peter, schieb ihn ihr schon hinten rein. Die braucht das jetzt." Bevor ich protestieren kann, hat Peter seinen Schwanz an meine Rosette angesetzt und drängt sich immer weiter zwischen meine Arschbacken. Ich genieße jeden Millimeter, den er tiefer in meinen Anus eindringt. Selbst Andy hält in seiner Bewegung inne. Als beide Schwänze tief in mir stecken, spüre ich, wie sie mich ausfüllen. Andy flüstert nun in mein Ohr "Na wie ist das? Zwei steife Latten in dir? Du entscheidest, wie tief du uns haben willst. Musst nur deinen Arsch bewegen." Vorsichtig beginne ich mich zu bewegen. Erst langsam und dann kann ich vor lauter Geilheit nicht mehr an mir halten und reite die Schwänze immer schneller. Meine Sinne werden wie benebelt von so viel Empfindungen. Ich fühle mich, als ob ich schwebe und stöhne meine Lust laut heraus. Nun übernehmen Andy und Peter immer mehr die Initiative, so dass ich mich vollends fallen lassen kann. Ich lege mich einfach auf Andys Körper ab und genieße. Mein Höhepunkt rauscht gigantisch in meinem Leib und meinen Ohren. Mein ganzer Körper fühlt sich losgelöst vom hier und jetzt an. Die beiden treiben noch einige Male ihre Lustkolben in mich und kommen dann fast gleichzeitig. Mir ist es eine Genugtuung, dass sie ihren Höhepunkt durch meine Löcher erlangt haben. Keuchend verharren wir zu dritt einen Moment. Im Raum setzt Gemurmel ein und ich bemerke erst jetzt, dass wir einige Zuschauer haben. Peter löst sich von mir und ich rolle mich einfach von Andy herunter und bleibe im Bett liegen. "Willst du noch einen Nachschlag?" fragt ein Typ ohne Augenbinde, der seinen harten Schwanz wichst. Er ist vollkommen angezogen und hat nur sein bestes Teil aus der Hose befreit. Ich fühle mich matt und befriedigt, so dass ich mit dem Kopf schüttle. Alex drängt sich in den Raum und grinst mich an. "Lasst Jasmin erst einmal bisschen Luft holen und geht was trinken." Er scheucht alle Männer einschließlich Peter und Andy aus dem Raum. Er schließt die Tür und legt sich neben mich. Wir schauen beide zur Decke. Ich spüre, dass ich etwas wund unten rum bin. Dann fragt Alex "Bereust du es?"

"Nein, warum sollte ich?"

"Andy kann schon manchmal etwas energisch sein."

"Mach dir keinen Kopf. Es ist alles gut." Er sucht meine Hand und wir halten uns kurz an den Händen. "Warum warst du nicht dabei?" Es vergeht einiges an Zeit bis er antwortet "Ich konnte nicht." Ich frage nicht weiter nach, weil ich genau weiß wohin das führt. Deswegen sage ich "Ich muss unbedingt etwas trinken gehen." Dann erhebe ich mich und suche meine High Heels. Ich schaue etwas wehleidig auf Alex. "Was ist? Kommst du mit?"

"Lass mir noch ein paar Minuten. Ich muss hier noch etwas aufräumen." Als wenn er das nicht später machen könnte. Ich gehe ins Bad unter die Dusche und anschließend in die Küche. Felix kümmert sich unverzüglich um mich. Er schenkt mir ein großes Glas ein und verwickelt mich in ein Gespräch. Die Stimmung im Raum ist nun ausgelassen. Die anderen zwei Frauen sind schon reichlich beschwipst. "Hast du schon den Ausblick gesehen?" fragt er mich und deutet auf das Fenster. "Dazu hatte ich noch keine Gelegenheit." Er hakt meinen Arm unter und wir gehen langsam zu dem Fenster. Schon als ich dem Fenster näher komme, kann ich die Kuppel der Frauenkirche sehen. Leise höre ich die Orgelmusik. Der Ausblick ist gigantisch und die Menschen laufen klitzeklein auf dem Platz davor umher. Felix streicht mir federleicht über den Rücken und sofort spüre ich das Kribbeln, welches eine Gänsehaut auf meinen Rücken entstehen lässt. Er küsst mich sanft auf die Schulter und streichelt meinen Körper mit zarten Berührungen. Es dauert gar nicht lange, dann gebe ich mich den Berührungen hin. Sein Fuß drängt meine Beine weiter auseinander. Er raunt mir betörende Worte ins Ohr "Du bist so geil und machst mich total verrückt." Es folgen Finger, die an meinen Beinen entlang fahren und sanfte Küsse auf meinen Rücken. Meine Empfindungen fühlen sich an Max erinnert und ich schließe meine Augen und gebe mich Felix hin. Wenn es doch nur Max wäre. Irgendwie drifte ich in eine Traumwelt ab und kehre erst wieder zurück, als meine Lustperle gekonnt von sanften Fingern massiert wird. "Du fühlst dich so gut an." flüstert er mir ins Ohr. Meine Erregung wächst weiter. Ich stütze mich auf der kleinen Fensterbank des geöffneten Fensters ab und gebe mich den Liebkosungen hin. Auf einen mehr oder weniger kam es jetzt auch nicht mehr an. Immer schneller streicht Felix Finger über meine pochende Klitoris und treibt mich immer weiter meinem Höhepunkt entgegen. Dann spüre ich eine harte Lanze zwischen meinen Schenkeln, die sich unermüdlich in meine Fotze vorschiebt, bis sie tief in mir steckt. Die Finger an meiner Perle bringen mich bis kurz vor den Höhepunkt. Der steife Kolben in mir beginnt mit sanften Stößen, die meine Erregung weiter wachsen lässt. Ich kann es kaum noch aushalten und mein Orgasmus rauscht über mich hinweg. Ich stöhne meine Lust in den Nachthimmel hinaus. Ob mich unten jemand hört ist mir egal. Felix Stöße werden nun fordernder. Seine Hände umfassen meine Hüften und sein Schwanz fickt mich immer härter. Dunkel bekomme ich mit, dass sich einige Zuschauer um uns geschart haben. Mir ist es egal. Ich gebe mich den harten Stößen hin und genieße die Lanze in mir, bis ein weiterer Höhepunkt über mich hinweg rollt und Felix seinen Schwanz aus mir heraus zieht und mir seine Sahne auf meinen Arsch wichst. Nachdem ich etwas verschnauft habe, schaue ich in die Runde. Es sind nur noch einige Herren im Raum. Nach einer kurzen Dusche kehre ich wieder in den Küchenbereich zurück, wo Alex und Felix in ein Streitgespräch vertieft sind. Als sie mich bemerken, unterbrechen sie dieses. Alex kommt auf mich zu und fragt "Möchtest du noch etwas trinken?"

"Nein danke. Ich möchte gerne gehen. Es ist doch schon ziemlich spät geworden."

"Ich begleite dich noch zu deinem Hotel."

"Das musst du nicht."

"Doch. Ich lass dich doch jetzt nicht allein durch die Stadt laufen."

"Na gut, wenn du darauf bestehst." Er holt meine Sachen. Ich verabschiede mich von den anderen Gästen und fahre mit Alex schweigend im Fahrstuhl nach unten. Die Stimmung zwischen uns ist irgendwie komisch. Vor der Hoteltür frage ich ihn dann. "Ist alles Okay? Hast du dich mit Felix wegen mir gestritten?" Er holt tief Luft und antwortet erst einmal nicht. "Komm, hake dich bei mir ein, wir laufen schon einmal los." sagt er dann nach einem Moment unangenehmen Schweigens. Auf dem Markt sind nur noch vereinzelt Leute unterwegs. Dann beginnt er "Ja, ich habe ihn gebeten, dass er die Finger von dir lässt und dann nimmt er noch nicht einmal einen Gummi."

"Aber warum das denn? Also warum sollte er mich nicht ficken?" Wieder folgt ein Moment des Schweigens. "Wir haben da so eine Vereinbarung und ich habe ihn darum gebeten. Mehr musst du nicht wissen." Ich verstand was er meinte. So eine Art, wenn er in eine Frau verschossen ist, dann ist sie für den anderen tabu und das zeigt mir, dass er doch schon Gefühle für mich entwickelt hat. Den Rest des Weges reden wir über belanglose Dinge und vor dem Hotel fragt Alex dann "Hast du Lust, dass ich dir morgen Dresden noch etwas zeige?"

"Das ist lieb von dir, aber ich denke, wir sollten erst einmal etwas Abstand wahren."

"Oh. Okay." Nun ist Alex sichtlich verletzt. Er schaut betreten zu Boden. Irgendwie fühle ich mich jetzt schuldig. Dabei habe ich es ja nicht gewollt, dass er so vernarrt in mich wird. Um die Stille zwischen uns zu beenden sage ich "Ich geh dann mal schlafen. Bin ziemlich fertig."

"Das ist ja auch kein Wunder, so wie die Jungs dich ran genommen haben." Auf diesen Kommentar werde ich nicht reagieren. Langsam nervt mich das Ganze gewaltig. Mit einem "Mach's gut und schlaf schön." und nach einer kurzen Umarmung verschwinde ich im Hotel und laufe dort die Treppe in den ersten Stock hinauf, um dann weiter mit dem Fahrstuhl zu meiner Etage zu fahren. In meinem Zimmer angekommen, schaue ich zum Fenster hinaus und kann sehen, dass Alex den Rückweg angetreten hat. Viel zu spät lande ich endlich in meinem Bett.

Am nächsten Tag gehe ich gegen Mittag zum Brunch und reise dann am frühen Nachmittag ab. Zurück in meiner Wohnung sehe ich zuerst die Post durch. Dann packe ich meine Sachen aus und lümmle mich entspannt, bei einem Glas Wein auf mein Sofa. Dabei versinke ich in Gedanken an den gestrigen Abend. Irgendwie stellt sich in mir ein bitterer Beigeschmack ein. Warum nur verliebten sich immer die falschen

Typen in mich? Aber wenn ich Max nicht kennengelernt hätte, hätte das mit Alex durchaus eine Chance verdient, erst recht, wenn sich die Sache mit Dresden ergeben würde. Da fällt es mir wie Schuppen von den Augen, dass ich tief in mir drin, doch irgendwie darauf hoffe, dass es mit Max ein Happy End geben könnte. Anders kann ich mir meine Stimmung nicht erklären. Um mich von meinen Gedanken abzulenken schalte ich den Fernseher ein und zappe durch die Kanäle. Dabei trinke ich zu viel Wein und falle viel zu spät ins Bett.

Die nächste Woche kriecht dahin. Im Fitnessstudio arbeite ich meine Zehnerkarte ab und schiebe all meine Erinnerungen und Gedanken so weit es geht von mir, sonst würde ich Wahnsinnig werden. Am Donnerstag finde ich dann einen dicken Brief in meinem Briefkasten. Eilig laufe ich zum Aufzug und reiße den Umschlag während der Fahrt zu meiner Wohnung auf. Darin finde ich ein Anschreiben und einen mehrseitigen, bereits von der TU in Dresden unterschriebenen Arbeitsvertrag. Der Arbeitsbeginn soll bereits in drei Wochen sein. Wie soll ich das denn meinem Chef klar machen? Ich habe ja auch bei meiner alten Arbeitsstelle eine gewisse Kündigungsfrist einzuhalten. Aber eines weiß ich genau. Ich will unbedingt nach Dresden.

Am nächsten Tag schaue ich einfach auf gut Glück bei meiner Arbeitsstelle vorbei. Meine Kollegen verhalten sich distanziert freundlich. Von einer Kollegin, mit der ich im Labor enger zusammengearbeitet hatte, erfahre ich, dass meine Stelle bereits mit dem Sohn vom Chef neu besetzt wurde. Wie hatte doch meine Freundin Annika gesagt: Jeder ist ersetzbar. Zum Glück berührt mich das nicht im geringsten. Freudestrahlend klopfe ich bei meinem Chef an die Bürotür an. Es folgt ein gedehntes "Herein" Langsam öffne ich die Tür und trete ein. "Guten Tag Herr Bohrmann. Ich wollte mich mal blicken lassen."

"Das trifft sich gut Frau Dr. Ay. Ich wollte auch mit ihnen reden. Nehmen sie doch Platz." Ich setze mich auf einen der Stühle vor seinem Schreibtisch. Er schaut mich über seine Hornbrille hinweg betreten an. "Konnten sie sich ein wenig erholen? Das mit dem Unfall tut mir leid."

"Das muss es nicht. Mir geht es wieder gut und ich möchte nachfragen, ob ich demnächst wieder anfangen kann zu Arbeiten." Ich pokere ein wenig. Vielleicht springt ja noch etwas dabei heraus. Herr Bohrmann schaut mich betreten an. "Mmh, nun ja, als sie den Unfall hatten war nicht klar, wie lange sie ausfallen und da musste ich eine Entscheidung treffen. Daher steht ihre Stelle nicht mehr zur Verfügung. Ich könnte ihnen eine andere Stelle in der Diabetes Abteilung anbieten." War das sein Ernst? Diabetes? "Gibt es denn noch eine andere Alternative?"

"Leider nein. Aber sie finden doch bestimmt schnell eine andere Stelle, bei ihren Erfolgen."

"Aber sie wissen schon, dass ich eine Kündigungsfrist von vier Monaten habe?"

"Vielleicht können wir uns mit einer Abfindung auf Ende des Monats einigen?" Ja, Super, das hat geklappt. "Das kommt natürlich auf die Höhe der Abfindung an, dann steht dem nichts entgegen."

"Sind sie mit zwei Monatsgehältern einverstanden?"

"Besser wären drei, schließlich hat meine Forschung ihrem Institut einiges an Ansehen eingebracht."

"Das muss ich erst mit dem Vorstand besprechen. Es sollte aber kein Problem sein. Ich gebe ihnen in den nächsten Tagen Bescheid und übersende ihnen dann den Aufhebungsvertrag."

"Gut, dann machen wir das so."

"Es war schön mit ihnen zusammengearbeitet zu haben."

"Danke." Wir verabschieden uns und ich laufe zu meinem Auto und fahre nach Hause. Das lief doch besser als gedacht. Manchmal musste man auch Glück haben, wenn schon nicht in der Liebe. Mit der Abfindung konnte ich mir eine schöne Wohnung in Dresden suchen und den Umzug organisieren. Da würde in drei Wochen ganz schön stressig werden.

Die Organisation von All dem macht mir eine Menge Spaß. Natürlich ist Anni nicht begeistert, dass ich so weit weg ziehe, aber ich brauche Das jetzt für mich. Endlich passiert etwas in meinem Leben. Innerhalb der ersten Woche durchsuche ich das Internet nach einer geeigneten Wohnung, erstelle Anzeigen, damit ich einen Nachmieter finde und kümmere mich um ein Umzugsunternehmen. In der zweiten Woche reise ich wieder nach Dresden und besichtige einige Wohnungen. Tatsächlich finde ich eine schöne Loftwohnung mit Dachterrasse und Blick auf die Elbe, allerdings etwas weiter Elbaufwärts, als das Hotel in dem ich vor kurzem gewohnt hatte. Da ich die Schlüssel sofort vom Makler nach der Besichtigung und der Unterzeichnung des Mietvertrags erhalten habe, fahre ich noch am selben Tag wieder nach Hause. Dann kaufe ich im Baumarkt einen riesigen Stapel Umzugskartons und beginne mit dem Packen. Damit bin ich ganze drei Tage beschäftigt. Als ich am vierten Tag zwischen all den Kartons stehe, klingelt mein Telefon. Am anderen Ende meldet sich ein netter Herr und im ersten Moment klingt die Stimme wie Max´ seine, was meinen Puls sofort nach oben schnellen lässt, doch dann stellt sich heraus, dass es nur ein Interessent für meine Wohnung ist. Wir vereinbaren einen Termin für den nächsten Vormittag. Dann miete ich mir einen Kleintransporter und verfrachte meine ganzen Kartons dort hinein. Zum Glück kam Anni mit Tim vorbei, so dass es relativ zügig mit dem Beladen ging. Vorsorglich nehme ich noch eine Matratze mit. Nach dem Termin mit dem Nachmieter am nächsten Tag, mache ich mich mit dem Transporter auf dem Weg Richtung Dresden. Während der Fahrt drehe ich das Radio laut auf und denke darüber nach, wie gut mein Leben momentan läuft. Mein Nachmieter übernimmt ein Teil meiner Möbel, so dass sich der restliche Umzug in Grenzen hält. Schon eine Umzugsfirma zu finden, war nicht so leicht gewesen. Aber all Das spielt jetzt keine Rolle mehr. Die Straßen sind auch ziemlich leer, so dass ich am späten Nachmittag in Dresden bei meiner neuen Wohnung ankomme. Ich räume nur das Nötigste aus und wuchte die Matratze in den Fahrstuhl. Nachdem ich mein provisorisches Bett bezogen habe, mache ich mich auf den Weg, um die Gegend zu erkunden. In einem kleinen Lokal an der Elbe esse ich etwas. Anschließend kaufe ich mir noch ein paar Flaschen Wasser und eine Flasche Wein und kehre in meine Wohnung zurück. Auf der Dachterrasse befinden sich noch ein paar Gartenmöbel und ein Strandkorb von meinem

Vormieter. Ich genieße den lauen Spätsommerabend und den Blick auf das Elbtal.

Am nächsten Tag räume ich den Transporter aus. Anschließend fahre ich in ein Möbelhaus und suche mir eine Küche und diverse andere Möbel aus. Am Abend falle ich hundemüde in mein provisorisches Bett.

Zurück in Hannover rast die Zeit dahin. Jeden Tag passiert etwas Anderes und am Freitag vor meinem Arbeitsbeginn in Dresden findet der Umzug statt. Auch einige, meiner gekauften Möbel wurden schon in der letzten Woche angeliefert, so dass ich zwischen den zwei Städten immer wieder hin und her gehastet bin. Am Samstag beginne ich mit dem Einräumen und komme gut voran. Am Sonntag nehme ich mir frei und verbringe den ganzen Tag faul im Strandkorb.

In den nächsten Wochen bin ich voll ausgefüllt von meinem neuen Job und dem Einrichten meiner neuen Wohnung. Mittlerweile ist auch meine Küche endlich geliefert und aufgebaut. Ich genieße, die immer noch lauen Abende, auf meiner Dachterrasse, doch der nahende Herbst ist schon deutlich spürbar. Direkt neben mir wohnt eine Dame mittleren Alters, mit der ich mich etwas angefreundet habe, da unsere Terrassen auf Ecke aneinander grenzen. Somit fühle ich mich nicht ganz so einsam ohne Annika.

Wir telefonieren immer weniger miteinander, da die Distanz doch spürbar ist.

Irgendwann, als ich gerade mal wieder mit einem Buch im Strandkorb liege, zeigt mein Smartphone über die JoyclubApp an, dass eine Nachricht erhalten habe. Als ich mich einlogge stelle ich fest, dass es eine Nachricht von dem Veranstalter dieser riesigen Party ist, zu der ich mich bereits vor über einem Monat angemeldet hatte. Er bittet um Zahlung des Teilnahmebeitrages. Ich schaue mir die Teilnehmer an, aber bei fast achthundert Gästen gestaltet sich das schwierig. Ich hatte diese Party schon fast vergessen. Nachdem ich die Überweisung ausgeführt habe, klicke ich mich trotzdem noch durch einige Profile, der zur Party angemeldeten Männer. Als ich sehe, dass dieser ominöse Anguis, bei dem ich vermute, dass es Max ist, auch angemeldet ist, schießt mein Puls seit langen Mal wieder in die Höhe. Irgendwie hatte ich das Alles, im Stress der letzten Wochen aus den Augen verloren. Doch meine Reaktion auf meine Feststellung, zeigt mir, dass sich rein gar nichts an den Empfindungen Max gegenüber geändert hat. Dann schaue ich mir die Besucher auf meinem Profil an und muss dabei feststellen, dass ich von ihm auch bereits Besuch hatte. Hat er mich erkannt und hat er sich deswegen zu dieser Party angemeldet? Aber es waren da noch unzählige Andere, die mich angeklickt hatten. Vielleicht ist es auch nur ein Zufall. Unten den vielen Profilen finde ich auch Felix seins. Kurzerhand schreibe ich ihn an. >*Hallo Felix, ich bin am 13. auch bei der Party im ARTEUM mit dabei. Ab wann lohnt es sich denn zu erscheinen oder können wir auch gemeinsam hingehen? Liebe Grüße Jasmin"*< Schließlich wollte ich nicht mit zehn anderen Frühankömmlingen oder allein irgendwo in der Ecke stehen. Felix Antwort folgt innerhalb kurzer Zeit. >*Hallo Jasmin, schön, dass Du Dich meldest. Es lohnt sich erst ab 22 Uhr. Wir können uns ja am Eingang treffen, wenn Du magst. Ich freue mich dass Du dabei bist. LG Felix.*< Irgendwie beruhigt mich die Tatsache, nicht allein auf so eine riesige Party gehen zu müssen. Also schreibe ich Felix noch Mal >*Ich noch mal. Also dann um 22 Uhr am Eingang. Kommt Alex auch? Und was zieh ich am besten an?*< Ich sehe, dass Felix noch online ist und somit folgt auch seine Antwort unverzüglich >*Nein, Alex kommt nicht mit. Er hat sich verliebt, aber das kann ich Dir dann erzählen. Zieh am besten was sexy Schwarzes in Lack, Leder oder Latex an, da kannst Du nichts verkehrt machen. Was in Wetlook geht auch. Du wirst schon das Passende finden. Also bis bald. Felix*< Latex kam schon mal nicht in Frage. Also beginne ich mit dem Surfen im Internet, nach einem geeigneten Partyoutfit. Dabei scheint mir nix recht zu sein, bis ich über sieben Unterseiten auf ein schönes, hautenges Wetlookkleid im Neckholderstil und Nieten im oberen Bereich stoße. Dieses bestelle ich unverzüglich.

In den nächsten zwei Wochen fiebere ich der Party entgegen und als es endlich so weit ist, bin ich den ganzen Tag aufgekratzt und hippelig. Schon mittags beginne ich mit der rundum Pflege. Nachdem ich zwanzig Frisuren ausprobiert habe und doch wieder bei meinem langen geflochtenen Zopf lande, schlüpfe ich dann zum gefühlt hundertsten Mal in das Kleid. Als ich mich im Spiegel betrachte, frage ich mich, ob es nicht zu kurz ist oder ob es vielleicht zu brav für so eine Party ist. Meine Rundungen werden gekonnt in Form gebracht ohne dabei aufreizend zu sein. Um meine Aufregung ein wenig in den Griff zu bekommen, köpfe ich einfach eine Flasche Prosecco und genehmige mir zwei Gläser. Die Zeit kriecht elend langsam dahin. Um dreiviertel Zehn schlüpfe ich in meine schwarzen High Heels und ziehe einen kurzen Mantel über. Für den Fall der Fälle packe ich noch ein paar Kondome in meine kleine Handtasche. Eigentlich handelt es sich ja bei der Party nicht um eine reine Swingerparty, aber sicher ist sicher. Warum sonst sollte diese Veranstaltung bei Joyclub beworben werden. Als ich auf der Einladung gesehen habe, dass das ARTEUM gerade mal zwei Blocks von meiner Wohnung entfernt ist, hat mich das irgendwie positiv überrascht. So kann ich einfach zu Fuß dorthin laufen und bin nicht auf irgendjemand oder die öffentlichen Verkehrsmittel angewiesen.

Als ich mich der Lokation nähere, höre ich die lauten Bässe bereits aus den Lüftungsschächten unter mir. Ich sehe Felix mit noch einem Typen neben dem Eingang stehen. Er kommt mir vage bekannt vor. Als wir uns dann begrüßen, stelle ich fest, dass es Ben ist. Als ich Felix fragend anschaue, winkt er ab und sagt "Später". Wir laufen zu dem Eingang, der mit einem Pavillon überspannt ist, wo uns zwei bullige Türsteher aufhalten. Als wir unsere Einladungen vorzeigen, werden wir weiter gelassen. Es folgt eine lange Treppe nach unten. Felix hält mir die Hand, damit ich in meinen hohen Schuhen nicht stolpere. Wir treten durch den Eingang und müssen uns erst einmal anstellen. Dann geben wir unsere Einladung ab und stehen das nächste Mal an der Garderobe an. Als ich meinen Mantel dann endlich einem freundlichen Mitarbeiter übergeben habe, begleiten mich die beiden Jungs zur Bar, wo wir mit einem Sekt anstoßen. Felix wird von einem anderen, mir unbekannten Typen, in ein Gespräch verwickelt. Ben schaut sich verstohlen um. Die Outfits der Gäste können unterschiedlicher nicht sein. Der Eine trägt Engelsflügel, eine Anderer eine Armeeuniform samt Gasmaske und einige Damen sind so freizügig angezogen, wie ich es noch nie in manch anderen Club gesehen habe. Auch die Anwesenheit von Rollstuhlfahrern in schrägen Kostümen scheint normal zu sein. Das Schöne daran ist, das rein niemand schief angesehen wird. Augenblicklich fühle ich mich pudelwohl. Ich hoffe nur, dass Felix Ben nicht ins kalte Wasser geschmissen hat. Somit frage ich Ben einfach "Warst du schon einmal hier?" Durch die Lautstärke der Musik muss ich fast schreien. Ben schaut mich betreten an und schüttelt mit dem Kopf. Er trägt eine schwarze Wetlookhose und ein Kaputzenteil im gleichen Stoff. "Du?" fragt er dann. "Auch nicht. Felix und Alex haben mir von der Party erzählt und da wollte ich mal sehen ob es wirklich so cool hier ist."

"Felix hat mir die Einladung von Alex in die Hand gedrückt und hat gesagt, ich soll einfach mal mitkommen. Ist schon ganz schön schräg hier. Magst du tanzen gehen?"

"Ja, warum nicht." Wir stellen unsere leeren Gläser auf dem Tresen ab. Ich deute Felix an, dass wir tanzen gehen und er nickt, um sich dann weiter seiner Unterhaltung zuzuwenden. Auf der Tanzfläche selbst müssen wir uns erst einmal in der Menge ein Fleckchen erkämpfen. Es funktioniert ohne Probleme, da alle ein wenig enger rücken. Ich gebe mich den Klängen des Techno und House hin und tanze ausgelassen. Ben neben mir schaut sich weiter verstohlen um und scheint sich irgendwie unwohl zu fühlen. Mit der Zeit, als er wohl bemerkt, dass alle ganz gut drauf sind, wird auch er lockerer. Bald kommt auch Felix hinzu und wir tanzen eine Zeit lang zu dritt weiter. Irgendwann zieht mich Felix mit sich und auch Ben folgt uns. Wir gehen an der großen Bar vorbei und dann weiter in die hinteren Räume, wo es etwas ruhiger ist. Dort befinden sich auch einige hohe Tische mit passenden Stühlen und eine Bar. Ich laufe auf einen freien Platz zu und setze mich auf den Barhocker. Dabei lasse ich meine Beine baumeln. Es tut gut, mal kurz durchzuatmen. "Was magst du trinken?" fragt Felix. Ich zucke mit den Schultern "Egal" antworte ich. Felix lächelt mich süß an und geht dann an die Bar. Ben setzt sich mir gegenüber hin und schaut betreten einem wild knutschenden Pärchen zu. Dabei knetet der Typ mit der einen Hand ihren Arsch, der von großmaschigen Netzstrumpfhosen umspannt wird. Mit der anderen spielt er am Nippel ihrer blanken Titte, die von einer Büstenhebe umspannt wird. Da wo ihre andere Brust sein müsste ist eine große Narbe zu sehen. Um ihren Hals trägt sie ein Halsband mit einer Öse. Daran befindet sich eine Leine, die von einem anderen Typen gehalten wird. Sie knetet dabei ganz ungeniert den harten Schwanz vor sich, der in einer engen schwarzen Lackshorts steckt. Er trägt darüber schwarze Cowboyhosen, die den Bereich um den Genitalbereich und den Arsch frei lassen. Sein Oberkörper ist nackt. Wenn man so etwas ähnliches noch nicht gesehen hatte, war das hier ein ganz schöner Kulturschock. Ich tippe Ben an, damit er sich von den Dreien losreißt. Er bekommt es am Anfang gar nicht mit. Erst als ich ihn fast haue, schaut er mich an. "Geht's?" frage ich. Doch Ben antwortet nicht. Da kommt Felix mit einem Aperol Sprizz und zwei Bier an unseren Tisch. Als er bemerkt, wie Ben apathisch vor sich hin starrt, fragt er mich "Was ist denn passiert?" Ich deute zu dem Trio rüber, was Felix schmunzeln lässt. Er rempelt Ben grob an. "Reiß dich mal zusammen, die knutschen doch nur."

"Ja, genau. Da ist doch nichts dabei. Lass sie doch. Jeder wie er mag. Du musst das locker sehen." unterstütze ich nun Felix. Ben schaut uns nacheinander an. "Komm, trink mal dein Bier." Die Jungs stoßen mit ihren Flaschen an. Dann findet auch Ben seine Sprache wieder "Ist das immer so?" fragt er an Felix gewandt. Dieser antwortet "Ach das..." er schaut gerade dem Trio nach, das gerade an unserem Tisch vorbei geht, einen Raum weiter, aus dem dumpfe Musik ertönt und ich glaube Depeche Mode herauszuhören. "...das ist erst der Anfang. Warte nur ab, später wird es noch richtig heiß da." sagt Felix und deutet eine Tür weiter. "Ich will es gar nicht wissen." antwortet Ben und trinkt von seinem Bier. Anschließend schweigen wir und schauen den vorbeischlendernden Menschen zu. Dabei komme ich mir in meinem Outfit fast Jungfräulich vor. Viele Andere haben weitaus knappere und schrägere Klamotten an, als ich. Dann frage ich Felix " Was ist denn nun mit Alex?"

"Ach Alex, das ist Einer. Letzten Monat hat er eine Annonce aufgegeben, dass er neue Mitarbeiter sucht. Bei einem Vorstellungsgespräch hat es ihm die Füße unter dem Boden weggezogen und er hat sich unsterblich verliebt. Liebe trifft auf Gegenliebe. Friede, Freude, Eierkuchen. Wahrscheinlich heiraten sie nächstes Jahr."

"Wow, na das ging ja schnell. Hat er ihr DAVON erzählt?"

"Ja, das hat er. Aber momentan ist er im siebenten Himmel und sie akzeptiert sein altes Leben." Beim Wort Altes hat er Anführungszeichen in die Luft gemalt. "Jeder wie er halt mag." sagt er. "Wovon soll Alex seiner Neuen erzählt haben und was meinst du mit altes Leben?"

"Ach Ben, es gibt so viel mehr zwischen Himmel und Erde. Halte heute die Augen auf und genieße es. Es gibt zwei Möglichkeiten. Nummer Eins, du liebst es und Nummer Zwei, du hasst es. Selbst wenn du dich für Nummer Zwei entscheidest, akzeptiere immer, dass es Nummer Eins gibt und immer geben wird." Ben schaut Felix an, als ob er in Rätseln spricht. "Ich weiß nicht wovon du sprichst." sagt er dann. "Wie gesagt, halte die Augen offen und am besten ist es, wenn du für uns noch eine Runde holst." Ben trabt ab und stellt sich an der Bar an. Als er außer Hörweite ist sage ich "Du kannst ihn doch nicht hierher mitnehmen, ohne ihm zu sagen, worum es geht. Wie hast du ihn eigentlich in diese Klamotten bekommen?" Felix selbst trägt eine hautenge Latexhose, die ihm bis über die Knie geht und eine Wildlederweste. "Ich habe ihm gesagt, wir gehen auf eine Party, wo sich jeder so anzieht, wie er mag, wenn es nur nicht normal ist."

"Und du hast ihm nicht erzählt, dass hier auch mal mehr passieren kann? Also passiert denn mehr? Ich habe hier noch keine Spielwiesen gesehen."

"Die gibt es auch nicht wirklich. Die Leute suchen sich ihre Plätze einfach. Manche treiben es auch auf der Tanzfläche und all das ist so normal wie die Outfits hier. Es sind auch durchaus Nichtswinger hier. Jeder halt wie er mag. Soll Ben halt schauen, ob es was für ihn ist oder nicht. Ich zwinge ihn doch zu nichts. Genauso kann er ja jederzeit gehen."

"Was ist, wenn er Ulla davon erzählt?" Felix grinst mich verschmitzt an. "Soll er doch."

"Also, du willst sogar, dass er es ihr erzählt?"

"Wenn du so fragst, ich wäre nicht traurig darüber."

"Du stehst auf sie und du hältst sie nur auf Distanz, weil du nicht darauf verzichten willst?"

"Du bist ja eine richtige Ms. Marple." In dem Moment kommt Ben mit den Getränken zurück. Er hat irgendwie einen roten Kopf. "Was ist los? Hast du ein Monster gesehen?"

"Nein, das nicht. Die Mädels da haben mich angequatscht und gefragt ob ich nicht Bock hätte, etwas mit ihnen zu Spielen. Dabei haben sie mir an meinen Arsch gefasst. Die sind voll crazy drauf." Ich lache und schaue zu den beiden Damen an der Bar, die in ihren Lederhotpants und in ihren Leder-BH's wirklich heiß aussehen. Die Jungs stoßen an und zischen ihr Bierchen "Und hast du Lust zum Spielen?" frage ich Ben. "Was meinen die denn damit?"

"Finde es doch heraus." mischt sich nun Felix in unser Gespräch ein. Die beiden Damen winken Ben mit ihren Getränken zu und gehen weiter in den nächsten Raum aus dem Blue Monday von New Order zu uns herüber schallt. Felix legt seinen Arm um meinen Hals und zieht mich zu sich heran. Seine Lippen prallen auf meine. Sein Kuss ist leidenschaftlich und fordernd und ich versinke sofort darin. In den Augenwinkeln kann ich sehen, dass uns Ben verstohlen beobachtet. Ich löse den Kuss, bevor es noch peinlich wird. Obwohl auf dieser Party rein gar nichts Peinliches existiert. Ben guckt immer noch komisch. "Was ist? Noch niemanden knutschen sehen?" fragt Felix. "Doch, aber ich dachte, das Alex und Jasmin?"

"Ach Ben, nur weil man knutscht, ist man doch nicht zusammen, genauso wenig, als wenn man miteinander fickt. Nicht wahr Jasmin?" Felix schaut mir tief in die Augen. Er war schon leicht beschwipst, genauso wie Ben. Wahrscheinlich hatten die beiden vor der Party schon etwas vorgeglüht. Aber auch ich merke schon, wie mir der Alkohol in die Adern rauscht. "Sehe ich auch so." Nuschle ich und rücke etwas von Felix ab, um einen Schluck aus meinem Glas zu nehmen. Ben schaut wieder ein paar leicht bekleideten Mädels hinterher. "Langsam fange ich an, es zu genießen. Wenn man erst mal realisiert hat, dass alle hier bissel bekloppt sind."

"Sind wir das denn nicht auch?" fragt Felix. "Wollen wir dann noch eine Runde Tanzen gehen?" frage ich in die Runde. "Ja, lass uns noch austrinken und dann eine Runde durch die Lokation drehen. Ihr habt ja noch gar nicht alles gesehen." Sein Blick deutet in den Raum, in dem wir bisher noch nicht waren. "Dann können wir gern noch eine Runde abhotten." Dabei grinst mich Felix komisch an. Ich frage mich, was es wohl aufregendes in diesem Raum geben wird. Spielwiesen hatte ich bei meiner Internetrecherche zur Örtlichkeit nicht gefunden.

Und das es zwei Dancefloors gibt, hatte ich auch schon über Joyclub erfahren. Kurze Zeit später haben wir unsere Getränke geleert. "Los jetzt." fordere ich Ben und Felix auf und hüpfe von meinem Hocker. Wir schlendern in den besagten Raum und ich sehe viele tanzende Menschen. Wir schauen der wogenden Menge einige Zeit zu. Dabei blickt Felix immer wieder in den hinteren Bereich. Kurz darauf drängt uns Felix etwas weiter in den Raum hinein. Der hintere Bereich ist durch eine Art offenen Raumteiler vom Rest abgetrennt. Dort ist es ziemlich dunkel und man kann von weitem kaum etwas erkennen. Als wir näher darauf zugehen, erkenne ich ziemlich viele Menschen. In der Ecke sogar eine ganze Traube, was nur Eines zu bedeuten hat. Bald höre ich auch die dazugehörenden, stöhnenden Geräusche und Frauenbeine die zwischen den Leibern in die Höhe gehalten werden. Felix geht ganz ungeniert auf die Meute zu und zieht mich an der Hand mit sich. Ich lege meine Hand auf seine Schulter, damit ich mich auf die Zehenspitzen stellen kann, um noch ein paar Zentimeter zu schinden. Ben folgt uns automatisch und stellt sich neben mich. Sein Blick ist nun überhaupt nicht mehr misstrauisch, sondern er schaut interessiert dem Treiben zu. Gerade als wir einigen Herren über die Schulter schauen, stöhnt der Typ vor der Frau, deren Beine von mehreren Männern nach oben gehalten werden auf. Anschließend richtet er sich auf und geht. Sofort nimmt ein anderen seinen Platz ein und beginnt die Frau zu ficken. Felix' Hand streichelt meinen Rück und ich fühle auch schon fremde Hände auf meinen Körper. Das Alles ist mir gerade etwas viel und ich flüstere Felix ins Ohr. "Wollten wir nicht tanzen gehen?" und rolle dabei mit meine Augen. Felix schaut mich und die Jungs hinter mir an und nickt kurz. Er zieht mich weg und sagt zu Ben "Wir gehen mal wieder tanzen. Kommst du mit?"

"Geht schon mal, ich schaue noch ein wenig." Felix fischt ein Kondom aus seiner Westentasche und reicht es Ben. Er schaut etwas überrascht und steckt es ein, um sich dann schnell wieder einen Platz in der Runde zu sichern. Als wir wieder in dem Barbereich sind, wo es etwas ruhiger ist, frage ich Felix "Meinst du er kommt klar?"

"Er ist ein Mann und er muss seine Erfahrung machen. Zumindest weiß er jetzt, um was es hier geht. Er muss sich dann nur noch dafür oder dagegen entscheiden." Ich lächle und nicke. Dann kommen wir wieder zu der großen Bar. Etwas abseits, am Durchgang zum Tanzbereich, erscheint ein mir bekanntes Gesicht. Kurz muss ich überlegen, woher ich es kenne. Dann fällt es mir wieder ein. Felix begrüßt Rocky zuerst. Dann reicht er mir seine Hand "Na Hallo Kätzchen. Schön dich wieder zu treffen." Er gibt mir einen

Handkuss. Er trägt eine bayerische Lederhose mit Trägern und eine Fliege dazu, was seine Muskeln und Tattoos gut zur Geltung bringt. "Es freut mich auch edler Herr." antworte ich mit einem Hofknicks. Wir müssen beide lachen. Neben Rocky steht noch ein weiterer Typ. Er hat schwarze Lederhosen und ein leicht durchsichtige Oberteil an. Als ich ihn anschaue sagt Rocky "Darf ich dir Vorstellen, Torben. Torben das ist Jasmin."

"Schön dich kennenzulernen." Wir plaudern einige Zeit weiter. Rocky und Torben schmeißen hintereinander noch eine Runde und irgendwann kommen wir zu dem Thema, wie wir uns kennengelernt haben. Dabei beginnt Rocky zu schwärmen "Also, Jasmin bläst so gut. Das hast du bei noch keiner Anderen so erlebt."

"Ach ja, das habe ich noch nie gehört." verteidige ich mich.

"Glaub mir Kätzchen, es ist so."

"Davon würde ich mich auch gern überzeugen." kommt es von Torben. "Das kannst du gern haben. Brauchst nur deine Hose runter ziehen." Da ich vermute, dass er es sowieso nicht macht. Wider erwarten öffnet er seine Hose und zieht diese herunter. Er trägt nichts drunter. Torbens Lümmel ist schon leicht erigiert. Ich schaue ihn etwas verdattert ins Gesicht, doch er grinst nur breit. Da ich vor den drei Jungs keinen Rückzieher machen möchte, greife ich nach dem

Schwanz und wichse ihn einige Male. Dabei schaue ich Torben forsch in die Augen. Sein Blick ist energisch. Als der Kolben steif in meiner Hand liegt, spreize ich meine Beine ein Stück und senke meinen Mund, mit geradem Rücken, ganz langsam nach unten. "Pass auf, gleich geht's los." sagt Rocky. Als meine Lippen auf die pralle Eichel treffen, sauge ich den Lustspender mit viel Unterdruck ein und nehme ihn so tief, wie es nur geht. Dann gleite ich langsam wieder höher, um mit meiner Zunge die pralle Eichel zu umrunden. Dies wiederhole ich dann in einem immer schneller werdenden Rhythmus. Torben lehnt sich an die Wand hinter sich und legt eine Hand auf meinen Kopf. "Oh, das ist wirklich saugut." Mit meiner Hand beginne ich seine Eier zu kraulen. Um uns herum hat sich eine kleine Traube gebildet. Torbens Stöhnen wird immer lauter und es dauert gar nicht mehr lange, dann sagt er "Pass auf, ich komme gleich." was mich kein bisschen davon abhält, es nicht zu Ende zu bringen. Kurz darauf schießt mir das Sperma in den Mund. Torben hat seine Zähne aufeinander gepresst und stöhnt unterdrückt. Ich mache weiter, bis zum letzten Tropfen. Dann grinse ich ihn von unten an. "Fertig oder soll ich noch weiter machen?"

"Fix und fertig, puh. Du hattest recht. Normalerweise dauert das auch viel länger." versucht sich Torben zu verteidigen. "Bei Jasmin hast du keine Chance." antwortet Rocky. Ich richte mich wieder auf und streiche mir mit meinem Finger einen Tropfen Sperma von der Lippe und lecke ihn provokant ab. Ben, der nun neben Felix steht, schaut überrascht. Felix muss dabei lachen "Du Luder." Ich greife nach meinem Glas und trinke es in einem Zug aus. "Und jetzt will ich tanzen." Ich ziehe Rocky an den Trägern mit mir auf die Tanzfläche. Auch der Rest folgt uns. Bald werde ich von den Jungs abwechselnd in sexy Posen gezogen und wir tanzen aufreizend. Dabei gleitet mein Blick immer wieder durch die Menge, in der Hoffnung Max irgendwo zu entdecken. Die Menschen um uns sparen nicht mit ihren Reizen. In der Ecke neben dem DJ-Pult sehe ich zwei Pärchen, die sich miteinander vergnügen. Dabei wird die eine Dame von hinten gefickt, während sie dem anderen Herren einen bläst. Die zweite Dame massiert der Ersten die Titten und spornt die Jungs an. Dann wird mein Blick versperrt und ich tanze ausgelassen weiter, bis mir das Kleid am Körper klebt. Überall auf der Tanzfläche wird gefingert, gefummelt, geblasen und gesquirtet. Felix zieht mich immer wieder zu sich heran und fummelt an mir herum. Auch Rocky schmiegt sich immer wieder von hinten an mich, so dass ich meinen Kopf an seine breite Brust lehnen kann. Nur Ben und Torben halten sich zurück. Dann wird es auf der Tanzfläche immer leerer, obwohl sich die Musik nicht wesentlich geändert hat. Felix bemerkt meinen fragenden Blick. "Das Buffet ist eröffnet. Hast du Hunger?" Ich nicke, weil mein Bauch schon laut knurrt. Felix nimmt mich an die Hand und macht zu den Anderen ein Zeichen, dass wir das Buffet stürmen. Sie folgen uns in einigem Abstand. Als wir dem Buffet näher kommen, sehe ich schon, dass es sich um kein Gewöhnliches handelt, denn auf der langen Tafel liegen nackte Menschen. Diese sind mit allerhand Leckereien dekoriert. Ich bediene mich dennoch an den anderen Sachen. Felix füttert mich immer wieder mit Weintrauben, als wären wir ein Paar. Als ich in die Menge der vielen schlemmenden Menschen blicke, glaube ich am anderen Ende des Raumes, an eine Wand gelehnt, Max stehen zu sehen. Er hat die Hände lässig in die Hosentaschen geschoben und die Beine übereinander geschlagen und er trägt die gleichen Klamotten, wie damals in Berlin, nur dass er dieses Mal perfekt hierher passt. Seine Haare sind etwas länger als damals. Trotzdem würde ich ihn unter einer Million Gesichtern erkennen. Wir schauen uns für eine Millisekunde direkt in die Augen. Mein Puls schießt durch die Decke und mir wird kurz schwindelig. Ich hatte eindeutig zu viel Alkohol. Dann wird unser Blickkontakt durch eine Traube zum Buffet stürmender Menschen unterbrochen. Felix will mich in dem Moment mit einer Weintraube füttern. Ich schlage sie ihm einfach aus der Hand und renne los. Hastig dränge ich mich durch die Menge. Aber Max ist weg. Ich laufe weiter, umrunde im nächsten Raum die große Bar. Dann schiebe ich mich durch die tanzende Meute, doch Max ist nirgendwo zu sehen. Hatte ich mir das nur eingebildet? Immer noch rast mein Puls und ich habe das Gefühl, dass mir zu viel Adrenalin in den Adern rauscht. Ich laufe wieder an der Bar vorbei zu dem Raum, wo ich mit Felix und Ben gesessen hatte. Auch an der zweiten Bar ist er nicht. Und auf dem zweiten Dancefloor und in dem hinteren Teil kann ich ihn nicht entdecken. Er wird doch nicht einfach gegangen sein? Wenn er es überhaupt war. Ich zweifle an mir selbst und gehe für einen Moment vor die Tür, um Luft zu schnappen. Dort lehne ich mich an die Außenwand und versuche meinen Puls, der immer noch rast, zu beruhigen. Vielleicht ist er ja auch einfach gegangen, weil er gesehen hat, wie vertraut Felix mit mir umgegangen ist. Nun, es gibt nur eine Möglichkeit herauszufinden, ob es wirklich Max war oder ob er noch da ist. Ich laufe zurück und suche Felix und die Anderen. An der großen Bar werde ich fündig und bestelle eine Runde für alle. Dennoch kann ich den Abend nicht mehr richtig genießen. Ich schaue mich immer wieder um und werde das Gefühl nicht los, dass ich beobachtet werde. Als ich Felix' Liebkosungen zum dritten Mal ausweiche, fragt er mich "Was ist los? Seit dem du vorhin weggerannt bist, bist du wirklich komisch. Hast du ein Gespenst gesehen oder einen Exfreund, der dich ständig stalkt?" Ich schaue ihn mit einem falschen Lächeln an. "Nichts von beiden. Ich will nicht drüber reden."

"Ach nicht? Dann ist es vielleicht der Typ, von dem du Alex schon nichts erzählen wolltest?" Ich laufe knallrot an. Als Felix mich so ansieht reagiert er sofort. "Wo ist er?" Er schaut sich künstlich mit Hand an der Stirn um. Das sieht ziemlich lustig aus, so dass ich ihn in die Seite boxe, damit er es lässt. "Was denn? Warum hast du ihn nicht mit hierher gebracht und uns vorgestellt?"

"Ich habe ihn nicht gefunden. Vielleicht war er es auch nicht."

"Ach, und weil er es nicht war, bist du jetzt so durch den Wind?" Ich zucke mit den Schultern und trinke mein Glas Wasser halb leer. Langsam wird mein Kopf wieder klarer und die Wirkung des Alkohols lässt nach. In dem Moment wird Felix von einer hübschen Blondine angesprochen und die beiden fallen sich in die Arme und fragen sich, wie lange sie sich nicht mehr gesehen haben. Ich gehe ein paar Schritte zur Seite und höre nur mit halbem Ohr hin. Stattdessen schaue ich immer wieder in die Menge. Ich spüre, dass Max hier sein muss. Meine Haut kribbelt leicht und ich kann an nichts Anderes mehr denken als an ihn. Auch mein Puls ist noch leicht erhöht. Nach all den Monaten hat sich rein gar nichts geändert.

6. Kapitel - Max

In den letzten zwei Monaten ist viel passiert. Nach der Kreuzfahrt wurde ich ziemlich schnell zum Vorstellungsgespräch nach Berlin eingeladen und hatte kurz darauf meinen durchaus großzügigen Vertrag in der Tasche. Der Umzug und der neue Job haben mich ganz schön auf Trab gehalten, so dass mir für die Swingerei und Joyclub nicht viel Zeit blieb. Dennoch hatte ich bemerkt, dass mein Profil von ziemlich vielen angeklickt wurde. Das liegt sicherlich an den vielen neuen Fotos, die ich eingestellt habe. Der Fotograf auf dem Kreuzfahrtschiff, hatte sich selbst übertroffen. Unter den Besuchern meines Profils habe ich auch eine Solodame entdeckt, die Jasmin sehr ähnlich sieht. Obwohl ich ihr Gesicht nicht hatte sehen können, sagt mir meine inneres Bauchgefühl, dass sie es sein muss. Sie hatte mir keine Nachricht hinterlassen, so dass auch ich mich vor einer Kontaktaufnahme gescheut hatte. Aber ich hatte gesehen, dass besagte Nixe88 zu einer ziemlich großen Party in Dresden angemeldet ist. Kurz entschlossen hatte auch ich meine Anmeldung abgeschickt. Wenn es nicht Jasmin ist, dann habe ich nichts eingebüßt und wenn sie es ist? Soweit will ich gar nicht nachdenken. Denn in diesem Fall kann ich für nichts garantieren.

Noch nie hatte mir eine Frau so lange im Kopf herum gespukt, wie diese verdammte Jasmin. Manchmal wünsche ich mir, ihr nicht begegnet zu sein. Und manchmal, wenn ich nachts allein in meinem Bett lag oder am Morgen unter der Dusche stand und mir mal wieder einen Runter holte, dachte ich immer nur an Jasmin. In meinem Kopf und meinen erotischen Fantasien existierte keine andere Frau mehr.

Als der Tag der Party immer näher rückt, werde ich aus einem mir unerklärlichen Grund immer unruhiger. Ich habe kein Hotel gebucht. Von Dresden aus, bin ich in zwei Stunden zurück, in meiner neuen schicken Loftwohnung mit Blick auf die Rummelsburger See. Pech ist nur, dass ich bei meiner Anreise zur Party fast zwei Stunden im Stau stand.

Nun bin ich hier. In der tobenden Menge fällt es mir schwer, mich auf die einzelnen Gesichter zu konzentrieren. Langsam laufe ich Raum für Raum ab und stelle mich mal hier und mal da hin. Wenn Jasmin wirklich auf dieser Party ist, werden wir uns schon irgendwie begegnen und wenn nicht, dann habe ich es wenigstens versucht.

Als ich gerade wieder meine Position am Rande der Tanzfläche ändere, sehe ich einen mir sehr bekannten Rotschopf. Mein Puls beginnt zu rasen und ich kneife meine Augen enger zusammen, um mich besser auf SIE konzentrieren zu können. Es ist wirklich Jasmin. Sie trägt ein verdammt knappes Kleid, das ihre Rundungen gut zur Geltung bringt. Sie hat ihren Kopf an einen Mr. Proppertypen gelehnt und tanzt mit geschlossenen Augen im Einklang. Schwere Eifersucht erfasst mich, die ich sofort versuche wegzuschieben. Dann fummelt wieder so ein anderer Typ, der irgendwie schwul aussieht, an ihr herum. Immer wieder wird mein Blick auf Jasmin, von der Menge der Menschen unterbrochen. Doch ich habe nicht den Mut, näher an die Gruppe heranzugehen. Was ist, wenn einer der Typen ihr Freund ist? Dann habe ich nix in ihrem Leben zu suchen und muss sie mir aus dem Kopf schlagen. Irgendwie verlassen immer mehr Leute die Tanzfläche und bald sagt dieser komisch gekleidete Typ etwas zu ihr. Daraufhin laufen die beiden Hand in Hand von der Tanzfläche, Richtung der großen Bar. Der bullige Typ und noch zwei weitere folgen ihnen. Da hatte sie sich ja eine ganz schöne Truppe angelacht. Wofür braucht sie dann mich noch? Dennoch laufe ich der Truppe in einigem Abstand hinterher. Als ich feststelle, dass sie das Buffet auf der rechten Seite ansteuern, lehne ich mich am anderen Ende an die Wand. Immer wieder wird mein Blick auf Jasmin durch andere

Menschen verdeckt. Dennoch kann ich sehen, dass sie von "Ihrem Freund" mit Weintrauben gefüttert wird. Sie sieht irgendwie glücklich aus. Warum soll ich dann dieses Glück zerstören? Am besten ist es, wenn ich wieder nach Hause fahren würde. Dann auf einmal treffen sich unsere Blicke. Augenblicklich schießt eine Welle durch meinen Körper. Mein Puls beginnt zu rasen. Sie schlägt die Hand mit der Weintraube vor ihrem Mund weg. Warum macht sie das? Ich verfluche diese vielen Leute hier, die immer wieder meine Sicht behindern. Meine Gedanken sind völlig durcheinander. Daher gehe ich zurück in den Raum mit der großen Bar und setze mich einfach auf den nächstbesten freien Platz zu ein paar Leuten in eine dunkle Ecke. Die Gruppe schaut mich komisch an. "Oh sorry, hier ist doch noch ein Platz frei?" Ein Typ mit Irokesenfrisur grinst mich breit an. "Klar Mann. Wir haben extra auf dich gewartet, damit du uns eine Runde ausgeben kannst." Nun verschlägt es mir aber die Sprache. "Wieso soll ich euch eine Runde ausgeben. Ich kenne euch doch gar nicht?"

"Das können wir doch ändern Süßer." lallt ein ziemlich junges Mädchen neben mir und legt dabei den Arm um meinen Nacken. Ihr Atem riecht stark nach Alkohol und ihr Gesicht ist mit reichlich Piercings geschmückt. Als ich mich von ihrem Arm befreie, sehe ich, wie Jasmin an meinem Tisch vorbei eilt und ihr

"Schoßhündchen" scheint ihr nicht zu folgen. "Du solltest nichts mehr trinken, außer Wasser." sage ich zu meinem Anhängsel neben mir, die nun ihren Kopf auf meine Schulter ablegt und die Augen schließt. Ich verfluche diese Situation und mein Helfersyndrom. Vorsichtig schiebe ich den Kopf von mir weg und gehe zu der Bar, die nur wenige Meter von der Sitzgruppe entfernt ist. Ich drängle mich zwischen die wartenden Leute und bestelle einen halben Liter Wasser in einem Bierglas. Damit kehre ich an den Tisch zurück und rüttle an dem jungen Mädchen. Sie schaut mich mit glasigen Augen an. "Trink das." befehle ich ihr in einem Ton, der keine Widerrede zulässt. "Eh, wie redest du denn mit meiner Freundin?" sagt nun ein Typ, der vorher noch nicht am Tisch saß. "Da solltest du aber besser auf sie aufpassen." schnauze ich ihn an und zu dem Mädel "Trink jetzt." Sie gehorcht und trinkt ein paar große Schlucke. Sie verzieht das Gesicht. "Das ist ja Wasser." lallt sie. "Dachtest du, dass ich dir in deinem Zustand Wodka hinstelle? Trink." fordere ich sie erneut auf und wieder trinkt sie. "Was geht's dich denn an, wie ihr Zustand ist. Mir gefällt's so, dann ist sie schön willig." sagt ihr Freund. Am liebsten würde ich ihm für diese Aussage die Fresse polieren. "Es geht mich sehr wohl etwas an, wenn SIE hier mit einer Alkoholvergiftung zusammen klappt."

"Ach das verträgt sie schon." sagt der Typ. Der hatte doch keine Ahnung. Ich dränge darauf, dass sie das Glas austrinkt, ohne mich weiter auf eine Diskussion mit ihrer Clique einzulassen. Ich hatte getan, was nötig war, mehr konnte ich eh nicht ausrichten. Dann mache ich mich auf die Suche nach Jasmin, werde aber nicht fündig. Sie wird doch nicht einfach gegangen sein? Irgendwann sehe ich die Gruppe, mit der sie zuvor zusammen war, an der großen Bar stehen. Ich setze mich in eine schlecht ausgeleuchtete Ecke. Zum Glück ist die Sitzgruppe gerade leer, so dass ich mich dieses Mal nicht noch um weitere Alkoholleichen kümmern muss. Irgendwann wird sie schon wieder auftauchen. Und das geschieht auch kurz darauf. Sie bestellt eine Runde an der Bar und schaut sich immer wieder verstohlen um. Ihr Blick ist irgendwie hektisch und gar nicht mehr so glücklich, wie zuvor auf der Tanzfläche. Jetzt wehrt sie auch jegliche Annäherungen von den Männern ihrer Gruppe ab. Warum macht sie das? Zuvor durfte sie doch auch jeder antatschen, wie er wollte. Liegt es vielleicht daran, dass auch sie mich erkannt hatte? Geht es ihr genauso wie mir, wenn ich sie sehe? Das will mein Verstand nicht wahr haben. Dann beginnt ihr "Freund" eine rege Diskussion mit ihr und er schaut sich genauso um, wie sie, nur auffälliger. Irgendwas stimmt da nicht. Als eine Blondine auf den komischen

Typen drauf zu steuert und ihn in eine rege Wiedersehensdiskussion vertieft, zieht sich Jasmin zurück. Er betatscht die Blondine genauso, wie Jasmin zuvor und mir wird klar, dass es seine Art ist. Dass es nicht ihr Freund sein kann, da sie keinerlei Anzeichen von Eifersucht zeigt. Auch die anderen Herren scheinen nicht mit ihr liiert zu sein. Was ist, wenn ich einfach jetzt zu ihr rüber gehe? Bei dem Gedanken regt sich mein bester Freund in der Hose. Mein Puls schießt in die Höhe und mein ganzer Körper spielt verrückt. Diese scheiß Emotionen. Ich sehe, wie die ganze Truppe nun wieder auf die Tanzfläche drängt. Jasmin geht mit und ich laufe hinterher. Ich suche mir eine dunkle Ecke, von der ich sie gut beobachten kann. Sie ist aber nicht mehr richtig bei der Sache und schaut immer wieder in die wogende Masse. Es sind nun schon wesentlich weniger Menschen in der Lokation und ich muss aufpassen nicht entdeckt zu werden. Irgendwann sagt sie zu dem Typen etwas. Er schaut sie komisch an und sie diskutieren kurz, wobei sie immer wieder den Kopf schüttelt. Dann verabschiedet sie sich von allen mit einer kurzen Umarmung und Küssen und verlässt dann allein die Tanzfläche. Ich folge ihr in einigem Abstand. Nach einem langen Besuch auf der Toilette, geht sie zur Garderobe und lässt sich ihren Mantel geben. Sobald sie auf dem Weg zum Ausgang ist, hole ich mir auch meine Lederjacke an der Garderobe ab. Dabei hoffe ich, dass sie sich nicht umdreht und mich entdeckt. Am Ausgang erhält sie vom Veranstalter eine Dose, die sie kurz betrachtet und in ihrer Manteltasche verschwinden lässt. Sie wechseln noch ein paar Worte, dann verlässt sie allein die Lokation und ich schleiche hinterher. Erst jetzt realisiere ich wirklich, dass sie allein geht. Ohne Freund oder Mann oder sonst wen. Sie geht allein, was nur bedeuten kann, dass sie immer noch Single ist?

Als ich durch die Tür des ARTEUM trete, empfängt mich die kühle Abendluft. Der Anblick, wie sie die Stufen langsam nach oben geht, lässt mich einen Moment verweilen und genießen. Sie bleibt auf halber Treppe stehen und schaut sich noch einmal um, als ob sie meinen Blick bemerkt. Doch sie kann mich im halbdunkel des Eingangs nicht erkennen. Alles in mir schreit, lauf ihr hinterher. Meine Beine sind jedoch wie gelähmt. Da geht sie, die Frau meiner schlaflosen Nächte. Die Frau all meiner Träume und erotischsten Fantasien. Sie hat die letzte Stufe erreicht. Ich höre ihre Absätze über den Gehweg klacken. Sie läuft nicht zum Parkhaus, da, wo ich mein Auto geparkt hatte. Auch nicht in die Richtung des Hotels in der Nähe. Nein. Sie geht in eine für mich völlig paradoxe Richtung. Wo will sie hin? Ganz allein hier in Dresden, wo sie sich doch gar nicht auskennt? Ich kann ihre

Schritte kaum noch hören. Nun strömt eine grölende Gruppe aus der Tür neben mir und das ist wie ein Impuls für mich. Hastig renne ich los, die Stufen nach oben. Gefühlt werden es immer mehr. Als ich endlich oben angelangt bin, brennen meine Oberschenkel. Ich blicke die Straße entlang, die Jasmin gewählt hatte, doch diese ist leer. Panik ergreift mich. Ich renne weiter, bis zur nächsten Kreuzung und da kann ich das laute Tackern ihrer Absätze wieder hören. Unverkennbar ist diese Abfolge, der ich schon in der Lobby in Berlin still gehorcht hatte. Dann endlich bricht es aus mir heraus und ich rufe laut ihren Namen "Jasmin?" Sie läuft weiter. Wahrscheinlich hat sie es nicht gehört und ich renne ihr hinterher. Wie ein verliebter Teenager fühle ich mich und dennoch habe ich immer noch die Angst, dass ich mich hier völlig zum Affen mache. Aber das Alles ist jetzt egal. Als ich sie fast erreicht habe, bleibe ich stehen und rufe noch einmal "Jasmin?" Dann bleibt sie stehen, direkt unter einer Straßenlaterne. Ich kann sehen, dass ihr Atem schnell geht, genauso, wie meiner. Meine Knie sind weich und ich habe Angst, dass sie mich abweisen könnte. Aber ich muss jetzt wissen, woran ich bin, sonst komme ich nie zur Ruhe. Sie dreht sich nicht um. Ich verringere die letzten Meter zwischen uns und bleibe direkt hinter ihr stehen. Das sanfte Licht hüllt uns ein. Ich traue mich nicht sie zu berühren, obwohl meine Hände nichts anderes wollen. Dann hauche ich ihren Namen noch einmal "Jasmin". Nach einer gefühlten Ewigkeit, die sicherlich nur ein, zwei Sekunden angedauert hat, dreht sie sich um. Es kommt mir vor, wie in Zeitlupe. Dann endlich hebt sie ihren Kopf und schaut mir in die Augen. Sie haucht meinen Namen "Max?" Als sie mich so ansieht, habe ich das Gefühl, dass sie mir bis tief in die Seele blicken kann. Nun fehlen mir die Worte. Was sagt man in so einer Situation? "Was machst du hier?" fragt sie viel zu leise. "Ich war auf der Party. Du hast mich doch gesehen?"

"Das meine ich nicht. Warum bist du mir gefolgt?" Ja, warum? Sagt man in so einer Situation die Wahrheit? Was habe ich zu verlieren? "Ich kann dich nicht vergessen." Auf ihrem Gesicht huscht ein kleines Lächeln. Mein Puls rast immer mehr. "Das kann ich auch nicht. Wir müssen reden. Komm mit." Sie dreht sich wieder um und läuft weiter die Straße entlang. Ich fühle mich wie gelähmt, bis sie über ihre Schulter blickt und fragt "Was ist? Bist du festgewachsen?" Dabei gluckst sie schon überglücklich. Erst jetzt taue ich auf und folge ihr mit schnellen Schritten. Sie reicht mir ihre Hand. Als ich sie ergreife, prickelt sofort mein ganzer Arm. Dann laufen wir Hand in Hand weiter. Ich muss sie immerzu ansehen. Ihr geht es genauso. Kurz darauf bleiben wir vor einem großen Haus stehen, das gar nicht nach einem Hotel aussieht. Jasmin kramt in ihrer Handtasche und holt einen Schlüssel heraus. Sie schließt die Tür auf und wir gehen in den Hausflur hinein. Das Hauslicht springt automatisch an. Es riecht nach frischer Farbe. Alles sieht neu und modern aus. Wir gehen weiter zu einem Aufzug und sie betätigt den Knopf. Dann schaut sie mich wieder lächelnd an. Mit einem Ping öffnen sich die Fahrstuhltüren. Wir treten ein und Jasmin drückt den Knopf für die oberste Etage. Ich erinnere mich an unsere letzte gemeinsame Fahrstuhlfahrt. An unsere einzige gemeinsame Fahrstuhlfahrt und muss leicht grinsen. Jasmin schmunzelt auch und drückt meine Hand. Das sendet einen erneuten Impuls meinen Arm hinauf. Doch für eine wilde Knutscherei hier im Fahrstuhl fehlt mir der Mut. Auch wenn ich es nicht erwarten kann, ihre vollen Lippen zu küssen. Aber sie hatte recht, wir müssen wirklich miteinander reden. Wir erreichen die oberste Etage und laufen einen Gang entlang. Dann bleiben wir vor einer Wohnungseingangstür stehen. Jasmin lässt meine Hand los, um die Tür zu öffnen. Am Klingelschild steht >Dr. Ay< "Du wohnst hier?" frage ich aus einem Impuls heraus. Sie schaut mich über die Schulter an und antwortet im Flüsterton "Ja, seit einem Monat."

"Warum?" Sie legt einen Finger auf ihre Lippen. "Scht, nicht so laut. Komm erst einmal rein." Als sie die Tür öffnet, kriecht mir ihr typischer Geruch sofort bis in meine letzte Zelle. Ich trete hinter ihr ein und schließe leise die Tür. Jasmin schlüpft sofort aus ihren Schuhen und hängt ihren Mantel an die Garderobe. Dann reicht sie mir einen Bügel für meine Jacke, die ich ebenfalls ausziehe. Dann geht sie weiter in den nächsten Raum und fragt "Magst du was trinken?" Ja, am liebsten einen Whisky, aber ich muss ja noch nach Hause fahren. "Ein Wasser, wenn du hast."

"Klar hab ich. Schau dich ruhig um. Es ist noch nicht alles fertig. Es ist so schwer Handwerker zu bekommen." Ich laufe weiter in das großes Wohnzimmer. Auf der rechten Seite befindet sich eine große Küchenzeile und geradeaus blicke ich auf bodentiefe Fenster. Dahinter kann ich eine mit Lichtstreifen beleuchtete Terrasse erkennen. Es gibt durchaus Parallelen zu meiner Wohnung und auch die Einrichtung ist fast identisch. Nur der für Frauen typische Kitsch fehlt. Jasmin kommt mit zwei Gläsern in der Hand zu mir. Sie reicht mir eins und stellt das zweite auf den Glastisch. Die weinrote rechtwinklige Ledercouch ist so ausgerichtet, dass man zum einen auf einen riesigen Flachbildschirm und zum anderen auf die Terrasse blicken kann. "Setzt dich doch schon mal. Ich muss erstmal ins Bad." Sie rafft ein paar herumliegende Sachen zusammen und schleicht sich davon. Dann schaue ich mich noch einmal in der Wohnung um. Dabei entdecke ich eine angefangene Tafel Schokolade auf dem Tisch und ein benutztes Weinglas. In der Ablage untere der Glasplatte liegt eine Fernsehzeitung und ein kleines Büchlein. Ich drehe es um und lese da "Reale Bootsvögeleien", was mich etwas schmunzeln lässt. Ich lege es zurück und höre die Klospülung und dann Wasser laufen. Dann kramt Jasmin noch etwas rum. Wahrscheinlich räumt sie noch auf. Ich blicke Richtung Bad und da öffnet sich auch schon die Tür. Mit einem scheuen Lächeln kommt sie auf mich zu. Jeder Schritt von ihr strahlt die reine Sinnlichkeit aus. "Na, amüsierst du dich?" fragt sie.

"Nicht so, wie mit dir." Yäh, meine alte Form ist wieder da, auch wenn mein Herz in ihrer Gegenwart immer noch viel zu schnell schlägt. Ich fühle mich bei ihr wohl und habe das Gefühl, dass wir offen über Alles reden können. Da ist eine undefinierbare Bindung, die ich tief in mir spüre. Jasmin lächelt mich an und setzt sich auf den anderen Teil der Couch. "Du wolltest wissen, warum ich hier wohne. Ich habe vor einem Monat hier in Dresden einen Job angenommen. Ich hatte das ewige Labor satt. Und was hast du so gemacht?"

"Ich bin letzten Monat nach Berlin gezogen. Ich hatte auch keine Lust mehr auf meinen alten Job."

"Berlin also." antwortet sie und nimmt ihr Glas, um daraus zu trinken. Es entsteht eine bedrückende Stille, als hätte diese Stadt etwas in ihr ausgelöst. "Warum" beginnen wir gleichzeitig und lächeln uns schüchtern an. "Du zuerst." sagt sie. "Warum bist du in der Nacht in Berlin einfach gegangen? Hattest du es so eilig, dass du noch nicht einmal dein Kleid und deine Schuhe mitnehmen konntest?" Sie schaut mich überrascht an, auch, weil ich es viel zu grob gesagt hatte. Ich kann nicht einfach sitzen bleiben und stehe auf, um zum Fenster herüber zu gehen. Als ich hinausblicke, kann ich auf die Elbe schauen. Am gegenüberliegenden Elbufer sind ein paar Häuser angeleuchtet. All das erinnert mich so sehr an meine eigene Wohnung. "Ich bin nicht einfach so gegangen." antwortet sie fast geflüstert. Ich drehe mich etwas um. "Ach nicht? Warum warst du dann am Morgen nicht mehr da?" Zu meinen Gefühlen ist ein klein bisschen Wut hinzu gekommen. Wut darüber, dass alles hätte anders laufen können. Wut über die vertane Zeit, in der ich mich immer wieder nach ihr gesehnt, aber in der ich auch so viel erlebt hatte. "Lass mich doch erst einmal ausreden. Es ist so schon schwer genug." Sie atmet noch einmal tief durch und redet dann weiter "Also, ich hatte zu der Zeit, schon seit Jahren so ein nervöses Augenzucken. Dagegen half nur meine Augenmaske, damit ich einschlafen konnte. Diese wollte ich in meinem Zimmer holen. Daher habe ich nur meinen Mantel übergezogen und habe deine Tür angelehnt. Als ich dann wieder zurück wollte, ist deine Tür ins Schloss gefallen."

"Warum hast du nicht geklopft?"

"Das habe ich, aber du hast zu fest geschlafen."

"Aber du hättest doch wenigstens am Morgen Bescheid sagen können."

"Ja schon, aber nicht, wenn man den halben Tag verpennt, so wie ich. Als ich mein Zimmer verlassen habe, war in deinem schon die Putzfrau. Warum hast du denn nicht einfach eine Nachricht zusammen mit meinem Kleid hinterlassen?"

"Weil ich gedacht habe, dass du nichts mehr mit mir zu tun haben möchtest. Als ich allein aufgewacht bin, nach so einer Nacht... ach ich weiß doch auch nicht. Ich war so sehr gekränkt und wusste damals ja auch nicht, was in Swingerkreisen so üblich ist. Für mich war das eine völlig neue Welt."

"Wie hast du mich denn dann überhaupt gefunden? Rein Zufällig wirst du ja nicht ins Insomnia gekommen sein?"

"Nein, ich habe den Taxifahrer ausgequetscht."

"Ahja. Das muss ja für dich ein ziemlicher Kulturschock gewesen sein."

"Sagen wir mal so. Ich hatte so Etwas nicht erwartet und ich war damals schon ziemlich eifersüchtig, als du da mit diesem Typen..." Jasmin steht nun auch von der Couch auf und kommt zu mir herüber. Sie stellt sich neben mich und wir schauen gemeinsam zur Balkontür heraus. Nach einiger Zeit fragt sie "Hast du mich eigentlich gegoogelt?"

"Natürlich. Ich habe das verdammte Netz nach dir abgesucht, habe im Insomnia nachgefragt wegen dieser doofen Anmeldeliste und die haben mich dann auf Joyclub verwiesen. Dann habe ich mich da angemeldet und wochenlang blöde Profile durchforstet." Jasmin kichert neben mir. Das klingt so süß, dass ich auch lachen muss. "Und wie hast du mich nun gefunden? Dein Besuch auf der Party heute, war doch kein Zufall?"

"Anscheinend nicht, wenn du Nixe88 bist?" Jasmin lächelt wieder so niedlich. "Dann bist du wohl Anguis?"

"Gut kombiniert."

"Aber, wo ist dann dein Tattoo auf den Bildern geblieben?"

"Retuschiert?"

"Ah, hab ich mir schon gedacht. Warum hast du nicht einfach eine Mail geschrieben?"

"Na ein bisschen Selbstwertgefühl habe ich schon noch. Ich konnte doch nicht wissen, ob du es wirklich bist und ob du noch Single bist und ob es dir..."

"Ob es mir was? Genauso geht wie dir?" Wir drehen uns zueinander und sie lässt die Frage offen. Daher sage ich "Du hast doch auch nicht geschrieben."

"Ja, weil ich auch nicht wusste, ob du es wirklich bist. Schließlich konnte ich ja wohl schlecht deinen Bruder anrufen und nach deiner Nummer fragen. Weil ich genau die gleichen Bedenken hatte. Und dann noch diese Ina..." Nun bin ich aber derjenige, der sie überrascht und sprachlos anschaut. "Was ist? Ich habe meine Hausaufgaben gemacht." sagt sie. "Und ich dachte, du bist mit dem Vogel, der dich mit Weintrauben gefüttert hat zusammen."

"Mit Felix? Der ist vielleicht etwas anhänglich, aber weit davon entfernt mit mir zusammen zu sein."

Wir reden noch eine Ewigkeit so weiter und erzählen einander, was seit unserem ersten Treffen in Berlin im Leben des Anderen passiert ist. Und das bis ins kleinste Detail. Wir sind so vertraut miteinander, als würden wir uns schon eine Ewigkeit kennen. Es gibt einfach keinen Grund irgendetwas zu verheimlichen. Noch nie hatte ich bei einem Menschen so viel empfunden, wie bei Jasmin. Mich plagt auch keine Eifersucht, als sie mir von Alex und Felix sowie von John erzählt. Ihr Blind Date im Hotel interessiert mich besonders und macht mich neugierig auf mehr. Da muss ich später noch mal etwas nachbohren. Zudem hatte sie ein ähnliche depressive Phase durchgemacht, wie ich und infolgedessen den Job gewechselt. Auch ich hatte ihr von meinem Einstieg in die Swingerszene, bis hin zur Kreuzfahrt alles offenbart.

Mittlerweile sitzen wir wieder auf der Couch und Jasmin hat schon mehrmals gegähnt. Draußen wird es langsam heller. Bis auf unser Händchen halten vom Weg hierher, haben wir uns bisher nicht berührt und das müssen wir auch nicht. Jetzt, wo wir uns gefunden haben, haben wir alle Zeit der Welt, daher sage ich etwas verlegen "Ich werde mich mal auf den Weg nach Hause machen."

"Hast du kein Hotel gebucht?"

"Nein, es sind doch nur zwei Stunden Fahrt. Und falls du nicht da gewesen wärst, dann wäre ich schon längst wieder zu Hause." Jasmin rückt ein kleines Stück näher an mich heran. Sie schaut nach unten auf ihre Hände. Dann nimmt sie meine Hand. Sofort setzt das Kribbeln auf meinem Arm ein und auch auf ihrer Haut bildet sich eine Gänsehaut. Dann schaut sie mir in die Augen. Es fühlt sich an, als ob sie mir wieder bis in die Seele blicken kann. "Bleib doch hier. Du bist viel zu müde, um jetzt noch zu fahren."

"Aber ich habe absolut gar nichts dabei."

"Ist das jetzt nicht völlig egal? Wichtig ist nur, dass wir uns gefunden haben." Ihre Worte lösen ein Feuerwerk an Emotionen in meinem Körper aus. Mein Herz rast, meine Haut prickelt und mein Schwanz zuckt. Ihre Augen schauen mich immer noch an und ich verringere langsam den Abstand zwischen uns, bis unsere Lippen ganz zart aufeinander treffen. Noch nie hatte sich ein Kuss so gut angefühlt. Jasmin legt ihren Arm um meinen Hals und drängt sich mir entgegen, so dass ich meiner Zunge forsch zwischen ihre Lippen schiebe. Dabei stöhnt sie genüsslich auf und zieht mich näher zu sich heran. Unser Kuss wird immer wilder. Es ist fast zu viel. Meine Hose wird so eng, weil mein Schwanz darin gefangen ist. Nur mit Mühe löse ich mich wieder von Jasmin. Ich will, dass unser nächstes Mal etwas Besonderes ist und dafür sind wir beide viel zu müde. Sie schaut mich so zärtlich an und scheint mich blind zu verstehen. "Lass uns erst einmal ein paar Stunden schlafen gehen." Ich nicke. Wir gehen gemeinsam ins Bad. Jasmin zieht sich vor mir bis auf die Haut aus. Ihre Nippel sind hart aufgerichtet. Natürlich hat sie wieder nichts unter dem Kleid an. Ich muss mich zurückhalten, um nicht über Sie herzufallen. "Was ist? Zieh dich aus. Wir gehen schnell duschen." Sie löst ihren Zopf und steckt ihre Haare nach oben. Ich gehorche ihr und stehe kurz darauf, ebenfalls nackt mit einer harten, pulsierenden Latte vor hier. Sie schaut mich langsam von oben bis unten an und ich habe das Gefühl, dass sie sich jeden Millimeter an mir einprägen möchte. Mir geht es genauso. Ich sehe jeden kleinen Leberfleck, eine kleine Narbe an ihrem Oberarm, ihre hart aufgerichteten Nippel und die wulstige, rasierte Pussy. Alles in mir will diese Haut berühren, ihr höchste Lust bescheren, doch ich beherrsche mich. Jasmin öffnet die Tür der Dusche und als ich keine Anstalten mache ihr zu folgen, nimmt sie mich an die Hand und zieht mich mit sich. Kurz darauf prasselt das warme Wasser über unser Körper. Jasmin gibt mir ein Duschgel und dreht mir den Rücken zu. Ich beginne damit, ihre Schultern zu waschen. Bei jeder Berührung von mir, reagiert ihre Haut, trotz des warmen Wassers. Meine Hände wandern weiter ihren Rücken entlang bis zu ihrem Po und wieder hinauf. Dabei stößt mein Dauerständer immer wieder an ihren Hinterteil an. Ich nehme wieder etwas Duschgel und wasche ihre Beine. Ich genieße jeden Zentimeter ihrer Haut. An den Füßen ist sie fürchterlich kitzlig. Dann dreht sich Jasmin um und schaut mir lüstern in die Augen. Sie wackelt mit ihren vollen Bällen "Die wollen auch noch gewaschen werden." Ich muss schlucken und meine unbändige Gier zügeln. Also wasche ich auch ihre Vorderseite. Dabei verweilen meine Hände etwas länger auf ihren wunderschönen Brüsten. Als ich ihre harten

Knospen zwischen meinen Fingern zwirble, stöhnt Jasmin leise auf. Dieses kehlige Geräusch dringt bis in meine letzte Zelle und meine Lust und Geilheit ist kaum zu bändigen. Dann beginnt mich Jasmin ebenfalls zu waschen. Ihre Hände auf meiner Haut fühlen sich so gut an. Ihr Blick auf meinen Körper ist gebannt und lüstern. Als ihre Hände meinen prallen Ständer waschen, muss ich die Luft anhalten, so intensiv sind ihre Berührungen. Dann hält sie mit der einen Hand meinen harten Schwanz fest und wäscht mit der anderen meine rasierten Eier. Ich kann mich kaum noch beherrschen und stöhne laut auf. Ihre freche Hand wichst meinen Ständer einige Male und lässt dann von mir ab. Sie flüstert "Wir sollten wirklich schlafen gehen." Nur ungern will ich mich dem unterordnen. Jasmin dreht das Wasser ab und zieht mich mit sich aus der Dusche. Sie nimmt ein Handtuch und beginnt mich trocken zu rubbeln. Dabei schaut sie mir schon wieder so tief in die Augen. Ich nehme ihr das Handtuch aus der Hand. Bei noch mehr Kontakt kann ich für nichts mehr garantieren. Unweigerlich ploppen in meinem Kopf Bilder auf, wie Jasmin nackt unter mir liegt, während ich ihr meinen harten Kolben immer wieder in ihr nasses Loch ramme. Dabei halte ich ihre Hände fest und sie stöhnt ohne Unterlass. Jasmins fröhliches Glucksen reißt mich aus dem kurzen Traum, als ob sie meine Gedanken lesen könnte.

Sie steht bereits mit einem Handtuch um den Körper am Waschbecken und putzt sich die Zähne. Sie deutet auf die andere Seite des Doppelwaschtisches, wo eine neue Zahnbürste bereit steht. Schnell rubble ich mich ab und putze mir ebenfalls die Zähne. Ich folge Jasmin zurück in das Wohnzimmer und dann weiter in ihr Schlafzimmer mit Blick über das morgendliche Elbtal. Jasmin legt sich in ihr großes Himmelbett und klopft auf die andere Seite. "Ich hab hier noch einen Platz frei. Der möchte auch endlich eingeweiht werden."

"Ach, hatte Felix noch nicht das Vergnügen?" necke ich sie. Sie wirft mir ihr Kissen zu, welches ich gekonnt fange. "Komm jetzt endlich ins Bett. Hier..." dabei deutet sie auf meine Seite des Bettes "...hat noch niemand geschlafen. Noch nicht einmal ich."

"Warum das denn?"

"Keine Ahnung. Wahrscheinlich hat mein Unterbewusstsein immer auf diesen Tag gewartet."

"Ach, dein Unterbewusstsein. So nennst du das also." Mit etwas Schwung springe ich in das Bett." Jasmin gähnt. Ich lege ihr Kissen wieder an die alte Stelle. "Leg dich hin, wir haben noch einmal Aufwachen nachzuholen, das bist du mir noch schuldig."

"Na ich hoffe mal, dass es nicht bei einmal bleibt."

"Ich wollte eigentlich warten, bis du eingeschlafen bist und mich dann davon machen."

"Das kannst du gar nicht. Ich habe abgeschlossen und den Schlüssel versteckt."

"Dann seile ich mich eben ab."

"Halt endlich die Klappe und schlaf." Jasmin hat sich schon hingelegt, so dass sie mich ansehen kann. Ich lege mich neben sie und schaue ihr in die Augen. Wie oft habe ich mir das gewünscht. Es wird mir erst jetzt so richtig bewusst und ich denke an die vielen Momente zurück, in denen ich mir gewünscht hatte, dass Sie es ist, die neben mir im Bett liegt.

Jasmin fallen die Augen zu und bevor sie einschläft sage ich noch "Dreh dich um." was sie auch macht. Ich kuschle mich in Löffelchenstellung an ihren Körper und schlinge meinen Arm um sie, den sie mit ihrer Hand festhält. "Schlaf schön." flüstert Jasmin. Ich gebe ihr noch einen Kuss auf Wange und sage "Du auch." Innerhalb kurzer Zeit bin ich eingeschlafen.

7. Kapitel - Jasmin

Durch ein mir völlig unbekanntes Klingeln, welches aus dem Bad zu kommen scheint, werde ich geweckt. Mein Körper wird von einem Arm und von einem Bein umklammert. Im ersten Moment kann ich es überhaupt nicht einordnen. Doch als ich auf die andere Bettseite schaue und dort Max entdecke, fällt mir alles wieder ein. Und meinem Körper auch. Meine Haut kribbelt, mein Puls rast und meine Nippel werden hart. Das Klingeln hört auf. Max liegt so friedlich da, dass ich ihn einfach nur betrachte. Dann setzt das Klingeln wieder ein. Wer ihn wohl am Sonntag so dringend sprechen muss? Eine Freundin kam nicht in Frage, da bin ich mir sicher. Und was er mir alles gestern erzählt hatte. Sein Bruder heißt wirklich Lukas und seine kleine Nichte hatte meinen Namen bekommen, was mich irgendwie stolz macht. Wir haben beide gestern erst verstanden, wie stark unsere Bindung ist und dass wir füreinander bestimmt sind und miteinander alt werden würden. Daran gibt es nicht den geringsten Zweifel. Er ist wie ein Teil von mir. Nun klingelt das Telefon schon wieder, aber mit einem anderen Ton, der mich darauf schließen lässt, dass es sein Bruder ist. Max liegt so friedlich neben mir, dass ich ihn ewig betrachten könnte. Ich stupse ihn an. Erst ein Mal, dann ein zweites und drittes Mal. Keine Reaktion. Ich befreie mich von seinem Arm und seinem Bein. Max wird auch davon nicht wach. Er dreht sich nur auf den Rücken. Also beginne ihn zu küssen. Erst auf seine Wange, dann auf seinen Mund. Ich schiebe die Bettdecke weiter nach unten und küsse ihn weiter auf die Brust. Max regt sich nun und streicht mir über den Kopf. Er murmelt "Guten Morgen mein Engel."

"Guten Morgen. Dein Telefon klingelt ständig. Aber du schläfst ja wie ein Stein." Wie auf Kommando, beginnt es wieder zu klingeln." Als Max es hört schaut er auf die Uhr. "Oh nein, da muss ich rangehen." Er küsst mich kurz auf die Stirn und schiebt dann die Bettdecke beiseite. Ich kann sehen, wie seine Morgenlatte beim Gehen auf und nieder wippt. Dann läuft er zum Bad und kommt kurz darauf mit dem Handy am Ohr wieder und setzt sich auf mein Bett. "Hallo Lucas, kannst du Mum bitte vorsichtig beibringen, dass ich heute nicht zum Essen kommen kann und ihr sagen, dass es mir leid tut." Lucas sagt irgendetwas. Dann spricht Max wieder "Nein, es geht wirklich nicht. Ich bin derzeit in Dresden." Ich krabble auf allen Vieren auf Max zu und schlinge meine Hände von hinten um seinen Hals. Ich beginne ihn zu küssen. "Lucas, ich weiß, das das jetzt nicht optimal gelaufen ist, aber glaube mir, ich hab das auch nicht geplant." Ich flüstere ihm ins Ohr "Richte ihm doch liebe Grüße von mir aus." Dann spricht wieder Lucas und dann Max "Ja, von mir aus denk dir was aus. Aber bitte mach alles, dass Mum nicht so lange sauer ist." Ich streichle Max am Rücken entlang. "Ja, macht's gut und richte allen liebe Grüße aus. Und übrigens, liebe Grüße auch von Jasmin." Dann legt er einfach auf und dreht sich etwas zu mir um. "Und nun zu dir. Bist du denn jetzt ausgeschlafen?"

"Ich denke schon. Du etwa nicht?"

"Ich habe so gut geschlafen, wie lange nicht."

"Das habe ich bemerkt." Max steht auf und stützt sich mit den Armen neben mir ab. Er schaut mir tief in die Augen. Meine ganze Haut kribbelt. Mein Puls rast, genauso wie seiner, denn seine Halsschlagader pulsiert schnell. Sein Blick fesselt mich und ich kann auch nicht wegsehen. In diese Augen möchte ich ein Leben lang schauen. Auch Max scheint ähnlich zu denken. Seine Lippen kommen näher und treffen auf meine. Unsere Zungen spielen ein wildes Spiel miteinander. Ich schlinge meine Arme um seinen Hals und ziehe ihn zu mir auf das Bett. Langsam beginnen unsere Hände den jeweils Anderen zu erkunden. Ich spüre, wie seine Haut unter meinen Berührungen reagiert. Sein harter Schwanz pumpt an meinem Oberschenkel, was das Kribbeln in meinem Bauch verstärkt. Max

Zunge wandert weiter an meinem Hals entlang. Sein Dreitagebart kitzelt mich zusätzlich. Dann kommt er zu der empfindlichen Stelle an meinem Schlüsselbein und haucht dort unzählige Küsse hin, die mich erzittern lassen. Ich kralle meine Hände in seine Haare, damit er nicht aufhört. Seine Lippen wandern weiter zu meinen harten Nippeln und saugen daran. Wie ein Blitz schießt die Lust in meinen Bauch, wo hunderte von Schmetterlingen flattern. Meine Lustperle verlangt nach Aufmerksamkeit und am liebsten würde ich sie selbst berühren, weil ich es kaum noch aushalten kann. Das hier ist so völlig anders, als normaler Sex. Es macht mich wahnsinnig, so dass ich kaum noch klar denken kann. Ich stöhne jetzt schon vor lauter Lust laut auf. Max' Lippen werden nun von seinen Händen abgelöst, die meine Nippel sanft zwischen den Fingern rollen. Die Küsse wandern tiefer über meinen Bauchnabel bis zu meinem Venushügel. Mit seinen Knien drängt Max meine Beine weiter auseinander. Jeden Moment müssen seine Lippen auf meinen Lustpunkt landen, doch es passiert nichts, als dass ein kühler Luftzug meine Geilheit offenbart. Zudem verschwinden nun auch noch die Hände von meinen Nippeln. Ich stöhne frustriert auf und hebe meinen Kopf, um in Max' grinsendes Gesicht zu schauen. "Frühstück?" fragt er. Ich ziehe meine Augen verwundert zusammen. Meint er das Ernst?

Noch völlig benebelt von meinen Empfindungen murmle ich "Du bist mein Frühstück!" Max lacht auf. "Ich meine es im Ernst. Wir frühstücken jetzt erst."

"Oh nein, das kann nicht sein?"

"Doch." Er steht auf und reicht mir seine Hand, die ich frustriert ergreife. "Das machst du doch jetzt Extra." Er ist mindestens genauso erregt wie ich, da sein Schwanz immer noch steif aufgerichtet pulsiert.

"Was meinst du?" fragt er doch scheinheilig. "Na dass du mich jetzt wieder hin hältst."

"Es kann gar nicht lange genug gehen, so lange, wie ich auf diesen Tag gewartet habe." Ich ziehe einen Flunsch und setzte meinen treuesten Hundeblick auf, aber es nützt nichts. "Hast du was zum Frühstücken da oder gibt's in der Nähe ein Café oder Bäcker?"

"Ich habe alles da.", weil ich es hasse am Morgen nach dem Aufstehen erst irgendwohin gehen zu müssen. Max zieht ein wenig an meinem Arm und ich folge ihm. Wir laufen nackt zu meiner offenen Küche. Ich drehe den Backofen auf und hole die Brötchen vom Vortag aus dem Brotfach, um sie etwas nass zu machen. Max geht derweile zu meiner Balkontür. Die Sonne hat mein Wohnzimmer schon ordentlich aufgeheizt. Es scheint ein warmer Herbsttag zu sein. Dann öffnet er die Balkontür, geht nackt, wie er ist auf den Balkon hinaus, streckt sich und atmet tief ein und aus. Der Anblick fasziniert mich und ich kann es nicht glauben, dass er nun mir gehört. Ich laufe zur Balkontür und schaue ihn weiter an. "Du hast es wirklich schön hier. Wollen wir draußen Frühstücken? Das Wetter ist für Oktober wirklich gigantisch." Ich lache über seinen Ausdruck. "Ja, können wir machen, wenn dich der neugierige Blick meiner Nachbarin nicht stört." Ich deute auf die Stirnseite des Balkons. Max zuckt mit den Schultern und geht zu dem Strandkorb. Er dreht ihn so, dass die Sitzfläche zur Sonne hin zeigt und nicht vom Nachbarbalkon einsehbar ist. Dann rückt er den kleinen Gartentisch zurecht. "So müsste es doch gehen."

"Wenn du meinst." Ich laufe zurück in die Küche, um die Semmeln in den vorgeheizten Backofen zu legen. Dann hole ich ein Tablett und beginne das Geschirr darauf zu stellen, ebenfalls wie Marmelade, Honig und Käse. Ich schalte die Kaffeemaschine an und warte bis das erste Spülwasser durchgelaufen ist. Dann stelle ich zwei Tassen darunter. Max kommt wieder in die Küche und schlingt von hinten die Arme um mich. Er küsst mich wieder auf diesen empfindlichen Punkt an meinem Schlüsselbein und als ich beginne zu stöhnen, legt er seinen Kopf auf meiner Schulter ab. "Du trinkst doch Kaffee?" frage ich. "Es wäre wohl komisch, wenn es anders wäre, oder?" Er hat recht. Wir sind uns so ähnlich, dass es mir fast Angst macht. "Ich habe keine Wurst da, aber die magst du sicher auch nicht zum Frühstück?"

"Ich esse nur lebendige Sachen zum Frühstück." dabei knabbert er mir wieder an der Schulter, was wieder eine Gänsehaut auf meinem Rücken, bis hin zu meine Fersen auslöst. Der Ofen piept. "Die Semmeln sind fertig." Max löst sich von mir und widmet sich der Kaffeemaschine, während ich die Semmeln aus dem Ofen hole. Dann gehen wir mit dem Tablett auf die Terrasse und setzen uns in den Strandkorb. Max breitet eine Decke über unsere Beine aus, da ab und an ein kühler Luftzug um unseren Sitzplatz fegt. Wir frühstücken in Ruhe und schauen anschließend über das Elbtal. Ich fühle mich innerlich getrieben, weil ich immer noch dieses unbändige Verlangen spüre. Das Verlangen, Max so nah zu sein, wie es nur geht. Ich rücke näher an ihn heran, rieche seinen unverwechselbaren Duft, der mich berauscht. Dann drehe ich mich ein Stück zu ihm, um ihn mit einer mir unbändigen Lust zu küssen. Dabei schlinge ich meine Arme um seinen Hals. Max kommt mir ein Stück entgegen und umfasst mit einer Hand sanft eine meiner Brüste. Kurz darauf spielt er an dem Nippel und zupft daran, was mich unter unserem Kuss aufstöhnen lässt. Ich habe immer ein wenig Angst, dass Max nun spazieren gehen oder sonst was machen möchte, nur um mich weiter auf die Folter zu spannen. Daher gleiten meine Hände an seinem Körper weiter nach unten, wo sie unter der Decke verschwinden. Zuerst streichle ich nur seinen Oberschenkel, nähere mich aber seinem besten Stück immer mehr. Als ich kurz vor seinem Schoß ankomme, hält Max meine Hand fest und löst unseren Kuss. "Nicht so stürmisch mein Engel." Ich schaue ihm wieder in die Augen. "Aber ich will dich, mehr als alles Andere. Ich habe schon genug gewartet." Max lächelt mich an. "Na dann sollte ich deine Ungeduld nicht länger überstrapazieren, sonst überlegst du es dir noch anders und läufst wieder davon." Er hebt mich samt Decke auf seine Arme und trägt mich zurück ins Schlafzimmer. Dort wirft er mich auf das Bett und zieht die Decke weg. Ich krabble weiter höher, so dass ich mit dem Kopf auf dem Kissen zum liegen komme. Max kriecht nun auf allen Vieren auf mich zu und packt meine Füße. Er massiert erst den Einen und dann den Anderen. Wir schauen uns die ganze Zeit in die Augen. Dann wandern seine Hände höher und höher. Es folgen seine Lippen, die sich Millimeter für Millimeter nach oben küssen. Ich kralle meine Hände in das Laken unter mir und gebe mich seinen Liebkosungen hin. Jede Berührung auf meiner Haut löst ein Feuerwerk aus und mein Puls rast ohne Unterlass. Er kommt meiner Mitte immer näher. Dann schiebt er meine Beine weiter auseinander. Ich kann es kaum erwarten und befürchte, dass wieder nur ein sanfter Luftzug folgt. Doch diesmal wird meine nasse Vulva von seinem Finger berührt. Er verteilt meine Nässe über meinen Schamlippen. Erst ganz vorsichtig und dann mit etwas mehr Druck. Er findet meine Perle und reibt sanft darüber. Wie elektrisiert reagiert meine Klitoris auf seine Zärtlichkeiten. Mein ganzer Körper sehnt sich nach seinen Liebkosungen. Seine Finger ziehen meine Schamlippen weiter auseinander. Es folgt seine Zunge, die meine Lustperle umkreist. Zwei Finger schieben sich in meine nasse Grotte und massieren mich von innen, während seine flinke Zunge meinen Lustpunkt bearbeitet. Ich kann kaum noch denken. Max treibt mich immer weiter dem Höhepunkt entgegen. Meine Beine beginnen zu zittern. Ich stöhne meine ganze Lust heraus und zerre an dem Laken unter mir. Kurz vor meiner Explosion beginnt Max, meinen Orgasmus hinauszuzögern. "Mach, lass mich kommen. Bitte Max." schreie ich und er gehorcht und lässt mich kommen. Der Orgasmus rauscht durch meinen Körper und erfasst jede Zelle. Mein Herz rast und das Blut pocht in meinen Ohren. Meine Beine zittern und ich stöhne meine ganze Lust heraus. Max wartet, bis meine letzte Zuckung verklungen ist. Dann legt er sich neben mich und nimmt mich zärtlich in den Arm. Ich schaue ihm in die Augen. Max streicht mir eine

Strähne aus dem Gesicht. "Alles in Ordnung?" flüstert er. Ich muss schlucken und nicke. Immer noch ist mein Puls enorm hoch, doch langsam sollte ich mich in Anwesenheit von Max daran gewöhnen. Hinzu kommt, dass ich nun von meinem Höhepunkt rollig, wie eine läufige Katze, bin. In meinen Kopf ploppt nun im Sekundentakt der Gedanke auf, mich endlich mit Max zu vereinen und ich muss meinem Drängen nachgeben. Daher drehe ich mich auf die Seite und fahre mit meinem Finger seine sanften Lippen nach. Er lächelt wieder so süß. Mein Finger wandert langsam weiter, seinen Hals entlang, über seine harte Brustwarze und weiter zu seinem Bauchnabel. Die ganze Zeit über schaue ich ihm in die Augen und kann dabei feststellen, wo er besonders empfindlich ist. Dort verweile ich dann etwas länger. Meine Hand wandert tiefer und berührt nur mit der Fingerspitze sanft seinen harten Schwanz. Dabei schließt Max die Augen und zieht scharf die Luft ein. Das ermutigt mich, meine Hand um seinen harten Schaft zu schließen und den Kolben einige Male zu wichsen. Max bekommt am ganzen Körper eine Gänsehaut. Seine Nippel werden hart und er stöhnt leise auf. Das ermutigt mich etwas tiefer zu rutschen. Ich küsse ihn sanft weiter bis zu seiner Brust, seinem Bauchnabel und seiner Schwanzspitze. Ich schaue mir sein Prachtstück genau an und sehe die prallen

Adern, fühle die weichen, rasierten Eier und bin fasziniert wie nie. Das hier ist meiner und wird es immer sein. Ich schaue zu Max nach oben in sein Gesicht. Er hat seine Augen geschlossen, seine Hände krallen sich in das Laken und sein ganzer Körper ist angespannt. Langsam nähere ich mich mit meinem Mund, seiner pulsierenden Eichel und hauche einen vorsichtigen Kuss darauf. Max stöhnt auf. Dann lecke ich an seinem Schaft von den Eiern an nach oben, zu seiner Spitze und stülpe dort meine Lippen um seine Eichel. Vorsichtig sauge ich daran. Meine Hand umschließt seinen Kolben fest und dann werde ich immer mutiger und wichse und blase den Lustspender immer schneller. Dabei stöhnt Max immer heftiger. Seine Beine beginnen zu zittern. Noch nie hatte ich erlebt, dass ein Mann so reagiert. All seine Emotionen sind aufs Äußerste angespannt. Es macht mich so unendlich geil, ihm so viel Lust zu schenken. Max' Stöhnen wird immer lauter, seine Beine zittern immer mehr und sein Schwanz wird noch ein ganzes Stück größer. Er gibt sich mir voll hin. Dann hört das Zittern kurz auf und Max entspannt sich. Er legt eine Hand sanft auf meinen Kopf und flüstert "Oh Gott, ich komme gleich." noch einmal gebe ich alles, dann stöhnt Max laut auf und sein Sperma flutet meinen Mund. Ich schlucke und schlucke und es kommt immer wieder ein Schwall seines Saftes nach, bis Max nur noch schwer atmend da liegt. Er sagt "Komm her zu mir." Ich krabble zu ihm hoch und lege mich an seine Seite. Max nimmt mich fest in den Arm und küsst meine Stirn. Als ich mich auf seine Brust lege, spüre ich, wie sein Herz heftig schlägt. Ich flüstere "Geht's?" Max schluckt und antwortet "Das war gerade ziemlich heftig."

"Das war es bei mir auch." Er lacht. Dann bleiben wir noch einen Moment liegen und streicheln uns gegenseitig. Dabei wandert meine Hand wieder tiefer. Max' Schwanz zuckt schon wieder und richtet sich allmählich wieder auf. Bald wichse ich ihn einige Male und streichle seine Eier. Max spielt mit meiner Brustwarze. Er rollt sie zwischen seinen Fingern, was sofort ein Ziehen in meinem Bauch auslöst. Ich keuche leise auf. Max dreht sich zur Seite, mein Kopf rutscht auf das Kissen. Er schwingt sich über mich und schaut mir tief in die Augen. Seine Arme stützen sich neben mir ab. Nach einem innigen Kuss rutscht er wieder tiefer. Er widmet sich abwechselnd meinen Nippeln, die er ansaugt und dann flattert seine Zunge darüber. Ich keuche auf, da in meinem Bauch ein unendlicher Sturm tobt. Mein Verlangen danach, endlich von seinem großen Kolben ausgefüllt zu werden, ist enorm. Daher kralle ich meine Hände in seine Haare und ziehe ihn zu mir. Nach einem stürmischen Kuss schaue ich ihm in die Augen und sage dann "Fick mich. Hart und tief." Auf seinem Gesicht huscht ein Lächeln. "Dreh dich um." fordert er energisch. Ich winde mich unter ihm auf den Bauch. Kurz darauf zieht er mich an meiner Hüfte nach oben, so dass ich Doggy vor ihm knie, doch es passiert nichts. "Was ist? Mach jetzt." fordere ich. "Ich betrachte deinen geilen Arsch. Ich habe ihn mir so oft vorgestellt und jetzt kann ich es gar nicht glauben." Er streicht mit seiner Hand über meine Arschbacken und dann an meiner Ritze entlang und verteilt meine glitschige Nässe auf meiner Pussy. Ein Finger wandert tiefer in mein Loch. Kurz darauf folgt ein Zweiter. Er fickt mich einige Male mit den Fingern und es fühlt sich so gut an. Ich stöhne auf. Meine ganze Haut kribbelt, mein Herz rast und dann verschwindet die Hand. Stattdessen fühle ich Max' Schwanzspitze an meiner Grotte. Ich halte die Luft an, auch Max hält inne. Ich höre seinen schnellen Atem und fühle seine Hände an meiner Hüfte. Da er sich nicht rührt, schiebe ich mich langsam auf seine Lanze. Meine Emotionen fahren Achterbahn. Jeder Faser in mir ist angespannt und ich keuche auf, weil er mich so perfekt ausfüllt. Ich verweile und genieße es, Eins zu sein mit ihm. Auch Max keucht auf "Das fühlt sich so gut an." Dann zieht er sich sanft aus mir zurück, um dann umso heftiger zuzustoßen. Mir entweicht ein spitzer Schrei, so heftig ist sein Hieb. Dann werden seine Stöße immer schneller. Er hält meine Hüften fest gepackt und treibt seinen Lustkolben hart in meine Grotte. Ich stöhne auf, heiße seinen harten Fick willkommen. Dabei stößt er immer wieder an meinem empfindlichsten Punkt an, was mich immer geiler werden lässt. Ich kann kaum noch denken und steuere auf meinem nächsten Höhepunkt zu. Auch Max stöhnt "Das ist so unfassbar geil. Du bist für mich gemacht." Immer weiter wird mein Innerstes von seinem Freudenspender stimuliert. Immer intensiver werden die Empfindungen in meinem Liebestunnel. Ich spüre dass es gleich so weit ist und rufe "Oh, ich komme gleich. Bitte lass mich kommen.", was Max dazu anspornt, mich noch heftiger zu ficken, bis der Orgasmus über mich hinweg rollt. Meine Gefühle überrollen mich und ich kann nicht mehr klar denken. Max ruft "Ja, melk meinen Schwanz mit deiner engen Pussy." Als mein Höhepunkt verebbt ist, verweilt Max kurz in mir. Sein Atem geht viel zu schnell. Seine Hände streichen meinem Rücken entlang, bis hin zu meiner Poritze. Er zieht meine Arschbacken etwas auseinander und drückt mit seinem Daumen leicht gegen meine Rosette. Als ich etwas dagegen presse, dingt sein Daumen in meinen Anus ein. Wir hatten uns alles erzählt. Es gibt keine Geheimnisse zwischen uns. Max beginnt mich wieder sanft zu ficken und sein Daumen schiebt sich immer wieder in mich rein und raus. Die zusätzliche Stimulation macht mich noch mehr an, so dass ich unfassbar geil werde. Meine Haut kribbelt und mein Herz rast. Ich fühle mich so verbunden mit Max, wie noch mit keinem anderen Menschen zuvor. Seine Stöße werden wieder härter. In mir wächst der Wunsch nach der innigsten und intimsten Vereinigung, die überhaupt mit einem Menschen möglich ist. "Fick mich in den Arsch." rufe ich über die Schulter. Max hält inne. "Bist du dir sicher?"

"So sicher wie nie. Mach!" Er zieht seinen Kolben aus meiner Fotze und setzt seine pralle Eichel an meiner Rosette an. Ich hole tief Luft und drücke etwas dagegen. Langsam schiebe ich mich auf den harten Ständer. Max legt seine Hände wieder auf meine Hüften. Er zieht scharf die Luft ein, als sein Schwanz bis zum Anschlag in meinem Arschloch steckt. "Das wird eng." ruft er. Vorsichtig beginnt er mich in den Arsch zu ficken, doch unsere Bewegungen werden immer schneller und heftiger. Ich dränge mich ihm immer mehr entgegen, während er tief in mich stößt. Unsere Leiber klatschen aufeinander. Max stöhnt immer mehr und auch meine Ekstase wächst weiter. Er fickt mich so tief in mein Loch und ruft "Das ist so eng, ich komme gleich."

"Oh ja mach, ich will einen versilberten Arsch." Schon die Vorstellung, dass er mir seinen ganzen Saft in den Arsch pumpt macht mich so geil, dass ich zusammen mit ihm komme. Unsere Höhepunkte dauern ewig an und dabei sind wir nicht gerade leise. Er streicht mir anschließend über den Rücken und zieht sich aus mir zurück. Der Sex mit so vielen Emotionen ist enorm anstrengend. Ich hoffe nur, dass wir mit unserem Treiben, nicht die ganze Nachbarschaft unterhalten haben. Ich sinke auf das Laken und bleibe erschöpft auf dem Bauch liegen. Max legt sich ganz nah neben mich. Er streicht mir eine Strähne aus dem Gesicht und küsst mich sanft auf die Wange. Wir nicken kurz ein und werden am späten Nachmittag wieder wach. Nach einer gemeinsamen Dusche mit einem Quicky und nachdem Max mich mehrere Male gesquirtet hat, fühlt sich meine Fotze etwas wund an. Aber es fällt uns einfach schwer, die Finger voneinander zu lassen. Dennoch schaffe ich es, in ein legeres Outfit zu schlüpfen. Nachdem Max wieder in seinen Sachen von der Party steckt und darin so verdammt sexy aussieht, machen wir uns auf dem Weg zum Parkhaus, um sein Auto zu holen. Wir fahren damit in die Altstadt und essen in einem kleinen gemütlichen Lokal mit Blick auf die Elbe. Anschließend schlendern wir noch ein wenig am Fluss entlang und wir werden immer schweigsamer, da die Zeit des Abschieds immer näher rückt. Max fährt mich noch nach Hause und parkt vor meinem Haus ein. Nun sitzen wir da, halten Händchen, wie zwei verliebte Teenager und wissen nicht was wir noch sagen sollen. Im Autoradio läuft erst leise Musik, dann wird der Verkehrsfunk durchgesagt, mit einer Vollsperrung auf der A13. "Da wirst du wohl nicht nur zwei Stunden bis nach Hause brauchen." Er schaut mich bedröppelt an. "Dann fahre ich eben erst morgen früh?" schlägt er vor. "Geht das denn? Wann fängst du den morgens immer an?"

"Um neun Uhr, da sollte ich so spätestens um sechs losfahren, da ich mich noch zu Hause umziehen muss. Ich kann ja wohl schlecht so da auftauchen." Er deutet auf seine sexy Klamotten. "Klingt doch gut. Da haben wir noch ein paar gemeinsame Stunden. Wollen wir morgen gemeinsam Frühstücken?"

"Da musst du ja noch eher aufstehen. Bist du dir sicher? Ich kann mich auch davon schleichen, obwohl, Das ist ja eher dein Part." Ich schlage ihn auf dem Arm. "Wenn du das noch einmal ansprichst …"

"Ja was dann?" fragt Max. Wir schauen uns schon wieder so tief in die Augen, dass mir die Gänsehaut den Rücken hinunter läuft. Ich flüstere "Vielleicht sollten wir noch oben gehen, dann kann ich dir zeigen, was dann passiert." Max öffnet die Fahrertür, geht um den Wagen und öffnet meine Tür. Er reicht mir seine Hand und ich steige aus. Zurück in meiner Wohnung fallen wir schon wieder übereinander her und schlafen aneinander gekuschelt ein.

8. Kapitel - Max

Ich kann es kaum glauben. Es ist schon fast zwei Monate her, dass ich Jasmin wieder getroffen habe. Weihnachten steht vor der Tür und wir haben bisher jedes freie Wochenende und jeden Feiertag gemeinsam verbracht. Dabei hatten wir uns abgewechselt. Eine Woche waren wir bei mir und die Andere bei ihr. Dafür hatte ich selbst die monatlichen Familientreffen geopfert. Wir lebten unsere wildesten Fantasien aus und stellten fest, dass wir in allem harmonieren. Manchmal kommt mir das fast etwas unheimlich vor. Es ist wie ein Geschenk Gottes, Jasmin gefunden zu haben.

Nun stehe ich am Freitagabend, dem Tag vor Heiligabend eingemummelt auf meinem Balkon und warte darauf, dass Jasmin endlich in die Tiefgarage einfährt. Noch immer kann ich es nicht erwarten, sie nach einer Woche wiederzusehen. Unser Aufeinandertreffen artet jedes Mal in einer regelrechten Orgie aus, da wir einfach nicht genug voneinander bekommen können.

Derweile schaue ich auf die Rummelsburg und die umliegenden Häuser. Alles ist weihnachtlich geschmückt und ich konnte all dem noch nie etwas abgewinnen. Seit diesem Jahr ist selbst Das anders. Letzte Woche noch, bin ich mit Jasmin über den Weihnachtsmarkt geschlendert, was für sie und mich eine Premiere seit der Kindheit war.

Endlich sehe ich ihr Auto die Straße entlang kommen und mein Herz beginnt immer noch zu rasen. Wir winken uns kurz zu, dann ist ihr Auto auch schon unter dem Haus verschwunden. Ungeduldig warte ich vor dem Aufzug, um sie endlich in den Arm zu nehmen. Die Fahrstuhltüren öffnen sich mit einem Ping und wir fallen uns in die Arme. Nach einer wilden Knutscherei trage ich ihr Taschen in die Wohnung und frage "Wie war die Fahrt?"

"Anstrengend. Zwischendurch hatte ich etwas Schneetreiben, aber nun bin ich ja da und wir haben zwei Wochen frei." Jasmin lässt sich auf der Couch nieder, während ich ihre Taschen ins Schlafzimmer bringe und ihr zurufe "Bist du schon aufgeregt wegen meiner Familie?"

"Ein bisschen schon, aber ich glaube meine Mutter ist noch viel aufgeregter." ruft Jasmin zurück. Ich geselle mich zu ihr auf die Couch und massiere ihre Füße, wobei es natürlich nicht bleibt. Im Nu landen wir Schlafzimmer und ich genieße den Sex mit Jasmin jedes Mal so, als wäre es das erste Mal. Doch immer wieder muss ich an ihre Erzählungen von ihrem Blind Date zurückdenken.

Später am Abend kuscheln wir uns bei einem Film auf dem Sofa ein und genießen die Zweisamkeit. An Heiligabend verkriechen wir uns regelrecht, da wir beide für Weihnachten nicht viel übrig haben. Dennoch hatte ich für Jasmin eine kleine Kette mit einem Infinityanhänger gekauft, als Zeichen für unsere unendliche Liebe. Jasmin beginnt zu lachen. Als sie ihr Geschenk für mich herausholt, strahlt sie mich an. Sie überreicht mir eine kleine Schachtel. Darin befindet sich ein Schlüssel mit einem Schlüsselanhänger mit dem Unendlichkeitszeichen. Wir hatten bei den gleichen Gedanken, weil wir uns so ähnlich sind.

Am nächsten Tag brechen wir nach dem Frühstück zu Jasmins Familie auf. Ich gebe nur ungern zu, dass auch ich etwas aufgeregt bin. Noch nie hatte ich die Eltern einer "Freundin" kennengelernt. Da ich noch nie jemanden hatte, den ich so bezeichnet hatte. Und noch nie hatte ich eine Frau mit zu meinen Eltern genommen. Während der Fahrt vergeht die Zeit wie im Flug, weil uns die Themen einfach nicht ausgehen wollen. Als wir vor dem Haus von Jasmins Eltern eintreffen, bekomme ich leicht schwitzige Hände und mein Herz pumpt noch schneller als bei Jasmin. Doch all meine Bedenken sind völlig unbegründet, da mich Jasmins Eltern überschwänglich und herzlich aufnehmen. Natürlich müssen wir haarklein erzählen, wie wir uns kennengelernt haben. Wir hatten uns zuvor auf eine harmlose Variante geeinigt, denn wir wollen unser kleines Geheimnis für uns behalten. Nach dem Mittagessen gehen wir eine Runde im Wald spazieren und Jasmin zeigt mir die Hütte, in der John gewohnt hatte. Eine leichte Schneedecke bedeckt das Land und ich kann nachfühlen, wie sie sich hier erholt hatte. Die Weite der Natur und die Ruhe stimmen mich nun trotzdem in eine weihnachtliche Stimmung. Zurück im Haus von Jasmins Eltern kuscheln wir uns auf der Couch vor dem Kamin ein und lassen uns verwöhnen. Das Abendessen zieht sich hin, da mich Jasmins Eltern über mein Leben, meine Familie und meinen Beruf ausfragen. Irgendwann ziehen wir uns auf Jasmins altes Zimmer zurück, um uns am nächsten Tag nach dem Frühstück auf dem Weg zu meiner Familie zu machen. Die Verabschiedung zieht sich hin und Jasmins Mum umarmt mich unter Tränen und versichert mir zum tausendsten Mal, wie froh sie ist, dass Jasmin mich gefunden hat.

Nun bin ich wirklich gespannt, ob Jasmin von meiner Familie auch so herzlich aufgenommen wird. Die Fahrt dauert auch gar nicht lange und so kommen wir eine Stunde vor dem Mittagessen bei meinen Eltern an. Das gibt Jasmin und meinen Eltern Zeit, sich etwas kennenzulernen. Recht schnell verziehen sich die Damen in die Küche, um die letzten Vorbereitungen für das

Weihnachtsessen gemeinsam zu erledigen. Mein Vater klopft mir anerkennend auf die Schulter "Fesches Mädel hast du dir da angelacht. Jasmin passt zu dir."

"Das habe ich auch schon festgestellt, dafür brauche ich dich nicht." Solch Neckereien waren schon seit jeher Standard. Dennoch bleiben wir unweigerlich beim Thema meiner Auserwählten und auch ich erzähle ihm unsere abgespeckte Version unseres Kennenlernens. Als es an der Tür klingelt, kommt auch Jasmin wieder an meine Seite, um meinen Bruder mit seiner Familie zu begrüßen. Emil ist genauso begeistert von Jasmin, wie ich und löchert sie sofort mit Fragen, warum sie den so heißt wie seine kleine Schwester. Jasmin steht ihm geduldig Frage und Antwort. Da kann man eigentlich nicht glauben, dass Jasmin keine Kinder möchte. Gut, ich habe es damit auch nicht eilig, aber irgendwann einmal hatte ich da schon ein oder zwei geplant. Nachdem Emil weiter zu Oma gerannt ist, muss Jasmin Tinas Inquisition standhalten. Dabei bekommt sie gleich die halbjährige Jasmin in den Arm gedrückt. Für einen Moment schaut meine Jasmin auf die kleine Jasmin hinunter und ich glaube dort ein kleines seliges Lächeln zu erkennen. Tina fragt dann "Und Jasmin, wollt ihr auch mal Kinder haben?" Jasmin ist sichtbar verwirrt und schaut mich hilflos an. "Tina, Tina, immer so wissbegierig. Wir haben uns doch erst vor zwei Monaten wieder getroffen. Bis es soweit ist, wollen wir noch etwas üben, wenn du weißt was ich meine." Bei meiner Antwort läuft Jasmin rot an, lächelt aber. Die kleine Jasmin beginnt zu quengeln und unterbricht die Befragung. Meine Mutter ruft uns zum Essen und so kommen wir um das Kinderthema erst einmal herum. Beim Mittagessen ist die Stimmung wieder recht ausgelassen und auch Jasmin kann auf die, durchaus nett gemeinten, Sticheleien von Tina und Lucas schlagfertig antworten. Es fühlt sich so an, als ob Jasmin auch hier schon ewig mit am Tisch sitzt.

Nach dem Mittagessen verdonnert uns Tina zu einem Spaziergang mit der kleinen Jasmin. Zuerst ziert sich Jasmin etwas den Kinderwagen zu schieben, aber auf dem Rückweg hat sie sich schon daran gewöhnt. Das Kinderthema vertiefen wir nicht weiter. Aber dafür beginnt sie mit ihren Sticheleien "Nu sag schon, wohin geht's denn?" Ich hatte schon vor zwei Wochen ein Romantik- und Wellnesshotel an der Nordsee, direkt hinter dem Strand gebucht und das bis nach Neujahr. "Du bist aber ganz schön neugierig. Du wirst es schon früh genug erfahren." Jasmin zieht einen Flunsch. "Wann erfahre ich es denn?"

"Wenn wir da sind?"

"Aber ich muss jetzt nicht mit einer Augenbinde im Auto sitzen?"

"Nein, das musst du nicht. Der Part kommt erst später." Jetzt schaut Jasmin noch komischer. "Was ist? Freu dich doch. Umso länger bleibt es spannend."

"Ich freue mich aber nicht, sondern ich bin nervös und ungeduldig. Du weißt genau, wie schwer es mir fällt, solche Situationen auszuhalten."

"Darum ist es doch gut, damit du es lernst geduldiger zu sein. Wie willst du sonst eine neunmonatige Schwangerschaft durchstehen?" Ich lache dabei, weil es ein Scherz ist.

"Ganz einfach, ich werde nie schwanger werden." keift Jasmin wütend zurück. Na holla, habe ich was verpasst? Es war doch ein Scherz. "Jasmin, es sollte ein Spaß sein."

"Mach nie wieder solche Späße."

"Alles klar, ich werde mich hüten." Mittlerweile sind wir wieder am Haus meiner Eltern angekommen und übergeben dort die schlafende Jasmin an ihre Eltern. Der restliche Tag verläuft mit Smalltalk. Nach dem Abendessen macht sich Lucas mit seiner Familie auf dem Weg nach Hause und auch wir verabschieden uns bald. Schließlich haben wir noch drei Stunden Fahrt vor uns.

Auf dem Weg Richtung Norden nickt Jasmin ein und ich wecke sie sanft, als mein Auto bereits vor dem Hotel steht. Sie blinzelt gegen das helle

Licht des Foyers an und ist etwas verwirrt. "Wir sind da." sage ich. "Wo sind wir?"

"An der Nordsee." Ich öffne die Tür und gehe um das Auto herum. Dann öffne ich die Beifahrertür und reiche Jasmin die Hand, die sie ergreift. Ich gebe dem Portier meinen Schlüssel und dann gehen wir ins Foyer. An der Rezeption erhalten wir unseren Zimmerschlüssel. Im Fahrstuhl kuschelt sich Jasmin an mich. Sie ist völlig fertig. Im Zimmer nehme ich unser Gepäck entgegen und verfrachte Jasmin sofort in das große, mit einem Baldachin überspannte Bett, wo sie bis zum frühen Morgen durchschläft. Dafür werde ich am nächsten Tag von einer ausgeschlafenen Jasmin mit ihrem Mund an meinem besten Stück geweckt. So kann jeder Morgen beginnen. Nach einer erfüllenden Runde Sex gehen wir zum Frühstück und anschließend eine große Runde am Strand spazieren. So verbringen wir die nächsten zwei Tage in trauter Zweisamkeit und genießen die Abende in der Sauna oder im Schwimmbad.

Doch immer wieder schwirrt mir Jasmins Erzählung von ihrem Blind Date im Kopf herum und es wird Zeit, unser Sexleben etwas zu erweitern. Daher habe ich schon vor Weihnachten einiges an Spielzeug angeschafft und mit einigen Jungs von Joyclub Kontakt aufgenommen. Schließlich habe ich Zwei gefunden, die auch schon des Öfteren gemeinsam ein paar verwöhnt haben.

Am nächsten Abend, als Jasmin im Bad ist, lege ich meine neuen Errungenschaften bereit und empfange sie mit einer Augenbinde, die ich ihr anlege. Sie fragt etwas überrascht "Was machst du?"

"Lass dich überraschen." Jasmin schnauft nur. Dann entwende ich ihr das Handtuch, welches sie um ihren Körper gebunden hat und führe sie an das Fußende des Bettes. Dort binde ich ihre Hände an den glatten Pfosten des Baldachins, so dass ihr pralles Hinterteil gut zur Geltung kommt. Auf ihrer Haut bildet sich eine Gänsehaut. "Ist das Okay für dich?" frage ich. Jasmin nickt. Dann streiche ich mit meinen Händen an ihrem Rücken entlang, bis hinunter zu ihren Füßen. Diese dirigiere ich so, dass ihre Beine gespreizt sind und küsse mich an ihren Schenkeln nach oben. Jasmin wimmert leise. Ich liebkose ihre Brüste mit meinen Händen und zwirble ihre harten Knospen zwischen den Fingern. Jasmin stöhnt genüsslich auf und reibt ihren Hindern an meiner Boxershorts, die meinen Steifen kaum im Zaum halten kann. Dann verwöhne ich ihren Körper mit einer Kitzelfeder und Jasmin fällt es schwer, sich zu gedulden. Ich küsse mich an ihrem Rücken entlang nach unten. Ganz sanft und langsam. Ich komme an ihrer Poritze an und umschiffe den Anus. Dann setze ich mich unter ihre Beine. Die

Pussy glänzt verführerisch und ist klitschnass, so dass sich bereits Fäden ziehen. Vorsichtig streiche ich mit dem Finger an ihren Schamlippen entlang. Dabei zappelt Jasmin und stöhnt auf. Ihre Beine sind von einer Gänsehaut überzogen. Geduld muss sie unbedingt noch erlernen. Meine Finger finden den harten Gnubbel hinter dem Venushügel und ich beginne ihn sanft zu massieren. Jasmin drängt sich meiner Hand entgegen. Kurz darauf mache ich dort mit meiner Zunge weiter und lecke ihren geilen Saft auf. Ich schiebe zwei meiner Finger tief in Jasmins Loch und massiere ihr Innerstes. Meine Zunge tanzt spielerisch auf Jasmins Perle. Als ihre Beine zu zittern beginnen, taste ich nach dem Analplug, den ich zuvor bereit gelegt habe. Ich verteile ihren geilen Saft auf ihrem Hintertürchen und setze dann den Plug an ihrem Anus an. Kurz versteift sich Jasmin, je mehr ich jedoch den Plug in sie hinein schiebe, umso entspannter wird sie. Als er sitzt taste ich nach der kleinen Fernbedienung und schalte die Vibration an. Das Spiel hatte mir schon bei Ina gefallen. Jasmin ruft "Oh Gott, das halte ich nicht aus." Meine Zunge tanzt ohne Unterlass auf ihrem Kitzler. Ich spüre, dass Jasmin kurz vor ihrem Höhepunkt ist. Daher krieche ich unter ihr hervor. Sie jammert "Oh nein, mach weiter, ich war kurz davor."

"Denkst du ich weiß das nicht." knurre ich zurück. Dann reiße ich meine Shorts herunter, drehe die Vibration des Plugs weiter nach oben und ziehe Jasmin an der Hüfte nach hinten. Ihre Hände rutschen am Baldachin nach unten. Mit einem Ruck schiebe meinen Harten tief in sie hinein. Jasmin schreit kurz auf. Die Geilheit des Moments bringt mich fast zum Abspritzen. Meine ganze Haut reagiert so extrem auf sie. Mein Herz rast. Ich spüre die Vibration des Plugs an meinem Prügel. Ich packe Jasmin an den Hüften und beginne sie kräftig zu ficken. Es dauert nur ein paar Stöße, dann zieht sich Jasmins Grotte noch enger um meinen Schwanz. Sie stöhnt immer lauter und nuschelt etwas Unverständliches. Es kommt mir so vor, als wäre sie völlig weggetreten. Die Enge nimmt immer weiter zu, so dass ich mich kaum noch beherrschen kann. Jasmin hängt nur noch am Bettpfosten und ich muss sie stützen. Ihre Beine beginnen zu zittern. Unermüdlich stoße ich hart in ihre nasse Grotte, bis ich mich nicht mehr halten kann und mit Jasmin gemeinsam zum Höhepunkt komme, der sich aufgrund der Vibration in ihrem Arsch ewig hinzieht. Danach verweilen wir kurz Atemlos. Dann beuge ich mich über Jasmin und löse die Handfessel. Anschließend entferne ich den Plug und Jasmin kuschelt sich sofort an mich. Wir sinken gemeinsam auf das Bett. Jasmin hält mich fest.

Nach einiger Zeit frage ich "Geht's dir gut?" Jasmin nickt und flüstert dann "Es war irre intensiv.", was mich etwas lächeln lässt. Wenn Sie wüsste, dass dieser Jahreswechsel noch intensiver werden wird. Ich streiche ihr eine Strähne aus dem Gesicht und halte sie einfach nur fest im Arm, bis wir eingeschlafen sind.

Am nächsten Tag halte ich Jasmin keusch und es fällt selbst mir schwer, die Finger von ihr zu lassen. Jasmin beginnt natürlich herum zu ningeln "Warum können wir denn nun keinen Sex mehr haben?"

"Weil morgen Silvester ist und du dann noch genug gefordert werden wirst." Jasmin zieht einen Flunsch. "Was hast du denn mit mir vor? Noch intensiver als Gestern, das geht doch gar nicht."

"Mal sehen, ob du das Neujahr auch noch so siehst."

"Ich brauche ja nicht zu fragen, was du für morgen geplant hast?"

"Nein, brauchst du nicht."

Am Silvestertag gehen wir nach einem langen Strandspaziergang und einem Mittagessen in einem kleinen Lokal, in den hoteleigenen Wellnessbereich. Dort treffe ich auch auf die zwei Soloherren, mit denen ich mich über Joyclub verabredet habe. Jasmin riskiert den ein oder anderen interessierten Blick, da die Jungs, wie aus einem Bademodenkatalog aussehen. Auch die Boys lächeln ab und zu Jasmin an, was sie noch unruhiger macht. In der Sauna dann, lassen mich ihre verstohlenen Blicke auf die blank rasierte Körpermitte der beiden innerlich abfeiern. Sie leckt sich über die Lippen und rutscht auf ihrem Handtuch hibbelig hin und her. Im Laufe des Nachmittags kommen wir mit den Jungs ins Gespräch. Ganz beiläufig natürlich, so dass Jasmin keinen Verdacht schöpft. Es läuft alles nach meinem Plan. Wir freunden uns so weit an, dass wir uns mit Jonas und David zum Silvesterdinner verabreden. Die beiden sind einige Jahre jünger als wir.

Zurück auf unserem Zimmer geht Jasmin ins Bad, um sich für das festliche Dinner fertig zu machen. Ich lege mich derweile auf die Tagesdecke unseres Bettes bis Jasmin nackt zurück kommt. Ich genieße den Anblick ihrer frisch rasierten Pussy. Sie schaut mich fragend an. "Hab ich was falsch gemacht?" Ich beuge mich nach vorn und ziehe sie zu mir auf das Bett. "Nicht das ich wüsste. Die Jungs haben dir wohl gefallen?"

"Ach daher weht der Wind. Bist du eifersüchtig?"

"Auf keinen Fall. Was hältst du davon, wenn du heute zum Dinner den Plug trägst."

"Ich nehme an, dass es keine Frage ist und dass du die Fernbedienung mitnehmen wirst?"

"Genau richtig."

"Du Schuft." Dabei schlägt mir mit der Hand auf den Oberschenkel. "Erst hältst du mich fasst zwei Tage keusch und nun Das." Meine Haut brennt herrlich, dort, wo sie mich geschlagen hat. "Du hast die Wahl." Ich drehe an ihrem harten Nippel, was Jasmin sofort aufstöhnen lässt. Dann liebkose ich sie weiter. Jasmin saugt jede meiner Berührungen gierig auf und reagiert noch intensiver als sonst. Als ich ihre Pussy berühre, spüre ich dort eine unheimliche Nässe. Kurz umkreise ich ihre harte Perle, doch bevor Jasmin zu geil wird, verteile ich ihren Glibber auf ihrem Anus. Mit der anderen Hand taste ich nach dem Plug und drücke ihn gegen Jasmins Rosette. Er flutscht zügig in sie hinein. Sie wehrt sich nicht dagegen und stöhnt auf. Dann schwinge ich mich aus dem Bett. "Wird Zeit, dass wir uns anziehen, sonst kommen wir zu spät zum Silvesterdinner." Jasmin schaut mich ungläubig an. "Du meinst das Ernst mit dem Plug und dem Dinner? Hast du das nicht auch mit Ina gemacht?"

"Fast genauso. Ja, nur dass du kein Höschen tragen wirst."

"Du stehst da drauf, Frauen leiden zu lassen. Und Höschen ziehe ich generell nicht an, das solltest du wissen."

"Das hat doch nichts mit leiden zu tun, sondern mit der Steigerung der Lust."

"Pöh, Steigerung der Lust. Das ich nicht lache."

"Also, wenn du Das nicht möchtest, dann nimm ihn halt wieder raus."

"Und dann muss ich weiterhin ohne Sex auskommen? Das ist Erpressung."

"Das habe ich So nicht gesagt."

"Aber du hast es so gemeint." Ich gehe zu Jasmin und nehme sie zärtlich in den Arm. "Hör mal mein Engelchen, wenn du es nicht möchtest, dann musst du das nicht tun. Ich dachte nur, dass es dir auch Spaß macht." Sie schmiegt ihren Kopf an meine Brust. Dann flüstert sie "Ich will es ja auch." Ich streiche ihr über den Kopf. "Dann ist doch alles okay. Falls es dir zuviel wird, sollten wir uns ein Zeichen ausmachen."

"Dann zwicke ich dich einfach."

"Und was machen wir, wenn du gerade mal nicht in meiner Nähe bist?"

"Du bist immer in meiner Nähe!"

"Auch wenn du auf die Toilette gehst?"

"Da funktioniert die Fernbedienung eh nicht. Übertreib es einfach nicht."

"Ich verspreche es. Soll ich dir mit dem Zopf helfen?"

"Beim flechten? Das bekomme ich schon hin." Jasmin lacht, als wüsste sie, was sie erwartet. Wir kleiden uns an und machen uns auf dem Weg zum Festsaal.

Jasmin in ihrem schicken Abendkleid, umringt von drei attraktiven Typen, das zieht so manchen neidischen Blick auf sich. Ich genieße Es. Als

Jasmin besonders heftig mit Jonas flirtet, schalte ich den Plug in die erste Vibrationsstufe. Sie zuckt zusammen, stockt kurz mitten im Satz und redet dann weiter, als wäre nichts geschehen. Ihre Wangen werden dabei immer röter. Bei der nächsten Stufe legt sie ihre Hand auf meinen Oberschenkel, verdächtig nah an mein bestes Stück, so dass ich es mir nicht getraue, noch eine Stufe höher zu schalten. Während des Essens schalte ich den Plug wieder ab und Jasmin atmet erleichtert aus. Das Dinner zieht sich hin. Ein Gang folgt dem Nächsten und die Zeit bis Mitternacht ist nicht mehr lang. Jasmin ist bereits leicht beschwipst und somit schalte ich den Plug gleich zwei Stufen nach oben. Sie versteift sich schlagartig und ist sofort hellwach. Ich flüstere ihr ins Ohr "Wollen wir aufs Zimmer spielen gehen?" Jasmin leckt sich über die Lippen, schaut mir tief in die Augen. "Nichts lieber als Das."

"Dann verpasst du aber das Feuerwerk."

"Du bescherst mir mein Feuerwerk." flüstert Jasmin. "Dann verabschiede dich von Jonas und David."

"Ich dachte, die kommen mit." scherzt Jasmin nuschelnd. "Das meinst du doch nicht Ernst?" antworte ich mit einem verschmitzten Lächeln. Jasmin zieht einen Flunsch und verabschiedet sich galant bei Jonas und David mit Wangenküsschen. Auf dem Weg zu unserem

Zimmer schalte ich den Plug noch ein Stück höher. Jasmin krallt sich an meinem Arm fest und stöhnt leise auf. Daher frage ich "Lass uns noch etwas frische Luft schnappen."

"Muss das jetzt sein?"

"Ich fände es schön, noch ein paar Minuten die Nachtluft zu genießen."

"Na gut, ich habe ja eh keine Wahl. Aber kannst du das Summen derweile ausschalten?"

"Genehmigt, es dauert nur ein paar Minuten."

"Aber wirklich nur ein paar Minuten, sonst frieren mir die Schenkel ein, so nass wie die schon sind." Ich freue mich über Jasmins Worte. Die Luft wird ihr gut tun und ihren Kopf frei blasen.

Vor der Tür atmen wir beide tief durch und genießen den Nachthimmel. Entfernt hören wir die ersten Silvesterraketen. Als Jasmin beginnt zu zittern, gehen wir zurück ins Hotel und weiter zu unserem Zimmer. Vor der Tür hole ich das Seidentuch aus dem Jackett und halte es Jasmin vor die Nase. "Bereit für das Feuerwerk?"

"Das war ja so was von klar." sagt Jasmin und dreht sich um, damit ich ihr die Augen verbinden kann. Dann gehen wir in unser Zimmer, wo bereits Jonas und David auf uns warten. Ich hatte ihnen unseren Zweitschlüssel überlassen. Als wir das Zimmer betreten, schnuppert Jasmin etwas auffällig. Ob sie wohl etwas ahnt? Ich führe sie bis zum Fußende unseres Bettes, wo ich sie aus ihrem Kleid pelle. Jonas und David schauen mir gespannt von der Couch aus, die sich etwas abseits befindet, zu. Jasmins Atem geht schnell. Ihr Puls rast, was ich an der Ader am Hals deutlich sehen kann. Auf ihrer Haut bildet sich eine Gänsehaut. Ich beuge Jasmin so, dass sie ihre Unterarme am Fußende des Betthauptes abstützen kann. So kommt der Plug wunderbar zur Geltung. Mit den Füßen dränge ich ihre Beine weiter auseinander. Ihre Mitte glänzt verführerisch und an ihren Hüften kann man leichte blaue Flecken von unserem letzten Liebesspiel sehen. Ich gehe zur Seite, damit die Jungs den geilen Anblick meiner Frau genießen können. Wir verständigen uns geräuschlos, damit ihre Anwesenheit so lange wie möglich geheim bleibt. Ich drücke Jonas die Fernbedienung in die Hand und deute an, dass er langsam machen soll. Dann nehme ich den Federkitzler und beginne von Jasmins Fesseln an, mich langsam nach oben zu arbeiten. Mit der anderen Hand reiche ich David eine Gerte. Wir hatten bereits alles besprochen, was Jasmin zuzutrauen ist und was nicht. David kommt nun näher und streicht mit der Gerte an Jasmins anderem Bein entlang. Alles läuft unheimlich langsam ab. Jasmin zappelt ungeduldig und stöhnt. "Halt still" fordere ich energisch. "Ich halte es nicht aus." jammert sie. "Doch. umso mehr du zappelst, umso länger dauert es." Zur Bestrafung machen wir eine

Pause und auch Jonas dreht den Plug weiter nach unten. Den Jungs scheint es ebenfalls zu gefallen. Dann beginnen wir erneut mit unserem Verwöhnprogramm. Jasmin ist nun geduldiger, daher sage ich "Stell dich wieder gerade hin und dreh dich um. Die Arme hinter dem Kopf." Jasmin ist etwas verunsichert, gehorcht aber. "So?" fragt sie. "Beine weiter auseinander."

"Braves Mädchen." lobe ich sie, als sie meiner Anweisung folgt. Nun kommt auch Jonas näher und drückt David die Fernbedienung in die Hand. David gibt mir die Gerte und ich gebe meinen Federkitzler an Jonas weiter. Wir beginnen Jasmin erneut zu verwöhnen. An den Achseln ist sie furchtbar kitzlig. Bei den Jungs zeichnen sich schon deutliche Beulen in den Hosen ab und auch meine Latte drückt hart gegen meine. Ich fahre mit der Gerte an ihrem Bein entlang, bis hinauf zu ihren prallen Arsch. Dort hole ich mit der Gerte aus und verpasse ihr einen Klatscher. Jasmin zuckt zusammen und keucht auf. Ihre Nippel ziehen sich noch weiter zusammen. Ich sauge den einen an und zwirble den anderen mit der Hand. Zudem bedient David die Plustaste der Fernbedienung. Jasmin sackt stöhnend zusammen, so dass ich sie gerade noch halten kann. Das Summen ist selbst im Raum zu hören. Ich deute David an, dass er den Plug zwei Stufen nach unten drehen soll. Dann hebe ich Jasmin hoch und lege sie mit dem Rücken auf das Bett.

Ihre Hände drapiere ich so, dass sie mit ausgestreckten Armen daliegt. "Du bleibst so liegen." fordere ich. Dann spreize ich ihre Beine. Ihre Fotze glänzt pitschnass. Ich bereue keinen Magic Wand gekauft zu haben. Den könnte man jetzt schön auf ihre rosa leuchtende Perle halten. Stattdessen teile ich mit meinen Fingern ihre Ritze, verreibe die Nässe weiter auf ihrem Venushügel und schiebe zwei Finger in ihr gieriges Loch. Die Vibration kribbelt an meinen Fingern. "So nass und geil warst du noch nie." flüstere ich in ihr Ohr und küsse sie leidenschaftlich. Wahrscheinlich ahnt sie doch, dass wir nicht allein sind. Ich rutsche küssend tiefer, bis zu ihrer Mitte. Dort angekommen lecke ich an ihrer Spalte entlang und streife ihren Lustpunkt. Jasmin zuckt erneut zusammen und stöhnt auf. Ich deute Jonas und David an, dass sie sich nun am Spiel beteiligen sollen. Während ich meine Zunge auf Jasmins Perle tanzen lasse, beginnen Jonas und David Jasmin zu streicheln. Kurz darauf leckt David über ihren harten Nippel. Jonas widmet sich dem Anderen. Spätestens jetzt muss ihr doch klar sein, dass wir nicht allein sind. Jasmin tastet nach den Jungs und krallt sich in ihren Haaren fest. Sie ruft "Oh Gott ist das geil." Den drei Mündern an ihren erogenen Zonen und dem vibrierenden Plug im Arsch kann sie kaum widerstehen. Ihre Beine beginnen zu zittern. Sie ruft "Ich komme, ich komme." Als ob ich das nicht selbst wüsste. Meine Zunge flattert weiter, so das sich ihr Orgasmus ewig hinzieht. Dann schiebt sie meinen Kopf weg. Ich weiß, dass jede weitere Berührung nun zu viel ist. Wir halten alle kurz inne. Jasmin liegt keuchend vor uns. Ich entferne mich vom Bett und beginne mich auszuziehen. Auch Jonas und David entledigen sich ihrer Kleidung. Jasmin horcht in den Raum hinein. Dann nähern wir uns wieder dem Bett. Unter Jasmins Hinteren hat sich ein nasser Fleck gebildet. Ich lege ein Handtuch darunter. Jasmins Atem geht schnell. Ihr Puls pocht an ihrem Hals. Jonas und David kriechen immer näher auf Jasmin zu. Sie fühlt die Beine der Jungs an ihren Händen und tastet danach. Sie findet die harten Schwänze, umfasst diese und beginnt sie langsam zu wichsen. Das sieht geil aus. "Na, wie gefallen dir meine Geschenke zu Silvester?"

"Geile Schwänze hast du mir da ausgesucht."

"Für dich meinen Engel, nur das Beste. Obwohl, noch besser als ich geht eigentlich gar nicht."

"Du Angeber." sagt Jasmin und dann "Willst du mir die Herren denn nicht vorstellen? Wo bleiben denn deine Manieren."

"Das kannst du vergessen. Es soll ja deine Fantasie beflügeln, sonst kann ich dir ja gleich die Augenbinde abnehmen." Jasmin zieht Davids Schwanz näher zu sich heran und kurz darauf verschwindet er in ihrem Mund. David stöhnt auf. Sie saugt heftig an der Latte und wichst mit den Händen beide Schwänze weiter. Ihr Mund wechselt zu Jonas' Prügel. Diesen saugt und leckt sie genauso wie Davids zuvor. "Ja, Engelchen, das sieht geil aus." Ich zwirble ihren Nippel und streiche über ihren Venushügel. Als ich ihren harten Lustknopf berühre, zuckt sie noch immer zusammen. Meine Finger wandern weiter in ihr glitschiges Loch. "Du geiles Luder, dir gefällt es mit so vielen Schwänzen." Jasmin lacht glucksend beim blasen. Meine Finger wandern tiefer in ihre Grotte und finden diesen Punkt, den ich nun weiter bearbeite. Ihr Stöhnen wird lauter. Sie lässt von den Schwänzen ab und wichst sie nur noch in ihren Händen. Dann spritzt mir ihr Saft gegen die Hand und macht ihren ganzen Bauch nass. Jasmin stöhnt dabei. Die beiden Typen machen große Augen. "Ja man, sie macht nun mal alles nass." Dann nehme ich ihre Beine etwas nach oben und positioniere meinen Phallus vor ihrem Loch und versenke ihn in ihr. Jasmin stöhnt und lässt von den Jungs ab. Ich ficke sie tief und Jonas und David wichsen sich ihre Schwänze weiter. "Zieht euch schon mal die Tüten über." fordere ich und als das geschehen ist, sage ich zu Jonas "Leg dich mal aufs Bett." Er gehorcht. Sein Ständer ragt steif empor. Dann ziehe ich mich zurück und sage zu Jasmin "Neben dir wartet die nächste Latte." Sie dreht sich zur Seite und tastet den Körper ab. Sie findet den kondombestückten Harten und schwingt ihre Beine über Jonas Körper. Sie tastet nach der Latte unter ihr und führt sie in die Richtige Position. Jasmin lässt sich ganz langsam nach unten gleiten. Sie stützt ihre Hände auf Jonas' Brust ab. Ich kann genau sehen, wie der Schwanz in ihrer Muschi verschwindet. Jonas legt seine Hände auf Jasmins Hüften. Ihm scheint es, zu langsam zu gehen "Jetzt lass schön deine Glocken hüpfen." sagt Jonas und Jasmin lacht fröhlich auf und beginnt ihn hart zu reiten. Jonas Hände wandern weiter zu ihren Titten, die er kräftig knetet. Dann zwirbelt er ihre Nippel. Jasmin stöhnt in Ekstase und vögelt den Schwanz unter sich. "Willst du auch mal stecken?" frage ich David. Er nickt. "Dann ran hier." und deute auf die Position hinter Jasmin. David kniet sich hinter Jasmin. Sie wechselt schnell den Freudenspender und kurz darauf stößt David hart in Jasmins Loch. Er krallt seine Hände in ihre Hüften. Jonas zwirbelt weiter ihre Nippel. "Die Schlampe lässt sich geil ficken." sagt David. Seine Stöße sind energisch und Jasmin stöhnt. Ich drehe die Vibration des Plugs noch ein Stück nach oben. "Wahnsinn. Was für ein geiler Fick." ruft David. Immer wieder verschwindet der Schwengel in meiner Süßen. Der Anblick turnt mich enorm an. Doch David kommt ziemlich schnell zum Schuss.

Wahrscheinlich hatte er noch nie mit einem Plug gefickt. Jasmin schiebt sich sofort wieder Jonas Lustkolben ins Loch und beginnt ihn wieder zu reiten. Jonas spielt weiter an ihren Nippeln und mich lächelt dieser wunderbare Plug an. Ich ziehe ihn vorsichtig heraus und betrachte das große rosa Loch, welches zurück bleibt. Auch David schaut mir zu. "Sieht das nicht geil aus?" frage ich ihn und er nickt. Nun ruft Jasmin "Willst du nicht endlich mal dein Ding reinstecken?" Das lasse ich mir nicht zweimal sagen und schiebe meinen Harten in ihr rosa Loch. Jasmin übernimmt den Rhythmus und schiebt sich auf unsere Kolben. Immer schneller wandert ihr Körper vor und zurück. Jonas massiert noch immer ihre Bälle. Wir ficken uns zu dritt in Ekstase. Jasmins Stöhnen nimmt immer weiter zu und dann schäumt ihre Erregung völlig über und sie spornt uns an "Jetzt macht mal mit. Ich bin doch nicht aus Zucker." Von ihren Worten inspiriert ficken wir Jasmin nun hart. Ich ihren Arsch und Jonas von unten ihr gieriges Loch. "Oh ja, das ist so geil, fickt mich richtig durch." ruft Jasmin. Solch derbe Worte von ihr, sind für mich völlig neu. Aber es gefällt mir und macht mich noch geiler. Draußen bricht das Feuerwerk los. Es wird immer enger um mein bestes Stück. Ich weiß genau, dass es nur noch ein paar Stöße bedarf. Jasmin stöhnt und schreit "Oh ja, oh ja, gleich. Ich komme." und es folgt ein befreiendes

Stöhnen. Ihr Körper sackt auf Jonas zusammen, der sie mit ihren Armen umschlingt und weiterhin von unten fickt. Dann stöhnt er leise in ihr Ohr und ich komme ebenfalls und pumpe meinen ganzen Saft in ihr enges Loch. Das Feuerwerk tobt draußen und ich sage in die Runde "Frohes neues Jahr." David antwortet als erster. "Euch auch. So bin ich noch nie ins neue Jahr gerutscht." Vorsichtig ziehe ich mich aus Jasmin zurück. Sie rappelt sich auf, tastet sich zu mir und küsst mich. "Dir auch ein geiles neues Jahr. Und Danke für den geilen Rutsch." Ich ziehe ihr die Augenbinde ab. Sie muss erst einmal blinzeln. Jonas meldet sich auch noch mit einem Neujahrsspruch zu Wort. Jasmin schaut zu den Jungs und grinst sie an "Hätte ich mir ja gleich denken können. Heute Nachmittag hab ich mich noch gefragt, was zwei heiße Jungs wie ihr, Silvester in dieser Pampa zu suchen haben."

"Na na na, Pampa. Das ist hier ein weit bekanntes Hotel." meldet sich David zu Wort. "Zu so einer heißen Frau kann man nicht Nein sagen." mischt sich Jonas ein. Jasmin schaut mich fragend an. "Was denn? Ich habe ihnen deinen Profilnamen verraten." und grinse dabei frech und gehe zur Tür. Davor steht ein Sektkühler mit einer Flasche darin. Ich schenke vier Gläser ein und wir schauen uns den Rest vom Feuerwerk an. Nachdem wir noch einige Zeit gequatscht haben, verabschieden sich

Jonas und David.

9. Kapitel - Jasmin

"Ich bin so aufgeregt. Was ist, wenn sie mich nicht mögen?"

"Warum sollen sie dich denn nicht mögen?"

"Naja, du hast mit ihnen so viel auf dem Kreuzfahrtschiff erlebt und ich habe Angst, dass ich das fünfte Rad am Wagen bin."

"Dafür besteht doch kein Grund. Ich habe Dir doch alles bis ins kleinste Detail erzählt. Außerdem ist es fast ein Jahr her. Lass uns die Hochzeit einfach genießen und denke nicht so viel nach."

Das sagt sich immer so leicht. Seit der heißen Silvesternacht ist ein halbes Jahr vergangen. Vor drei Wochen haben wir uns ein Haus im Spreewald angeschaut, damit wir auch unter der Woche zusammen sein können. Allerdings müssten wir dann beide täglich eine Stunde bis auf Arbeit fahren und zurück. Aber Das hat ja noch Zeit. Jetzt müssen wir erst diese Doppelhochzeit von Ina und Tobias und diesen komischen Stefan mit seiner Tabea überstehen. Als wenn eine nicht schon reichen würde. Ich hatte die vier bisher noch nicht kennen gelernt und auch Max hatte mit ihnen nur ab und an telefoniert. Umso überraschter waren wir, als wir die Einladung erhalten hatten.

Nun stehen wir vor dem Hotel am Steinhuder Meer, in dem morgen die Hochzeiten stattfinden. "Na dann sollten wir mal schauen, ob unser Zimmer hier auch mit einem Blick aufs Wasser aufwarten kann." Max lächelt mich so süß an. Er nimmt meine verschwitzte Hand und küsst sie sanft. Ich kann nur unsicher lächeln.

An der Rezeption checken wir ein. Anschließend erkunden wir unser Zimmer und dann das Hotel. Am Festsaal werden die letzten Handgriffe erledigt. Von dort aus kann man direkt auf den Hafen schauen, zu dem wir gleich im Anschluss gehen, um uns die Boote anzuschauen. Die Zeit rennt dahin und im Nu müssen wir zum Abendessen. Ich werde immer nervöser. Doch als Max mir Alle vorstellt und auch die Stimmung ausgelassen locker ist, entspanne ich mich immer mehr. Am Abend lernen wir die Gesellschaft immer besser kennen. Später ziehen wir uns zurück, um für den nächsten Tag fit zu sein.

Die Trauungen verlaufen traumhaft. Das muss selbst ich als Hochzeitsmuffel einsehen. Sogar eine Träne musste ich mir verdrücken. Leider ist das auch Max nicht entgangen, der mir sanft die Hand gedrückt hatte. Nach der Vermählung geht es für die Brautpaare zum Fototermin, anschließend zum Kaffee trinken mit dem

Anschneiden der Hochzeitstorten. Es folgen lustige Spielchen, die von den Gästen organisiert wurden, eine kleine Bootstour und und und. So eine Hochzeit ist der reinste Stress, aber durchaus unterhaltsam.

Als dann gegen Abend alle unverheirateten Frauen zum Brautstrauß werfen aufgerufen werden, verabschiede ich mich schnell mit einem "Ich muss mal schnell auf Toilette." von Max. "Lass dir ruhig Zeit, wir warten sowieso, bis du wiederkommst." antwortet Max. Mit einem mulmigen Gefühl suche ich das stille Örtchen auf und lasse mir Zeit. Sehr viel Zeit. In der Hoffnung, dass dann schon alles vorbei ist. Ich bin ja nicht abergläubisch, aber besser ist es, wenn ich erst gar nicht die Gelegenheit bekomme, einen der Brautsträuße zu fangen. Was folgt denn meistens nach der Hochzeit. Kinder. Und das ist genau das was ich nicht will. So süß wie die kleine Jasmin auch sein mag.

Als ich dann die Toilette wieder verlasse, steht Max schon lässig an die Wand gelehnt neben der Tür. Ich lächle ihn verlegen an. Über das Heiraten hatten wir noch nie gesprochen und wir waren ja erst seit einem dreiviertel Jahr ein Paar. Wer weiß, was er für eine Meinung dazu hat. Max hakt sich bei mir ein und fragt dann "Schau nicht so bedröppelt. Du musst mich ja nicht gleich heiraten, wenn du einen Strauß fängst."

"Wer sagt denn, dass ich einen fange? Da kann ich ganz beruhigt sein, dafür habe ich eh kein Talent."

"Ja, weil deine Talente ganz woanders liegen."

"Worauf spielst du denn an?"

"Auf dein Talent meinen Schwanz bis zum abspritzen zu blasen." flüstert mir Max ins Ohr, als wir den Festsaal gerade wieder betreten. Mir schießt bei seinen Worten sofort die Röte ins Gesicht. Noch immer reagiert mein Körper auf seine Anwesenheit wie im Notpogramm. In der Mitte des Saales haben sich alle jungen Frauen versammelt und Max steuert genau darauf zu. Allerdings kann ich die Bräute nirgends entdecken. "Warte einfach kurz hier." sagt Max. Sofort zählt die große Masse einen Countdown herunter "Drei, Zwei, Eins." Alle Köpfe sind nach oben gerichtet und als ich auch dorthin blicke, fliegt mir ein Strauß mitten ins Gesicht. Aus dem Reflex heraus fange ich ihn und eine Sekunde darauf landet der zweite in meinen Armen. Um mich herum entsteht ein Kreischen und ein paar Teenies hüpfen aufgeregt. Die Bräute klatschen von der Galerie aus auch mit. Ich schaue griesgrämig in die Menge und entdecke Max. Er grinst schon wieder so süffisant und streicht sein Jackett glatt. Dann kommt er auf mich zu. Festliche Musik setzt ein und mein Puls schießt nach oben. Um mich herum treten alle zurück. Was wird das denn hier? Ich umklammere die

Sträuße wie besessen. Im Saal wird es still, das Licht wird gedämpft und ein Spot leuchtet mich an. Als Max vor mir zum stehen kommt, nimmt er meine linke Hand "Meine liebe Jasmin. Die letzten Monate sind für mich wie im Flug vergangen, obwohl sich jede Minute, die ich von dir getrennt war, wie eine kleine Ewigkeit angefühlt hat. Viel zu lange waren wir aufgrund unserer Feigheit auf der Suche, ohne zu wissen wonach, bis wir uns wieder getroffen haben. Und ab diesem Tag war es so, als ob wir uns schon ewig kennen. Wir wissen beide, dass wir füreinander bestimmt sind. Wir haben schon so viel Zeit verschenkt und ich möchte jeden Tag neben dir aufwachen und einschlafen. Ich möchte jeden Tag mit dir verbringen und mein Leben mit dir teilen. Ohne Dich kann ich nicht mehr leben. Ich liebe dich." Max kramt in seiner Jackentasche, holt eine kleine Schachtel heraus, öffnet diese, geht mit einem Bein aufs Knie und fragt mich "Willst du meine Frau werden?" In der Dose steckt ein schmaler schlichter Ring. Wie gebannt ist mein Blick darauf gerichtet. Ein kleiner Diamant funkelt mich an. Was soll ich denn jetzt sagen? Vor all den Leuten hier. Jeder erwartet doch, dass ich jetzt ja sage. Ich will doch auch, dass wir immer zusammen bleiben, aber muss ich denn dafür heiraten? Auf der anderen Seite, was war denn so schlimm daran. Es muss ja nicht so eine Hochzeit sein, wie diese hier, mit all dem Trubel. Das liegt allein in unserer Hand. Max schaut mich immer noch an. Sein Blick wird irgendwie flehend. Aber nur ihm zu liebe jetzt ja sagen? Ich schließe meine Augen und atme tief und frage mich: Will ich Max heiraten? Will ich mit ihm alt werden, so dass wir mit achtzig Jahren immer noch verliebt Hand in Hand durch die Straßen gehen? Ja genau, das will ich und plötzlich wird mir klar, dass uns nichts voneinander trennen wird. Daher lächle ich Max an "Ja, das will ich." höre ich mich antworten. Um uns bricht Applaus und Gegröle aus. Max schiebt mir den Ring über den Finger und richtet sich auf. "Da hast du mich ganz schön zappeln lassen." flüstert er mir ins Ohr und nimmt meinen Kopf in seine Hände. Es folgt ein sinnlicher Kuss, den ich nie vergessen werde. Ich schlinge meine Arme um ihn und blende Alles um mich herum aus. Anschließend zieht mich Max aus der Menge und wir laufen hinunter zu dem kleinen Hafen. Wir gehen über den Steg und bleiben am Ende aneinander gekuschelt stehen und blicken über den See. Der Mond spiegelt sich im Wasser. Der Wind weht mir seicht durchs Haar. Nach einiger Zeit fragt Max dann "Ist dir die Entscheidung so schwer gefallen?" Ich weiß genau was er meint. Es liegt ja nicht an ihm, sondern an meiner verbohrten Meinung nie heiraten zu wollen. Diese Meinung hatte sich lange vor Max entwickelt und mit Max ist alles

Anders. Ich hatte auch nie an die große Liebe geglaubt, bis Max auf einmal in mein Leben getreten ist. "Ich wollte eigentlich nie heiraten." platzt es aus mir heraus. "Was hat deine Meinung geändert oder meintest du es nicht im Ernst?"

"Doch ich meinte es so, wie ich es gesagt habe. Mir ist klar geworden, dass mit dir alles Anders ist, weil... " ich schaue Max in die Augen. "...weil ich dich auch liebe." Noch nie hatte ich das zu einem Menschen gesagt. Max streicht mir eine Strähne aus dem Gesicht, die der Wind dorthin geweht hatte. "Ich weiß, wie du dich fühlst. Mir war klar, dass du erst mit dir im Reinen sein musst, bevor du diesen Schritt gehst und wir können uns Zeit lassen und alles so planen, wie du es möchtest."

"Auf jeden Fall möchte ich nicht so eine Hochzeit. Ich möchte eine Hochzeit am Strand. Nur wir zwei, schließlich ist es unser Tag. Anschließend möchte ich mit dem Boot raus fahren und mit dir unanständige Dinge tun." Max lacht auf. "Das wird meiner Familie aber gar nicht gefallen."

"Dann feiern wir eben mit der Familie nach, aber dieser Tag, an dem wir heiraten, der gehört uns. Wir müssen ja niemandem erzählen, wann das sein wird."

"Alles, wie du möchtest. Hauptsache du lässt mich nicht vor dem Altar stehen."

"Auf keinem Fall. Jetzt hast du mich an der Backe." Max lacht "Sehr gern Frau Dr. Jasmin Schneider."

"Wer sagt denn dass ich so heißen werde?"

"Na ein Doppelname kommt ja kaum in frage. Ay-Schneider, da kannst du ja gleich Eierschneider daraus machen."

"Solange es nicht Eierabschneider heißt." Jasmin grinst vergnügt. "Ist das jetzt nicht völlig egal. Es wird sich schon finden. Zur Not heiße ich auch Max Ay. Schneider gibt es sowieso wie Sand am Meer."

Die Reise mit Jasmin und Max ist nun hier zu Ende. Ich hoffe, Euch hat meine Buch gefallen. Natürlich werde ich auch weiterhin Werke veröffentlichen. Als nächstes folgt meine ganz eigene Geschichte "Feuchtbiotop", die weit vor "Auf Reisen" entstanden ist. Natürlich enthält diese auch so manche pikante Szene, streift aber auch andere Themen und greift Konflikte auf, die mit dem Swingerleben einhergehen.

Felicitas Nagler ist das Synonym einer Frau Mitte 40. Mit ihrem Mann ist sie seit über 10 Jahren in der Swingerszene unterwegs und hat dabei viel erlebt, gutes, wie auch weniger erfreuliches. Sie ist sich dabei immer treu geblieben. Es gibt Grenzen, die man nicht überschreitet und Erfahrungen, die man nicht mit jedem teilt, aber die schönen Dinge schreibt sie nun nieder und hofft eine treue Anhängerschaft ihrer Bücher zu finden. Für manchen werden diese Bücher zu hart geschrieben sein, für andere immer noch zu weich. Sie schreibt nicht von Kuschelsex, sondern bedient sich der Sprache, die bestimmte Rezeptoren im Gehirn anspricht.

Impressum

© 2018 Felicitas Nagler

Alle Rechte sind vorbehalten. Dies betrifft den vollständigen oder auszugsweisen Nachdruck in jeglicher Form, sowie die mechanische, elektronische und fotografische Vervielfältigung und die Einspeicherung und Verarbeitung in elektronischen Systemen.

Für Anregungen und Kritik bin ich Euch dankbar. Schreibt mir eine Mail an felicitas-nagler@web.de.
Über Eure Kundenrezension auf amazon.de wäre ich Euch sehr dankbar.

Printed in Poland
by Amazon Fulfillment
Poland Sp. z o.o., Wrocław